LE CONGLOMÉRAT

Paru dans Le Livre de Poche :

L'ANGE DE BAGDAD
BERLIN
CARTEL
CASH !
LE COMPLOT DES ANGES
LA CONFESSION DE DINA WINTER
DANS LE CERCLE SACRÉ
L'ENFANT DES SEPT MERS
LA FEMME D'AFFAIRES
FORTUNE
KATE
LES MAÎTRES DE LA VIE
LE MERCENAIRE DU DIABLE
MONEY
ORIANE OU LA CINQUIÈME COULEUR
LE PRÉSIDENT
LE ROI VERT
LES ROUTES DE PÉKIN
SOLEILS ROUGES
TANTZOR
LA VENGEANCE D'ESTHER

PAUL-LOUP SULITZER

avec la collaboration de Vladimir Colling

Le Conglomérat

ROMAN

ÉDITIONS N° 1

ISBN : 2-253-10893-6 – 1re publication - LGF
ISBN : 978-2-253-10893-1 – 1re publication - LGF

À Eva Kowalewska et à mes deux fils adorés,

James-Robert et Édouard.

« La seule chose nécessaire pour que le mal triomphe est que les hommes de bien ne fassent rien. »

Edmund BURKE (1729-1797).

1

Le petit Fokker déchira les nuages gris chargés d'orage et Grégoire aperçut au loin les toits de Guéret. Un éclair fendilla le ciel comme une porcelaine lorsque l'appareil se posa sur la piste, et le jeune homme ne put réprimer un tressaillement qui le glaça jusqu'aux os.

C'était l'été pourtant, le cœur de juillet, et il ne faisait pas froid. Mais chaque fois que l'enfant de Creuse rentrait au pays, il tremblait tout au fond de lui à seulement imaginer son père qui l'attendrait, endimanché et un peu gêné au milieu des rares voyageurs, des hommes d'affaires et des fonctionnaires, venus de Paris pour l'essentiel, qui daignaient se poser sur ce modeste aéroport de campagne.

Lorsque l'hôtesse annonça le début de la descente, Grégoire s'empressa de faire disparaître la cravate nouée à son cou. En arrivant directement de Londres, tôt le matin, pour sauter dans une navette à Orly, il n'avait pas eu le temps de se changer. Le jeune homme – trente ans à peine – ressemblait à ces traders de la City qu'on croirait nés en complet trois-pièces, sombres et austères, aussi raides que s'ils avaient avalé un parapluie. Escamoter sa cravate de soie était sa seule concession pour ne pas trop effaroucher son père dont les sorties hors de la ferme se limitaient à la visite médicale obligatoire de la Mutuelle et à celle du foirail agricole, le dimanche matin à Gouzon, pour repérer les semoirs d'occasion ou discuter à l'infini de la baisse des prix de l'orge et des escourgeons de brasserie.

Depuis des générations, de père en fils et de fils en neveu, les Bataille exploitaient la terre avec le sentiment que la terre les exploitait. Au fil des années, à force de travail et de patience, la propriété initiale, huit hectares de mauvaise terre à cailloux tout juste bonne pour y lâcher de maigres ruminants, s'était agrandie pour atteindre la centaine d'hectares, une superficie considérable dans cette région de la Marche où l'étalon de chaque chose était taillé dans le minuscule.

Grégoire appartenait à une longue lignée issue de la même étoffe humaine. Des ancêtres avaient exercé le métier de maîtres tapissiers à Aubusson. D'autres faisaient partie de ces maçons de la Creuse durs au mal et habiles de leurs mains qui avaient construit La Souterraine, les châteaux des seigneurs de la Marche et même quelques-uns des plus beaux immeubles de Paris.

Mais à partir des années 70 du XIXe siècle, un Bataille s'était installé comme propriétaire de quelques hectares et centiares dans la proximité de Guéret, et depuis ce temps-là, les Bataille luttaient avec le soc des charrues et le pis des vaches, avec le gel à pierre fendre et les étés sans air des vallons de Creuse aux champs découpés à angles aigus comme autant de miroirs brisés.

Grégoire sentait cette filiation lui remuer l'estomac quand, depuis le hublot, il reconnaissait cette campagne qui l'avait vu grandir et qu'il aimait comme on aime un regret. Lui avait fini par s'en aller. Il avait choisi le métier de l'argent, de la haute finance, des affaires internationales qui se traitent là où l'on ne voit jamais, même de très loin, l'ombre d'un épi de blé ou d'un bestiau marchant de son pas nonchalant vers l'étable.

À la mort de sa mère, l'année de ses douze ans, Grégoire avait rejoint l'internat à Limoges. On avait estimé que son père n'arriverait pas à s'occuper de ce gamin toujours plongé dans les livres et blanc comme fleurs de cerisier au printemps. Ses trois frères, eux, avaient de qui tenir, râblés comme le père, et taiseux comme tous les Bataille qui jugeaient que parler était une perte de temps vu tout le travail qui attendait aux champs.

Lucien, l'aîné, secondait son père depuis l'âge de neuf ans, et il en avait vingt à la mort de sa mère. Danou, le deuxième, avait étudié au lycée agricole et c'est lui qui, le premier, avait introduit l'élevage d'une dizaine de laitières sur l'exploitation. Le lait constituait la grande affaire. Les prix avaient été si élevés, pendant les années 80, que la ferme des Bataille s'était mise à prospérer. Gilles, l'avant-dernier des fils, avait rénové quelques bâtiments pour y aménager avec sa femme Louisa, une Portugaise de Lisbonne, quelques chambres d'hôtes.

Le père Bataille espérait secrètement que Grégoire mettrait son nez dans la gestion du domaine, avec toutes les études de chiffres qu'il avait faites à l'université de Limoges puis à Paris-Dauphine où sa rapidité de calcul et son sens logique l'avaient mené parmi les meilleurs. Grégoire avait d'autres horizons en tête que l'exploitation familiale, et lorsqu'il avait accepté son premier job chez Rating & Business, sa famille entière avait pris cette décision de s'éloigner comme une manière de trahison.

Cela remontait à deux ans et son choix lui était encore reproché à chaque occasion, non pas avec des mots, car les Bataille, on l'a dit, se taisaient, mais avec des regards qui se passaient de commentaires.

Comme à son habitude, le père se tenait en retrait dans la petite salle d'accueil de l'aérodrome, montrant par cette distance qu'il ne tenait pas à se mêler au monde feutré des voyageurs. Lui avait les pieds bien enracinés dans la terre, dans le plancher des vaches, disait-il de sa voix traînante, et il aurait fallu le payer bien cher pour qu'il monte dans un de ces engins qui venaient pourtant de lui ramener son fils.

— Tu viens pour long ? demanda-t-il d'abord en l'embrassant.

Grégoire Bataille sentit la joue rasée de frais du père, son eau de toilette inchangée depuis la mort de la mère, mélangée au parfum du grand air, de l'étable et des ruches.

— Pas assez long pour toi, je parie, répondit Grégoire en étreignant à son tour le paysan.

Vu le peu de bagages de son fils, une simple serviette et un petit sac de toile, le père devina que ce serait encore un coup de vent et sa mine se renfrogna.

— C'est qu'on aurait eu des choses à te montrer, avec tes frères, reprit le père Bataille en ouvrant la portière de sa vieille Peugeot dont le millésime disparaissait sous une croûte de boue.

— Je reste deux jours. On m'attend samedi à Londres, dit Grégoire. J'ai laissé le numéro de la maison, au cas où ils auraient besoin de moi au bureau.

L'auto démarra. Le paysan ne répondit pas. Sur l'étiquette du bagage à main de son fils, il avait lu « Greg Bataille ». Il songea que ce monde lui était vraiment étranger, où un beau prénom comme Grégoire devenait Greg. Cette manie de diminuer les noms avait le don de l'agacer, ainsi que bien des choses qui venaient de la ville et qu'il fallait adorer comme le veau d'or ou subir sans rien dire.

Le printemps venait d'exploser dans la campagne française. Grégoire baissa la vitre pour laisser entrer les odeurs de fleurs et le parfum un peu âcre des colzas qui couvraient les champs d'un manteau doré. Il dégusta le spectacle sans un mot et, d'ailleurs, il n'y eut plus une parole jusqu'au Moutier où s'élevait, derrière une haie de châtaigniers, la ferme des Bataille.

Un mois plus tôt, Grégoire avait eu son frère Lucien au téléphone pour une histoire d'emprunt au Crédit agricole. Lucien avait lâché au détour d'une phrase qu'il aimerait bien le voir en Creuse car il avait quelque chose à lui montrer. Il avait parlé d'un ton mystérieux et à demi-mot, comme ces gens de la campagne qui se méfient des conversations téléphoniques, préférant avoir leur interlocuteur en face pour s'entretenir entre quatre yeux. Grégoire avait senti que ça pressait mais il n'avait pu se libérer avant ce début de printemps. Un rendez-vous d'affaires l'attendait le vendredi matin au golf de Saint-Nom-la-Bretèche. Il avait avancé son départ de Londres de deux jours pour passer à la ferme.

Le chien aboya par habitude quand il vit l'auto entrer dans la cour, puis il regagna sa niche avec l'air fâché de qui a été dérangé pour rien. Lucien sortit le premier, suivi de Danou. Les deux frères avaient réchauffé un pâté aux pommes de terre dont Grégoire ne put refuser une part.

Grégoire dévisagea les deux hommes avec un mélange de plaisir et de peine. Ces deux-là avaient grandi ensemble depuis plus de quarante ans sans qu'aucune fille jamais ne vienne faire battre leur cœur. Dans la tradition des paysans du cru, ils vivaient leur célibat sans trop se plaindre, y voyant même mille avantages comme celui de manger ou boire à toute heure et de se sentir libres comme l'air ; une liberté dont Grégoire n'avait pas voulu, voyant dans le sillon des champs des barreaux plus solides que ceux d'une prison.

Les deux frères, de douze et dix ans ses aînés, commençaient à blanchir sur les tempes et à perdre des cheveux sur le sommet du crâne. Le temps les avait fait se ressembler plus encore que dans leur enfance, peut-être à cause du même air qu'ils respiraient, si froid l'hiver, si brûlant en été.

Avec sa tignasse blonde, Grégoire n'avait pas l'allure d'un Bataille. Il avait tout pris de l'autre côté, le côté Mérand, celui de sa mère, une fille de la ville que son père avait séduite un soir de bal. Son visage poupin, son air malicieux, ses yeux vert pâle, tout cela rappelait au paysan son épouse, et à ses frères leur défunte mère. C'est pourquoi tous regardaient toujours Grégoire avec un mélange de dévotion et de frayeur, comme s'il devait à jamais leur remettre en mémoire celle qui était partie trop tôt.

— T'es là pour long ? demanda l'aîné en écho à la question de son père à l'aéroport.

— Il est là pour deux jours seulement, répondit le paysan à la place de Grégoire, et le jeune homme sentit un brin d'irritation dans ce « deux jours seulement ».

— Ça suffira bien, fit Lucien en adressant un clin d'œil à son petit frère, l'air de dire « tu sais comme il est, le père ».

Mais au fond, les Bataille étaient heureux de se retrouver. Quand Gilles les rejoignit sans sa femme Louisa, ils sentirent un peu de leur enfance remonter à la surface du présent. Ils se retrouvaient entre eux, comme avant, comme si rien n'avait changé depuis tout ce temps, sauf le décès de la mère.

On jugea qu'une goutte de fine serait la bienvenue à condition de terminer le pâté de pommes de terre pour bien se caler le ventre. Grégoire se laissa convaincre pour une deuxième part puis Lucien lui demanda d'enfiler une salopette et des bottes. Il le conduisit directement vers le saint des saints de la ferme avec des airs de grand mystère, mais d'un pas ralenti, comme s'ils avaient eu la vie devant eux.

2

Ils gravirent une colline boisée que traversait un chemin de cailloux, un raccourci pour atteindre l'autre bout de la propriété, celui avec les installations d'élevage. Il y avait belle lurette que Grégoire n'avait pas mis ses pas dans les pas de ses jeunes années, lorsqu'il jouait au gendarme et aux voleurs avec les gamins du bourg qu'il entraînait dans cette colline aux mystérieux ombrages.

Le jeune homme avait pris soin de glisser son téléphone portable dans une poche latérale de sa salopette. Ses frères, qui marchaient près de lui, s'étonnèrent d'entendre cette sonnerie contre sa cuisse, d'autant qu'elle reproduisait un gazouillis d'oiseaux. Ils se regardèrent avec leur père pendant que Grégoire sortait son minuscule appareil. Le plus curieux pour eux fut de l'entendre parler en anglais, une langue qu'ils ne connaissaient que par ouï-dire ou alors seulement à travers les instructions de leur John Deer que le concessionnaire en tracteurs de Guéret s'obstinait à fournir dans la langue d'origine.

Quand la conversation de Grégoire avec son interlocuteur étranger s'acheva, ses frères mirent un peu de temps avant de lui adresser de nouveau la parole, comme s'ils avaient soudain repris conscience du fossé qui les séparait. Un rideau impalpable était tombé entre eux et lui. Il eut beau évoquer des souvenirs qu'ils avaient en commun, cette sensation de malaise se prolongea jusqu'aux portes de l'exploitation laitière.

— Attends-toi à du changement, dit alors Lucien en se rengorgeant, soudain assuré d'en remontrer au gamin venu d'Angleterre dans son beau costume.

Depuis combien de temps Grégoire n'était-il pas revenu à la ferme ? La dernière fois remontait à plus de six mois, et encore, il était passé sans même prendre le temps de déjeuner, simplement pour embrasser son père qui se remettait d'une mauvaise fracture à la jambe. Six mois. Une éternité pour un financier de la trempe de Grégoire qui avait eu le temps de boucler deux gros dossiers de fusions d'entreprises entre les États-Unis et la Grande-Bretagne, de voyager au Japon pour étudier de près le marché des *junk bonds* et des options, de passer par la Pologne histoire de renifler les bonnes affaires à privatiser.

Comme dans les salons de luxe des aéroports internationaux, la montre de Grégoire était toujours réglée sur les fuseaux horaires des marchés mondiaux où est célébrée chaque jour la grand-messe de l'argent : Londres, New York, Tokyo ou Sydney. C'est dire qu'il n'avait guère de créneau pour Guéret et pour sa Creuse natale ou le reste de sa famille, les vivants après les morts, poursuivaient leur destinée de terriens. Lui était sur orbite, aspiré par la bulle financière, sans la moindre envie de la crever.

Lucien ouvrit la porte de l'étable à deux battants dans un geste théâtral, comme un magicien ferait apparaître un décor merveilleux. Ce fut d'abord l'obscurité. Tous s'engouffrèrent dans l'odeur animale qui emplit aussitôt leurs narines. Machinalement, Grégoire se pinça le nez avant de laisser tomber sa main le long de sa salopette et de rester les bras ballants, ébahi et sans voix. Une lumière venait de s'allumer, une lueur spectaculaire qui éclaira soudain une incroyable machinerie.

Là où des générations durant on avait aligné les bestiaux devant leurs râteliers débordant de paille, des vaches que le grand-père Bataille puis le père puis ses fils après lui appelaient par leur prénom, là où on avait sué pour vider leurs pis enflés, mal assis sur un trépied pendant que le lait giclait par jets maigrelets dans un seau de métal, des équipements ultramodernes avaient été installés dans un déluge de métal, de chrome et de pompes caoutchoutées.

Grégoire avait du mal à en croire ses yeux. Sa famille avait-elle vendu l'élevage à une famille de martiens ou, plus sûrement, à un de ces éleveurs venus des Pays-Bas qui ne jurent que par la haute technologie ?

— Maintenant, enfile ça, fit Lucien avec un sourire goguenard en déposant une blouse blanche et un bonnet immaculé dans les bras de son jeune frère.

Tous regardaient Grégoire d'un air entendu. Ah ! Il leur en mettait toujours plein les yeux avec ses ordinateurs et ses téléphones, avec ses voyages au bout du monde et sa vie de golden boy. Eh bien ! Il allait voir ce qu'il allait voir, chez les bouseux de Creuse qu'il avait sans jamais le dire vraiment toujours regardés de haut, bien que leur nom et leur sang fussent aussi son nom et son sang.

Lucien entraîna Grégoire derrière lui, suivi de Danou et de Gilles. Le père Bataille fermait la marche. Il avait pris soin d'éteindre sa cigarette de papier maïs avant de pénétrer dans ces lieux futuristes. Maintenant, on ne rigolait plus avec la sécurité.

— C'est un robot de traite, expliqua l'aîné des Bataille. Il y en a un seul comme ça dans toute la région, et pas beaucoup plus en Limousin.

— C'était donc ça, l'histoire de l'emprunt au Crédit agricole ? murmura Grégoire.

— Oui, renchérit fièrement son père. Tu vois, on s'est débrouillés comme des chefs avec la banque.

— Je vois.

— C'est un fonctionnement enfantin, poursuivit Lucien. On pourrait dire que c'est un self-service pour la vache.

Quand elle sent ses pis s'alourdir de bon lait, elle approche des trayeuses qui se collent automatiquement à ses mamelles. Quand le débit est tari, la pompe de caoutchouc se détache et le lait est aussitôt stocké dans une bonbonne à température.

— C'est inouï, ce que vous avez fait là ! s'exclama Grégoire.

Pour la première fois depuis son arrivée, tous, son père et ses frères, éclatèrent de rire, et ce rire se propagea jusqu'au jeune financier littéralement bluffé par les siens.

— Vous êtes certains que c'est rentable, un équipement pareil ? demanda alors Grégoire en essayant de raisonner. Vu les rendements de nos vaches.

— Nos vaches ? répondit le père. C'est vrai que tu ne les as pas vues. Ce ne sont plus celles que tu connaissais.

Et il fit signe à Lucien d'allumer l'autre partie de l'étable dont le sol avait entièrement été étanchéifié. Grégoire poussa encore un cri de stupeur. Là où il avait connu de rustiques laitières qui finissaient vite en boucherie pour leur viande, il découvrit un troupeau de quelques Holstein pie noir, les formule 1 de l'or blanc, comme on appelait ici le lait frais, riche en matière grasse et en vitamines naturelles.

— Des Holstein ! s'écria Grégoire. Vous y êtes enfin venus !

Ce n'était pas faute, dans le temps où il fréquentait encore la ferme, d'avoir tenté de convertir son père et ses frères à l'élevage moderne dont la réussite tenait au choix de la race bovine. Et voilà qu'ici, dans cette ferme qu'il croyait vouée à l'ordre éternel de la tradition, une véritable révolution silencieuse venait de s'accomplir.

Le jeune homme compta le cheptel. Il s'arrêta à douze, là où le troupeau comprenait naguère encore une trentaine de têtes.

— Le rendement a considérablement augmenté, précisa Danou, qui n'avait encore pas dit un mot. Et les vaches de ce type raffolent du robot de traite. À croire qu'elles sont nées en sachant ce qu'est un robot !

— Et ce n'est pas tout, ajouta Lucien. Grâce aux quotas laitiers, nous avons des prix du lait garantis bien audessus de nos coûts réels de production. Cet hiver, nous ne te l'avons pas dit, nous avons récupéré des droits à produire dans plusieurs exploitations voisines qui arrêtaient. Notre quota global est passé de 50 000 litres par an à près de 300 000 litres.

Grégoire répéta ce chiffre avec admiration.

— Qui arrête le lait, dans le coin ? demanda-t-il.

— Chez Clavaud, au Prieuré, et chez Laminière, le père a pris sa retraite et il a tout vendu pour s'acheter un pavillon en bord de mer, sur l'Atlantique. Il en avait marre de nous voir tous les jours sans doute, et plus marre encore de ses vaches.

— Chez Laminière ? répéta Grégoire en semblant glisser dans un songe.

C'est le visage d'une jeune femme qui venait de s'imprimer dans son esprit. Depuis des années, il n'avait plus pensé à elle et, soudain, elle lui revint fraîche comme les blés, Laetitia Laminière, qu'on appelait tout simplement Lala, la dernière des petites-filles du vieux Georges Laminière. Enfants, ils avaient couru les champs ensemble. Plus tard, ils avaient flirté. Une nuit, après un bal du 14 juillet, ils avaient même fait l'amour dans une chambre de la ferme déserte, avant le départ de Grégoire pour Paris. Ensuite, ils s'étaient revus de loin en loin, mais Laetitia n'osait plus approcher de la ferme des Bataille depuis que Grégoire se faisait appeler Greg et qu'il portait des costumes comme on n'en voyait jamais à la campagne, sauf dans le journal, sur les photos du préfet. Grégoire avait oublié Laetitia et il fallut que le nom des Laminière fût prononcé par son frère pour qu'il se surprenne à sentir des larmes lui monter aux yeux.

Gêné d'être ainsi troublé, il se mit à poser question sur question à propos de l'entretien des robots, la sécurité du mécanisme, sur l'écoulement du lait une fois stocké dans la centrifugeuse. À tout cela il reçut des réponses claires et précises. Et chaque explication lui revint comme une gifle, une sorte de leçon de modestie infligée par sa propre famille, à lui qui se croyait le détenteur du savoir le plus précieux, celui qui rapporte de l'argent, beaucoup d'argent.

— Nous allons devenir une exploitation de référence, déclara Lucien fièrement. Chaque semaine, on vient nous voir de tout le département et même de cantons très reculés. Avec notre lait de haute qualité, nous allons pouvoir imposer nos conditions aux organismes collecteurs qui se payent depuis trop longtemps sur le dos de la bête ; et la bête, c'est nous !

— Tu aurais dû faire de la politique, lança Grégoire en riant.

Sa plaisanterie détendit l'atmosphère.

— Je suis très fier de vous, lâcha-t-il sans savoir sur qui poser son regard en même temps qu'il prononçait ces mots. Très fier, répéta-t-il.

— Allez, mon gars, on va trinquer, et pas avec du lait, même s'il est bon, dit le père en poussant son jeune fils dans le dos.

Jusqu'à la ferme, Grégoire sentit cette main chaude et puissante dans ses vertèbres, et cette présence le combla au-delà de ce qu'il aurait imaginé. Il songea qu'il était vraiment fier d'être un Bataille, et se demanda ce qu'était devenue Laetitia Laminière, la jolie Lala.

3

Le golf d'Hardelot était réputé jusqu'en Grande-Bretagne et aussi en Belgique, pour son parcours exigeant et enchanteur à la fois, au milieu des dunes et des lacs. Seul le vent qui soufflait souvent par rafales rappelait aux joueurs qu'ils étaient dans le nord de la France et non dans quelque havre méditerranéen. Les pins majestueux semblaient observer de haut les tentatives souvent vaines des concurrents pour approcher dans un nombre de coups réduit les trous semés « à l'aveugle », sans aucune visibilité pour le tireur.

Ambroise Bellec affectionnait particulièrement le parcours des Dunes qui complétait depuis quelques années celui des Pins, créé au début du siècle par des ressortissants britanniques. Avec son handicap de 18, Ambroise Bellec était un concurrent honorable, assidu et surtout très régulier dans ses coups. Dans la vie, il dirigeait une des sociétés financières les plus en vue de la place de Paris, connue sous le nom de Bellec Investissement. À soixante ans juste passés, Bellec portait beau et pouvait s'enorgueillir des bonnes affaires réalisées par sa maison dans les années 90, lorsque la gauche avait privatisé le secteur public à tout-va dans un élan que la droite n'aurait pas renié. Ses nombreuses prises de participation minoritaires, achetées puis revendues dans les meilleures conditions, lui avaient valu la considération du milieu et une réputation de nez fin.

Ambroise Bellec s'était entouré de jeunes loups de la

finance qui connaissaient admirablement le tissu industriel français et les réglementations contraignantes de Bruxelles. Il savait aussi que ces contraintes-là pouvaient disparaître à condition de payer le prix, et il s'était assuré le soutien en sous-main de quelques technocrates européens dont il améliorait les fins de mois en contrepartie de quelques passe-droits pour des acquisitions ou des ventes de titres de grandes firmes au-delà des quotas prévus par la législation, par le biais de prête-noms et de succursales monégasques ou luxembourgeoises. Ce n'était pas à proprement parler un escroc, il savait seulement mieux que les autres naviguer dans le maquis des législations européennes qui variaient encore énormément d'un pays membre à un autre. Sans compter l'élargissement qui ajoutait de la complexité et mille cas de figures différents avec l'arrivée progressive des nouveaux venus de l'Est.

L'équipe de Bellec Investissement était très pointue sur les nouvelles technologies, la pharmacie et la chimie, sur l'informatique et sur l'automobile, ou encore sur la sidérurgie moderne à haute valeur ajoutée. Son point faible, si tant est qu'Ambroise Bellec se reconnaissait un talon d'Achille, tenait en un mot : l'agroalimentaire. Le négoce céréalier, les géants de la viande ou du biscuit, des sauces ou des pâtes alimentaires, sans oublier les eaux minérales, tout cela lui restait étranger. Comme beaucoup, il avait été fasciné par la réussite d'un Antoine Riboud à la tête de BSN devenu Danone. Il avait suivi avec passion les OPA entre les titans américains et britanniques, les General Food, Nabisco et consorts, ou encore entre les rois du chocolat, Nestlé, Suchard et tant d'autres.

Mais pour cet homme qui n'avait jamais vécu ailleurs que dans le monde désincarné de l'argent inscrit en brochettes de zéros sur des bordereaux bancaires, la fortune bâtie sur la terre et ses produits exerçait à ses yeux un attrait particulier, presque physique. Aussi avait-il été profondément marqué par le suicide du « roi vert » Raoul Gardini, ce seigneur de l'Italie agricole qui avait fait du groupe familial Ferruzzi un incontournable mondial du blé et du lait, de l'huile d'olive et du soja, avant de se lancer dans la chimie avec Montedison puis dans la course folle de la Coupe de l'America avec un fantastique bateau barré par un fantastique équipage.

Le suicide de Gardini en 1993 avait paru affecter personnellement Ambroise Bellec, alors qu'il n'avait jamais croisé, même de loin, l'univers du Contadino – le paysan – comme il se faisait appeler. De cette période lui était venue l'envie, jusqu'à ce jour inassouvie, de prendre des intérêts dans une grosse affaire agroalimentaire. Il lui manquait un poisson pilote. Il l'attendait en la personne de Grégoire Bataille à qui il avait fixé rendez-vous au golf d'Hardelot, ce matin-là à 10 heures, pour le parcours des Dunes.

Il était 9 h 45, et Ambroise Bellec terminait son café au Country Club, déjà en tenue, son sac rempli de clubs posé à portée de main. Un chasseur de têtes londonien lui avait exposé le parcours professionnel de Greg Bataille en insistant sur sa parfaite connaissance de l'industrie alimentaire anglo-saxonne et américaine. Ce qui faisait la différence chez Bataille, avait souligné le chasseur de têtes, c'était ses origines paysannes. Quand il parlait de 100 000 tonnes de soja achetées à terme sur le marché des grains de Chicago, il savait exactement de quoi il s'agissait. Il aurait pu décrire la spécificité de chaque produit, dire à quelle période il valait mieux le stocker ou le vendre, quelles étaient les caractéristiques du blé dur comparé au blé tendre, et *tutti quanti*.

Ambroise Bellec avait aussitôt demandé à le rencontrer. Ce serait dans un instant, sur le golf d'Hardelot balayé par le vent mais qu'un doux soleil printanier réchauffait déjà. Il se demanda si le jeune trader jouait bien. Pour lui, ce détail avait son importance. Le golf, aux yeux de Bellec, constituait une école de persévérance, de patience, d'adresse et de régularité. Un jeu où un seul mauvais coup pouvait faire tout perdre. Où le sang-froid devait aller de pair avec la résistance physique.

Grégoire Bataille avait quitté la ferme familiale la veille au soir pour un hôtel du Touquet. Il avait retrouvé là son matériel de golf qu'il n'avait pas voulu emporter jusqu'en Creuse où son père l'aurait regardé avec davantage encore de distance. Aussi un taxi avait-il fait spécialement le voyage à vide d'Orly au Touquet pour déposer le sac de Grégoire, ses souliers à crampons, son polo et sa casquette de toile. Sans doute aurait-il eu honte si son père avait appris qu'un taxi avait été affrété à grand prix pour acheminer quelques clubs et des effets de sport. Mais Grégoire avait préféré cela plutôt que d'apparaître à la ferme avec un tel équipement.

À 10 heures précises, un homme d'une trentaine d'années, le regard clair et les cheveux blonds à peine décoiffés par les coups de vent, se présenta en tenue devant Ambroise Bellec. La poignée de main fut franche et énergique. Le premier contact avec Grégoire Bataille était toujours de cette sorte, quelque chose de direct, de vrai, avant même qu'un mot ne fût prononcé.

— Vous préférez une voiturette ? demanda Bellec.

— Non, je boucle toujours mes parcours à pied, même celui-ci ; cinq kilomètres, ça ne me fait pas peur ! Mais si vous voulez…

— Parfait, j'aime mieux cette réponse, fit Bellec avec enthousiasme. À quoi bon jouer au golf si ce n'est pas pour marcher ?

Ils sortirent en direction du parcours des Dunes, chacun tirant son caddy et sans aucun témoin de leur conversation. Après 3 heures, ils sauraient à quoi s'en tenir.

Ce fut une belle partie qui commença en fanfare, Greg entama le circuit avec un club de bois, ce que fit aussi Ambroise Bellec. Tous deux évitèrent avec un certain talent les bunkers de sable où tant de joueurs voient disparaître leurs espoirs d'un score honorable. Il y eut seulement un coup où le patron de Bellec Investissement, mal concentré, fit voler une motte de terre et d'herbe qu'il prit soin de replacer là où il l'avait arrachée, en parfait gentleman, afin de laisser le terrain intact pour les joueurs suivants. De son côté, Grégoire Bataille perdit une balle dans la nature et s'ajouta d'office un point de handicap, prix de sa maladresse. Le jeu fut équilibré.

C'est entre le septième et le huitième trou que Bellec demanda au jeune homme quelles étaient ses perspectives professionnelles à Londres.

— Elles sont très bonnes, répondit Greg. Le job est passionnant et je gagne très bien ma vie. Mais la vérité est que j'ai l'intention de changer d'air, de revenir en France.

— Depuis combien d'années travaillez-vous à l'étranger ?

— Six ans.

— Vous gagnez quoi par an ?

— Fixe ou primes comprises ?

— Le tout.

— 1 million d'euros.

Bellec poussa un sifflement admiratif.

— Et si on inversait la tendance ? demanda-t-il.

— C'est-à-dire ?

— Votre horizon, c'était l'Amérique, n'est-ce pas ?

— En effet.

— Je vous propose l'Europe.

— Laquelle ?

— Les deux. La vieille et la nouvelle. L'Italie et la Pologne. L'agrobusiness, c'est votre royaume, il me semble. Il y a pas mal de places fortes à conquérir, surtout pour un type de votre trempe qui maîtrise parfaitement son affaire.

— Pour être franc, je connais mal l'Europe du Sud et à peine mieux celle de l'Est.

— J'apprécie votre franchise, mais ne vous sous-estimez pas. Vous êtes de la partie par votre famille, je crois…

Grégoire tressaillit. Il n'était guère habitué à entendre parler de sa famille, surtout dans ce milieu financier où les seuls liens qui paraissent avoir de la valeur sont ceux qu'on tisse avec l'argent.

— Ne soyez pas fâché, précisa Bellec en voyant son jeune partenaire se renfrogner. Je n'ai pas de fiches sur vous. Seulement un portrait que vous avait consacré *The Economist*, il y a deux ans. Vous évoquiez vos origines creusoises. Les miennes sont aveyronnaises, mais elles sont très lointaines, davantage que les vôtres. Mon grand-père était banquier à Saint-Affrique, alors… Je crois que j'étais déjà financier dans le ventre de ma mère !

— Je ne suis plus très sûr que les miens me considèrent encore des leurs, laissa tomber Grégoire. C'est aussi pour cette raison que j'aimerais me rapprocher. Leur montrer que leurs préoccupations quotidiennes ne sont pas si éloignées des miennes. Nous tenons les deux bouts de la chaîne, eux et moi.

Comme il prononçait ces mots, c'est le visage de Lala qui revint traverser son esprit, et c'est aussi à cet instant qu'il perdit de vue sa balle dans un coup pourtant facile. Dès le suivant, Greg atteignit sans peine le green, et Ambroise Bellec nota avec satisfaction la faculté du jeune homme à se concentrer.

La veille en quittant la ferme, Grégoire était parti le cœur gros, peiné de s'être senti exclu de l'aventure dans laquelle son père et ses frères avaient engagé l'exploitation familiale. D'accord, il était loin et ses revenus mensuels représentaient plus de deux ans de chiffre d'affaires de la ferme Bataille. À juste titre, on le considérait comme évoluant sur une autre planète. Pourtant, il aurait voulu être consulté, tout au moins être tenu au courant, plutôt que d'être mis devant le fait accompli. Parfois, à Londres ou à Tokyo, il lui arrivait de penser à eux, à leur existence de labeur et de peine. Il n'en concevait aucun regret, aucune mauvaise conscience. C'est volontairement qu'il s'était extrait du milieu paysan qui ne convenait pas à son tempérament aventureux. Mais à présent – était-ce d'avoir passé la trentaine ? –, il aspirait à redevenir à sa manière un Bataille de la terre, un Bataille rivé au sol, bien campé sur ses jambes et sachant d'où il venait, sans rien renier.

Les siens l'avaient-ils passé par pertes et profits ? Oui, s'il considérait le camouflet infligé l'avant-veille par son père qui avait – sans l'alerter outre mesure – conclu un emprunt de taille avec le Crédit agricole pour procéder à une modernisation sans précédent. Grégoire savait que c'était à lui de réapprivoiser son milieu. De le réapprendre pour parvenir à y refaire sa place. L'occasion lui était offerte de revenir dans le paysage. Et l'agroalimentaire, quoi de mieux pour servir les intérêts de la ferme Bataille, pour partager de nouveau les préoccupations de sa famille ?

À l'issue du parcours, les deux hommes partirent se désaltérer au Country Club. Ambroise Bellec sortit une balle de sa poche, une belle balle de golf frappée du sigle de sa compagnie. Il la tendit à Greg puis la plaqua dans sa paume.

— Maintenant, fit-il en accompagnant son geste d'un sourire étincelant, la balle est dans votre camp.

4

Le même jour dans un laboratoire du New Jersey, l'aube se dessinait à peine mais le professeur John Bradley travaillait déjà. Il attendait pour la fin de la matinée les experts de la Mosampino qui avaient investi depuis quatre ans plusieurs dizaines de millions de dollars dans ses recherches. Et ses recherches, il en avait la preuve, avaient réussi.

À cinquante-six ans, John Bradley était à l'apogée de son art. Dans la biogénétique animale, il faisait figure de champion. On lui devait des études brillantes sur l'hybridation de différentes races bovines et caprines, ainsi que des avancées spectaculaires concernant la capacité de formater des organes de porc pour des greffes destinées au corps humain.

Ici, Bradley avait finalisé des travaux ébauchés pour la première fois dans l'ancienne Union soviétique au début des années 30, et portant sur une hormone magique : la somatotropine, autrement appelée BST. Cette hormone de croissance existait au naturel dans l'hypophyse des vaches. C'est elle qui enclenchait le mécanisme de lactation. Dans l'URSS qui se piquait de scientisme, et pour contrecarrer la résistance des paysans devant la révolution bolchevique, les dirigeants du Kremlin avaient voulu pousser les feux de la production laitière en « dopant » le cheptel. Des agronomes moscovites avaient identifié la somatotropine comme un messager biologique dont l'effet consistait à déclencher puis à accroître le phénomène de lactation.

Ces recherches n'avaient pas abouti, faute de moyens donnés aux laboratoires soviétiques, mais les ébauches avaient été connues de certains scientifiques américains qui s'étaient engagés à leur tour dans cette voie. Il ne s'agissait pas d'inventer un surhomme, mais plutôt une supervache, une vache de compétition qui ne produirait plus chaque année quelque 4 500 litres, mais le double, grâce à un pic de lactation maintenu artificiellement élevé par des injections de somatotropine dans les mois suivant le vêlage.

John Bradley avait commencé à travailler sur ces programmes à ses débuts de chercheur. Il allait aboutir quand la crise européenne de la vache folle l'avait incité à tout interrompre. Ses commanditaires, les grands laboratoires pharmaceutiques, avaient craint que le sujet soit devenu tabou au moment où l'on abattait des troupeaux entiers pour cause d'encéphalopathie. Mais puisque la maladie de la vache folle touchait les bêtes à viande et que la somatotropine, Bradley en était convaincu, n'avait pas d'incidence particulière sur le futur consommateur de lait, il avait repris ses expériences au début de l'année 2000. Cette fois, il se sentait prêt. Son arme lui semblait révolutionnaire. Ceux qui avaient investi de grosses sommes dans ses recherches affichaient eux aussi leur confiance. Ils allaient inonder l'Europe de leur hormone révolutionnaire.

Quand trois visiteurs se firent annoncer au laboratoire, trois petits hommes gris et aussi semblables que s'ils avaient été clonés par des apprentis sorciers raéliens, John Bradley avait tout préparé. Sept vaches traitées à la somatotropine depuis un semestre attendaient devant leurs stabulations. Les courbes de production quotidienne pointaient le nez vers le ciel, surtout si on les comparait avec la production de sept autres vaches non traitées, qui se contentaient de brouter paisiblement l'herbe des prairies environnantes.

Les représentants de la Mosampino furent d'abord accueillis dans le bureau du professeur Bradley. Ils découvrirent au mur des posters presque grandeur nature de bêtes à cornes ressemblant à des athlètes bodybuildés. Leur hôte était un adepte du muscle et de la force, ce qui contrastait avec une apparence physique chétive. Certains de ses collaborateurs riaient de penser qu'il aurait dû s'inoculer à lui-même un peu de l'hormone miracle réservée aux bovins pour gagner en épaisseur…

— Messieurs, commença Bradley, je crois pouvoir vous annoncer sans risque d'erreur que nous sommes à la veille d'une prodigieuse avancée dans le domaine de la production laitière mondiale. Si mes travaux sont convaincants, et je ne doute pas qu'ils le soient, nous pourrons demain breveter une découverte qui nous rapportera des royalties chaque fois que, quelque part dans le monde, une vache donnera son lait. Le pactole des producteurs de semences ne sera rien comparé au pactole de ceux qui auront diffusé le vaccin de la somatotropine que je suis en mesure, dorénavant, de produire de manière stable et sûre. À vous de le développer à une échelle planétaire.

Cette entrée en matière fit soupirer d'aise les trois représentants de la firme multinationale.

— Notez bien que cette découverte aura évidemment des répercussions dans les pays du tiers-monde. Là où les éleveurs doivent constituer des troupeaux nombreux pour espérer satisfaire leurs besoins en lait, trois ou quatre vaches traitées à l'hormone de croissance suffiront. Autant dire que notre apport au développement des pays pauvres sera considérable, si nous obtenons… Il marqua un silence et se reprit… si vos lobbies obtiennent des autorités sanitaires mondiales le droit de diffuser ma découverte en prouvant son innocuité sur l'organisme humain.

— Nous avons déjà chargé le cabinet Bolten de Washington d'entamer une action d'information auprès des autorités de Bruxelles, déclara l'un des trois hommes gris. L'administration Bush nous soutient activement et nous pouvons compter sur des relais efficaces à Londres.

— Il faut dire aussi que nous sommes en train d'investir dans les pays nouvellement entrés dans l'Union européenne mais qui ne sont pas encore soumis aux réglementations sanitaires et vétérinaires de la vieille Europe, ajouta un des visiteurs. Nous avons aussi un projet d'élevage très avancé en Autriche et dans l'ex-URSS, comme si la somatotropine revenait dans son berceau historique. Quand des éleveurs produiront du lait si compétitif, nul doute que les autres voudront obtenir les mêmes droits pour lutter à concurrence égale. Cela devrait nous aider de manière décisive à forcer la porte de Bruxelles.

— Très bien, conclut Bradley. Je vois que vous n'avez pas perdu de temps, et c'est parfait, car de mon côté, tout est au point. Suivez-moi.

Il fit enfiler à ses visiteurs une combinaison plus sophistiquée encore que la blouse blanche distribuée à la ferme Bataille. Puis tous entrèrent dans une étable high-tech où des vaches étaient réparties de part et d'autre d'une grande mangeoire séparée en deux bacs. L'un contenait du simple fourrage. L'autre des tourteaux de soja et de maïs épais comme des Big Macs.

— Le défi à relever, expliqua Bradley, était de reproduire en laboratoire l'hormone de croissance laitière qui permet à une vache de produire le maximum de lait, même quand elle n'est plus en période de lactation due à la naissance de son veau. Jusqu'à présent, il aurait fallu abattre pas moins de vingt vaches et faire un prélèvement dans leurs hypophyses respectives pour obtenir une seule ration journalière de somatotropine. Autrement dit, il était impossible, sans le génie génétique, de pousser la capacité laitière d'un animal.

Les yeux du professeur Bradley brillaient tandis que les trois représentants des laboratoires industriels étaient suspendus à ses lèvres. Depuis qu'il n'enseignait plus à l'université du New Jersey, trop accaparé par ses recherches, Bradley n'avait plus souvent l'occasion de faire son numéro devant un auditoire. Et aussi réduit que fût celui de ce matin, il était tout à son affaire pour expliquer le pourquoi et le comment de ses travaux à des hommes qui, il le savait trop bien, n'avaient d'émotions que devant la perspective de s'enrichir.

— La somatotropine bovine, enchaîna-t-il, agit sur la mamelle de l'animal, sur son foie et sur ses muscles. Mais elle ne menace ni sa fécondité, ni sa longévité. Quant à ceux qui boiront le lait d'une vache ainsi traitée, ils ne subiront aucune incidence sur leur organisme. La preuve : je mène depuis plusieurs années une expérience sur des cobayes volontaires atteints de nanisme. Je puis vous assurer qu'aucun d'entre eux n'a gagné en taille, à leur grand regret d'ailleurs…

Un sourire mécanique se dessina sur le visage des trois visiteurs.

— Désormais, il est possible d'accroître de 30 à 50 % la capacité laitière d'une vache adulte, laissa tomber Bradley. En obtenant par mes travaux une somatotropine *in vitro* copie conforme de la somatotropine naturelle, il n'est plus question d'abattre la moindre vache pour pomper sa cervelle. Maintenant, regardez par ici.

Le professeur avança vers les sept « blanc et noir » qui se tenaient devant le fourrage en offrant un regard plus qu'indifférent aux invités de marque de l'étable.

— Comme vous pouvez le constater à leur pelage, ces animaux sont en parfaite santé. Les bêtes sont traitées deux à trois fois par jour au robot pulsateur et elles sont exclusivement nourries au fourrage additionné d'un complément de farines végétales, j'insiste.

Il fit quelques pas en direction d'une grande feuille semblable aux feuilles de température qu'on voit au pied des lits, à l'hôpital.

— Chacune de ces vaches a vêlé en fin d'année, ce qui explique la pointe que vous voyez au début, sur les mois de janvier et février. Puis la courbe s'abaisse considérablement à partir d'avril et surtout de mai.

Chacun put vérifier *de visu* les dires du professeur avant de le suivre de l'autre côté de la stabulation.

— Cette fois, vous êtes en présence de sept vaches rigoureusement semblables aux sept autres, des « blanc et noir » au pelage rutilant, qui elles aussi ont vêlé courant décembre. La seule différence, mais elle est de taille, c'est que je les ai traitées chaque semaine depuis la fin du sommet de lactation ; une simple piqûre à l'oreille donne ce prodige.

Le prodige tenait à cette courbe horizontale qui paraissait planer en apesanteur, très haut sur la grande feuille de production quotidienne de ce cheptel survitaminé.

— Évidemment, poursuivit Bradley, on ne donne pas le même carburant à une simple berline et à un bolide de course. C'est pourquoi nos supervaches ne se contentent pas d'avoine, même lestée de granulés. Il leur faut, pour se sentir en pleine forme, un mélange de notre bon maïs de la Corn Belt et de notre délicieux soja des plaines de l'Ouest, si vous voyez où je veux en venir…

— Je vois ! s'écria le moins gris des trois petits hommes.

— Bien. Grâce à notre hormone miracle, nous allons ainsi accroître la dépendance des cheptels du monde entier, en Europe et aussi en Asie, à l'égard de nos productions céréalières. Nos tourteaux maïs-soja seront les Burger King des étables !

Pour un peu, Bradley aurait quêté les applaudissements. L'assistance réduite qui lui faisait face émit des gloussements de satisfaction.

— Maintenant, dit un des visiteurs, il faudrait trouver une tête de pont en Europe. Un élevage pilote qui serait notre cheval de Troie grandeur nature.

— C'est ça. Ou plutôt une vache de Troie, reprit un de ses collègues en croyant faire de l'esprit.

— Mais ce serait dans l'illégalité ! protesta Bradley. J'espère que vous en êtes conscients. Il ne faut pas passer en douce ni en force. Il faut convaincre. Vaincre, c'est convaincre !

Ils se séparèrent sur ces mots. Le moins gris des trois s'appelait Bill Jenkins. Il avait étudié à la London School of Economics et avait aussi passé deux ans à Paris où il avait connu un certain Grégoire Bataille que ses amis charriaient toujours en l'appelant « le paysan ». Il se demanda ce qu'il était devenu, depuis toutes ces années.

— C'est ça. On pourrait une vache de l'eau, rappela un de ses collègues en croyant faire de l'esprit.

— Mais ce serait dans l'illogique, protesta [illegible]. J'espère que vous en [illegible]. Il ne faut rien passer en douce [illegible] [illegible] c'est convaincre.

Ils se séparèrent sur ces mots. Le [illegible] des trois, apostolat B. [illegible]. Il n'avait [illegible] of économie et avait [illegible] passé deux [illegible] avait connu [illegible] cheminé toujours sur l'[illegible] le pousser. Il se demanda ce qu'il était devenu, depuis [illegible] années [illegible]

[illegible]

[illegible] (1)

[illegible]

[illegible]

[illegible] (1).

[illegible]

[illegible]

[illegible]

qui, se [illegible]

que des [illegible]

l'[illegible] qui [illegible]

où l'on ne [illegible]

fait une [illegible] au soleil [illegible]

[illegible] pour [illegible]

en carburant propre.

En trente ans, le groupe [illegible]

[illegible] en l'honneur de son [illegible]

rang de l'agroalimentaire [illegible]

[illegible]

d'eau minérale et [illegible]

5

Don Melchiorre avait ses habitudes. À presque soixante-dix ans, il n'était pas enclin à changer quoi que ce soit dans sa manière de vivre, surtout de bon matin à l'heure de se sustenter. Dans la grande cuisine de son château de Bertozzo, en proche banlieue de Milan, une cuisine aux proportions d'une salle de garde, il sacrifiait seul à ce rituel quotidien : écouter le *Don Carlos* ou *Aïda* du maestro Giuseppe Verdi devant un gros bol de café à la surface duquel il voyait son visage se refléter. Ce matin-là, c'est *Aïda* qui avait eu sa préférence, pour sa gaieté communicative, de bon augure pour la journée radieuse qui s'annonçait sur toute la plaine du Pô.

Malgré les années, il avait gardé des traits fermes, un visage à la peau encore bien tendue, un menton dénué de bourrelets, le tout encadrant un nez d'une rare finesse qui, en France, l'aurait placé du côté des Condés plutôt que des Bourbons. Il y avait de la race chez ce roi de l'agriculture qui, phénomène rare dans l'Italie du Nord où l'on ne jurait que par l'industrie automobile, s'était fait une place au soleil en transformant des céréales en flocons croquants pour petits et grands, et le tournesol en carburant propre.

En trente ans, le groupe Verdi, ainsi qu'il l'avait baptisé en l'honneur de son idole, s'était hissé au premier rang de l'agroalimentaire italien, et dans les tout premiers fournisseurs européens de céréales, d'oléagineux, d'eau minérale et aussi, surtout, de lait traité à ultrahaute température, le fameux UHT qu'il avait eu l'idée de commercialiser dans des packs rectangulaires plutôt que dans des bouteilles cassantes.

Pourtant, don Melchiorre rêvait encore plus grand. S'il avait donné à sa réussite le nom de Verdi, c'est qu'il se sentait une destinée commune avec l'enfant pauvre de Roncole qui avait subi l'humiliation de se voir refuser le poste d'organiste de son village avant, plus tard, d'enchanter la Scala de Milan et la terre entière. Issu lui aussi d'une famille très modeste, Melchiorre ambitionnait de déverser ses produits partout dans le monde, comme Verdi avait baigné toute l'humanité, ou presque, de sa musique.

Chacun des opéras du génie italien était associé aux grandes conquêtes du groupe. C'est ainsi que les céréales de petit déjeuner du groupe Verdi qui rivalisaient désormais avec la firme américaine Kellogs étaient connues sous la marque Rigoletto, un nom qui, comme l'avait parié don Melchiorre, amusait beaucoup les enfants. Acheter des flocons d'avoine Rigoletto, voilà qui mettait de bonne humeur des millions d'enfants, qu'ils soient américains, norvégiens ou français. Le vieux Melchiorre avait un sens inné du marketing et flairait à des kilomètres ce qui allait «marcher».

De la même façon, son huile légère d'olives de première pression à froid qu'il vendait comme un grand cru n'aurait pu à ses yeux s'appeler autrement que La Traviata. Quant à son lait de première qualité, celui qui s'arrachait jusque dans le moindre village d'Italie en attendant, il l'espérait, de conquérir toute l'Europe, il portait le nom de Trouvère, un des opéras qu'affectionnait particulièrement don Melchiorre.

Conquérir toute l'Europe… Tandis que les chants d'*Aïda* montaient sous les voûtes élevées de la cuisine, le maître des lieux tapotait de ses doigts nerveux le bois épais de la table taillée par ses ancêtres dans la moelle rougie d'un sycomore. Conquérir toute l'Europe, songeait-il. Pour cela, il faudrait augmenter la production, et les exploitations de l'Italie du Nord atteignaient leur point de rupture. Quant à celles du Sud, il ne fallait guère en attendre des miracles. En Italie, tout le Nord se tuait à la tâche pour que le Sud puisse couler un doux et paisible farniente…

Depuis plusieurs mois, il envisageait de passer des alliances avec des producteurs des pays limitrophes qui lui auraient livré du lait dans des conditions avantageuses, par exemple en Suisse ou en France. Mais pour cela, il aurait dû déclarer la provenance exacte de sa matière première et un tel transfert l'aurait contraint à payer des taxes auxquelles il ne pouvait pas se soumettre pour conserver un prix de vente compétitif.

Ce matin-là, il tournait toutes ces données dans sa tête sans entrevoir le moindre début de solution, ignorant qu'à la même heure, dans un laboratoire du New Jersey et dans une exploitation du centre de la France, il comptait des alliés objectifs. Il manquait à tout cela l'étincelle, l'énergie ou le facteur qui mettrait en contact les différents protagonistes de cette grande affaire. Cette étincelle ou ce facteur portait un nom, celui de Greg Bataille, mais le principal intéressé en était encore à se demander s'il allait accepter l'offre d'Ambroise Bellec.

Son petit déjeuner fini, don Melchiorre sortit d'un pas vif et traversa la cour de gravier du château pour gagner son bureau qui donnait sur un lac paisible dont le vent léger du matin froissait à peine la surface. Il n'était pas 8 heures et, comme toujours, le patron était le premier à s'installer devant l'ordinateur où apparaissaient consignés dans un tableau synthétique tous les résultats quotidiens de son affaire, branche par branche, pays par pays, avec inscrites en rouge les prévisions simulées pour une année pleine. Une chose semblait certaine, 2003 serait un grand cru, peut-être le plus grand depuis qu'il avait créé le groupe Verdi en 1959, l'année de la signature du traité de Rome et de la mise en place de la politique agricole commune.

Au sein de la confédération paysanne italienne, il avait lutté pied à pied pour voir son pays entrer dans l'Europe verte qui n'était à la première heure qu'une affaire franco-allemande, et assez fermée aux nations du Sud. Une fois l'Italie devenue partie prenante des accords de garantie des prix, il contribua à moderniser des milliers d'exploitations en introduisant partout des « petits gris », ces tracteurs qui avaient fait merveille dans la France d'après-guerre dans le cadre du plan Marshall, mais dont l'Italie, payant son alliance avec les forces de l'Axe, avait été privée par Washington.

C'est ainsi que le groupe Verdi s'était d'abord constitué comme une immense coopérative d'entraide et de diffusion des techniques agricoles les plus pointues, avançant semences et matériel aux petits paysans, et se remboursant largement sur les récoltes obtenues. Don Melchiorre devint ainsi dans les années 70 l'équivalent d'un Agnelli ou, plus tard, d'un Raoul Gardini, mais avec une discrétion obstinée, refusant de voir la moindre photo de lui publiée dans un journal, et menaçant d'attaquer quiconque publierait une estimation chiffrée de sa fortune. Pour être heureux, il tenait à vivre caché. Aucune ostentation ne valait la peine aux yeux de celui qui se considérait d'abord et toujours comme un paysan.

Sa femme, donna Louisa, lui avait donné trois filles, toutes brunes et mates comme pruneaux mûrs. Deux étaient mariées à des hommes d'affaires de Milan et ne fréquentaient plus guère le château de Bertozzo qu'elles tenaient pour austère et trop ennuyeux pour venir y passer sa jeunesse. La benjamine, Ornella, se passionnait au contraire pour la stratégie de Verdi autant qu'elle nourrissait une dévotion pour son vieux père qui l'avait tenue jusqu'ici éloignée des préoccupations de son âge, se faire belle, être coquette, sortir avec les copains et flirter. Tout cela lui semblait beaucoup plus étranger que les cours du soja sur le Chicago Board of Trade.

Don Melchiorre ne regardait plus son épouse depuis longtemps que comme une aimable servante ou comme une vieille habitude, bien qu'elle ne fût pas si vieille car de dix ans sa cadette. Sa fille Ornella occupait, avec son affaire, l'essentiel de ses pensées et de ses sentiments. S'il avait regretté de n'avoir pas un fils, il se consolait en pensant que la jeune femme était la digne héritière de son père, inventive et obstinée, ambitieuse comme quatre et comprenant tout à demi-mot.

L'écran indiqua au patron que la journée de la veille avait été parfaite dans le secteur des ventes pour l'ensemble de la branche céréalière, depuis les positions prises sur les marchés à terme jusqu'aux livraisons de farine à la boulangerie industrielle, sans oublier l'approvisionnement de la grande distribution en petits déjeuners.

En consultant les dépêches d'agence, don Melchiorre nota qu'un conflit sérieux avait opposé la veille en France plusieurs centaines de producteurs de lait à leurs coopératives qui invoquaient le recul de la consommation de produits laitiers pour abaisser les prix de collecte. On parlait d'un manque à gagner de centaines de millions d'euros pour ce secteur fragilisé par le fléchissement de la demande. Les régions de montagne limitrophes de l'Italie étaient concernées par cette crise. Le patron de Verdi imprima la dépêche et la relut une deuxième fois.

Son œil s'arrêta ensuite sur le tableau qui ornait le mur de son bureau depuis tant d'années. Il représentait de façon fidèle et somptueuse l'été vu par le fameux peintre des Habsbourg, Arcimboldo, un Milanais comme lui qui avait commencé par exécuter des cartons de vitraux pour le dôme de leur bonne ville. Ses têtes composées avec des assemblages de fruits et de légumes formaient une fidèle allégorie de ce que représentait le groupe Verdi. Les visiteurs qui avaient accédé au bureau de don Melchiorre se disaient toujours frappés par la ressemblance entre son propre visage et la peinture d'Arcimboldo, un homme figuré de profil dans la plénitude de l'âge, dont chaque trait était formé de raisins, de prunes, de pommes et de noisettes, d'aubergines et d'ails. L'œil du personnage, aussi noir que celui du patron, épousait la forme d'une cerise mûre, sa bouche une gousse de pois à peine entrouverte, sa joue une pêche duveteuse et son nez une simple courgette. Une poire tenait lieu de menton. Un assemblage de feuillages et d'épis de blé donnait des sourcils abondants et le manteau de l'Été, un tissage de seigle, s'ornait d'un artichaut.

Pour rien au monde don Melchiorre n'aurait troqué ce tableau contre une de ces toiles modernes qui défiguraient les bureaux des grands patrons de l'industrie. Lui voulait rester proche de la terre et de ses fruits, et l'assimilation de l'humain au végétal ressemblait chez lui à un credo païen, bien qu'il fût toujours très assidu à la chapelle de Bertozzo où il ne manquait jamais l'office dominical ni les fêtes carillonnées.

Le regard un instant perdu dans le tableau d'Arcimboldo, le patron eut subitement un éclair, comme si une idée venait de jaillir en contemplant cet éternel été.

6

Grégoire Bataille huma l'air de Paris comme si son exil londonien l'avait surtout privé de la capitale dont il n'était pourtant qu'un enfant adoptif. Au sortir de son hôtel, qu'il avait choisi dans le quartier de l'Opéra, il longea sans hâte les Grands Boulevards puis s'installa à la terrasse du Café de la Paix après avoir fait provision de journaux. Bien que l'on fût en semaine, Grégoire se sentait en vacances. À 8 heures du matin, le soleil dardait déjà ses rayons sur les vitrines des magasins, et l'été s'annonçait chaud sur toute la France. Juin s'achevait. Le jeune homme se demanda comment il avait pu rester de si longues années loin d'ici, à Tokyo d'abord, où son tempérament bouillant avait dû sans cesse se contenir face aux manières retenues des Nippons. À Londres ensuite, où il avait mis du temps avant de trouver du charme au *fog* et au *smog*, aux pintes de bière bues sans fin dans les pubs enfumés.

Paris, ce matin, lui tendit les bras, et il se sentit comme un prisonnier à qui une grâce inattendue a été accordée, qui se retrouve un peu hébété et ivre de liberté, trouvant chaque chose belle, les passants aimables et les jeunes femmes court vêtues délicieuses à croquer.

Il faut dire que jusqu'ici, la vie sentimentale de Grégoire Bataille avait été moins riche que son activité d'expert financier. À force de dépenser son énergie à assimiler des dossiers complexes requérant une ardeur et une concentration peu communes, le jeune homme avait peu à peu abdiqué le terrain affectif, se contentant de passades avec des créatures sans lendemain qui craquaient pour son air enfantin et sans doute aussi pour son train de vie dispendieux.

Avant son départ pour le Japon, six ans plus tôt, il avait eu une longue histoire avec une jeune comédienne du cours Florent, Ariane. Ils s'étaient rencontrés chez des amis communs, un soir dans une taverne de Montmartre où l'on chantait des chansons à boire et où quelques cabots récitaient des vers un chapeau à la main, chapeau qu'ils tendaient pour recueillir le salaire de leur poésie. Ce soir-là, Grégoire avait glissé un billet de 500 francs dans le galurin d'un poète qui avait dit du Hugo avec des accents bouleversants. Cette manne tombée dans le couvre-chef du bonhomme avait saisi l'assistance et la jolie Ariane n'avait guère apprécié qu'on pût ainsi balancer l'argent sans compter, même si la prestation de son « collègue » avait été de qualité. C'est ainsi que Grégoire avait invité la jeune comédienne et qu'ils avaient parlé jusque tard dans la nuit, descendant seuls l'avenue Junot une fois les bistrots fermés. Ariane avait été stupéfaite de découvrir un garçon sensible, sincèrement touché par la poésie, et qui, de son propre aveu, avait donné 500 francs car il estimait vraiment que cet homme déclamant Hugo lui avait fait éprouver des sensations rares et précieuses.

Plus tard, Grégoire avait assisté à des représentations où jouait Ariane. Pendant une petite année, ils avaient filé un amour intense, lui l'initiant au monde de l'argent et elle à celui de la comédie. Mais à la longue, le tempérament ombrageux de Grégoire avait fini par peser sur la constante bonne humeur un rien exubérante d'Ariane. Si bien qu'à la veille de leur premier été, elle choisit de disparaître en Espagne avec un jeune premier qui la faisait rire plutôt que de rester avec ce Grégoire dont les airs naïfs cachaient à ses yeux un froid instinct de tueur et une ambition matérielle dévoreuse de sentiments. Le jeune homme eût beau vouloir lui démontrer qu'il s'agissait d'un malentendu, le verdict était tombé, et Ariane ne revint pas sur sa décision. L'automne suivant, une banque internationale proposa à celui qu'on appelait Greg un poste de trader à Tokyo. Il accepta sans réfléchir, persuadé que les chagrins d'amour se soignent à vif, par des éloignements radicaux de l'objet – en l'occurrence de la femme – aimé.

C'est ainsi qu'il quitta Paris pour n'y plus revenir qu'entre deux avions, en brève visite, avant de rejoindre des amis dans le sud de la France, l'été, ou de repartir vers Guéret pour de plus en plus rares séjours en famille.

Grégoire commanda un café et des tartines. Il avait un creux. Il portait un costume de coton très fin, de couleur crème. Il avait négligemment serré à son cou une cravate dont il ajusterait le nœud un peu plus tard, le moment venu. Dans une poche de sa veste roulait une balle de golf.

Comme le serveur déposait sous ses yeux un petit déjeuner fumant et croustillant, Grégoire avisa à deux tables de lui un homme vêtu de sombre, les traits tirés, les cheveux en désordre, qui attaquait de bon appétit une andouillette frites arrosée d'un solide verre de rouge dont la teinte contrastait avec sa pâleur de papier mâché. Grégoire consulta sa montre et observa le minuscule écran où s'inscrivait l'heure de New York : 2 heures du matin. Le type en face de lui qui mastiquait consciencieusement son andouillette AAAAA n'était autre qu'un de ces courtiers de la place de Paris qui traitent chaque nuit avec les marchés américains et vivent la tête et l'estomac à l'envers, se couchant quand on se lève, l'esprit rempli d'ordres de vente et d'achats libellés dans une langue qui n'est pas la leur.

Grégoire avait connu ce genre de décalage quand, de Tokyo, tard le soir, il attendait l'ouverture de Francfort et de Paris. Il avait assisté aux premières loges à la course folle de l'argent. Le spectacle de son voisin lui rappelait qu'à Paris non plus, il n'y avait pas d'heure pour les affaires.

Il palpa la petite balle de golf dans la poche de sa veste et la fit tourner entre ses doigts. Il en sentit chaque aspérité. C'était comme si elle était devenue partie intégrante de sa personne. Cela faisait huit jours à peine qu'Ambroise Bellec la lui avait plaquée dans le creux de la paume, huit jours qu'il retardait l'instant du retour à l'envoyeur. Comme toujours au moment de prendre une décision importante, Grégoire n'en finissait plus de soupeser le pour et le contre. Il avait tant souffert d'être parti à Tokyo sur un coup de tête, après sa rupture avec Ariane, qu'il gardait l'appréhension de qui a un jour pris une décharge électrique dans une prise de courant.

Une fois englouties ses deux tartines beurrées taillées dans une baguette toute fraîche comme il n'en connaissait plus depuis une éternité, il épousseta les miettes et entreprit la lecture de la presse économique. Il avait acheté les dernières éditions du *Financial Times* et du *Wall Street Journal*. Par acquit de conscience, puisque Bellec avait évoqué devant lui le marché italien, il avait aussi demandé le *Sole 24 Ore* dont les pages jaunes se mariaient parfaitement avec le rose du *Financial Times*. Mais son plus grand plaisir avait été de pouvoir plonger dans les journaux français. C'est ainsi qu'il ouvrit avec délectation le quotidien *Les Échos* en se promettant d'enchaîner ensuite avec *Le Figaro* et son cahier saumon. Il se réservait *Le Monde* comme premier plaisir de l'après-midi.

Ce matin, toute la presse évoquait les faucheurs d'OGM, ces syndicalistes agricoles, hommes politiques et militants écologistes qui avaient, la veille, saccagé des champs pilotes de blé génétiquement modifié dans un département du Sud-Ouest. Entourés de leur figure tutélaire José Bové, l'Astérix du Larzac qui ne manquait jamais une occasion de poser pour sa propre postérité, les faucheurs brandissaient leur « arme » – des lames flambant neuves – et en appelaient à un retour à l'agriculture biologique respectant la santé des consommateurs comme l'intégrité et la dignité du monde paysan.

Loin de se douter de ce qui se tramait dans le monde des produits laitiers, Grégoire Bataille eut une pensée pour les siens et se félicita que sa famille n'ait pas opté pour les céréales dont les cours étaient par ailleurs très déprimés.

La parole revenait largement aux producteurs et aux associations de consommateurs qui tous dénonçaient les dangers des OGM, avançant des arguments éthiques et économiques très forts. Il était question de risque aggravé de concentration des exploitations entre les mains des plus gros ; de menace d'extinction des variétés de blé rustiques et résistantes ; de disparition accélérée des petites fermes qui n'auraient pas les moyens de lutter dans la course coûteuse aux OGM. On parlait aussi de la fin de la diversité biologique, tout cela pour une affaire de gros sous, ainsi que le répétait partout le représentant de la Confédération paysanne.

Côté scientifiques, les arguments étaient plus contrastés. Les représentants de la firme Mosampino plaidaient pour l'innocuité des OGM sur les organismes humains tandis que certains experts européens présentés par les journaux comme indépendants mettaient en avant le principe de précaution pour suggérer de plus amples études inscrites dans la durée.

Et puis venaient les chiffres. Des chiffres énormes qui se passaient de commentaires. Des milliards de dollars investis depuis la fin des années 90 par une poignée de firmes américaines dans le génie génétique à vocation alimentaire. Des milliards de dollars qui devraient faire des petits pour générer les profits de demain du capitalisme agro-industriel situé de l'autre côté de l'Atlantique. George Bush avait déclenché une guerre en Irak dont l'une des conséquences majeures était de distribuer des contrats de reconstruction aux firmes de son pays. Washington se disait prêt désormais à engager une guerre alimentaire. Non pas en déclenchant des embargos comme cela avait été le cas dans les années 80 lorsque Jimmy Carter voulait sanctionner le bloc communiste. Ce temps semblait révolu. Cette fois, l'Amérique voulait imposer son nouveau modèle alimentaire, répandre ses grains de blé mutant comme elle avait jadis inondé le monde de Coca-Cola, de McDo et d'images de cinéma stéréotypées.

Grégoire Bataille prit connaissance avec passion de cette bataille qui ne se jouait plus seulement dans la coulisse. Les prétendants aux parts de marché sortaient de l'ombre. Ils voulaient conquérir l'Europe. Lui, plus modestement, mais non moins intensément, voulait reconquérir le cœur et l'estime des siens.

Il régla sa note et se leva. Il palpa une dernière fois la petite balle ronde au fond de sa poche et décida d'aller la rendre à son propriétaire dont les bureaux se situaient à deux pas, rue de la Banque. Il s'y rendit d'une allure légère, soulagé d'avoir enfin pris sa décision.

7

Visiblement, cela ne lui suffisait pas. Don Melchiorre était perdu depuis une heure dans l'arborescence du groupe Verdi affichée sur son écran d'ordinateur, et cet arbre touffu lui semblait squelettique, bien qu'il comptât déjà des ramifications, timides certes, et encore fragiles, dans plusieurs pays de l'Union européenne.

Le vieux lion pivota sur sa chaise et fit appeler Emilio Grazziani, son fondé de pouvoir, le seul qui, avec lui, avait le contact direct auprès des banques et des organismes financiers de Milan.

— Emilio, fit-il sans prendre la peine de le saluer ni de se préoccuper de sa personne, estimant déjà comme une libéralité extraordinaire de sa part de l'appeler par son prénom. Emilio, répéta don Melchiorre sans inviter son subordonné à prendre le siège vide qui lui faisait face, j'ai besoin de savoir…

— Oui, monsieur ?

— Nous sommes les champions du lait, très bien ; des yaourts, très bien. Mais dites-moi un peu, ce monde de l'agroalimentaire où nous essayons de défendre nos positions, où donc se développe-t-il le plus vite, à votre avis ?

— Aujourd'hui ou pour l'avenir ? demanda Grazziani en rajustant sur son nez ses épaisses lunettes d'écaille qui semblaient moins l'aider à voir qu'à se protéger du regard de son patron.

— L'avenir, aboya don Melchiorre, l'avenir !

— Alors il n'y a pas de doute. L'agrobusiness sera canadien, sud-africain, australien et brésilien. Je ne parle pas des États-Unis, bien entendu.

— Mais pourquoi donc ? Parlons-en de l'Amérique ! Et aussi des autres, l'Afrique du Sud, le Brésil, comme vous dites.

Don Melchiorre pivota de nouveau sur son siège et fit apparaître l'arborescence du groupe Verdi.

— Alors expliquez-moi pourquoi, Emilio, notre groupe qui se dit à vocation internationale n'est implanté dans aucun des pays que vous venez de mentionner.

— Le transport du lait, même conditionné et pasteurisé, n'est pas très rentable au-delà d'une certaine distance, avança Grazziani sans se troubler outre mesure.

Ce n'était pas la première fois que son patron, dans une crise aiguë mais en général passagère de mégalomanie, s'étonnait de n'être pas tout à fait un empire. Ce matin-là, pourtant, don Melchiorre paraissait plus déterminé que jamais à voir son arbre devenir une forêt. Une forêt profonde dans laquelle on se perdrait. Une forêt inaccessible, si dense qu'il serait bien difficile de venir y mettre son nez pour quiconque ne serait pas de la partie.

— Je ne vous parle pas de transporter notre lait, de lui faire prendre l'avion ou le bateau, encore que…, s'impatienta le Cavaliere, comme l'appelaient aussi ses collaborateurs, surnom qu'il partageait avec le président du Conseil Berlusconi, pas moins. Mais il existe bien des affaires à racheter ici et là, dans ce nouveau monde que vous décrivez comme le futur Eldorado.

— Sans doute, monsieur, sans doute. Mais puis-je vous rappeler que notre politique, définie par vous, repose sur le refus de l'endettement. Or, qui dit rachats, surtout à l'étranger, dit aussi créances détenues par les banques, moindre indépendance, risque de fragilité fin…

— Assez, coupa don Melchiorre. Je ne vous ai pas fait venir dans mon bureau pour m'expliquer la gestion d'entreprise. Je vous demande d'inventer, Emilio, d'innover, de créer.

— Je ne peux pas créer l'argent qui n'existe pas, riposta Grazziani quelque peu piqué.

Un haussement d'épaules du patron accompagna sa réponse. Il fit demi-tour et sortit aussitôt du bureau dont il referma la porte avec un imperceptible mouvement d'humeur et quelques mots sur les lèvres qu'il garda pour lui.

Don Melchiorre était déjà loin. Au Brésil, ou dans une usine sud-africaine, ou dans la grande plaine du Canada. Là où battait le cœur du seul monde qui semblait encore le faire vibrer, celui du business grandeur XXL, de l'économie-monde, de la réussite planétaire.

Sur sa ligne privée, don Melchiorre composa un numéro masqué. Il y eut un timbre d'homme au bout du fil.

— Dans une heure à l'Opéra, dit simplement le patron du groupe Verdi.

— J'y serai, fit la voix de baryton qui semblait capable de chanter de drôles de chansons.

Don Melchiorre laissa s'écouler quelques minutes. Il avait besoin de ce silence pour filtrer ses pensées. Puis il jeta par la fenêtre un coup d'œil vers le ciel et appela son chauffeur.

— Giuseppe !

— Oui, patron.

Don Melchiorre tressaillit. Giuseppe Alboni était son chauffeur depuis plus de quarante ans, mais auparavant, il avait été son inséparable ami depuis la classe communale et le catéchisme jusqu'au service militaire. Ayant à peine deux mois d'écart – Giuseppe se disait l'aîné – ils appartenaient tous deux à la classe 32. Par sa carrure, son courage physique, sa grandeur d'âme et sa générosité de pauvre, Giuseppe Alboni avait gagné depuis toujours le cœur de don Melchiorre. Leur relation se résumait à celle de deux complices que rien n'avait jamais opposés, sinon la conquête d'une belle, dans leurs jeunes années, mais tout cela était si loin.

— Qu'as-tu à m'appeler patron, maintenant ?

— Je blaguais, s'écria Giuseppe.

— Mauvaise blague, répondit don Melchiorre. Avance l'auto dans la cour. Nous partons.

— Loin ? fit le chauffeur en agrandissant les yeux.

— Milan.

— Ah, laissa tomber l'homme avec un brin de déception dans la voix.

— Je dois être dans trois quarts d'heure à l'Opéra.

— Mais alors, on a tout le temps !

— Juste.

Le sourire revint sur le visage de Giuseppe. Milan n'était voisine que de huit kilomètres. S'ils partaient maintenant, cela signifiait que le « patron » voulait d'abord prendre le chemin des écoliers, une sorte d'escapade rien qu'en garçons, comme au bon vieux temps.

Don Melchiorre prit place à l'arrière de la vieille Mazeratti aux chromes rutilants dont les suspensions étaient admirablement entretenues par Giuseppe, de même que l'intérieur cuir et l'habitacle arrière plaqué d'acajou. Cette auto n'était plus fabriquée en série depuis longtemps mais le patron du groupe Verdi n'avait jamais voulu s'en séparer, malgré les offres toujours plus alléchantes et plus modernes que lui faisaient régulièrement les établissements Fiat. La SM Mazeratti, ainsi qu'on l'appelait, avait précisément cet air majestueux et félin qui plaisait au Cavaliere. Les vitres fumées ne l'empêchaient pas de profiter des paysages, au contraire, et c'est dans cette posture, voyant sans être vu, qu'il se sentait le mieux, dans la compagnie discrète et fraternelle de Giuseppe.

Le chauffeur prit l'initiative de la balade à travers la campagne. Il savait, sans l'entendre de la bouche de don Melchiorre, où ce dernier avait envie d'aller. Ils longèrent une plaine immense et traversèrent un bois de chênes et de bouleaux. Puis ils se dirigèrent vers la seule colline qui s'élevait au milieu de cette étendue plus plate que la main.

— Ici ? fit Giuseppe en cherchant le regard de son ami dans le rétroviseur.

— Si, répondit don Melchiorre.

Ils parvinrent dans un hameau de cinq ou six maisons, toutes délabrées ou même carrément en ruine. La vie avait dû exister ici, il y a longtemps. Eux deux le savaient, qui avaient été enfants dans ce minuscule bout du monde éloigné de tout, où ils avaient vécu dans la pauvreté et la chaleur de leurs parents, au milieu de leurs bêtes et de leur illettrisme. Par bonheur, l'école avait fini par les rattraper et ils avaient appris quelques rudiments de lettres et de chiffres pour s'extraire de leur condition.

Comme toujours quand ils revenaient sur ces lieux pour un drôle de pèlerinage, ils restaient silencieux. Giuseppe s'asseyait sur un vieux banc où il avait vu tant de fois son père fumer sa pipe en contemplant la tombée du jour. Don Melchiorre, lui, inspectait sans répit l'ancienne demeure des siens, s'immobilisait dans l'encadrement des fenêtres borgnes, remettait ses pas dans ceux de son jeune âge. Il respirait plus fort, comme si une odeur familière avait ressurgi. Il guettait un son venu d'hier, une sensation perdue. Mais tout cela n'était plus que ruines et poussières, et fantômes ; et chacune de ces visites avivait le sentiment de rupture entre le monde des vivants, auquel il appartenait de toutes ses forces, et le monde des morts, qu'il regardait avec défiance et colère, comme s'il avait décidé de ne jamais lui appartenir, malgré l'âge qui l'y précipitait.

L'heure tournait doucement, mais tournait tout de même. Avant de repartir pour Milan, ils firent quelques pas en direction d'un minuscule cimetière où la nature exubérante faisait la loi. Don Melchiorre s'isola au-dessus de la tombe où reposaient ses parents, une simple pierre de calcaire, et non de marbre, aux inscriptions effacées. Ses parents avaient voulu ce dénuement, vivre leur éternité comme ils avaient vécu leur vie, pauvres d'apparence mais riches d'un amour qui les avait unis pendant plus d'un demi-siècle. Don Melchiorre respectait leur volonté, se contentant d'arracher çà et là quelques herbes voraces qui s'en prenaient à la pierre.

Giuseppe se tenait trop loin pour entendre, mais il fut surpris de constater que son ami parlait tout seul, gravement, comme s'il avait eu quelque chose à demander à feu son père. Il le vit accomplir quelques gestes avec les bras, lui qui n'était guère démonstratif en temps normal. Lorsque le patron de Verdi reparut de face, son visage était apaisé, comme s'il avait reçu une bénédiction d'outre-tombe.

— Vois d'où nous venons, murmura don Melchiorre.

— Oui, je vois.

— Sais-tu pourquoi nos parents sont restés toute leur vie ici alors qu'ils auraient pu s'employer bien mieux dans la plaine ou à la ville ?

— Non, dis-moi, fit Giuseppe avec admiration, car il était fier que son ami sache toujours des choses que lui ne savait pas.

— Regarde bien, continua don Melchiorre. De là où ils se tenaient, du haut de leur promontoire, ils pouvaient croire que le monde leur appartenait.

Le chauffeur hocha la tête. Ils reprirent place dans la Mazeratti mais cette fois, le patron s'assit aux côtés de son vieil ami.

— Va doucement, moi aussi j'aime bien regarder la vue d'ici en croyant que le monde est à moi.

— Mais il est à toi, répondit ingénument Giuseppe en ne roulant pas trop vite en direction de Milan.

8

Bill Jenkins, le moins gris des trois petits hommes gris qui, une semaine plus tôt, avaient rendu visite au professeur Bradley, n'avait pas perdu de temps. Par des amis européens avec lesquels il était resté en contact, il avait aisément retrouvé la trace de Greg Bataille qu'il n'avait plus revu depuis plus de six ans. Il lui envoya un e-mail pour se rappeler à son bon souvenir. Le jeune trader lui avait aussitôt répondu qu'il regagnait le bercail, à savoir la France, et qu'il serait heureux de le revoir à son prochain passage à Paris. Cela tombait bien, avait illico écrit Bill Jenkins, car il avait programmé incessamment un voyage en Europe. Les deux hommes s'étaient échangé leur numéro de téléphone portable en se promettant de boire un verre dans le quartier de Saint-Germain-des-Prés en souvenir des temps anciens.

Mais avant de quitter les États-Unis pour tenter de déployer son plan d'assaut, Jenkins avait à faire à Chicago, et c'est par un matin très clair qu'il atterrit en provenance de New York sur une piste de l'aéroport d'O'Hare. Comme toujours quand il revenait à Chicago, le lobbyiste de la Mosampino était happé par la démesure de la ville. Cela lui semblait tout naturel qu'elle ait pu être jadis un repaire d'aventuriers et de bandits à la Al Capone. Au loin scintillait comme une mer le lac Michigan qui semblait avoir isolé Chicago du reste du monde, comme si, en réalité, il n'y avait que Chicago au monde.

Alors que le taxi approchait du centre en filant sur une voie rapide, Jenkins emplit son regard de cette forêt de gratte-ciel qui se dressait majestueusement dans un entrelacement de verre, de béton et d'acier. Il repéra sans mal la Sears Tower sur le toit de laquelle il était attendu pour une démonstration hors du commun à laquelle, bien qu'il eût déjà vu quelques clichés aériens, il avait encore peine à croire.

— Si ce qu'on m'a raconté est vrai, songea-t-il, si les photos n'étaient pas arrangées, alors il s'agit véritablement d'un prodige.

Le taxi s'enfonça dans Jackson Boulevard et Jenkins pria l'homme de ralentir devant l'imposant immeuble en forme de pyramide du Chicago Board of Trade. Il était en avance, cela lui laissait le temps de regarder la façade de ce temple vivant de l'Amérique agricole dont il se prétendait un des chevaliers modernes. Au faîte de la structure régnait toujours la statue de Cérès, la divinité agraire de l'Antiquité romaine. Et de part et d'autre de l'horloge monumentale qui sonnait les heures mais aussi l'ouverture et la fermeture des séances, deux sculptures soulignaient davantage encore la vocation des lieux. L'une représentait un homme encapuchonné brandissant une botte de blé, l'autre figurait un Indien chargé d'épis de maïs.

De la grande porte du Board parvenait la rumeur du marché, des milliers d'ordres d'achats et de ventes de boisseaux de soja et de blé, de couvertures à terme sur le prix des céréales dans trois ou six mois. Ce que les béotiens tenaient pour un lieu de débauche et de spéculation n'était autre, Jenkins le savait, qu'un outil de régulation. L'offre et la demande de grains à travers le monde entier s'équilibraient chaque jour ici. Il aurait fallu ajouter la demande solvable, celle que les pays acheteurs étaient en mesure de payer. Le Chicago Board of Trade n'avait rien de l'Armée du Salut. Il y avait des organisations humanitaires pour tenter de réguler la faim des hommes. Ici, on faisait du business, du gros business, par milliards de dollars. Jamais la statue de Cérès ne tremblait. Son bras séculier arbitrait le jeu quotidien du libéralisme économique appliqué aux produits de la terre. Jenkins avait compris tout cela très jeune, c'était un pratiquant de l'économie de marché comme il y en a de la religion du partage.

Vingt minutes plus tard, le lobbyiste se fit déposer au pied de la Sears Tower. Il renversa sa tête en arrière, nuque cassée, pour tenter d'apercevoir le bout de ce gigantesque cigare planté tout droit dans le sol de Chicago, et donnant l'impression d'en perforer le ciel. Officiellement, la Sears Tower n'abritait que des bureaux de sociétés d'étude immobilière ou financière, des cols blancs plongés à longueur de journée dans de lourds dossiers, ou encore des officines de lawyers et de publicitaires.

Longtemps, la vue panoramique au sommet de la Sears Tower avait été une des principales attractions de la ville, avec le Loop – ou métro aérien – et l'Art Institute. Mais depuis quelques mois, pour la plus grande déception des touristes et des enfants qui traînaient là leurs parents comme on grimpe, à Paris, au sommet de la tour Eiffel, à la grande déception de tous, donc, la plate-forme panoramique du 103e étage était fermée au public.

Officiellement, il s'agissait de veiller à la solidité de l'installation suspendue, suite à la série d'investigations lancée en cascade après les attentats du 11 septembre 2001. Les pilotes des avions qui survolaient Chicago avaient pour consigne de passer très au large de la Sears Tower, une instruction que l'aviation civile avait reçue en urgent et qu'elle se faisait un devoir de respecter.

Un jour qu'un petit avion s'était aventuré dans les parages – il s'agissait d'un pari de pilotes amateurs –, ses passagers avaient cru voir une étrange végétation pousser au 103e étage. Leur témoignage avait été recueilli et publié par le *Chicago Tribune*, avec une photo à vrai dire peu convaincante, parce que floue, en noir et blanc, et prise de trop loin pour distinguer autre chose qu'une tache sombre.

Toujours est-il que deux jours après ce reportage, d'autres journaux s'étaient emparés de l'affaire en posant ouvertement la question: que se passe-t-il au 103e étage de la Sears Tower? Un communiqué officiel éteignit le début de polémique en invoquant des investigations de sécurité qui supposaient la dépose d'une sorte de tapis rouge antivibrations. Car une tache rouge était en effet visible, même de loin, par les avions décollant de l'aéroport d'O'Hare.

Le secret, finalement, avait été préservé. Les patrons de Jenkins avaient eu des sueurs froides, mais depuis cet épisode, tout était rentré dans l'ordre et les activités du 103e étage avaient fini par désintéresser jusqu'aux enfants dont l'envie « de grimper jusqu'au ciel » avait été déviée vers l'Amoco Oil Building qui avait gracieusement aménagé une aire panoramique presque aussi élevée et somptueuse que celle de la Sears.

Une armée de policiers montait la garde sans discrétion aucune aux abords des ascenseurs. Il faut dire qu'avec sa centaine d'*elevators*, la Sears était un véritable gruyère. En soixante-dix secondes chrono, ces machines quasi supersoniques vous emmenaient au sommet de la tour, 440 mètres au-dessus du sol. Un véritable vertige.

Jenkins s'annonça à l'accueil et présenta ses papiers d'identité. Une hôtesse le pria d'attendre quelques instants, on allait venir le chercher. À peine avait-il avisé de gros fauteuils club posés sur une épaisse moquette qu'un homme élancé, la quarantaine sportive, se présenta à lui. C'était McIntosh en personne, le responsable du programme que Mosampino avait sobrement baptisé « 103 », en référence à l'étage où il se déployait.

Ils se dirigèrent vers un ascenseur dont l'accès était fermé au public.

— Vous n'allez pas y croire, glissa McIntosh lorsqu'ils furent seuls dans l'habitacle.

Une musique expérimentale très métallique tenait lieu d'ambiance sonore. Jenkins aurait préféré les Stones ou Madonna. Il se sentit légèrement oppressé dans cette cabine qui lui semblait plus petite que les ascenseurs habituels. Un voyant rouge faisait défiler les numéros d'étage. Ils passaient le cinquante-huitième quand tout s'arrêta. Tout sauf la musique expérimentale. Une faible veilleuse continua d'éclairer les deux hommes de sa lueur jaunâtre.

— Ne vous inquiétez pas, fit McIntosh, c'est une sécurité. Nous avons fait installer spécialement cet ascenseur dans un angle de la tour où il n'en était pas prévu. Nous sommes obligés de marquer une pause à mi-chemin, pour préserver la tension des câbles. Mais il n'y a aucun danger, nous allons repartir d'une seconde à l'autre. Tenez, c'est bon.

En effet, la cabine s'illumina de nouveau et Jenkins sentit sous ses pieds la vibration du démarrage. Il inspira profondément. Il s'aperçut que son front était moite.

— Cette fois, nous y sommes, déclara le patron du programme 103. Bienvenue dans le futur !

Ils marchèrent à travers un sas transparent qui les mena sur la grande plate-forme du 103e étage. La superficie en extérieur équivalait à deux courts de tennis. La lumière était si intense que Jenkins dut sortir ses lunettes de soleil. Quand il les eut plaquées contre ses yeux, il ne put réprimer un *my God !* de stupéfaction.

Devant lui s'étendait ni plus ni moins qu'un champ. Un champ de blé à perte de vue, comme attaché au ciel, en apesanteur. Un champ de blé extraterrestre, accroché au vide. Un champ de blé tout rouge. D'un rouge très vif, lui aussi surnaturel.

— *My God!* répéta Jenkins. Mais qu'est-ce que c'est que ce truc-là?

— Je vous avais bien dit que le spectacle était unique! s'écria McIntosh, assez fier de son coup.

— Mais pourquoi ce rouge?

— Vous ne connaissez pas les trompe-l'œil, Bill? Vous allez comprendre. Avec tous ces avions qui se baladent dans le ciel comme autant d'espions, et avec les appareils photo à téléobjectif toujours plus perfectionnés, nous courions le danger de voir notre initiative éventée. Il fallait que ce blé ne ressemble pas à du blé.

— Je vois. Mais comment avez-vous eu l'idée de le faire pousser en rouge?

— Il ne pousse pas en rouge, Bill, c'est une illusion d'optique.

— Une illusion d'optique?

— Parfaitement. Grâce au film *Danse avec les loups*, nous avons trouvé cette solution que je n'ose qualifier de géniale, mais qui vaut son pesant de blé tendre!

— Que viennent faire les loups là-dedans? demanda Jenkins avec un brin d'inquiétude dans la voix, comme s'il avait soudain débarqué en plein tour de magie ou dans une émission de télévision où un type se fait piéger par ses amis.

— Vous avez vu ce film? Il a été tourné dans l'Ouest au début d'un printemps assez peu précoce. Or, l'histoire était censée se passer à la fin de l'été et au début de l'automne. Les champs de blé près desquels campait le héros auraient dû avoir une belle couleur ocre, et ils étaient verts.

— Et alors?

— Le réalisateur a eu une idée de génie. Il a peint les blés pour leur donner la couleur de la maturité.

— Peint les blés ?

— Parfaitement. Nous avons fait pareil. Mais au lieu de les peindre pour qu'ils ressemblent à des blés mûrs, nous les avons rougis pour qu'ils deviennent méconnaissables. De loin, on ne voit qu'une sorte de tapis rouge. Et d'ailleurs, ce tapis rouge est déroulé spécialement en votre honneur, cher Jenkins.

Jenkins sourit.

— Ça par exemple… Je suis confondu. Il s'agit bien d'OGM ?

— Il n'y a pas plus OGM que ce blé-là. OGM 103, c'est son nom. Le génie génétique lui a donné des anticorps contre toutes les maladies possibles et imaginables : les champignons, les pucerons, les rouilles. La graine est une sorte d'ordinateur immunisé contre tous les virus. Vous plantez ça et votre épi de blé devient une véritable citadelle. Imprenable. Inattaquable. Mais mangeable, *of course*.

Le visiteur hocha la tête.

— En apparence, ça ressemble à du blé normal ?

— La semence est pilulée comme un médicament, mais les blés ordinaires le sont aussi. C'est la couleur qui change. Pour le 103, je ne vous surprendrai pas en vous disant que l'enrobage est rouge.

— On peut dire que vous avez de la suite dans les idées, lança Jenkins.

— C'est un reproche ?

— Au contraire.

Bill Jenkins prit connaissance d'une note de travail fournie par son interlocuteur. Il était question de rendements, de taux de farine obtenus, de qualité panifiable. De prix d'achat de la semence.

— Ça ne sera pas donné, fit-il.

— Le résultat le justifie, rétorqua McIntosh.

— Oui, vous avez raison. Et l'étude sanitaire, les arguments scientifiques ?

— Vous lisez les journaux comme moi. La vérité scientifique, c'est ce que pensent une majorité d'hommes de science à un moment donné. Aujourd'hui, les nôtres affirment que les OGM sont un bienfait pour l'humanité. En Europe, ils prétendent le contraire.

— Je sais. Il faudrait trouver là-bas des soutiens. Et des lieux confidentiels, aussi imparables que ce 103e étage, pour mener des expériences grandeur nature.

— C'est votre boulot, Jenkins. Ici, nous travaillons sur le possible agronomique et biologique. À vous de transporter ce possible dans la réalité économique et psychologique.

— Je n'ai pas encore trouvé le bon ascenseur, mais je cherche l'entrée ! plaisanta le jeune agent de lobbying de la firme agrochimique.

— Ce qui est clair, c'est que nos rendements sont exceptionnels, et la robustesse des plants est unique au monde.

— Je suis convaincu. Reste à convaincre le reste du monde, une paille !

— Si la direction vous fait confiance, c'est qu'elle a ses raisons, murmura McIntosh avant d'entraîner son visiteur dans les sillons du grand champ rouge.

Comme ils marchaient parmi les épis, Jenkins demanda qui s'était chargé de la peinture.

— Le décorateur en chef de *Danse avec les loups*, répondit tout naturellement McIntosh. Nous avons appelé la production en nous assurant de leur discrétion. Kevin Costner n'a pas été mis au courant. Sinon il aurait été capable de vouloir tourner une version de *Danse avec les OGM* ! Vous auriez vu ce chantier. Le gars s'est amené avec deux gros pulvérisateurs qu'il a accrochés dans son dos. À la fin, même les baies vitrées étaient maculées de traînées rougeâtres. C'était du grand spectacle.

— Vous êtes certain que le secret est bien gardé ?

— Nous recevons régulièrement des images de France, avec un hurluberlu et sa bande qui se font un devoir de détruire le travail de la recherche sous prétexte que les OGM leur déplaisent. Nous ne pouvons courir ce risque d'avoir tout le temps des types prêts à saccager nos champs expérimentaux. Jusqu'ici, personne ne s'est jamais présenté au pied de la Sears avec l'intention de tout raser.

— Bravo. C'est vrai que le stratagème est efficace. Mais tôt ou tard, nous devrons paraître au grand jour.

— Oui. De notre côté, nous sommes prêts. Il faut gagner à cette cause les pays d'Europe, les vieux de la vieille et les plus récemment intégrés.

— Je sais tout cela. La difficulté, c'est d'attraper un fil. Après, il suffira de le tirer.

— Ne tardez pas trop. La direction financière s'essouffle à payer pour des recherches qui restent encore orphelines d'une application de masse.

Jenkins hocha la tête en silence. Il se fit raccompagner à l'ascenseur.

— Ne craignez rien, dans la descente, il ne marque pas d'arrêt au milieu. Il fonce !

— Comme moi, fit Jenkins.

— C'est cela, Bill, foncez, l'Amérique et Mosampino vous regardent !

De nouveau dans la rue, Jenkins releva les yeux au ciel. Un nuage d'altitude semblait s'attarder au-dessus de la Sears Tower. Le jeune lobbyiste eut l'étrange impression qu'il venait de se charger d'une teinte rougeâtre. Puis il poursuivit sa route dans le ciel, à nouveau blanc immaculé. « Une illusion d'optique », songea Jenkins.

9

Le teatro della Scala était en réparation, et depuis plusieurs mois déjà, les représentations lyriques étaient données au teatro Arcimboldi, un immense palais de la musique construit dans la périphérie de Milan et prévu pour accueillir plus de deux mille fervents. Mais en sa qualité de mécène des grands travaux entrepris pour rendre tout son lustre – et sa solidité – à la Scala, don Melchiorre était ici chez lui. C'est pourquoi il fixait certains rendez-vous à l'abri des regards dans les loges délaissées du théâtre pour la durée des travaux.

Lorsque la ville de Milan avait lancé ce grand chantier, le patron de Verdi s'était précipité afin de proposer son aide matérielle, sachant qu'elle ne pourrait lui être refusée. En contrepartie, il avait obtenu que pour les trois prochaines saisons, à compter de la réouverture de la salle mythique, soit reprise et recréée l'intégralité de l'œuvre de Verdi. Il n'était pas rare que des ouvriers rencontrent dans le *logionne*, ou sur le parterre, ce vieil homme occupé à chanter dans sa barbe, sans reconnaître ce patriarche de l'industrie.

Comme à son habitude depuis qu'il hantait la Scala en pleine métamorphose, don Melchiorre pénétra dans les lieux par une porte dérobée de la sortie des artistes dont on disait à Milan qu'elle permettait jadis à une princesse Visconti de s'en aller rejoindre son amant pendant les spectacles longuets. Il parcourut l'avant-scène de son pas saccadé sans négliger de caresser le célèbre rideau de velours pourpre qui masquait le décor et dont le contact entre ses doigts le rapprochait d'une félicité qu'aucun résultat se rapportant aux yaourts ne pourrait jamais lui procurer.

Il se dirigea ensuite vers la plus célèbre loge des héros du bel canto, une pièce plus grande que les autres, éclairée par de lourdes appliques lumineuses en cristal. Là, il attendit. Les consignes avaient été données au concierge pour qu'il mène son visiteur jusqu'à lui. Comme il l'avait prévu, don Melchiorre était en avance ou, plutôt, l'homme qu'il attendait avait du retard. Il coupa la lumière et resta dans la pénombre, écoutant une plainte lancinante qui montait de la sono disposée près de lui, à l'extrémité du sofa sur lequel il avait étendu ses jambes après avoir ôté ses souliers.

Le requiem de Verdi produisait sur lui toujours le même effet, un phénomène de transport vers des univers lointains, non par la distance mais par le temps. Don Melchiorre se trouvait transporté dans le XIXe siècle qui avait vu exploser la musique de son « compatriote ». S'il regrettait un peu que sa célébrité fût associée à un chant funèbre, il estimait que rien n'était plus puissant que ce morceau pour débusquer dans l'homme sa moindre part d'humanité.

Dix minutes après l'heure prévue, un petit homme rond et chauve précédé d'une bedaine qui soulevait son gilet roula plus qu'il n'entra dans la loge. Il déganta une de ses mains pour saluer don Melchiorre qui le pria de s'asseoir avant de refermer la porte sur lui.

Les deux hommes s'observèrent dans la pénombre de la loge. Ce qu'ils avaient à se dire n'imposait pas qu'on allumât. Don Melchiorre baissa le son de la chaîne puis la discussion s'engagea.

— Comment se porte votre banque ? demanda le vieil homme.

— Elle se porte comme l'argent, bien en ce moment,

répondit son interlocuteur dont la large cravate de soie était barrée par une pince en argent aux armes des illustres familles de Lombardie, celles auxquelles n'appartiendrait jamais don Melchiorre, quelle que fût sa fortune. Le moment est-il venu ? ajouta le bonhomme tout en rondeur.

— Je le crois, je le crains aussi.

— Vous n'avez rien à craindre, faites-moi confiance. Je vous écoute.

— Je me suis toujours méfié des banques et des banquiers, commença don Melchiorre comme à regret. Mais voyez-vous, dottore Lermini, dans notre secteur de produits frais, on n'existe plus si on ne pèse pas sur la totalité du marché. Il faut pouvoir imposer ses marges aux distributeurs, abaisser les coûts de collecte et de transport, financer des campagnes publicitaires pour donner aux gens l'envie de consommer nos crèmes laitières ou nos salades de fruits ou nos eaux minérales, ou encore nos pétales de maïs au petit déjeuner.

— En effet, approuva Aldo Lermini, patron de la banque d'affaires Lermini, une des plus actives de toute la péninsule dans le domaine de l'investissement industriel.

— Mon directeur financier ne regarde que le résultat net sans voir que, si nous réalisons toujours d'excellents résultats, ce dont je ne cesse de le féliciter, nous avons cessé de grossir. Et nous sommes donc…

— … en deçà de la taille critique exigée par la dimension nouvelle de l'Europe.

— Exactement, dottore Lermini. Tenez, je sais qu'il existe une grosse laiterie à vendre chez nos voisins français. Elle gère un million de litres des précieux quotas alloués par Bruxelles au milieu des années 80. Mettre la main sur ce pactole serait une bénédiction. Mais c'est cher.

— Combien ?

Don Melchiorre se gratta le fond de la gorge et prononça un chiffre *mezza voce*.

— Je vois, fit Lermini. Mais si je puis me permettre, ce n'est pas non plus l'océan à boire !

— C'est ce que je me tue à répéter à Grazziani. Mais il ne regarde pas plus loin que les échéances de fin de mois, et comme l'avenir lui paraît inabordable, il se conduit comme si demain n'existait pas.

— Vous avez bien fait de venir vers moi, dit en souriant Aldo Lermini. Somme toute, vous avez un besoin de trésorerie dont le montant vous paraît largement justifié par le retour possible d'investissement.

— C'est évident, admit le patron du groupe Verdi. Les charges qui pèsent sur les producteurs français sont moins lourdes chez nous. Si nous réorganisons la collecte du lait selon nos critères, l'affaire serait parfaitement viable au bout d'une ou deux campagnes.

— Je vois, laissa tomber le banquier en remuant les lèvres dans un signe de gourmandise, bien qu'il n'eût jamais supporté la vision du lait, et encore moins de le boire.

— Ce n'est pas tout, poursuivit don Melchiorre, comme s'il avait rempli son sac pendant des années avant de venir le vider enfin aux pieds du banquier. J'ai des renseignements précis sur deux affaires à vendre, l'une de viande sur pied en Argentine, où je vous rappelle que le cheptel est indemne de la maladie de la vache folle, et une grosse maison de salaisons en Australie, près de Brisbane.

— Ces sociétés vous intéressent aussi ? demanda le banquier un rien surpris de voir le vieux lion afficher son appétit.

— Exact.

— C'est combien ?

— Chacune ?

— Le total.

Don Melchiorre réfléchit et, toujours de sa voix rentrée, il prononça un chiffre comme on demande un cadeau au Père Noël. Le banquier ouvrit ses yeux ronds, non pas en raison de la somme qui lui paraissait à première vue acceptable, mais à cause de cette passion qui faisait presque trembler le patron de Verdi en même temps qu'il s'exprimait. Cet homme que l'on comparait parfois à un dignitaire du protestantisme, lui qui ne goûtait en rien la religion réformée, en raison de son immense discrétion, cet homme au visage impavide et le plus souvent fermé était donc agité d'une passion dévorante qui, se déclarant sur le tard, n'en était que plus vive.

À son tour, le banquier prit une voix solennelle comme chaque fois qu'un banquier se met à parler d'argent.

— Cher dottore, commença-t-il, je crains que vous n'en soyez resté, financièrement parlant, aux méthodes éculées du capitalisme familial de notre pays qui, sans vous offenser, nous freinent encore aujourd'hui dans notre expansion. Ce qu'on a appelé, il y a trente ans, le « miracle italien » a finalement fait long feu car, pour l'essentiel, nous avons été des amateurs comparés à la plupart de nos voisins européens, et je ne parle même pas des Américains.

— Il fallait bien bâtir les fondations, construire sur du solide..., se défendit don Melchiorre.

— Certes. Mais vos modes de financement sont si limités au regard de votre capacité d'endettement que vous avez dû passer à côté d'opportunités formidables.

Son interlocuteur hocha la tête avec l'expression du regret.

— Je ne vous apprends rien en vous disant que le groupe Verdi n'est pas obligé d'exister physiquement dans le seul village de Bertozzo, mais qu'il peut dorénavant prendre de multiples formes en de multiples lieux, visibles ou invisibles.

— Visibles ou invisibles ? reprit, étonné, don Melchiorre.

— Je suis sûr que vous allez comprendre. Lorsque *Aïda* a été représenté dans ce merveilleux théâtre, vous avez milité pour que l'opéra soit joué en respectant la volonté fidèle de Verdi, à savoir…

— … à savoir que l'orchestre doit être dissimulé au public qui ne voit que le jeu des artistes sur scène.

— Je vois que vous comprenez très vite. L'orchestre appartient à *Aïda* de même que les décors et les costumes somptueux, mais à la différence du reste, on ne peut pas le voir alors qu'il est là. Vous me suivez ?

— Oui, je crois. Mais comment transposer ce principe au groupe que je dirige ?

— Don Melchiorre, insista le banquier, nous sommes entrés dans l'ère de la finance inventive.

— La finance inventive ? Mais de quoi s'agit-il ?

— Tous les États produisent leurs lois comme ils produisent de l'acier ou du blé ou que sais-je encore. Certains États se mettent même à plusieurs pour respecter des règles communes. Mais dans ce filet qui sans cesse se resserre par le jeu des réglementations, des États refusent de restreindre les libertés. On dit qu'il s'agit de paradis, paradis fiscaux, paradis tout court, si j'en crois les photographies que j'ai vues des îles Vierges qui, entre parenthèses, appartiennent à la Grande-Bretagne. Autrement dit, pas question d'être inventif à Londres, mais vous pouvez inventer tout ce que vous voulez à condition de vous domicilier sur une des trois îles Vierges. À partir de là, vous pourrez revendiquer de créer des filiales de Verdi pour y rapatrier vos bénéfices imposables, des marchés conquis off shore ou, au contraire des pertes qu'il ne ferait pas bon de trop exhiber lorsque vous entreprenez une stratégie de rachats. Vous me suivez, cette fois ?

— Cette fois, oui, acquiesça don Melchiorre. Mais l'argent, il faut bien le trouver quelque part, au début.

— J'allais y venir, enchaîna Lermini. Pour être tout à fait à l'aise, vous devriez sortir de cette réserve presque maladive dans laquelle vous vous tenez, vous et votre entreprise, depuis si longtemps. Pour lever des fonds, il faut qu'on vous connaisse. Et pour être connu, rien de tel que l'entrée en grande pompe sur le marché.

— Vous voulez dire la cotation en Bourse ?

— Exactement. Il s'agit d'une opération fort délicate qui mérite une orchestration minutieuse, des comptes « window-dress »…

— Pardon ?

— Je veux dire nettoyés de manière à ne pas effrayer les investisseurs, surtout quand une partie du chiffre, comme c'est votre cas, est saisonnier.

— Poursuivez.

— Il faudrait engager une agence de communication – d'ailleurs nous en avons une excellente – pour ficeler un dossier solide et très personnalisé autour de votre personne, de votre légende propre. Les investisseurs ont besoin d'identifier un produit à un homme.

Don Melchiorre émit un son incompréhensible que Larmini traduisit par un refus.

— C'est comme ça, aujourd'hui. La règle du jeu est ainsi faite, insista le banquier. Vous devez d'abord rassurer et séduire. Ensuite, on vous donnera tout ce que vous voulez.

Le patron du groupe Verdi haussa les épaules mais poursuivit tout de même la conversation. Il était piqué. Il n'allait pas reculer. Il grognait, grinçait, maugréait contre ce monde qu'il n'avait pas choisi, mais il avait en tête le serment qu'il avait fait une heure plus tôt dans le petit cimetière délabré où reposaient ses parents. À son père changé en pierre et en poussière, il avait promis de porter haut le nom de leur famille. Il n'allait pas reculer à présent, puisqu'il en allait de son honneur, et aussi de son orgueil.

— Nous sommes champions dans le placement des obligations sur l'ensemble des marchés européens. Nous avons écoulé du Fiat et du Montedison à tour de bras. Jamais nous n'avons vu les petits porteurs venir réclamer leur dû. Ils ont confiance, et c'est cette confiance que nous allons établir entre vous et le public. Je peux affirmer sans exagération que vous avez un dossier en or.

— Pourquoi donc ? demanda don Melchiorre à la fois surpris et flatté.

— Réfléchissez une minute. Vos produits laitiers sont associés à l'enfance dans toute l'Italie. Nous avons tous poussé à grandes rasades de lait Rigoletto. (Il s'abstint de préciser qu'il détestait le fameux liquide blanc.) Vos produits incarnent la douceur, l'innocence, mais aussi la fraîcheur, la bonne santé, les moments de convivialité. C'est autre chose que de faire l'article pour des tubes d'acier profilé ou pour des molécules chimiques.

Un timide sourire se dessina sur le visage de don Melchiorre.

— Une chose me préoccupe, finit-il tout de même par ajouter comme pour rompre le charme.

— Je vous écoute.

— Vous avez parlé de raconter mon histoire, de personnaliser l'entreprise.

— Exact.

— Je crains que cela soit rigoureusement impossible. Vous me voyez racontant ma vie, même professionnelle, à un inconnu ? Forcément, ma vie dans le groupe recoupe ma vie privée et je ne tiens pas à l'étaler sur la place publique, même pour les besoins d'une brochure vantant mes mérites…

— Rassurez-vous, il ne s'agit pas d'une autobiographie mais simplement d'exprimer à travers vous les valeurs de votre entreprise, son authenticité, sa proximité avec le monde agricole, son savoir-faire industriel et sa modernité. Si vous voulez que nous allions plus avant, je vous présenterai des professionnels de la communication et vous verrez que le jeu en vaut la chandelle.

— Bien, fit don Melchiorre en se redressant. Je vais réfléchir à tout cela.

— Ne tardez pas trop, si vous voulez cette laiterie française et ces belles affaires du Brésil et d'Australie.

— On se reverra dans deux jours.

— Parfait.

Comme s'il avait été le maître de la Scala, le patron du groupe Verdi raccompagna son hôte vers la sortie puis il gagna la grande salle. Le rideau rouge avait été tiré, laissant apparaître d'incroyables échafaudages qui auraient pu tenir lieu de décor à une pièce postmoderne.

Mais don Melchiorre semblait ne rien voir de cette soudaine laideur entrée par effraction dans l'enceinte de la beauté. Il repensa à l'orchestre d'*Aïda*, plongé dans sa fosse, pendant que le spectacle se déroulait. Oui, il fallait savoir masquer une partie du réel pour lui donner sa dimension la plus intense. Après tout, se dit le vieux Cavalière, la finance inventive était peut-être une manière de faire de l'art avec de l'argent, de devenir magicien prestidigitateur, de devenir un créateur à sa manière.

Quand il retrouva Giuseppe qui l'attendait dans la voiture, les ombres s'allongeaient déjà.

— J'ai cru que tu allais dormir au teatro ! s'exclama le chauffeur. Allons-y, je crois que chez moi il y a du minestrone et un vin de Calabre débouché dont tu me diras des nouvelles, « patron » !

— Alors filons, fit don Melchiorre, mais respecte les limitations de vitesse, je ne veux pas d'ennuis avec les carabinieri. Je ne veux d'ennuis avec personne.

10

Ambroise Bellec mit Grégoire Bataille dans le bain dès la minute qui suivit l'arrivée du jeune financier dans ses locaux de la rue de la Banque. Greg avait fait rouler sur le bureau du « boss » la petite balle de golf, et les deux hommes s'étaient promis une revanche un de ces jours à Hardelot ou à Saint-Nom-la-Bretèche qu'il fallait moins de une heure pour rejoindre.

Le salaire était très correct, les primes alléchantes, l'autonomie promise à la nouvelle recrue tout à fait stimulante. En une journée, Grégoire prit possession d'un bureau d'angle d'où il pouvait voir, par la fenêtre, deux colonnes et un bout de chapiteau du palais Brongniart, l'ancien temple de l'argent désormais assoupi.

À midi, Ambroise Bellec l'invita à déjeuner au Vaudeville. Il avait retenu une table près de l'entrée, car de son propre aveu, il aimait à observer ceux qui arrivaient, voir leur tête et lire peut-être dans leurs pensées. Il faut dire que le Vaudeville avait été pendant de si longues années la « cantine » des boursiers que le patron de Bellec Investissement avait gardé cette habitude de scruter le visage des familiers des colonnes, comme s'il avait pu deviner, à leur simple expression, s'il fallait vendre ou acheter.

— Votre table est prête, fit un garçon en veste noire et tablier blanc, dont le petit clin d'œil d'accueil témoignait de la complicité avec l'arrivant.

Bellec insista pour laisser la banquette à son nouveau protégé. Il choisit la chaise en dur, non par habitude spartiate, mais plutôt en raison de sa situation. Elle lui offrait une vue parfaite sur la porte-tambour de la brasserie qui, à cette heure-ci, crachait son contingent de financiers affamés. Bellec ne se lassait jamais de leur spectacle, même si la mise en sommeil de la Bourse faisait du lieu un must légèrement déclassé, quelque chose de presque désuet à l'époque du net et du marché virtuel. Mais tant pis, cet investisseur hors pair qu'était Bellec continuait de flairer des choses en fréquentant le Vaudeville. C'est après des déjeuners ici, à travers quelques bribes entendues, quelques confidences à l'oreille, quelques silences aussi, qu'il avait senti la nécessité de se débarrasser d'urgence de ses parts dans Vivendi (c'était bien avant la chute de Jean-Marie Messier) ou de ne pas entendre les sirènes de France Telecom au moment de la privatisation partielle. En un mot, Bellec avait un nez de pointer, et ses déjeuners au Vaudeville l'exerçaient à sentir la rumeur, comme les haltères, même légères, exercent les muscles.

— Vous êtes un peu trop jeune pour avoir connu cela, fit-il en demandant, pour commencer, une eau pétillante et un melon frais orné de jambon de Parme, en incitant Grégoire à l'imiter. Dites-vous qu'ici, je parle de la Bourse bien sûr, j'ai vu tous les agents de change, les coulissiers, les donneurs d'ordres, tout ce beau monde, je vous dis, applaudir à tout rompre et debout s'il vous plaît, un ministre des Finances socialiste.

— C'était qui ? demanda Grégoire.

— Paix à son âme, c'était Pierre Bérégovoy.

Il y eut un silence.

— En vérité, la gauche s'est convertie à l'économie de marché plus vite encore que saint Paul a reconnu Dieu sur le chemin de Damas ! fit Bellec pour rompre et le silence et le ton grave qu'il avait employé pour évoquer l'ancien Premier ministre suicidé.

— Je n'ai pas beaucoup suivi cette période, il faut dire que j'avais seulement onze ans en 1981.

— Votre jeunesse est votre force, et aussi, sans doute, votre insouciance, lança Bellec. Moi, j'ai eu dix ans en 54, on nous forçait à boire un verre de lait à l'école, tous les matins, pour relancer la consommation et pour durcir nos os, une idée de Mendès France qui aurait mieux fait de ne pas brader l'empire.

— Vous parlez sérieusement ?

— Quand il ne s'agit pas de finances, je ne suis jamais sérieux, Bataille, sachez-le une bonne fois.

Le jeune homme sourit à pleines dents. Ils commandèrent chacun une entrecôte accompagnée de légumes verts. Bellec demanda un pot de moutarde à l'ancienne et le moulin à poivre, puis il entreprit de brosser devant son nouvel employé le tableau rêvé de ses conquêtes.

— Regardez cette table, mon cher. Une bonne viande saignante estampillée Salers, qualité limousine, rien à dire. Des haricots verts origine Sud-Ouest, sans un fil, plus charnus que les haricots kenyans qu'on trouve l'hiver sur les marchés à cinq euros le kilo. Bien. Dites-vous que nous sommes des privilégiés dans ce pays, aujourd'hui encore. Car ce qui guette, je ne vous apprendrai rien, c'est la monotonie, la bouffe standard. Je ne parle pas de McDo qui a du goût. Ce n'est pas le mien ni sans doute le vôtre, mais je peux vous assurer qu'il y a un goût McDo. Même les frites McDo ont un goût spécial. La monotonie, ce sont les légumes qui se transforment en eau, les fruits qui ne sentent rien, les légumes genre tomates en carton, moches à mourir, les fromages tellement aseptisés par les règlements sanitaires bruxellois qu'il vaut mieux manger du plâtre, c'est moins cher et ça tient davantage à l'estomac…

— Là, vous exagérez ! l'interrompit Grégoire.

— Non, j'argumente.

Bellec venait de se saisir du pot de moutarde à l'ancienne et du moulin à poivre.

— Si j'avais commandé des *penne alla rabiata*, je

vous aurais aussi montré la sauce. Car l'avenir est là. Puisque le plat de résistance n'a plus ni odeur ni saveur, il faut lui trouver un goût, une couleur. Voilà pourquoi depuis près de dix ans, les sociétés proposant des condiments, des épices et des sauces sont les véritables stars du marché. Leurs cash flow débordent, celles qui sont cotées en Bourse ont des rendements spectaculaires et leur image d'authenticité leur donne une réputation d'enfer. Vous comprenez ?

— Je comprends, fit Greg en roulant un morceau de viande très tendre dans le petit carré de moutarde qu'il avait constitué au bord de son assiette.

— Très bien, je vois que vous avez le bon réflexe, admit Bellec en plongeant à son tour dans le même délice. La difficulté, ou plutôt – car je n'aime pas parler de difficulté – le défi, le jeu qui vaut vraiment la chandelle, c'est de dénicher ces sociétés avant même qu'elles aient conscience de leur potentiel. C'est comme une belle fille, Greg, quand elle sait qu'elle est belle, elle vous coûte toujours trop cher, et je sais de quoi je parle.

Grégoire ne releva pas ce propos machiste et relança son nouveau patron sur les caractéristiques du marché agroalimentaire européen.

— Il ne faut pas acheter à l'aveugle, sous prétexte que le prix vous semble bas. C'est là qu'il convient d'avoir le nez creux. Certaines affaires sont bon marché car elles ne valent objectivement rien. Vous avez comme ça une flopée d'usines en Pologne ou en Roumanie dont l'acquisition se fait pour une bouchée de pain. Mais c'est seulement parce qu'elles ne valent pas davantage qu'une bouchée de pain. Sur le papier, tout semble prometteur. Vous allez sur place et vous constatez que rien n'a été modernisé depuis la chute du communisme, que les ouvriers ont quitté les lieux avec une partie du matériel de la boîte, oui, que tout le monde s'est servi et a vécu sur la bête. Il faut avoir l'œil, le garder bien ouvert.

— Vous avez repéré des affaires possibles ?

— Pour les repérer, c'est assez facile. Maintenant, je ne peux pas me rendre partout, et les sociétés de notation internationales réservent leurs analyses aux firmes déjà introduites en Bourse. Celles qui se tiennent hors du marché financier sont des inconnues. De véritables inconnues. Et ce sont elles, surtout, qui m'intéressent.

Le garçon revint vers eux avec le plateau de fromages. En conformité avec ses partis pris verbaux, Bellec choisit les plus goûteux : munster, roquefort et vieux comté de cinq ans d'âge. Il remplit généreusement leurs verres d'un chinon léger mais bien structuré. Il invita Grégoire à le suivre sur le dessert du jour, une crème brûlée à la vanille de Madagascar. Puis, d'une voix très douce, aussi onctueuse que sa crème, il dévoila au jeune financier sa stratégie.

— Je vous livre mon plan de bataille qui ne va pas tarder à s'appeler mon plan Bataille ! s'exclama-t-il en riant, heureux de sa trouvaille.

Grégoire se détendit. Il se sentait bien à Paris, bien dans cette ambiance de connivence au parfum d'aventure, de renouveau, de démarrage à zéro. Il aspira un grand coup et prêta toute son attention aux propos de Bellec.

— Le secret, mon petit vieux, ce sont les familles.

— Les familles ?

— Absolument. J'ai observé cela avec le vignoble français, bordeaux et bourgogne confondus, c'est chaque fois la même histoire. Prenez des propriétés qui n'étaient après la guerre que d'honnêtes vignobles mais tout de même classés en appellation d'origine contrôlée dans la catégorie des vins supérieurs. Les patrons, de véritables *pater familias*, ont entrepris de rénover les cépages, de moderniser les méthodes de vinification. Ils ont pratiqué les vendanges vertes, avant même que le raisin soit mûr, pour éliminer les grappes moyennes et ne conserver que les plus prometteuses. Ajoutez-y le renfort de la publicité et vous avez le succès du vin français que le désormais fameux Parker célèbre chaque année dans sa grosse bible où il note les pinards. Vous me suivez ?

— Oui, acquiesça Grégoire.

— Bien, car je commence à peine la démonstration. Que s'est-il passé ensuite ? Les grands vins de Bordeaux et ceux de Bourgogne sont devenus des Rolls Royce, des trucs d'une valeur inouïe qui a dépassé l'entendement et dépassé aussi les prévisions de leurs propriétaires qui se sont trouvés en fin de carrière dans les années 70 avec des biens trop chers pour leurs héritiers. Si chers que leurs enfants n'ont pas eu les moyens de racheter la propriété familiale. L'impôt sur la succession était tel qu'ils se sont fait littéralement assommer par leur fortune.

— Une situation injuste pour ces gens qui se sont donné tant de mal, observa Grégoire.

— Je ne vous le fais pas dire. C'est de cette façon que les zinzins ont pu entrer dans les affaires.

— Les investisseurs institutionnels ?

— Exact. Les banques et les compagnies d'assurances ont été trop contentes de recycler leurs bénéfices que je qualifierais d'indécents en volant au secours des familles écrasées d'impôts. C'était toujours le même scénario : elles rachetaient la propriété deux ou trois fois sa valeur, laissaient le fondateur dans les murs pour maintenir les apparences d'une affaire de famille, et le maître de chai dans son chai pour continuer à produire de l'excellent vin. Les héritiers se voyaient richement, grassement indemnisés, mais ils n'étaient plus chez eux. Allez voir à Yquem, en Sauternes, et demandez à ce pauvre comte de Lure Saluce ce qu'il a pensé du rachat de son bijou par le milliardaire Arnaud…

— J'imagine, fit Grégoire. Mais alors, quelle parade peuvent-ils inventer ?

— J'y arrive. Et c'est à ce stade que nous pouvons intervenir. Je vous ai parlé de pinard, mais je dirais la même chose pour toutes ces boîtes d'agroalimentaire que le succès a dépassé, cela va des affaires familiales de foie gras dans le Sud-Ouest à celles de saumon fumé en Bretagne, j'ai comme ça une liste impressionnante de sociétés qui n'ont rien à envier aux bijoutiers de la place Vendôme. La France est un pays de tradition du goût, et que cela plaise ou non aux vendeurs d'Airbus ou de microprocesseurs, nos plus beaux chiffres viennent du blé et du vin, de la bouffe sous toutes ses formes. Les Américains et les Japonais l'ont compris avant nous, qui se précipitent pour racheter la moindre affaire qu'ils devinent prometteuse ou déjà en plein boom mais en quête de liquidités.

— Les familles donc…, relança Grégoire pour ramener Bellec à son plan de bataille qui le faisait littéralement saliver.

— Oui, les familles. Le tissu français est à présent très connu. Il est bien rare que nous fassions une découverte, même s'il ne faut rien négliger dans la collecte de l'information. Savez-vous que nous sommes abonnés à tous les quotidiens régionaux pour repérer les petites boîtes qui montent et dont la presse locale signale les premiers succès ? Il suffit qu'une société inconnue du Jura ou du Périgord passe un marché avec un pays étranger pour que nos antennes soient en alerte. Qui sait si ce n'est pas le début d'une « success story » ! Mais désormais, c'est chez nos voisins qu'il faut rechercher ces perles rares.

— Pour les racheter ? demanda Grégoire intrigué.

— Surtout pas ! Le problème n'est pas de les racheter, mais de les amener au marché. De les convaincre d'ouvrir leur capital au public. C'est là que nous intervenons. Pour évaluer leur bilan, anticiper leur rendement, et les aider à constituer un actionnariat qui les rendrait pérennes. Par exemple, créer un pacte familial, un noyau dur qui permet aux fondateurs et à leurs enfants de conserver une minorité de blocage, et ouvrir le reste à des actionnaires qui ne sauraient en rien représenter un danger de prise de contrôle.

— Dans ce cas, la succession n'est plus rédhibitoire ?

— Non, car les légataires n'héritent qu'à hauteur de leur participation minoritaire dans le noyau dur. S'ils morcellent correctement leur actionnariat, ils sont à l'abri d'OPA hostiles et de coups de Jarnac.

— Sauf si certains membres de la famille se vendent au plus offrant et brisent le pacte familial.

Bellec soupira.

— Vous avez raison, cela s'est déjà produit. Il y a toujours un risque, quelle que soit la solution retenue. Mais dans ce cas, c'est à la famille de laver son linge sale en famille, c'est le cas de le dire. Reconnaissez tout de même que ce schéma protège en principe la réussite acquise et préserve les chances de développement pour l'avenir. Car c'est là l'enjeu essentiel. Garantir à celui qui a créé son affaire que les siens pourront en supporter la transmission est une chose importante. Mais ce qui compte au moins autant, c'est la pérennité. Et qui dit durée de vie d'une entreprise familiale dit recherche et développement, prospection de nouveaux marchés, lancement de nouveaux produits, innovation, acquisitions. C'est la loi du capitalisme moderne, passer de la taille humaine à la taille de phénomène. C'est ainsi, grossir pour ne pas périr.

Grégoire Bataille ne perdait pas un mot de la leçon déclamée par son nouveau mentor qui, songea-t-il, aurait fait un malheur devant un amphi d'étudiants en économie appliquée. Si le jeune financier ne manquait lui-même ni de compétences ni de passion, le discours d'Ambroise Bellec agit sur lui comme une décharge ou, plutôt, une recharge, électrique.

Ils en étaient au café lorsque le patron de Bellec Investissement précisa son propos pour dévoiler ses intentions précises.

— Avec tous ces pays de l'Est qui entrent dans l'Europe, c'est un peu comme si un nouveau monde venait à nous. Nous croyons le connaître mais nous en avons une vision déformée. Il y a un pays charnière qui, par sa position géographique, est en contact permanent avec cette zone, je veux parler de l'Italie. On y mange bien, les langues sont déliées. C'est un bon poste d'observation pour savoir ce qu'on dit là-bas des nouveaux venus dans l'Europe. La bouffe, c'est ce qui cimente les peuples. Il faudrait séjourner quelque temps chez nos amis ritals et leur sonder foie et reins sur ce qu'ils entendent faire avec leurs voisins de l'Est. Vous pourriez partir vite ?

Grégoire réfléchit. Il avait envie de se poser quelque temps en France, de renouer les liens avec sa propre famille. Mais la proposition de Bellec lui parut difficile à refuser sans motif précis. C'est pourquoi il accepta sans hésiter.

— Laissez-moi quarante-huit heures pour régler quelques affaires personnelles. Vous pouvez déjà faire préparer mon billet.

— Parfait, fit Bellec avec un large sourire.

— Au fait, demanda Grégoire, où aller, en Italie ?

Son patron l'observa et resta quelques secondes impassible avant de lui répondre par une autre question.

— Cher Grégoire, aimez-vous l'opéra ?

— L'opéra ? fit le jeune homme un brin décontenancé.

— Oui. Car vous partez pour Milan et j'aimerais bien que vous vous intéressiez discrètement à une affaire familiale du village de Bertozzo.

— Quel rapport avec l'opéra ?

— La société s'appelle Verdi.

11

C'était un jour pluvieux, et les paysans de Creuse, ce matin-là, regardaient tomber l'eau du ciel comme une bénédiction. La campagne était jaunie par tant de jours et de semaines brûlantes que cette pluie soulageait physiquement les plantes comme les hommes, la terre et aussi les bêtes qu'on avait très tôt mises au pré.

Grégoire était arrivé la veille au soir dans une atmosphère de fièvre. Son père l'avait accueilli comme à l'accoutumée à l'aéroport de Guéret, sans un mot sinon le bonjour. Mais aussitôt dans l'auto, il s'était enflammé auprès de son fils pour lui raconter les festivités du lendemain. Une opération d'envergure concertée avec les éleveurs du département pour protester contre la baisse brutale des prix du lait décidée en catimini par les pouvoirs publics.

— Ils vont voir ce qu'ils vont voir, avait proféré le vieux paysan en faisant tournoyer dans l'air son poing tendu et serré comme le nœud d'une corde. Dix euros par tonne en moins, ils veulent notre mort ! Au moment où nous nous lançons dans la modernisation. Au moment où on a les emprunts sur le dos !

Rarement Grégoire avait vu son père aussi remonté. La dernière fois, c'était l'année de ses quatorze ans, quand des fous au volant d'un 4×4 avaient chargé les vaches en plein champ, en laissant trois mortes et quatre à l'arrière-train brisé, qu'il avait fallu abattre.

Le père Bataille chaussa ses bottes et tous ses fils

l'imitèrent. Grégoire enfila une paire de boots étanches. Il avait prévu dans sa valise un jean et une chemisette. On lui prêta un coupe-vent et ils se mirent en route, direction Ajain, un hameau avant Guéret où était prévu le rassemblement de tracteurs chargés de bennes de lait qui fonceraient ensuite vers la laiterie Lactagri.

Sans bien s'expliquer pourquoi, Grégoire sentit un vent d'excitation enfantine passer sur lui. Deux jours plus tôt, il était encore à Paris à écouter Ambroise Bellec dessiner sous ses yeux le monde étrange et fascinant de la grande industrie agroalimentaire, avec ses duels et ses appétits, ses offensives en sous-main, ses luttes intestines et ses innovations pour le moins décoiffantes. Et voici qu'à présent, vêtu en paysan, il avait droit à un cours de travaux pratiques dispensé par sa propre famille, partant à l'assaut d'une des plus grosses laiteries du pays pour tenter de faire entendre raison à ses dirigeants.

Quand le père Bataille et ses trois fils furent prêts, ils se dirigèrent d'un même pas en direction de leurs propres installations. Lucien Bataille enclencha la pompe et versa 300 litres de lait dans la benne.

— Que va-t-on en faire ? demanda Grégoire.

— Un beau fleuve tout blanc, répondit Lucien tout en contrôlant le niveau prélevé.

— Vous allez jeter ça sur la route ?

— Pas sur la route, mais dans la cour de Lactagri.

Grégoire fit une grimace qui n'échappa à personne.

— Cela te choque ? demanda son père.

— Oui. Je suis sûr que quantité de gens seraient heureux de profiter de ce lait.

— Sans doute, répondit Lucien. Ne crois pas qu'on aime bazarder notre camelote comme ça. Mais il faut des images choc, aujourd'hui. Il y aura la télé régionale et même une chaîne nationale, à ce qu'il paraît.

— Et combien de lait gaspillé ?

Son père et ses frères se regardèrent. Décidément, le

financier avait encore bien des choses à apprendre sur les mœurs de la profession.

— Nous serons une trentaine d'exploitants. Les plus gros comme nous ont sacrifié 300 litres. Les autres une centaine de litres, estima Lucien. Disons qu'il y aura certainement quelque chose comme 5 000 ou 6 000 litres au tapis.

— Faut qu'ils comprennent qu'on ne peut pas nous inciter à produire plus dans des conditions sanitaires draconiennes et nous couper les vivres de l'autre côté, plaida le père Bataille.

— Je comprends, fit Grégoire en hochant la tête. Je me demandais simplement si une telle action ne serait pas envisageable en distribuant le lait gratuitement, quitte à le donner dans la cour de la laiterie, au vu et au su de tous.

Un silence suivit sa suggestion.

— C'est la guerre, laissa tomber son père. Il faut que tu te mettes ça en tête : c'est la guerre, et à la guerre, il y en a qui meurent. Nous, les Bataille, nous n'avons pas envie de mourir.

Le remplissage achevé, Lucien et son père grimpèrent à bord du tracteur tandis que les deux autres frères suivaient dans la fourgonnette de la ferme. Le petit convoi se mit en route. La pluie avait déjà cessé. Le soleil soulevait à travers champs une brume de chaleur. Grégoire respira à pleins poumons l'air du dehors qui lui apporta, inattendu, un relent de sa jeunesse, lorsqu'il passait, enfant, derrière la moissonneuse, tôt le matin, pour ramasser les épis oubliés.

Sur la nationale, un long bouchon s'était formé. Une file d'autos suivait au pas quelques tracteurs qui semblaient littéralement collés à la route, dans les rampes qui menaient à Ajain. Grégoire avait laissé Danou conduire la fourgonnette. Il alluma la radio, histoire de mesurer l'écho donné à l'opération. Pour l'instant, il n'était encore question de rien sur les ondes nationales. Seule Radio-La Creuse renseignait les automobilistes sur les itinéraires de délestage pour éviter la manifestation.

Au lieu de rendez-vous prévu, le tracteur des Bataille rejoignit ceux des autres producteurs de lait en colère. De grandes banderoles avaient été préparées, dénonçant le coup de force de Bruxelles et la faiblesse du gouvernement dans cette affaire de baisse des prix annoncée sans concertation avec la profession. Il régnait une atmosphère bon enfant, mais Grégoire sentit qu'un rien aurait pu entraîner les agriculteurs dans un accès de colère aux conséquences incontrôlables.

Quelques représentants syndicaux du département de la Creuse s'étaient joints au groupe, munis de tracts et de porte-voix. Il fut temps pour le convoi de s'ébranler.

Une fois de plus, Grégoire Bataille fut sensible au charme de cette campagne tout en harmonie, entrecoupée de haies et de points d'eau, tout le contraire de l'uniformité beauceronne ou de la monotonie des champs de maïs du Sud-Ouest. Cette agriculture-là respirait la diversité, une sorte d'allégresse. Évidemment, un tel équilibre était fragile et précaire. Et la terrible concentration qui menaçait le secteur laitier portait une ombre funèbre sur la clarté des champs.

Il fallut près d'une demi-heure au convoi pour atteindre l'esplanade qui donnait sur le bâtiment de verre de Lactagri. Des vigiles, prévenus dès la veille de l'opération coup de poing, s'étaient massés devant l'entrée principale.

— À voir leurs tronches, ils ne doivent pas boire que du lait, ironisa Lucien Bataille.

Son père resta silencieux, les yeux grands ouverts, comme fasciné par le spectacle qu'il découvrait. Dans le fourgon, Grégoire n'était pas très tranquille. S'il avait toujours été un enfant puis un jeune homme remuant, il n'avait jamais aimé les manifestations ni les démonstrations de force, et en découvrant deux fourgons de CRS venus en renfort pour épauler les vigiles, il ne se sentit pas très bien.

Les tracteurs s'engagèrent sur l'esplanade pendant que le service d'ordre se déployait de part et d'autre du bâtiment de la laiterie. Pendant quelques minutes, les deux camps s'observèrent. Le grondement démultiplié des tracteurs couvrait les voix et même les cris qui jaillissaient çà et là, jusqu'au moment où ce ne furent plus des cris qui jaillirent, mais un énorme jet de lait venu s'abattre sur les hommes en faction.

Il y eut des éclats de rire puis d'autres cris pour que chaque producteur mette en action sa pompe en direction des forces de l'ordre. Dans un film, la scène aurait pu paraître amusante et même cocasse, surtout quand les CRS, légèrement pris de court par cette offensive d'un nouveau genre, se trouvèrent d'un seul coup blanchis et trempés. Mais une fois passé l'effet de surprise, tous trouvèrent une protection derrière leurs boucliers de Plexiglas et, marchant comme un seul homme, ils avancèrent vers les assaillants, brandissant des matraques que le bon lait de vache n'avait en rien ramollies.

Ce fut un assaut bref mais violent, les éleveurs ayant en général le sang aussi chaud que leurs bêtes, et se montrant bien décidés à ne pas s'en laisser remontrer.

— Nous, on crève ! gueula un paysan avant de défoncer le portrait d'un CRS pourtant volumineux et bien planté dans ses bottes d'assaut. L'échauffourée tourna à la bagarre générale, et ce qui aurait dû rester un bain de lait faillit tourner au bain de sang après qu'un coup de matraque mal placé eut assommé un des manifestants qui s'en tira avec une vilaine fracture du crâne.

À la vue de cet homme à terre qui paraissait plus que sonné, les combattants se regardèrent un rien hébétés, comme s'ils avaient soudain émergé d'un mauvais rêve. Le capitaine des CRS donna un coup de sifflet strident. Tous les moteurs des tracteurs étaient à présent éteints, et ce coup de sifflet déchira un lourd silence. Une ambulance fut appelée à Guéret. Le blessé perdait pas mal de sang, et ses yeux fermés n'annonçaient rien de bon. Quand l'ambulance, venue de l'autre côté de la ville, se fraya un passage jusqu'au milieu du « champ de bataille », l'homme avait sombré dans le coma.

Pendant le temps qu'avaient duré les incidents, Grégoire avait essayé de modérer ses frères et son père qui n'étaient pas les derniers à mettre de l'huile, ou du lait, sur le feu. Il put mesurer à cette occasion la détresse de certains éleveurs qui n'en pouvaient plus de subir, année après année, les décisions d'un complexe laitier qui appartenait à un grand groupe industriel à capitaux néerlandais mais représenté sur le territoire français par une grosse filiale.

En réalité, Lactagri avait entamé un processus désormais classique de délocalisation, préférant s'approvisionner de façon de plus en plus massive auprès des éleveurs appartenant aux nouveaux pays fraîchement entrés dans l'Europe. Là-bas, les prix de collecte étaient si bas que, malgré un lait moins riche en vitamines et en calcium, la firme internationale s'y retrouvait, concoctant un lait « européen » constitué de mélanges.

Une fois le blessé évacué, un cortège officiel composé de personnages en costumes sombres pénétra à son tour sur l'esplanade. Une rumeur monta qui disait : « Le préfet. » En effet, un petit homme replet et bien repassé sortit d'une Safrane bleu métallisé, avec l'air important et sérieux de ceux qu'on ne dérange pas pour rien.

La porte principale de Lactagri fut ouverte et le préfet, accompagné d'un jeune énarque porte-serviette, entra dans le bâtiment. Dix minutes plus tard, l'énarque ressortit et, l'air emprunté, approcha du groupe des manifestants. Il demanda si deux d'entre eux pouvaient monter en délégation auprès du préfet. Les paysans désignèrent comme un seul homme Lucien Bataille, et c'est naturellement que ce dernier convia Grégoire à l'accompagner.

— Mon frère est un as du calcul, fit Lucien, il peut nous être utile.

Les manifestants présents consentirent à voir les deux frères monter pour s'installer autour de ce qui apparaissait comme une table de négociation. Grégoire faillit protester, dire qu'il n'était pas légitime et que le dossier lui était trop étranger. Mais trop tard, la main puissante et décidée de son frère l'avait empoigné. Comme s'il avait lu dans son regard, Lucien murmura :

— Dès qu'il s'agit de chiffres, tu as toujours été plus fort que tout le monde.

Grégoire remarqua le teint soudain très rouge de son frère, comme s'il était redevenu un petit garçon invité à prendre la parole devant des grands. Physiquement, Lucien restait un paysan endimanché, tirant derrière lui le fardeau de complexes des gens modestes qui ont quitté l'école avant l'âge des versions latines. Avec Grégoire, il se sentait plus à son aise, épaulé par un être de son sang qui connaissait les codes des cols blancs qui jamais ne se salissent les mains.

Les présentations furent vite faites. Dans le bureau du directeur de l'usine Lactagri étaient présents précisément le directeur et son patron venu tout spécialement d'Amsterdam. Le préfet se tenait assis dans un fauteuil. Il se leva pour saluer les frères Bataille. Puis l'entretien commença après qu'une secrétaire eut servi à chacun une tasse de café que Grégoire prit très sucré.

C'est le PDG de Lactagri, un homme d'une cinquantaine d'années au cheveu blond et ras, qui prit la parole en premier. Peter Maligorne était un Franco-Néerlandais parlant aussi bien la langue de Molière que celle du royaume d'Orange, mais qui entrecoupait ses propos de termes anglo-saxons dévoilant sa véritable nature culturelle. Depuis qu'il avait pris les commandes de Lactagri, à la fin de l'année 2000, il avait géré sa société « à l'américaine », dégraissant les postes moins rentables, coupant les branches mortes, réduisant le social au sein de l'entreprise à sa plus simple expression et s'ingéniant à casser les forces syndicales pourtant très implantées dans ce secteur.

Son exposé liminaire passa largement au-dessus de la tête de Lucien et peut-être aussi du préfet qui entendait des termes – cash flow, comptabilité sous la ligne et *price earning ratio* – assez peu pratiqués dans son corps d'origine. S'il avait été accompagné d'un autre meneur de la manifestation des éleveurs, Lucien aurait sans aucun doute été noyé par ce discours d'où il ressortait que les producteurs de lait devaient s'estimer heureux de voir encore une firme comme Lactagri prendre en charge l'écoulement de leur camelote. À l'écouter, c'était un geste de charité ou de philanthropie, mais en aucun cas un acte de bonne gestion économique.

C'est à ce moment que Grégoire se permit de le couper pour discuter quelques raisonnements financiers qu'il avait jugés plutôt sommaires et frappés au coin de la mauvaise foi. Peter Maligorne écarquilla les yeux devant cet étrange paysan – Greg portait une salopette de toile bleu pétrole, une chemise à carreaux et des bottes de caoutchouc – manier avec une incroyable facilité les raisonnements les plus pointus de la microéconomie.

— Vous prétendez que les produits laitiers voient leur consommation baisser et que pour séduire à nouveau les consommateurs, il faut réduire les prix, commença Grégoire. C'est bien ça ?

— C'est bien ça, approuva Peter Maligorne légèrement interloqué.

— Il me semble, reprit Grégoire, que votre raisonnement est faussé. La demande d'un produit est sensible à la variation du prix seulement s'il ne s'agit pas d'un bien de première nécessité. Vous me diriez que l'augmentation du coût des processeurs rendant plus chers certains ordinateurs a des incidences sur les ventes de PC, je vous répondrais : « Parfaitement d'accord. » Mais le lait est un bien installé dans le quotidien des populations et ce, dans toute l'Europe. Si la demande recule, ce n'est pas à cause du prix qu'il faudrait maintenant baisser, quitte à étrangler les producteurs. C'est la qualité du lait qu'il faut valoriser, offrir un aliment qui soit aussi un médicament, riche en vitamines et en oligoéléments bénéfiques pour la santé de tous. Or, ce lait hautement protéiné et vitaminé, ce n'est pas dans les pays neufs de l'Europe que vous allez le trouver. C'est ici, dans une région de tradition où ni les hormones ni les antibiotiques ne sont servis en ration aux bêtes. Du bon lait de vache, quoi...

Peter Maligorne n'en croyait pas ses oreilles. Le préfet semblait très intéressé et demanda même quelques précisions. Quant à Lucien, il ne put réprimer un regard de fierté mâtiné de reconnaissance à l'adresse de son jeune frère dont l'érudition économique venait de faire merveille.

La discussion se poursuivit encore un moment, mais visiblement, le PDG de Lactagri ne s'attendait pas à tomber sur un tel « os ». Son directeur d'usine non plus, qui développa sans conviction quelques arguments liés à la mauvaise coordination des producteurs, aux retards de livraison à l'organisme de collecte ou encore à la dispersion des exploitations qui renchérissait les coûts d'enlèvement du lait.

— Si tant d'élevages n'avaient pas disparu vous n'auriez pas à vous plaindre de la dispersion, riposta Lucien, que le début de l'entrevue avait stimulé. Chaque fois que le prix du lait perd cinq ou dix centimes d'euro, on peut faire une croix sur les fermes les plus fragiles.

Il y eut un silence. Le préfet eut l'air de compatir, ce qui lui attira un éclair foudroyant des patrons de Lactagri.

— Bien, finit par lâcher Peter Maligorne après s'être concerté du regard avec son directeur. Je propose que nous gelions nos décisions de baisse des prix jusqu'à la fin de l'année. Nous verrons comment nos produits se tiendront sur le marché puis nous aviserons. Mais ne comptez pas sur nous pour indemniser les quantités répandues ce matin sur l'esplanade et contre la façade de notre usine.

— Peut-être pourrions-nous prendre ces frais-là en charge, suggéra le préfet qui, croyant bien faire, s'attira de nouveau les foudres des deux industriels.

— Très bien, fit Lucien en se frottant les mains. Il ne nous reste plus qu'à aller annoncer tout cela à nos gars et à rentrer chez nous.

Ils allaient se lever lorsque Grégoire, qui n'avait pas bougé de son fauteuil, les rappela à l'ordre.

— Messieurs, j'admire votre souplesse verbale. Mais que vaut un accord s'il n'a pas été formellement consigné dans un acte dûment rédigé.

— Vous êtes notaire ? ironisa en grimaçant Peter Maligorne.

— Non, je suis pragmatique, rétorqua Grégoire du tac au tac. La parole donnée vaut ce que vaut l'homme qui la donne.

— Vous insinuez que…, s'emporta le PDG franco-néerlandais.

— Je n'insinue rien du tout. Je dis simplement qu'un accord en bonne et due forme engage les deux parties. Pour l'instant, vous n'êtes engagé par rien.

Le préfet se garda de hocher la tête, mais il n'en pensait pas moins. Le directeur de l'usine appela sa secrétaire et la pria de s'asseoir derrière sa machine à traitement de texte. Peter Maligorne dicta une dizaine de lignes formalisant ses propos. Cela semblait l'offusquer de devoir reconnaître par écrit un gel de sa décision de baisser les prix, mais plusieurs paires d'yeux étaient braquées sur lui, et d'abord ceux de Grégoire, plus brillants que jamais.

Le texte, qui allait servir de communiqué à la presse, fut imprimé sur une feuille à en-tête de la société Lactagri. Chacun put le lire et le relire à loisir. Lucien et Grégoire y prirent un plaisir certain.

Cette victoire fut dignement fêtée et arrosée le soir même à la ferme Bataille. On ouvrit quelques vieilles bouteilles et les cœurs s'ouvrirent eux aussi, pour raconter la dureté du quotidien à la terre, le souvenir des anciens disparus qui se seraient retournés dans leur tombe si on leur avait dit un jour à quoi ressembleraient les campagnes modernes.

Aux actualités régionales, tout un sujet fut consacré à la manifestation du jour. On vit le long convoi des tracteurs filmé sur la route de Guéret puis devant l'usine Lactagri. Des images montrèrent la charge des CRS et des vigiles, puis le corps inanimé d'un paysan dont l'apparition fut accompagnée de cris de colère contre la maréchaussée. Toutes les scènes importantes avaient été diffusées : l'arrivée du préfet, le départ de Lucien et de Grégoire vers les bureaux, puis leur interview au sortir de l'usine, l'accord de Lactagri en poche. Cette dernière image fut accueillie par des vivats.

Seul le père Bataille semblait ruminer dans son coin. Certes, il était fier de ses fils, et en particulier de Grégoire dont la présence était une sorte de retour de l'enfant prodigue. Mais il n'en doutait pas : ces capitalistes avaient d'autres tours dans leur sac pour faire rendre gorge aux éleveurs. Et la victoire du jour était peut-être grosse de défaites et de désillusions, à la mesure de l'humiliation infligée à Peter Maligorne.

Le vieux paysan avait encore un autre motif de tristesse. En aparté, Grégoire lui avait confié qu'il partait en Italie pour plusieurs semaines, étudier le potentiel d'un grand groupe agroalimentaire aux structures encore familiales.

— Il t'intéresse donc plus que nous ? n'avait pu s'empêcher de demander le père Bataille.

— Non, p'pa, avait répondu Greg. Mais ça, c'est mon *full job*, avait-il répondu, je veux dire, c'est mon boulot à temps plein.

Et le patriarche des Bataille sentait monter l'angoisse de voir son fils le quitter déjà.

12

Le lendemain matin, l'aéroport de Guéret était noyé dans une purée de pois que les bulletins météo de la veille n'avaient pas laissé prévoir.

Le père Bataille avait déposé Grégoire de bonne heure car il avait à faire avec les bêtes. Et sitôt la voiture familiale s'était-elle éloignée qu'une annonce au haut-parleur indiqua le report *sine die* du vol pour Paris. Grégoire approcha du comptoir et demanda à l'hôtesse d'accueil combien de temps il faudrait avant que le vol de 8 heures soit reprogrammé.

— Ça dépendra de là-haut, fit-elle en désignant le ciel, ou plutôt cette énorme masse de brume qui semblait avoir élu domicile sur les pistes du petit aérodrome, comme une mauvaise farce faite aux avions et aux voyageurs pressés.

Grégoire pensa appeler la ferme pour qu'on revienne le chercher. Mais il se ravisa. Son vol pour Milan était programmé en milieu d'après-midi à Roissy. Il préférait rester sur place pour ne pas risquer de rater le départ quand le rideau de brouillard serait enfin déchiré.

Il approcha du kiosque à journaux et acheta la presse nationale ainsi que *La Montagne*. Quelle ne fut pas sa surprise de découvrir, en première page du quotidien régional, sa photo au moment où, accompagné de Lucien, il s'était rendu auprès du staff de Lactagri. Après la séquence de la veille aux actualités, il était en passe de devenir une vedette de la Creuse, au même titre ou presque que certains comédiens et comédiennes célèbres, telle Nathalie Baye, qui avaient élu domicile dans cette campagne réputée paisible, mais qui ne l'était pas tant que cela vu la colère paysanne qui montait.

L'article parlait de Grégoire en termes imprécis, lui prêtant une responsabilité dans le fait que la direction de la laiterie avait lâché du lest aux éleveurs.

Il en était là de sa lecture, le visage et le buste dissimulés derrière les pages ouvertes du journal, quand une voix l'apostropha.

— Inutile de te cacher, je t'ai reconnu !

Il fit un bond et abaissa aussitôt le journal qu'il replia maladroitement. Une jeune femme radieuse s'était approchée de lui et le regardait à présent droit dans les yeux.

— Ça par exemple ! s'écria Grégoire. Lala !

— Tu peux m'appeler Laetitia, corrigea cette beauté de trente ans qui avait encore embelli depuis toutes ces années où ils s'étaient tenus éloignés l'un de l'autre, comme s'ils avaient chacun couru un danger à se fréquenter.

— Lala ! répéta Grégoire, n'ayant rien entendu de ce que lui avait murmuré cette ancienne fiancée, ou ne l'ayant que trop bien entendu mais préférant prononcer ce surnom qui lui rendait d'un seul coup une partie de son enfance et de son adolescence, sa prime jeunesse et les premiers émois de sa sensualité. Mais que fais-tu ici ?

— C'est toi qui me demandes ça ? Mais c'est à moi de t'interroger, je suis sur mes terres, ma parole, alors que tu nous as lâchés depuis si longtemps…

Elle avait prononcé ces mots avec le rire dans la voix, sans aucune sévérité, bien qu'elle plissât son front en faisant apparaître quelques jolies rides d'expression sur son visage juvénile.

— Tu es très chic, remarqua Grégoire, faisant allusion à son tailleur bleu nuit qui lui allait à merveille et la mettait sur le même pied d'élégance que bien des femmes qu'il voyait à Paris ou à Londres.

— Ne te moque pas, fit Laetitia, je suis en uniforme de travail. À la maison, c'est jean délavé et tee-shirt troué !

Comme elle prononçait ces mots, Grégoire eut la vision fugitive du corps de Lala, pas celui qu'il devinait vibrant et épanoui sous le tailleur, mais celui d'il y a presque dix ans, quand la jeune fille découvrait l'amour en même temps que ses seins dans l'obscurité de sa chambre à laquelle Grégoire avait une fois, une seule fois accédé.

C'était vraiment une belle femme qui se tenait devant lui, sans doute débarrassée de l'innocence farouche de sa prime jeunesse, une femme qui avait dû connaître des hommes, songea Grégoire, et cette pensée lui déplut, bien qu'il n'eût rien fait, en son temps, pour tâcher de la garder auprès de lui.

— On va boire un café, proposa le jeune homme.

— Volontiers. J'attends un conseiller en investissement qui doit arriver par l'avion de Paris. Mais il a été retardé. Tu n'es pas près de partir…

Grégoire soupira. Après tout, cela n'avait pas d'importance. Ce contretemps lui apparut comme une aubaine. Sinon il n'aurait sans doute pas croisé Laetitia, et il n'aurait pas soupçonné qu'au fond de lui, elle tenait encore une place dans son cœur.

Ils s'installèrent à une table ronde, un peu à l'écart du passage, dans le minuscule café de l'aérodrome où les voyageurs s'étaient entassés en silence, attendant que la chape de gris se dissolve enfin.

— Tu es venu voir ta famille ? demanda Laetitia.

— Oui, j'essaie de rendre visite plus souvent à mon père.

— Je suis sûre que tu ne peux pas lui faire plus plaisir.

— Je ne sais pas. Tu le connais, c'est une vieille bête et il ne montre jamais grand-chose. Mais parle-moi de toi. Tu as évoqué un conseiller d'investissement, tu es comme moi dans la finance ?

La jeune femme sentit le rouge lui monter aux joues, troublée qu'il pût tout à coup s'intéresser à elle.

— Ne te moque pas, fit Laetitia en haussant les épaules.

— Mais je ne me moque pas le moins du monde !

— Nos trajectoires sont loin d'être comparables ! Je ne suis qu'une petite main dans une modeste agence du Crédit agricole de Guéret, alors, parler de finance…

— Ne te sous-estime pas ! J'ai connu autrefois cette agence de la banque verte, elle est tout sauf modeste, on disait même qu'avec l'essor du sud du département, elle était promise à de gros développements.

— C'est vrai, mais c'était juste après la privatisation du Crédit agricole, quand la stratégie fixée à Paris était de laisser tomber les petits paysans pour ne plus s'intéresser qu'aux gros portefeuilles. Nos grands chefs imaginaient qu'on allait faire concurrence à la BNP ou au Lyonnais, qu'on allait mener contre eux la guerre des guichets. Il a bien fallu se rendre à l'évidence. Nous avons les pieds dans la terre et nous les gardons. C'est sans doute mieux comme ça.

— Et que fais-tu là-bas ?

— Je suis l'adjointe du directeur pour les prêts au développement agricole.

Il y eut un silence. Chacun aspira dans sa tasse de café encore très chaud. Grégoire semblait penser à quelque chose.

— Mais alors…, fit-il doucement.

— Alors, quoi ?

— C'est par toi qu'ils sont passés, à la ferme, pour monter leur dossier de laiterie supermoderne ?

Laetitia hésita à répondre. Malgré les années – ou à cause des années – le jeune homme continuait à lui en imposer, même si elle n'était pas particulièrement impressionnable.

— Oui, ils ne voulaient pas t'ennuyer avec ça. Ton frère Lucien a dit un jour qu'ils préféraient prendre conseil auprès de moi parce qu'ils avaient confiance en moi et…

Grégoire réagit au quart de tour.

— Et pas en moi, c'est ça ?

— Non, ce n'est pas ce que je voulais dire. Laisse-moi terminer. Ils ont dit seulement que puisque j'étais sur place, je pourrais assurer le suivi du prêt, le montage financier, toutes ces choses dont ils ne sont pas très familiers.

— Je vois, fit Grégoire d'une voix calme. Ils ont bien fait, ajouta-t-il.

— J'espère qu'ils vont s'en tirer, avec cette sale affaire des prix du lait, poursuivit Laetitia. Je leur ai concocté un bon dossier avec des remises et des suspensions possibles du remboursement en cas de baisse accidentelle des revenus de l'exploitation. Ils n'ont pas trop à s'inquiéter.

— C'est bien, fit Grégoire, songeur.

Il dévisageait Laetitia, et mille choses passaient dans sa tête, des souvenirs, des interrogations. Était-elle mariée, avait-elle un homme dans sa vie ? Oui, forcément, une femme si attirante, d'apparence si solide et en même temps très féminine, malgré son tailleur un peu strict qu'égayait un gros papillon de résine bleu et rouge épinglé sur un pan de sa veste. Elle portait à chaque main des bagues fantaisie, mais aucun anneau qui aurait pu symboliser une union en bonne et due forme comme on les aime à la campagne.

— Tu es mariée ? finit par demander Grégoire tout à trac.

Laetitia sourit de ces sourires assombris qui peuvent vouloir dire « oui, hélas » ou « non, hélas »…

— Non, répondit-elle en balayant la mèche de cheveux qui tombait sur son front. J'ai failli, il y a trois ans, avec un type de passage qui me promettait de m'emmener très loin et de faire de moi une reine. Il était très sympathique et un peu fou, très beau. Il travaillait dans les moteurs d'avion et voyageait dans le monde entier…

— Et pourquoi ne l'as-tu pas suivi ?

La jeune femme hésita à répondre. Elle baissa les yeux puis les releva en fixant Grégoire.

— Je me disais encore que si un homme devait m'emmener loin et faire de moi une reine, ce serait toi.

Grégoire voulut poser sa main sur celle de Laetitia mais celle-ci la retira.

— On ne va pas revenir en arrière, fit-elle d'une voix presque dure. Tu ne t'es pas préoccupé de ce que je devenais pendant toutes ces années. Maintenant, j'ai bien grandi et même si tu me proposais la lune, je resterais là.

— Tu vis seule, alors…, insista Grégoire.

— Tu es toujours aussi maladroit quand il s'agit d'amour, lança Laetitia. Si tu veux savoir, je suis depuis presque deux ans avec le patron de l'agence du Crédit agricole. Ce n'est pas ce que tu crois. Cette liaison ne m'a rien rapporté professionnellement, à part quelques jalousies et vexations de la part de collègues bien intentionnés. C'est un homme marié qui ne quittera jamais ni sa femme, ni sa maison avec piscine, ni son chien asthmatique. Après tout, je crois que cette vie-là me convient, maintenant. Nous nous voyons certains soirs quand il prétexte je ne sais pas quoi pour ne pas rentrer avant minuit. Je ne le garde jamais au-delà.

— Et sa femme est au courant ?

— Avec ce qu'elle a reçu de lettres anonymes, il faudrait qu'elle soit bien bête pour ne pas l'être. Et je sais qu'elle n'est pas bête du tout. C'est sans doute une sorte de partage tacite. Un arrangement. J'ai toujours passé ma vie à essayer d'arranger les autres. Voilà.

Grégoire fut quelque peu ébranlé par cette confession faite dans les courants d'air de l'aérodrome, tandis qu'un mouvement s'opérait en direction de la petite salle d'embarquement. L'avion de Paris allait atterrir d'une minute à l'autre. Une trouée de ciel bleu venait de s'imposer timidement au milieu de la brume épaisse. Une voix dans le haut-parleur annonça le départ pour dans une demi-heure.

— Et toi ? demanda Laetitia. Tu étais si loin, l'Asie, Londres, je crois.

— Oui. Je viens de signer dans une société de capital-risque installée à Paris mais très ouverte sur l'Europe. L'agrobusiness et tout le tremblement…

— Je vois. Alors tu avais raison, s'esclaffa-t-elle, nous faisons presque le même métier !

— Je suis certain que tu pourrais m'en remontrer dans ce domaine.

— Moi, apprendre des choses à Grégoire Bataille ! Sincèrement, je serais étonnée. Ce qui est sûr, c'est que nous vivons la fin d'une époque.

— Que veux-tu dire par là ?

— C'est assez simple et je pense que tu le sais aussi bien que moi, à moins que tu n'en aies pas vraiment conscience, enfermé que tu es dans tes tours de verre au milieu des grandes villes. Cette civilisation agricole et rurale dont tu es issu, d'où nous venons toi et moi, est en passe de connaître une mutation sans précédent. Nous entrons dans une ère darwinienne où seuls résisteront les plus forts, ceux qui n'auront pas refusé le progrès au nom de je ne sais quelles valeurs poussiéreuses et ringardes.

— Continue.

— Ton père et tes frères, ils ont misé sur l'avenir. Des vaches élevées par des robots. Du matériel intelligent. De la valeur ajoutée plutôt que de la matière première qui ne rapporte rien. À leur échelle, ils ont fait un bond prodigieux. Mais ce n'est encore rien comparé à ce qui se prépare.

— Par exemple ?

— Notre région résiste encore, mais l'arrivée en masse de la biogénétique va modifier entièrement la relation des consommateurs avec leurs aliments. Les laboratoires ont investi de telles sommes dans cette recherche qu'ils ont besoin maintenant de voir leurs travaux porter leurs fruits. Si nous laissons la porte ouverte aux organismes génétiquement modifiés, nous livrerons les producteurs de blé, de colza, de maïs ou de soja aux mains d'une poignée de firmes dominant le monde.

— Tu n'exagères pas un peu ? demanda Grégoire, étonné par ce discours qu'il jugeait excessivement alarmiste.

— Je ne crois pas. Sais-tu pourquoi tant de touristes chaque année traversent notre région ?

— Je t'écoute.

— Pour découvrir ce qu'ils considèrent comme un des derniers territoires où la nature garde sa place. Ils voient un champ bien labouré, à taille humaine, des bêtes au pacage, des arbres fruitiers et des haies pour séparer les propriétés, et ils s'imaginent trouver là une vie encore authentique. Ce ne sont pas seulement des Français qui viennent voir chez nous. Ce sont des Américains, des Hollandais et même des Russes.

— Des Russes ? s'étonna Grégoire, des Russes en Creuse ?

— Parfaitement. Chez eux, les laboratoires comme Mosampino ont trouvé une manière de tester leurs découvertes grandeur nature, à l'écart des réglementations européennes qui restent très dissuasives pour toute cette agriculture génétique qui nous fait peur. Mais dans les anciens pays de l'Est qui ont connu le communisme et Tchernobyl, ce ne sont pas des pratiques de ce genre qui vont les effrayer.

— C'est la technique du cheval de Troie, fit le jeune homme.

— Exact. Les recherches menées aux États-Unis sont testées en Russie et dans les pays de l'ancien bloc soviétique. On risque un de ces jours de voir ces agricultures nous damer le pion et revenir sur les marchés d'exportation avec des produits moins chers et génétiquement modifiés. Le scénario est simple : soit nous devrons les fabriquer sur notre territoire, soit nous devrons tôt ou tard faire face à une invasion extérieure contre laquelle nous ne pourrons plus rien.

— Et que sait-on de ces produits, question santé ?

Laetitia leva les yeux au ciel.

— Tu sais comme moi que les scientifiques défendent le progrès de la science. Et les industriels s'appuient sur quelques études pourtant assez peu concluantes pour dire que tout cela est inoffensif.

Un appel au haut-parleur interrompit la jeune femme. Un certain M. Bormeau l'attendait à l'accueil.

— Zut ! s'écria Laetitia, j'ai oublié mon visiteur. Je te laisse, à bientôt.

— Je pourrai t'appeler ? lança Grégoire en catastrophe.

Elle griffonna un numéro de portable et une ligne directe à l'agence du Crédit agricole.

— Avec ça, murmura-t-elle, je ne pourrai pas t'échapper.

Il la regarda s'éloigner d'un air songeur. Puis il s'avisa qu'elle ne lui avait pas demandé ses coordonnées.

13

Pendant que Grégoire Bataille s'apprêtait à atterrir à Milan sous un ciel tourmenté, une réunion d'importance se tenait à Bruxelles dans un bureau de la rue de la Loi, au dernier étage de l'immeuble emblématique abritant la Commission européenne.

Depuis plus d'une heure, les délégués du comité de régulation des directives agricoles écoutaient l'exposé exhaustif de leur collègue néerlandais sur les organismes génétiquement modifiés.

Ce n'était pas la première fois que Hans Baal se posait en avocat de ce qu'il tenait, exemples à l'appui, pour un progrès. Mais ce jour-là, son discours rencontrait une préoccupation mondiale que le secrétaire général des Nations unies, Kofi Annan, venait de développer devant les médias du monde entier en compagnie d'un ancien métallo devenu président du Brésil, Lula, et du président de la République française.

Depuis plusieurs semaines, les drames du Soudan et le retour des criquets pèlerins en Afrique subsaharienne avaient retourné l'opinion sur la question de la faim. Pour quelques heures, sur toute la planète, les esprits s'étaient détournés de la crise irakienne et de l'exécution cruelle des otages américains et européens pour avoir une pensée compatissante envers ces millions de personnes, femmes et enfants, dont la prison était tout simplement le manque de nourriture, du nécessaire élémentaire permettant de vivre debout en hommes libres et maîtres de leur destin.

Dans la matinée, les bases d'un programme mondial de lutte contre la pauvreté avaient été jetées. Il s'agissait de prélever un impôt sans frontières sur les richesses dégagées par la mondialisation. Des richesses qui, quoi qu'on dise sur les ratés de la croissance, allaient en augmentant dans le camp des nantis, tandis que celui des déshérités était chaque jour plus démuni.

Pour une fois, les grands de ce monde s'étaient montrés concrets. Puisqu'un enfant mourait toutes les quatre secondes, puisque près de trois milliards d'humains vivaient avec moins de 700 dollars par an, puisqu'une poignée de pays seulement, en Europe du Nord, respectaient l'engagement de consacrer 0,7 % de leur richesse nationale au développement, il fallait frapper un coup décisif.

C'est pourquoi, au nom de la coopération internationale, il fut décidé de lever une dîme de 50 milliards de dollars jugée raisonnable et presque dérisoire comparée aux 8 000 milliards de dollars du commerce international. Les modalités restaient à établir, mais la feuille de route fut assez clairement tracée, assez clairement en tout cas pour que tout un chacun puisse voir l'orientation prise.

Il ne fut pas directement question de la fameuse taxe Tobin sur les mouvements spéculatifs de capitaux, puisque l'idée du célèbre prix Nobel d'économie de l'année 1981 avait été « détournée » par les organisations altermondialistes avec lesquelles les chefs d'État voulaient garder leurs distances. Mais l'esprit était le même, un esprit Robin des Bois, où le riche est contraint à des sacrifices pour venir en aide aux plus pauvres.

Le catalogue des mesures annoncées ce matin-là à la tribune des Nations unies de New York n'avait rien d'une utopie. Pas mal d'observateurs, dans les capitales occidentales, applaudirent même des deux mains en se demandant pourquoi diable on n'y avait pas songé plus tôt. Ainsi fut-il question d'une loterie mondiale dont les gains non distribués seraient affectés à la lutte contre le sida. Plus largement, l'assiette de cet impôt planétaire reposerait sur les émissions de carbone des entreprises coupables de polluer l'atmosphère et de contribuer au réchauffement de la planète. On proposa encore de taxer les transporteurs aériens lâchant du kérosène dans l'atmosphère, les firmes multinationales aux bénéfices florissants, et aussi les transactions financières. Un des points clés portait sur les dépenses d'armement qu'il faudrait taxer à hauteur de quelque 5 milliards de dollars par an.

Tout cela serait sans trop de mal sorti du champ de l'utopie si les États-Unis avaient accepté de jouer le jeu, si tant est que sauver une moitié de l'humanité pouvait s'apparenter à un jeu.

Mais au nom du libéralisme suprême, l'administration Bush n'entendait pas appuyer ce mouvement venu de ses pires adversaires : Kofi Annan qui avait déclaré sa guerre en Irak « illégale », Jacques Chirac qui avait, à maintes reprises, tancé le président américain sur sa politique arabe, et Lula dont l'élection triomphale au Brésil avait été un camouflet pour le camp républicain de Washington.

C'est dans ce contexte précis que le délégué aux biotechnologies Hans Baal avait pris la parole devant ses pairs au sujet de la sempiternelle question posée à l'Europe : allait-elle oui ou non autoriser sur son territoire l'entrée à grande échelle d'organismes génétiquement modifiés ?

L'argument de l'expert néerlandais faisait appel à un sens certain de la rhétorique, de la dialectique, et du paradoxe. Élevé dans un milieu protestant d'Amsterdam, issu d'une famille de banquiers et de pasteurs, Hans Baal entretenait avec la réalité une relation pragmatique fondée sur une synthèse des intérêts bien compris de chacun. Détail qui avait son importance : il aimait l'argent comme d'autres aiment l'alcool, c'est-à-dire à l'excès. S'il était d'une tempérance exemplaire, ne buvant qu'une fois l'an pour l'anniversaire du sacre des rois d'Orange, il se rattrapait sur les espèces sonnantes et trébuchantes dont l'origine ne lui importait guère.

L'exposé de Hans Baal balaya avec brio et précision tout le discours développé à New York sur les progrès inacceptables de la faim et sur la lenteur des solutions apportées à ce fléau depuis de trop longues années. Ses propos furent accueillis par des hochements de tête et des bascules du menton, sans que l'assistance, qui le connaissait pourtant bien, ne sache encore précisément à quel instant l'évocation de l'intérêt général céderait la place à son intérêt propre.

Comme s'il devinait la fibre nostalgique des membres du comité, dont certains avaient rejoint Bruxelles il y a trente ans alors qu'ils ne croyaient devoir y rester que six mois, Hans Baal entreprit une courte mais édifiante leçon d'histoire de la fameuse Europe verte qui continuait, sinon de les passionner, tout au moins d'occuper leurs journées, entre deux ou trois allées et venues à la taverne bavaroise du coin de la rue de la Loi et des déjeuners toujours plus longs et arrosés chez l'Italien de la place Léopold.

— Souvenez-vous d'où nous venons, se lança le Néerlandais en préparant son coup de loin. Après guerre, l'Europe était un nain agricole face aux États-Unis. Nous avons eu – je pense surtout à nos amis français – l'apport du plan Marshall et l'arrivée massive des tracteurs pour remplacer les bœufs, puis des insecticides et des pesticides qui ont permis de réguler les récoltes. Résultat, à l'orée des années 70, nous étions autosuffisants sur le plan alimentaire. Que dis-je : nous étions même en mesure d'exporter des céréales. Et nos alliés de Washington se sont étranglés de voir que notre blé concurrençait le leur sur les marchés du Maghreb et de ce qui s'appelait alors l'Union soviétique.

— Où voulez-vous en venir, cher collègue ? demanda en réprimant un mouvement d'impatience le représentant luxembourgeois qui manipulait nerveusement son téléphone portable, comme s'il avait attendu un appel qui l'eût libéré du pensum consistant à écouter le discours digne de Fidel Castro – pour la longueur, pas dans sa teneur – du gentil et dévoué Hans Baal.

— Ne m'interrompez pas, cher Lucas, fit le Batave, j'y arrive tout de suite.

Il évoqua alors la grande époque de la bataille américano-européenne, la guerre des subventions, le duel sur les destinations du Moyen-Orient, les tensions au sein de l'Organisation mondiale du commerce pour trouver une règle du jeu équitable susceptible de ne pas défavoriser tels agriculteurs face à tels autres. Il fut ainsi question du milliardaire rouge, Jean-Baptiste Doumeng, avec qui le comité avait maintes fois traité pour offrir du beurre de Noël aux malheureux Russes affamés, ou de la viande, ou du lait. Des opérations dont le souvenir alla droit au cœur des participants, tant elles avaient à la fois contribué à soulager de la misère – même ponctuellement – tout en désengorgeant les stocks de grain et de lait qui, empilés dans le Colisée de Rome, auraient constitué un édifice de sept kilomètres de hauteur !

— Nous n'avons pas oublié tout cela, fit le délégué italien, que l'approche du soir rendait un peu nerveux.

Originaire de Milan, son club affrontait ce soir-là l'AS Rome, et les Lombards ne partaient pas favoris. Il aurait voulu que Hans Baal en vienne au fait pour pouvoir enfin partir l'esprit léger supporter son équipe dont le match serait retransmis sur la chaîne câblée Eurosport.

— Bien, martela Hans Baal. Les batailles du passé nous ont renforcés, nous, Européens, face aux visées commerciales très volontaristes de nos amis et alliés américains. Comme vous le savez, les administrations Reagan, Bush père et maintenant Bush junior se sont enfoncées de façon résolue dans le choix du libéralisme à tous crins. Il est hors de question d'attendre de Washington une participation à tous les programmes d'aide ou, pire à ses yeux, à tous les projets de prélèvement d'une taxe mondiale sur les richesses, qu'elle provienne des échanges commerciaux, des émissions de polluants dans l'atmosphère ou du marché, prospère par les temps qui courent, de l'armement.

Son visage, jusqu'ici reflétant une certaine tension, se relâcha soudain quand il prononça ce mot: «En revanche...»

— En revanche, déclara donc Hans Baal, et ce fut dans les rangs du comité comme un soulagement, puisqu'il était enfin évident que le Néerlandais en venait au fond de l'affaire. En revanche, nous ne pouvons pas négliger les efforts considérables consentis ces dernières années par les Américains pour améliorer la génétique végétale et animale au service de l'humanité tout entière.

Lancé comme il l'était, nul n'eut sérieusement à l'esprit de l'arrêter en si bon chemin, de dire par exemple que l'Amérique travaillait rarement pour rien au service de tous, et que ses recherches visaient avant tout à *« make money »*, pour reprendre l'expression consacrée du côté de Dallas.

— Cette recherche, qui a exigé la mobilisation de centaines de millions de dollars, semble prête à aboutir. Je dirais plus précisément que ces graines d'un genre nouveau attendent un nouveau terreau de développement. C'est pourquoi, sous réserve des précautions élémentaires d'usage, je propose que nous donnions notre feu vert à certaines expériences limitées de culture des OGM américains sur le territoire de l'Union européenne. Nous avons déjà entrouvert la porte en 1998 pour des essais de maïs transgénique. Je propose que nous ouvrions plus grand l'accès aux plantes génétiquement modifiées à fort potentiel de rendement, je pense au maïs 103 de Mosampino.

Puisque Hans Baal ne cachait jamais sa bonne fortune, chacun autour de la table eut à l'esprit que cette requête avait dû se payer fort cher du côté des stratèges de Mosampino et des autres firmes impliquées dans le développement des semences génétiquement modifiées. Mais au Comité de régulation des directives agricoles, il était amusant de deviner qui roulait pour qui. Chaque délégué soutenait un ou plusieurs lobbies, et chacun se faisait des politesses tout en affectant de réagir selon des principes de déontologie à géométrie très variable. Si Hans Baal était l'homme des OGM d'outre-Atlantique, le délégué allemand était celui des firmes agrochimiques rhénanes et le Français des industriels alimentaires hexagonaux. On se passait ainsi le sel et le poivre en fonction des besoins du moment, et seuls des observateurs étrangers auraient pu avoir le tournis devant ce système très huilé de renvois d'ascenseur.

— Vous voulez dire, cher ami, commença le représentant britannique, que d'ouvrir la porte aux Américains sur leurs propres OGM serait une manière de les inciter à participer à la lutte mondiale contre la pauvreté ?

— Bien sûr ! Une fois le processus d'acclimatation des OGM opéré chez nous, et amorti et rentabilisé par les firmes que vous connaissez, rien ne nous empêcherait d'utiliser à la marge ces nouvelles semences pour dynamiser l'agriculture des pays pauvres.

— Certes, répliqua le délégué français. Mais nous ne ferions dans ce cas qu'aggraver la dépendance de cette partie du monde vis-à-vis de la recherche occidentale. Ce n'est pas vraiment la voie de l'indépendance, dit-il en faisant mine de regretter.

— Précisément, ils passeraient d'un coup, sans étape, de l'archaïsme agricole à ce qu'il y a de plus moderne. Quand l'avion existe, ce n'est pas la peine de garder la mule comme moyen de transport, n'est-ce pas ?

L'argument fit sourire. Chacun eut un œil sur la pendule électronique fixée au mur, qui indiquait presque 7 heures du soir.

— Passons au vote, fit le secrétaire général. La majorité simple suffira. Et à main levée, si vous n'y voyez pas d'inconvénient.

Dès lors, l'affaire fut rondement menée. Hans Baal ne tarda pas à être fixé. Moins de dix minutes plus tard, il put récolter sans coup férir le fruit de ses efforts oratoires. Une acceptation de principe fut donnée pour l'introduction sur le territoire de l'Union de plantes OGM avec, pour commencer, des semences de maïs et de soja. Le blé viendrait dans un deuxième temps.

Un sourire éclaira le visage du Batave tandis que les délégués poussaient leurs chaises en arrière, pressés d'aller humer dehors les premiers effluves de l'été dans Bruxelles.

Dans l'ascenseur, un délégué raconta que, d'après une étude américaine, la culture des plantes OGM avait infesté les greens des terrains de golf de gènes mutants dans une proportion extraordinaire.

— Croyez-vous que cela ait une incidence quelconque sur le parcours de la balle en direction du trou ? demanda un membre du comité, fervent joueur de golf.

— Sans aucun doute, répondit en plaisantant le délégué belge. Le green débarrassé de toutes les mauvaises herbes, des pucerons et des racines indésirables, voilà qui doit donner à notre capricieuse petite bille une trajectoire parfaite ! Il va falloir réviser les règles du handicap selon qu'on joue sur un golf OGM ou non OGM !

Tous partirent d'un même éclat de rire. Ils avaient presque oublié qu'ils venaient d'ouvrir la porte à un marché potentiel dont le chiffre d'affaires se calculait en milliards de dollars. Seul Hans Baal mesurait l'exacte ampleur de sa prouesse. Il n'en tira pas de fierté particulière puisque son éducation lui avait appris à ne jamais se montrer content de lui. Il savait en revanche qu'il tirerait de tout cela des bénéfices importants, à condition qu'au-delà des textes réglementaires, des exploitants européens osent affronter le regard de leur milieu pour abriter chez eux ces terribles OGM dont on écrivait à longueur de journaux qu'ils étaient le fruit vénéneux d'apprentis sorciers sans scrupules, assoiffés d'argent et peu regardants sur la santé de leurs contemporains.

Dans l'heure qui suivit, un mail signé CB arriva sur l'ordinateur d'un fondé de pouvoir du groupe Mosampino au siège de Saint Louis, dans le Missouri. En le découvrant, ce fidèle serviteur du capitalisme agrogénétique eut un sourire carnassier. Il appela ensuite son alter ego Bill Jenkins pour qu'il se mette rapidement en contact avec son vieux copain de bamboche parisienne, le fameux Grégoire Bataille.

14

Le lendemain, alors que la décision de Bruxelles d'autoriser sous certaines conditions l'entrée en Europe d'OGM américains n'avait pas encore transpiré à l'extérieur, on aurait cru que la planète entière avait décidé, dans un réflexe de survie, de se débarrasser de ces gènes pour le moins gênants. Ce mardi-là, le monde entier fut en effet secoué d'un spasme anti-OGM non concerté, mû par une sorte de réaction de rejet contre un envahisseur sournois.

C'était pourtant un vendredi tranquille, beau et ensoleillé partout ou presque, sans ouragan annoncé, ni pluies diluviennes, ni canicule meurtrière. L'amorce d'un week-end resplendissant. En un mot, une de ces journées où tout commence dans le calme, sans que nul ne puisse imaginer que ce calme va laisser place à la plus violente des tempêtes.

Tout débuta par une dépêche pas banale tombée sur les téléscripteurs des agences de presse à 8 h 07 du matin heure GMT. La Coordination nationale des organisations paysannes du Mali, autrement nommée CNOP, exprimait dans un communiqué daté de Bamako sa « totale méfiance » à l'égard de l'introduction possible au Mali d'organismes génétiquement modifiés. Les auteurs de ce texte lapidaire mais incisif écrivaient ainsi que « la nature hasardeuse de la technologie des OGM » les incitait à exiger « un moratoire d'une durée minimale de cinq ans ; période devant permettre d'évaluer de manière participative les risques d'introduction des OGM au Mali».

Lorsque ce communiqué fut connu au siège de Mosampino, le staff se réunit autour du patron Donald Carter et commenta avec ironie cette outrecuidance des Africains à vouloir faire la leçon sur le principe de précaution, eux qui, prétendit un financier, attrapaient toutes les maladies de la terre sans être en mesure d'en soigner aucune si ce n'était avec l'aide des Occidentaux.

Cette remarque laissa de marbre Bill Jenkins qui avait voyagé autour du monde et devait supporter le racisme ordinaire de ses supérieurs, lesquels n'avaient souvent jamais quitté les frontières des États-Unis, sauf pour voyager dans des hôtels cinq étoiles de la riche Europe.

Le communiqué fut lu en entier à haute voix par le secrétaire général du groupe, John Hartley.

— Écoutez-moi ça, barrit-il. «La CNOP dénonce les pressions exercées par certaines puissances non précisées pour pousser le Mali à adopter les OGM. Elle exhorte ses autorités nationales à une vigilance accrue dans l'actuelle lutte contre les criquets qui se traduira nécessairement par une aide alimentaire. Cette dernière ne devra pas être un facteur d'introduction des OGM dans notre pays»!

— Ces gens-là ne manquent pas de culot! réagit le directeur financier.

— Ils se défendent à leur manière, laissa tomber Jenkins. Voyez comment les Européens se cabrent ici et là devant Coca-Cola et McDonald's. Après tout, les Africains ont bien le droit de se méfier d'OGM dont nous savons tous, et mieux que personne, qu'ils créeront une dépendance économique et agronomique pour ceux qui les adopteront en masse.

— Où voulez-vous en venir? demanda le patron de Mosampino. Nos équipes de lobbying ont bien travaillé auprès des chefs d'État africains et de quelques personnalités haut placées dans les ministères nationaux de l'Agriculture et de la Recherche. Insinuez-vous que nous devons faire marche arrière, Jenkins ?

— Non, monsieur. Je pense simplement que notre approche a pu être trop brutale, j'entends trop parachutée d'en haut, pour provoquer une réaction aussi hostile à la base. Si nous voulons faire adopter nos produits, nous devons d'abord convaincre les paysans. Or, nous faisons exactement le contraire. Nous essayons de sensibiliser les décideurs avec des moyens que tout le monde connaît autour de cette table (il avait fait mine avec ses doigts de palper des billets de banque) alors qu'il faudrait mener une action de terrain.

— C'est-à-dire ? demanda le directeur du pôle financier.

— J'ai mon idée que je vais tenter de mener à bien en Europe, et principalement en France.

— Oui, nous savons, l'interrompit le P-DG. Je suivrai cela avec intérêt. Mais en attendant, il faudrait pouvoir allumer un contre-feu en direction des autorités africaines. J'ai rencontré, il y a deux mois, le président malien, Amadou Touré, au cours d'un séminaire sur les biotechnologies que le gouvernement américain a organisé à Ouagadougou.

— Où est-ce ? demanda un membre du staff.

— Au Burkina Faso, répondit avec un peu d'agacement Donald Carter, voyant sur le visage de son collaborateur que cette précision ne l'éclairait pas davantage. À cette occasion, je me souviens que Touré s'était montré vivement intéressé par nos recherches. Il s'était même montré enthousiaste et avait donné son accord pour introduire les OGM dans son pays afin de booster la production agricole. Je ne comprends pas ce revirement. Il faudra appeler nos équipes sur place.

Ils en étaient là de leur discussion quand l'assistante du patron des services commerciaux pour l'Europe entra discrètement dans la pièce. Elle se dirigea à pas feutrés vers son directeur, un pli à la main, puis se retira sur la pointe des pieds. Donald Carter vit sur le visage de son « commercial » que quelque chose clochait.

— Que se passe-t-il, Tom ? Mauvaise nouvelle ?

— Oui, monsieur, fit Tom Atwood, qui dirigeait sa branche depuis deux ans après avoir effectué chez Mosampino une ascension spectaculaire, lui qui n'avait pas de diplôme des grandes universités mais un sens du commerce surdéveloppé.

— Dites-nous, au point où nous en sommes. Après les Africains, à qui le tour ?

— Aux Portugais, monsieur.

— Aux Portugais ? Mais pourquoi les Portugais ? Ils nous en veulent eux aussi ?

— On dirait. Vous savez que pas moins de dix-sept variétés de maïs transgénique estampillé Mosampino sont cultivées sans heurt en Espagne depuis 1998. La commission européenne a même approuvé d'inscrire ces variétés au catalogue commun des plantes agricoles de l'Union européenne, ce qui marqua notre première grande victoire sur ce continent.

— Oui, et alors ?

— Alors, le Portugal où nous venions de nous introduire refuse ces variétés.

— Le gouvernement du Portugal ?

— Non, répondit Tom Atwood en consultant le document qui lui avait été remis. Il s'agit d'un groupement d'organisations hostiles aux OGM qui se nomme La Plate-forme. Son slogan est : « Transgéniques : pas dans mon assiette. »

Il y eut des haussements d'épaules et de sourcils.

— Ce groupement réunit huit associations d'agriculture biologique et de protection de l'environnement, continua Atwood. Je vous lis leur prose. Accrochez-vous, c'est du brutal.

Il se racla la gorge, prit son souffle et se lança.

— « La Commission de Bruxelles a fait table rase du principe de précaution et du droit au choix en ouvrant la seule porte qui protégeait l'Europe de la contamination généralisée par les transgéniques : la culture sur le sol européen. »

— Quel culot ! s'écria John Hartley. Ils nous font passer pour des porteurs de peste alors qu'on leur apporte une solution performante et durable !

— Laissez-le poursuivre, fit le P-DG.

— Oui, reprit Atwood, écoutez. « Aucun pays n'est désormais à l'abri de la pollution biologique que les plantes transgéniques charrient inévitablement. »

— C'est insensé ! coupa encore Hartley. Associer le mot pollution au mot biologique, je n'ai jamais rien entendu d'aussi idiot.

— Peut-être, observa Donald Carter, mais à l'heure qu'il est, des millions de Portugais entendent ces idioties. Ne perdons pas de temps, concluez, Tom, voulez-vous ?

— Oui, monsieur. La Plate-forme évoque une décision des municipalités de l'Algarve, une région méridionale du Portugal. Elles ont choisi à l'unanimité de ne pas introduire de plantes transgéniques sur tout leur territoire.

— C'est illégal, lança Carter. Les directives européennes doivent l'emporter sur des référendums locaux, ou alors il n'y a plus d'État de droit ni de hiérarchie dans les textes !

— La Plate-forme a aussi appelé le gouvernement du Portugal à, je cite, « élaborer des normes concrètes et exigeantes de coexistence qui dissuadent les pollueurs potentiels ».

— Par exemple ? demanda Jenkins.

Tom Atwood se pencha sur la dépêche et marqua un silence.

— J'y suis. Ils exigent un enregistrement public des terrains où sont menées les expériences, et aussi une distance minimum de sécurité entre les cultures. Ils réclament aussi des primes d'assurance très élevées pour les agriculteurs qui souffriraient de pollution.

L'assemblée réagit par des propos persifleurs sur l'aptitude des Portugais à juger ce qui était ou non bon pour les consommateurs. Mais il était midi et demi et le P-DG leva la séance. Un déjeuner l'attendait avec un membre du Département américain des Food and Drugs. Il regarda sa montre et donna rendez-vous à tous à 15 heures pour une réunion exceptionnelle destinée à analyser ces données inquiétantes.

— La preuve est faite que nos méthodes déplaisent et inquiètent. Réfléchissez. Nous verrons cet après-midi comment agir.

Puis, se tournant vers Jenkins :

— Peut-être faudrait-il rédiger à notre tour un communiqué rassurant à l'adresse des pays consommateurs, en indiquant notre étonnement face à tant de désinformation. Qu'en pensez-vous ?

— Je pense que vous avez raison. Je vous soumettrai un projet après votre déjeuner.

— Parfait.

La petite assemblée se dispersa sans penser que les nouvelles grises du matin n'étaient rien comparées à celles qui viendraient plus tard dans la journée. Jenkins se fit servir un plateau froid dans son bureau où il s'enferma avec deux jeunes collaborateurs pour rédiger un projet de communiqué. Il envoya un nouvel e-mail à Grégoire Bataille, étonné de n'avoir pas eu de réponse depuis son appel de la veille. Sans doute n'avait-il pas réalisé que plus de six heures les séparaient. Pendant qu'il réfléchissait à la bonne tournure de phrase pour réagir au nom de Mosampino, Grégoire Bataille terminait sa première nuit à Milan, dans une chambre sur patio d'un hôtel du centre-ville, non loin du Dôme et de la Scala, le périmètre de don Melchiorre.

Le soleil était monté très haut dans le ciel et on avait branché plusieurs ventilateurs à hélices dans le bureau du P-DG pour la réunion qui débuta avec dix minutes de retard. Jenkins n'avait pas perdu son temps, et Donald Carter n'avait fait que peu de remarques avant de valider le texte de son lobbyiste préféré.

Lorsque tout le monde se fut installé, on entama un tour de table pour recueillir l'avis de chacun sur la méthode à suivre. La tonalité générale était à l'offensive et à l'indifférence outrée. En un mot, il n'était pas question de perdre du temps à vouloir convaincre des peuples entiers d'adopter des nouveautés si révolutionnaires qu'ils ne pourraient pas faire autrement que de les utiliser.

Un travers habituel, chez Mosampino comme dans moult firmes américaines, consistait à se considérer supérieur, si supérieur que l'effort pour se mettre à la portée du vulgaire était inconcevable.

— Il est entendu que nous sommes les meilleurs ou presque, fit Donald Carter, d'une voix ferme et presque métallique, dont on sentait qu'elle allait crescendo tout en maîtrisant sa montée. Mais en attendant, une offensive tous azimuts se déploie et nous restons sans rien faire, désœuvrés et démunis, alors qu'il faudrait trouver au plus vite une parade qui ne serait pas que des mots !

Le timbre de Carter portait loin dans son bureau, autour de la grande table ovale qui donnait à la pièce des airs de Maison Blanche. Les uns et les autres observaient un silence gêné qui s'alourdit avec l'écoulement lent des secondes, des minutes. Carter dévisageait ses collaborateurs les uns après les autres, silencieux, gardant pour lui ce qu'eux aussi gardaient pour eux : leur rancœur. Lui devant une équipe qu'il jugeait arrogante et peu inventive. Eux devant un patron de droit divin qui criait à l'aide quand les choses tournaient mal mais qui, d'ordinaire, se souciait assez peu de ses employés, fussent-ils modestes ou de premier ordre.

C'est Loren, la première assistante du P-DG, qui rompit ce silence pesant pour s'approcher de son patron. Elle lui murmura quelques mots à l'oreille puis attendit sa réaction. Il fit signe qu'il la suivait et s'excusa auprès de ses interlocuteurs. Il ne serait pas long.

Lorsqu'il revint, chacun sentit qu'il n'était pas à prendre avec des pincettes.

— À mon tour de vous informer sur la suite des réjouissances, déclara Carter. À croire que tout le monde s'est donné le mot pour nous tordre le cou aujourd'hui. Cela ressemble à une vaste opération mondialement orchestrée pour nous faire rendre gorge avant le coucher du soleil. On dirait bien un cauchemar, une sorte de terrorisme insidieux, sans autre explosif que le spot et les actions d'éclat qui nous ramènent à l'ambiance des révoltes estudiantines des années 60 sur nos campus, au temps du Viêt-nam et de ce genre de combats qui ont mobilisé l'opinion internationale bien au-delà de nos frontières.

On se demandait où il voulait bien en venir quand il sortit de la poche de sa veste une feuille de papier pliée. Il ajusta ses lunettes aux verres en demi-lune et entama à son tour une édifiante lecture.

— Ce coup-ci, lança-t-il à la cantonade, ça vient de Bangkok. Mais ne vous réjouissez pas trop vite, il ne s'agit ni de massages thaïlandais, ni de bains de vapeur. Ce serait plutôt du genre douche froide.

Certains s'essayèrent à esquisser un sourire, mais il fut vite réprimé par le regard noir de Carter.

— C'est tombé à l'heure du déjeuner, fit Carter d'un air assombri. Les autorités thaïlandaises ont suspendu la quasi-totalité de leur programme d'expérimentation des OGM. Trois centres ont fermé dès la semaine dernière car les contrôles n'ont pas été suffisants. Résultat : une exploitation classique de papayes a été contaminée dans le nord-est du pays. D'après eux, des tests font même état d'une quarantaine d'échantillons pollués dans une dizaine de plantations.

— Ce n'est pas en Thaïlande qu'on avait de bons espoirs pour diffuser les semences OGM de riz et de coton, comme on a fait en Chine et aux Philippines ? demanda Jenkins.

— Si, Bill, on espérait.

Un soupir collectif se fit entendre.

— Des organisations écologistes ont manifestement fait pression sur le gouvernement thaï, expliqua Donald Carter. Apparemment, les seules expériences autorisées ne pourront plus se poursuivre qu'en laboratoire. Finis les essais de plein champ. Dire que nous devions participer au programme OGM pour immuniser les papayes contre leur virus ancestral…

Chacun s'imagina l'espace de quelques semaines avec des morceaux de papaye fraîche à déguster dans un grand bol, mais les seules choses à déguster à cet instant n'étaient guère de nature à ouvrir l'appétit.

— Et ce n'est pas tout, fit alors le P-DG de Mosampino, comme s'il avait voulu garder le meilleur, c'est-à-dire le pire, pour la fin.

— Quoi encore ? demanda inquiet le directeur financier.

— Ça chauffe aussi en France. Figurez-vous, messieurs, que c'est l'armée qui doit maintenant protéger les champs d'OGM, avec des gaz lacrymogènes et des grenades assourdissantes pour neutraliser les manifestants venus détruire les récoltes sur pied !

Cette information glaça l'assistance. L'armée au bord des champs, comme dans les dictatures latino-américaines, quand les propriétaires latifundistes protégeaient leurs biens avec des hommes en armes ? En France ? Comment pareil débordement était-il possible ?

— Il existe dans ce pays allié une organisation baptisée Les faucheurs volontaires, animée par quelques personnalités du monde paysan et quelques députés, écologistes et doux rêveurs, commenta Donald Carter. Ces gens-là diffusent à tout vent des contrevérités sur nos semences.

— Par exemple ? demanda Jenkins.

— Ils racontent que si les OGM accroissent les rendements la première année, les plantes dégénèrent dès l'année suivante au point qu'on ne pourrait plus les planter !

— Absurde ! fit une voix.

— Et ce n'est pas tout, poursuivit Carter, remonté comme une pendule. Ils prétendent que nos plantes OGM sont de très grosses consommatrices d'eau et d'engrais, qu'elles nécessitent d'importantes quantités de pesticides, bref, qu'il est très coûteux de les utiliser et que c'est la dernière pompe à dollars que nous ayons trouvée pour sucer la richesse du monde.

— Si je comprends bien, nous sommes de vilains Américains qui en voulons à l'argent des pauvres paysans avec nos semences intelligentes.

— Oui, approuva Carter. Et qui ruinons la santé des consommateurs pour accroître nos bénéfices tous azimuts. Messieurs, si vous vous reconnaissez dans un tel schéma manichéen et malveillant, vous êtes priés d'aller vous faire voir ailleurs, car sachez qu'aussi longtemps que je dirigerai cette fichue boîte, ma stratégie en faveur des organismes génétiquement modifiés ne variera pas d'un pouce.

Donald Carter ne s'attendait visiblement pas aux applaudissements qui crépitèrent dans son bureau et vinrent conclure cette éprouvante journée où, de Lisbonne à Bangkok, du fin fond de l'Afrique aux plaines de France, on entonnait le refrain connu du *US go home*.

Ils se séparèrent sur quelques paroles d'encouragements assorties de tapes amicales puisque, malgré tout, un beau week-end commençait. On verrait bien lundi si toute cette polémique n'allait pas retomber aussi vite qu'elle était montée.

Au même moment, en France, il était six heures plus tôt et le jour était déjà bien levé. Sur une chaîne de la télévision publique venait de débuter l'émission matinale *Les Quatre Vérités*, un rendez-vous avec un invité toujours suivi avec beaucoup d'assiduité par plusieurs millions de personnes.

C'était justement Gilbert Mathurin, le numéro deux de l'association des Faucheurs volontaires, qui répondait aux questions de l'animateur. Paysan du Gers fort en gueule et en moustache, moins médiatique que José Bové mais plus vaillant quand il s'agissait d'affronter à mains nues les forces de l'ordre au risque de prendre de vrais coups, Gilbert Mathurin était un bon client pour la télé, tant son franc-parler, clair et direct, réjouissait chaque fois son auditoire.

— Pouvez-vous nous raconter votre version des faits très graves qui se sont déroulés hier dans votre région ? demandait l'animateur avec un sourire encourageant.

Gilbert Mathurin ne se fit pas prier.

— Nous sommes arrivés aux abords d'un champ d'OGM en compagnie d'élus, de médecins et d'une partie de la population de nos villages qui vivent à proximité de ces parcelles empoisonnées, déclara-t-il en préambule. Autour d'un champ d'un hectare protégé par des barrières métalliques, il y avait bien 300 soldats et autant de gendarmes mobiles. Nous étions sans rien à la main alors que ces types étaient armés jusqu'aux dents. Ils ont commencé par nous repousser avec une brutalité indigne des forces de l'ordre qui sont là pour faire régner le calme, pas pour le troubler.

— Quelle conclusion tirez-vous de ce comportement ? demanda en relance le journaliste.

Gilbert Mathurin regarda la caméra bien en face, pour être certain que chacun dans son foyer verrait en gros plan sa bonne tête de paysan franc du collier.

— Ma conclusion, c'est que la France est devenue un État militaire. Je sens une volonté de militarisation de l'agriculture, et cela, nous ne pouvons l'accepter. Ces essais d'OGM en pleine nature alors qu'ils devraient se limiter à des recherches de laboratoires sont de véritables atteintes à nos libertés. Depuis la crise de la vache folle, nous avons tous compris que l'agriculture moderne doit savoir prendre du temps avant de répandre ses nouveaux modèles.

Il esquissa un sourire entendu pour conclure :

— On se moque souvent, chez les citadins, du bon sens paysan. Je vais pourtant vous dire ce que m'a appris mon père qui est né jadis dans une bergerie et qui termina sa vie à la tête d'une exploitation moderne. Sa devise : « On ne met pas la charrue avant les bœufs. » Je demande aux politiques et à messieurs les industriels d'en faire autant.

L'animateur rendit l'antenne sur ces fortes paroles qui tintèrent longtemps aux oreilles de ceux qui les avaient entendues. En France, la guerre était déclarée aux OGM. De son côté, Bill Jenkins avait reçu ordre de son patron d'entrer au plus vite en contact avec Greg Bataille. Quitte à traverser l'Atlantique pour aller le chercher dans sa campagne italienne.

15

Grégoire Bataille n'avait qu'une idée sommaire de l'Italie, faite de spaghettis et de macaronis, de quelques films de Fellini et d'Ettore Scola, de romans aussi qu'il avait lus au temps où il fréquentait à Paris une étudiante en lettres qui se destinait à Normale sup et ne parlait qu'en citations de dialogues de films ou de phrases chipées dans les livres.

Ainsi avait-il gardé un souvenir assez précis du *Guépard*, sans savoir si c'était à cause du film de Visconti avec Claudia Cardinale ou du texte de Lampedusa dévoré l'été de ses vingt-trois ans avec cette jeune femme perdue de vue à présent et qui s'appelait Sonia.

Grégoire, la même année, avait découvert le chef-d'œuvre de Bassani intitulé *Le Jardin des Finzi-Contini*, qui l'avait renseigné mieux que des manuels d'histoire sur la violence de l'antisémitisme dans l'Italie du Duce. Puis sa liaison avec Sonia s'était achevée, et il n'avait plus gardé aucun contact avec la grande littérature, se contentant d'acheter de temps à autre de gros romans d'espionnage à l'américaine – il affectionnait particulièrement Robert Ludlum – ou des pavés de Mary Higgins Clark.

Ce matin-là, un samedi paisible dans la capitale lombarde, ses pas l'avaient pourtant mené Casa Manzoni, à deux pas de la Scala. C'est dans cette maison que le grand écrivain italien Alessandro Manzoni avait rédigé des années durant son chef-d'œuvre, *Les Fiancés*, un ouvrage dont, bien sûr, Grégoire Bataille n'avait jamais lu la moindre ligne. C'était une bâtisse remplie de vitrines derrière lesquelles dormaient des centaines de manuscrits, de vieux livres, des souvenirs divers de cet écrivain qui avait été, comme Verdi, un enfant chéri de l'Italie du Nord.

Ce n'était pas le hasard qui avait conduit Grégoire ici, ni l'envie de s'instruire sur le patrimoine culturel milanais, bien que la perspective d'agrandir ses horizons lui soit agréable.

Non, si le jeune homme s'était levé de bonne heure pour ne pas rater l'ouverture de la Casa Manzoni, c'est qu'il était en possession d'une information. La veille, il avait téléphoné au siège du groupe Verdi pour obtenir quelques informations financières sur la société, arguant de ses études sur le marché européen de l'agroalimentaire. On lui avait demandé le nom de la société pour laquelle il travaillait. Le standard lui avait passé deux ou trois personnes successives au service des relations avec la presse puis dans les services financiers. Mais aucun de ses interlocuteurs n'avait voulu accéder à sa requête.

On lui fit remarquer que le groupe Verdi était tout entier centré sur la personne de don Melchiorre et qu'il n'était en rien question de communiquer la plus petite information sur cette entité familiale non cotée en Bourse, comme il devait le savoir en sa qualité d'analyste financier.

En un mot, on avait envoyé Grégoire paître, et il avait raccroché de méchante humeur, peu habitué à ce qu'on lui résiste de la sorte. Quand, tentant le tout pour le tout, il avait demandé une entrevue particulière avec don Melchiorre, la secrétaire s'était montrée si surprise qu'elle avait répondu, dans un français approximatif: « Mais vous n'y pensez pas sérieux ! »

Trop agacé pour en rire, Grégoire Bataille avait moqué cette réaction en demandant si leur patron allait aussi à la messe le samedi, en plus du dimanche. Et contre toute attente, la voix sans visage – mais qu'il imaginait en vieille bique à cheveux tirés et regard sévère – avait lâché un morceau de choix : « Qu'allez-vous imaginer ! Nous ne sommes pas dans la bigoterie. C'est le jour où don Melchiorre rend visite au maître Manzoni, et ce moment-là est sacré ! »

Maître Manzoni ? Qui était donc ce personnage important à qui le président consacrait son samedi ? Un avocat d'affaires ? Un notaire ? Un médecin ?

Aussitôt arrivé à son hôtel, Grégoire s'était mis en quête d'un maître Manzoni, mais sa recherche n'avait abouti à rien en consultant les listes interminables d'avocats, de notaires et de médecins travaillant dans Milan et sa vaste banlieue. C'est tout bêtement en consultant un dépliant sur la ville posé sur sa table de chevet qu'il découvrit l'existence dans le vieux centre de la fameuse Casa Manzoni.

Il vérifia les horaires d'ouverture et s'assura que les lieux étaient bien ouverts le samedi matin. À 9 heures précises, il se présenta au seuil de la célèbre demeure, avec le mince espoir que ce Manzoni-là était le mystérieux maître de don Melchiorre.

Une certaine joie régnait dans les rues de Milan. La veille au soir, l'équipe du Milan AC était devenue championne d'Italie, pour la dix-septième fois de son histoire, en l'emportant d'un petit but sur l'AS Rome. Certes, la victoire n'avait pas été acquise de très belle manière, et tous les spectateurs avaient encore à l'esprit les scènes de violence dans les tribunes et sur le stade après l'action somme toute banale de Chevtenko, le buteur prodige du Milan AC qui avait ouvert la marque dès la première minute de jeu.

Pendant la deuxième mi-temps en effet, le joueur ukrainien acheté au prix fort par l'équipe italienne avait repoussé un coup-franc en détournant le ballon avec le coude. Il s'agissait à l'évidence d'un geste involontaire, et l'arbitre avait laissé jouer. Mais les supporters romains avaient vu rouge et aussitôt, la pelouse fut jonchée de canettes, de bouteilles de verre et même de pétards dont certains blessèrent des joueurs de Milan qui, fort heureusement, purent reprendre le cours de la partie après des soins sommaires dans le rond central où s'était transporté le médecin en quatrième vitesse.

La presse milanaise s'était fait l'écho de ces incidents qui avaient quelque peu assombri le plaisir des joueurs comme de leurs supporters. Cela n'avait pas empêché ces derniers de traverser bruyamment les rues de la ville pendant une partie de la nuit, avec trompettes et flonflons ; mais un certain malaise qui dépassait le seul univers du football semblait couver à Milan.

Bien sûr, les défilés de mode attiraient toujours plus de paparazzi, la via Montenapoleone était saturée de vitrines plus ébouriffantes les unes que les autres, avec une débauche de vêtements luxueux ou provocants inspirés des séries américaines à la mode comme *Sex in the City*. Ainsi apparaissaient des tigresses de plumes, des sirènes en fourreau plissé, des bottes en croco hors de prix qui voulaient dire que la croissance était revenue, qu'il était possible de renouer avec des temps plus frivoles et de dépenser beaucoup d'argent chez Emporio Armani, Prada ou Gucci. Celui-ci n'avait-il pas rénové un ancien cinéma de la via Piave pour aménager un immense showroom de 1 000 mètres carrés ? De son côté, Gucci avait investi une ancienne usine Nestlé sur via Bergognone, et les habitués des odeurs de chocolat s'étaient réveillés un matin avec une nuée de mannequins entrant et sortant de cabines d'essayage en forme d'aquarium. Milan revenait à la mode conceptuelle et pionnière, alliant le glamour et l'audace de l'époque. On déclinait à l'infini la fourrure et le vison rasé, le chinchilla couleur miel et crème brûlée, le cachemire bouilli et la laine polaire.

Mais dans ce milieu où l'on bavardait autant qu'on piquait d'aiguilles – et on en piquait beaucoup –, la crainte était forte de voir les démons de l'opération « Mani Pulite » (ou Mains propres) se réveiller pour frapper un secteur qui avait pourtant redressé la crête après des années de marasme. On redoutait certains jours les descentes de *squadre fiscali*, ces commandos fiscaux qui, régulièrement, venaient demander des comptes aux industriels de la mode, et plus particulièrement du luxe.

Il faut dire qu'à Milan, les affaires de corruption n'avaient pas manqué depuis le règne de Bettino Craxi, au début des années 80, une éternité ! Et comme le poison parfois génère son antidote, c'est à Milan, dans l'énorme bloc de style fasciste qu'était le palais de justice, que débuta l'opération Mani Pulite, un jour de février 1992, sous l'impulsion du substitut Antonio Di Pietro. Ce jour-là, le 7 février exactement, une date gravée dans l'esprit des Milanais qui n'avaient pas la conscience tranquille, c'est-à-dire presque tous, ce jour-là donc, un nommé Mario Chiesa, directeur socialiste d'une vieille institution charitable milanaise baptisée Pio Albergo Trivulzio, avait été pris la main dans le sac. Les hommes du substitut Di Pietro l'avaient en effet intercepté au moment où l'un de ses fournisseurs lui portait une valise remplie de billets…

Ce n'était que le début du grand nettoyage qui avait mis l'Italie en coupe réglée, prête à tomber dans les bras de Forza Italia et de la Ligue du Nord, deux inventions purement milanaises, sous la houlette de Silvio Berlusconi et d'Umberto Bossi.

S'il avait eu tout cela en tête, Grégoire Bataille aurait sans doute mieux compris les regards baissés et les chuchotements que provoqua son arrivée à la Casa Manzoni. Il était vêtu ce matin-là d'un costume sombre, malgré l'été qui éclatait, et cette mise austère lui donnait davantage l'allure d'un juge ou d'un policier en civil que d'un simple touriste venu accessoirement en voyage d'affaires.

Précisément, deux hommes tenaient un conciliabule dans un recoin du grand salon où étaient exposés de vieux manuscrits ayant appartenu au « maître Manzoni ». Le premier, un religieux, parlait à mots couverts à un personnage au visage rubicond qui lui répondait par de grands gestes.

— Il se pourrait que la justice vienne fourrer son nez dans les affaires de l'Église, se lamentait l'ecclésiastique. Je ne dis pas que nous devrions être au-dessus des lois de la République, mais chaque fois que des scandales – souvent exagérés par la presse de caniveau – ont éclaté, nous avons vu le denier du culte diminuer et la fréquentation de nos chapelles baisser. Je vous parle de Milan, où nous avons eu les juges les plus sévères, mais le cas s'est aussi produit à un degré moindre à Rome, bien que le pape dans sa souffrance quotidienne soit visible par des milliers de fidèles.

— Certes, répondit le bonhomme à la face rougeaude, mais nous vivons maintenant dans une ère de transparence. Tricher en temps de crise est plus insupportable que tricher en période de croissance, quand la richesse existe pour tous ou presque. Nous vivons des temps difficiles qui ont rempli de mécontentement la population. La voilà qui se donne à la Ligue du Nord et à Forza Italia ! Résultat, c'est l'Inquisition.

— À qui le dites-vous !

— Mais attention, si les taux de condamnation sont énormes, les sommes récupérées par la justice ne sont pas négligeables. Plus de 250 milliards de lires ont pu ainsi être perçues. À Milan, n'oubliez pas, nous devons nos autobus et nos tramways neufs à l'argent de la corruption qui est revenu en partie dans la poche publique sous forme d'amendes.

— Vous avez raison. Et je suis toujours ému quand je

vois certains bus porter symboliquement le nom de magistrats lâchement assassinés. On peut trouver la justice terrestre un peu raide sans pour autant apprécier de voir ses serviteurs noyés dans leur sang, n'est-ce pas ?

Son interlocuteur approuva d'un hochement de tête mais il resta silencieux car un homme assez jeune et vêtu de sombre approchait d'eux. Grégoire Bataille, après avoir regardé les reliques de Manzoni d'un air distrait, voulait poursuivre son enquête.

— Pardonnez-moi, messieurs, fit le jeune homme dans un français mâtiné d'italien de cuisine, pourriez-vous me dire si ce lieu est de près ou de loin associé à la personne de don Melchiorre, le patron du groupe Verdi ?

Les deux personnages se montrèrent surpris par cette question qui, visiblement, les embarrassait. Non pas pour la réponse, assez simple, qu'ils auraient pu apporter à cet étranger, mais précisément parce qu'il était un étranger dans tous les sens du terme, bredouillant leur langue et totalement inconnu. Chacun, scrutant sa mémoire, savait bien qu'il n'avait jamais vu ce visage. S'agissait-il d'un policier ? D'un Témoin de Jéhovah comme on en voyait parfois sillonnant la ville à la recherche de quelques brebis égarées ?

— Don Melchiorre ? répéta l'ecclésiastique en regardant son comparse, cherchant dans son regard l'attitude à adopter.

Un silence s'installa jusqu'à ce que, derrière eux, la vieille porte en bois du vestibule se mît à grincer. Et, comme par extraordinaire, comme si un grand ordonnateur des hasards l'avait décidé ainsi, un homme à la crinière d'argent, droit dans sa veste de lin, apparut dans l'embrasure.

— Don Melchiorre ! fit l'homme d'Église en saisissant la main du patriarche pour la baiser, dans un geste de dévotion qui agaça le grand patron.

Manifestement, le prestigieux visiteur de la Casa Manzoni n'aimait pas être dérangé, ni même reconnu, quand il se présentait dans ces lieux. Il jeta sur le petit groupe un regard las qui s'arrêta sur Grégoire Bataille.

— Un visiteur français… Il semble s'intéresser à votre personne, ajouta le religieux avec une componction teintée de méfiance.

— Français ! s'exclama don Melchiorre. Ah oui ! Il faut être français, avoir le raffinement et la curiosité d'un Français pour s'intéresser à ces lieux d'histoire et de littérature que délaissent nos compatriotes. Venez avec moi, fit-il sans autre explication, entraînant par l'épaule un Grégoire interloqué, plantant là l'ecclésiastique et son interlocuteur comme de vulgaires épouvantails.

— Suivez-moi, jeune homme, je vais vous montrer quelques merveilles inconnues des Milanais qui sont parfois, je vous jure, de véritables blocs d'indifférence devant les plus belles choses.

Et c'est ainsi que, ignorant tout de ce nouveau protégé adopté sur sa bonne mine, don Melchiorre l'entraîna dans les salons de la demeure interdits aux visiteurs, négligeant de lui demander qui il était et pourquoi il s'intéressait à lui.

Grégoire fut si surpris qu'il se demanda un instant s'il s'agissait bien du bon don Melchiorre, celui qui construisait patiemment depuis des décennies un empire de pâtes et d'eaux minérales, d'huile d'olive et de blé dur. Mais ce visage était unique et ne pouvait appartenir qu'au patron du groupe Verdi. Avant de quitter la France, le jeune financier avait compulsé d'épais dossiers concernant les activités industrielles du patron lombard. S'il ne se prêtait que rarement aux objectifs des photographes, il était cependant apparu moins farouche à l'occasion de premières à la Scala. Grégoire avait gardé en mémoire cette allure altière, cette chevelure blanche et un peu désordonnée de chef d'orchestre, les deux grandes rides qui fendaient les joues dans le sens de la longueur, donnant à don Melchiorre des airs méphistophéliques, surtout s'il fronçait ses épais sourcils en broussaille. Sans aucun doute, le bonhomme avait une trogne, une belle gueule d'aventurier éclairée par l'irradiation bleutée de son regard.

Ils avancèrent dans une pièce meublée sobrement, entièrement organisée autour d'une table de bois ciré sur laquelle reposait un énorme manuscrit. Comme s'il s'était trouvé chez lui – et rien n'indiquait qu'il ne s'y trouvait pas –, don Melchiorre offrit à son visiteur un verre de vin vieux trempé d'écorces d'oranges. Puis ils s'assirent chacun dans un lourd fauteuil de cuir, de ces fauteuils qui ont veillé des heures devant un feu de cheminée où les bûches crépitent pendant que, installé à sa table, un homme construit l'œuvre d'une vie.

— Je vais vous raconter, commença don Melchiorre, ignorant toujours qui était en face de lui, et s'y sentait bien.

16

Don Melchiorre était un personnage complexe. Comme tous les êtres qui abritent dans leur for intérieur des tentations contradictoires, l'envie de pouvoir et l'aspiration au dénuement des origines, un égoïsme sans bornes et une aspiration idéale à venir en aide à son prochain, le patron du groupe Verdi tentait de surmonter à sa manière ses contradictions les plus intimes.

Ainsi, deux forces travaillaient en lui, terriblement puissantes, et complètement opposées, ennemies même l'une de l'autre, puisque la première l'attirait vers l'agitation du monde tandis que la seconde le retenait vers un univers vibrant de l'intérieur. En un mot, don Melchiorre était littéralement tiraillé, écartelé, partagé à jamais entre son rêve fou et sans doute mégalomaniaque de nourrir la planète entière ou presque, et son obsession à vouloir laisser de son passage sur terre une œuvre. Pas n'importe quelle œuvre. Pas un nom dans la liste Forbes des plus grandes fortunes. Non. Un nom d'écrivain. Un nom de créateur, de qui aurait transcendé sa propre existence, son enveloppe corporelle et son pauvre petit tas de chair et d'os par un projet plus grand que lui et tenant pourtant sagement entre les mains : un livre.

C'est pourquoi, quand il ne s'employait pas à constituer un groupe agroalimentaire de première importance – et Dieu sait si cette activité occupait son temps et son esprit –, don Melchiorre envisageait l'impossible avec ardeur et émotion : écrire une œuvre. Son œuvre. Et pourquoi pas un chef-d'œuvre. Il connaissait l'histoire du comte de Lampedusa qui, à la fin de sa vie, avait dompté sous sa plume le merveilleux Guépard. Pourquoi n'en ferait-il pas autant, lui dont la tête foisonnait d'histoires et de sentiments, de violence et d'élans du cœur ?

Avec méthode, don Melchiorre s'était choisi un modèle. Il n'avait pas eu à chercher loin puisque près de Milan avait vécu le père de don Camillo, le fameux curé immortalisé au cinéma par Fernandel, avec Gino Cervi incarnant un maire communiste en farouche adversaire.

Cette littérature très plaisante et populaire en diable n'avait pas eu la préférence de don Melchiorre qui avait grandi et vécu dans l'admiration sans bornes de Manzoni et de ses *Fiancés*. C'est pourquoi, quand il s'était agi de restaurer la maison de l'écrivain pour y installer *in situ* un musée constitué d'objets personnels et surtout de manuscrits, le patron du groupe Verdi s'était porté candidat pour devenir le mécène privilégié, et bientôt unique, du projet.

En contrepartie, il n'avait demandé qu'une faveur, si modeste après tout qu'elle lui fut accordée aussitôt : son vœu était de pouvoir aussi souvent que possible s'enfermer seul dans le bureau du « maître », comme il appelait tout simplement Manzoni, pour lire tranquillement le manuscrit des *Fiancés*. Sans doute espérait-il, avec une pointe de naïveté touchante, s'imprégner de cette prose régulière tracée sur d'épaisses pages blanches pour voir surgir à son tour sous sa propre plume l'étincelle de l'écriture.

N'ayant aucune aptitude pour la musique, don Melchiorre ne s'était jamais mis en tête de composer dans la dévotion de son autre maître Giuseppe Verdi. À tort plus qu'à raison, la littérature lui semblait plus accessible. Devant le flot de livres qui s'imprimaient chaque jour, face à tous ces témoignages de gens célèbres ou non qui racontaient leur vie et trouvaient un éditeur pour s'épancher sur des pages et des pages, don Melchiorre était persuadé de pouvoir faire aussi bien, sinon beaucoup mieux. À vrai dire, quand il était seul face à lui-même, le vieux patron ne doutait pas de grand-chose.

C'est ainsi que chaque samedi matin vers 9 h 30, vêtu d'un pantalon ample et d'une veste de lin qu'il ne prenait pas la peine de boutonner, don Melchiorre oubliait pour quelques heures ses charges de manager (il ne s'encombrait pas même d'un téléphone portable) pour se changer en auteur potentiel d'une œuvre importante. Il se frottait aux pages mystérieuses et magnifiques de Manzoni, tentait d'en percer la moindre nuance, le rythme, l'ampleur, la musique, comme s'il avait trouvé là la nourriture de son travail à venir.

Depuis son plus jeune âge, quand il voulait s'abstraire des contingences de sa famille et de ses amis, puis plus tard de ses affaires, don Melchiorre avait pris l'habitude de penser en français. Il avait appris cette langue à l'occasion de séjours de ski dans les Alpes, tout juste après la guerre, quand les municipalités se cotisaient pour envoyer les gamins, même les plus pauvres, dans les stations qui n'étaient pas encore fréquentées par la fine fleur de la grande bourgeoisie. Plusieurs saisons à Bourg-d'Oisans et une amourette un peu plus sérieuse que les autres avec une jeune fille de Chamonix, l'année de ses dix-sept ans, tout cela avait institué dans son cerveau et dans son cœur une place toute particulière pour le français.

Plus tard, sillonnant l'Europe pour ancrer solidement son groupe dans les pays voisins, il avait parfaitement entretenu son vocabulaire et son accent, si bien qu'il s'exprimait dans une langue riche et à peine marquée par ses origines lombardes.

C'est pourquoi il se fit un devoir et une joie d'aborder Grégoire en usant de sa langue maternelle, devant un jeune homme aux yeux écarquillés.

— La France, commença-t-il, est une grande nation de littérature. Vos écrivains ont des statues, ne me dites pas non, j'ai vu à Paris celle de Montaigne devant le Collège de France et celle de Verlaine dans vos merveilleux jardins du Luxembourg. Je connais aussi la statue de Balzac et celle de Mauriac, vous voyez, je suis bien au courant…

Grégoire hocha la tête en essayant de réprimer son inquiétude. Il avait ce sentiment désagréable d'être un imposteur et que bientôt, son masque tomberait, que l'homme d'affaires féroce et avisé que savait être par ailleurs don Melchiorre lui ferait rendre gorge de ses arrière-pensées. Et par-dessus le marché, le patron du groupe Verdi se piquait de littérature, alors que lui, Grégoire Bataille, féru de statistiques et d'économétrie, de calcul tangentiel et de théories sur l'investissement n'avait aucun bagage savant à opposer à cet érudit des lettres. Il suffirait que don Melchiorre lui demande son avis sur telle ou telle œuvre romanesque française pour qu'il fasse preuve d'une honteuse ignorance.

Mais pour l'instant, le vieil homme parlait, soliloquait même, ne paraissant rien demander d'autre à Grégoire que de l'écouter. Et Grégoire avait ce don de savoir écouter, de laisser croire à son interlocuteur que ce qu'il disait était parole d'Évangile, sinon divine.

— Je ne vais pas vous faire l'affront de citer Apollinaire et Nerval ou encore Proust et Chateaubriand, lança don Melchiorre en balayant la mèche tombée sur son front d'un revers de main. Mais ici, vous êtes au cœur de l'Italie d'aujourd'hui tout en ayant pénétré chez un écrivain du XIXe siècle. Et quel écrivain ! Connaissez-vous *Les Fiancés*, son chef-d'œuvre ? J'imagine que si vos pas vous ont conduit dans sa demeure, c'est que…

Se gardant bien de dévoiler les véritables raisons de sa présence à la Casa Manzoni, et se gardant bien d'avouer son ignorance, Grégoire y alla au culot. Au bluff, il était toujours très fort.

— Figurez-vous, répondit-il, que je me suis essayé à lire *Les Fiancés* en français, mais la traduction doit être très mauvaise car le livre apparaît d'une grande platitude, plein de lourdeurs et de longueurs. Comme je suis persuadé qu'il n'en est rien dans le texte original, je voulais venir humer le manuscrit de Manzoni – il se reprit : du maître Manzoni – ne pouvant hélas me faire une idée aussi précise qu'il faudrait de la bonne version, vu mon italien approximatif.

— Des lourdeurs ! En effet, la traduction doit pécher, observa don Melchiorre, le regard brillant, tout à son affaire. Laissez-moi vous dire qu'en ce début de XXIe siècle, le thème des *Fiancés* résonne avec une sidérante acuité.

— Mais de quoi s'agit-il au juste ? demanda Grégoire en bon élève soucieux d'appâter son professeur.

Un sourire candide se dessina sur le visage du vieil homme.

— Ah… Deux jeunes gens amoureux, fous d'amour, Renzo et Lucia. Renzo est un paysan pauvre de Lombardie, il habite un village près d'ici, je vous y conduirai si cela vous chante…

— Avec joie ! l'interrompit Grégoire brièvement.

— Renzo, donc, n'a pas le sou, mais il est jeune, vaillant, très beau.

— Et Lucia est une fille de famille ?

— Non, pas du tout. C'est une petite paysanne, elle aussi. Et ces deux jeunes gens recherchent des choses très simples, l'amour, la justice, le bonheur. Mais le seigneur de la région, don Rodrigo, ne voit pas cette union d'un bon œil car il veut s'approprier la belle Lucia. Il s'oppose au mariage et fait chasser Renzo.

— En quoi cela vous fait-il penser à l'Italie d'aujourd'hui ?

Don Melchiorre réfléchit, étendit ses jambes devant lui et enfonça son menton dans ses mains avant de répondre.

— La révolte d'Enzo contre le seigneur va prendre une dimension qui le dépasse. C'est l'époque où le peuple de Lombardie se soulève contre ses princes, car la population a faim et se révolte devant le train de vie des riches. Et savez-vous comment cette affaire sera réglée ?

— Non.

— Par la peste. Une épidémie terrible qui décima Milan, une véritable hécatombe, chez les pauvres comme chez les riches, comme un rétablissement de la justice par le mal. Aujourd'hui, la peste n'est plus là pour réglementer le monde des vivants. Alors, on en a inventé une nouvelle. Ce sont les agents du fisc et des brigades financières qui viennent fureter partout où on crée de la richesse. Ils font tomber des sociétés entières, des industries florissantes coupables d'être un peu trop compromises avec la mafia ou avec la classe politique, comme si tout cela était nouveau en Italie !

— Vous voulez dire que…

— Je veux dire que la peste de l'Italie aujourd'hui, c'est de persécuter les vrais patrons, ceux qui ont en charge des milliers de salaires et de foyers chaque mois ; de les empêcher de faire tourner ce pays comme il faut, au nom d'une sacro-sainte morale économique. Nous sommes le pays du système D, du marché noir, de la *combinazione*. Mais vous qui êtes français, qui avez lu *L'Argent* de Zola, vous savez mieux que moi que la prospérité naît sur un terreau de pourriture, un tas de fumier. Les hommes de loi veulent maintenant coincer le moindre entrepreneur parce que le fisc l'étrangle et qu'il cherche à soulager un peu son fardeau de taxes et d'impôts de toutes sortes. La voilà, la peste !

Le rouge était monté aux joues de don Melchiorre. Grégoire se demandait encore comment la discussion, partie sur un registre passionnément littéraire, avait débouché sur cette déclaration de guerre à l'État sangsue. Derrière l'amoureux de lettres et de musique, sous le masque de l'artiste rentré, s'était révélé l'homme d'affaires qui s'est fait tout seul et entend bien rester seul maître de son destin.

— Pour revenir à Manzoni, reprit le vieil homme d'une voix redevenue légère et flûtée, il faut retenir deux choses. Le divorce de sa mère, chose rare à son époque, l'avait désespéré. C'est avec un Français qu'elle retrouva le bonheur, et l'association de ces deux mots, français et bonheur, ne m'a jamais quitté, m'incitant à rechercher toujours et partout le contact avec votre pays et vos compatriotes.

— Merci, fit modestement Grégoire.

— La deuxième chose, c'est la fin de Manzoni. À sa mort, toute la ville l'accompagna au cimetière de Milan. Des princes royaux, des officiers d'État et un immense cortège d'anonymes. Mais ce qui pour moi reste inégalable, inoubliable, c'est le requiem que Verdi composa à la mémoire de Manzoni, l'année 1874. Verdi, Manzoni : mes deux maîtres, laissa tomber don Melchiorre.

Il y eut un silence à nouveau. Grégoire Bataille se sentait charmé par le babil sinueux de son interlocuteur, s'apprêtant à le relancer autant de fois qu'il faudrait pour laisser le temps à la complicité de s'installer. Une femme d'une cinquantaine d'années, l'air sévère, cheveux noués en chignon, entra dans la pièce avec une loupe.

— Pour vous, dottore, fit-elle en tendant l'instrument à don Melchiorre.

Il remercia et se leva aussitôt de son fauteuil pour rejoindre la table sur laquelle était déposé le manuscrit.

Et là, comme s'il avait été seul, oubliant son interlocuteur, il se plongea corps et âme dans la lecture de cette relique dont il maniait chaque page avec une infinie précaution. Grégoire resta assis dans son fauteuil. Chaque minute passée avec don Melchiorre, pensa-t-il finement, contribuait à l'apprivoiser, à rendre familière leur relation toute neuve. Il entendait à intervalle régulier le bruit des pages qu'on tourne, tandis que le vieux chef d'entreprise, la loupe en main, offrait au regard de Grégoire un œil énorme quand il relevait la tête dans sa direction, un sourire béat posé sur son visage.

Grégoire se garda bien de parler. Il respecta le recueillement avec lequel don Melchiorre s'imprégnait de la prose de Manzoni, très régulièrement écrite et admirablement conservée sur les feuillets blancs. Seule l'encre avait un peu pâli, une encre qui avait dû couler à l'origine dans un bleu intense et que le temps avait érodé comme la couleur d'un navire livré à tous les océans.

Au bout d'une heure, peut-être plus, peut-être moins, Grégoire fit mine de se lever. Il voulait se dégourdir un peu les jambes et se demandait si, cette fois, il ne serait pas préférable d'attendre dehors le lecteur en extase. Mais don Melchiorre jeta vers lui un regard difforme, son œil droit étant démesurément agrandi, et le pria instamment de rester.

— Ne partez pas, mon jeune ami. Nous ne nous sommes encore rien dit. Vous êtes en vacances, n'est-ce pas ?

— Oui, balbutia Grégoire.

— Alors vous avez tout votre temps et aujourd'hui, votre temps sera le mien. J'en termine avec un merveilleux chapitre et je vous emmène à deux pas, à la trattoria Bellini. Vous verrez que notre cuisine n'a rien à envier à la vôtre, bien que je me régale chaque fois que je séjourne dans n'importe quelle région de France. Ils ont chez Bellini des *penne alla rabiata* dont vous vous souviendrez longtemps !

— Parfait, s'inclina Grégoire en riant. Si vous organisez mon emploi du temps de cette manière, je joue le jeu.

Mais faites attention, si je trouve la maison bonne, je risque de m'incruster !

Don Melchiorre le regarda avec une expression étrange, comme si le jeune homme avait prononcé sans le savoir une phrase magique, enchantée ou ensorcelée, en tout cas si troublante à l'oreille du grand patron qu'elle résonna en lui comme un chant de sirène, ou un air de Verdi.

— Quel âge avez-vous, monsieur…

— Mon nom est Grégoire Bataille. J'aurai trente-deux ans l'automne prochain.

— Trente-deux ans, répéta pour lui-même don Melchiorre. Vous êtes à peine plus âgé que ma dernière, Ornella. Une petite fille épatante à qui je donne bien du souci car je n'en fais toujours qu'à ma tête.

Il répéta encore une fois : « trente-deux ans », comme pour lui-même, comme s'il avait voulu mesurer la distance entre la jeunesse qui se tenait devant lui et la vieillesse qui l'étreignait doucement, bien qu'il fût encore vigoureux et d'une vivacité intellectuelle redoutable, et qu'il cherchât encore à accomplir l'œuvre de sa vie.

[illegible]

[illegible] qui ne va pas.

[illegible] heures plus tôt quand il avait [illegible] dans la Casa Manzoni. Puis [illegible] était revenue [illegible] l'homme avait évoqué sa fille [illegible] n'avait pas eu de fils. Cette [illegible] dans cet état d'esprit curieux [illegible]

17

À midi, la trattoria Bellini était déjà remplie. Les meilleures tables avaient été prises d'assaut, sauf une, non loin du four où dansait une belle flamme orange dans un parfum de bois : la table réservée de don Melchiorre. Même les jours où il ne venait pas déjeuner, on la gardait libre, quitte à refuser un client. Cette table-là était sacrée. On faisait comme si don Melchiorre était toujours là, y compris les jours où on le savait à l'étranger ou cloué chez lui avec une crise de goutte.

— Installez-vous, fit le patron de Verdi en ouvrant une grande main toute blanche en direction de Grégoire pour lui désigner la banquette. Moi, poursuivit-il, je préfère m'asseoir sur du dur, c'est meilleur pour mon dos. C'est comme les ascenseurs, je ne les emprunte jamais, sauf si j'y suis contraint. Sinon, je prends les escaliers, même pour monter sept étages. Les gens n'ont plus le sens de l'exercice ni de l'effort. Après ils s'étonnent d'être vieux avant l'âge et d'avoir toujours quelque chose qui ne va pas.

Grégoire approuva en silence. Une impression étrange le gagnait insensiblement. Cela l'avait saisi quelques heures plus tôt quand il avait vu don Melchiorre pénétrer dans la Casa Manzoni. Puis il avait oublié, mais la même impression était revenue plus forte encore lorsque l'homme avait évoqué sa fille Ornella et ses regrets de n'avoir pas eu de fils. Cette fois, il plongeait de nouveau dans cet état d'esprit curieux : don Melchiorre incarnait aux yeux de Grégoire l'image de son père. Mais un père comme il n'en avait jamais eu. Un père causant, ouvert, passionné, partageant ses enthousiasmes, un père bavard ne mégotant pas sur les mots pour retenir son auditoire. Et sans qu'il le mesure clairement, don Melchiorre avait lui aussi succombé au charme de ce jeune Français dont il ne savait rien et qu'il n'allait pas se priver d'interroger, entre le minestrone, le melon-jambon de Parme et les fameux *penne alla rabiata*.

En réalité, Grégoire précéda le désir de son interlocuteur et il choisit, pour gagner davantage encore sa confiance, de se raconter avec sincérité. Plutôt que de lui annoncer de but en blanc qu'il travaillait pour une firme d'investissement cherchant à renifler les bonnes affaires transalpines, il comprit que son histoire familiale, ses origines paysannes et sa familiarité avec le monde de la terre seraient des sésames autrement plus efficaces auprès de don Melchiorre que ses diplômes d'économie et son expérience de financier.

— Nous appartenons au même univers, commença Grégoire en dégustant une gorgée de marsala après avoir trinqué avec son hôte.

— Vraiment ? demanda ce dernier, étonné.

— Plus que vous ne croyez, assurément. À votre avis, de quel milieu suis-je issu ?

L'homme le dévisagea en silence, prit son temps. Il n'avait pas de loupe collée à l'œil, et pourtant son regard paraissait agrandi par la curiosité, par l'envie de deviner, de traquer les indices qui lui permettraient de trouver. Don Melchiorre aimait jouer. Ce qu'il détestait pardessus tout, c'était perdre.

— Je dirais que c'est très difficile car votre attrait pour Manzoni vous range du côté des intellectuels lettrés, mais votre expression décidée me ferait pencher pour le monde de l'action, des décisions rapides, de l'énergie créatrice.

Grégoire se mit à rire, de son beau rire éclatant qui plaisait aux femmes mais savait aussi désarmer les hommes les plus méfiants ou abrupts.

— Je ne regrette pas de vous avoir posé cette question, fit-il. J'en apprends sur mon compte davantage qu'en écoutant mes proches quand ils parlent de moi !

— Je me trompe ?

— Oui et non. Mon père est paysan dans une modeste région de France qu'on appelle la Creuse. Il est surtout éleveur. Avec mes frères, ils ont modernisé l'exploitation familiale et produisent du lait selon des méthodes dernier cri.

— C'est-à-dire ? demanda don Melchiorre dont l'intérêt était piqué.

— Ils ont acquis des robots de traite et gèrent leur affaire comme une entreprise moderne et performante. Quand je dis performante, il faut cependant ajouter un bémol, vu les prix du lait dérisoires proposés par les industriels.

— Ainsi donc, notre rencontre n'est pas fortuite, réfléchit à voix haute don Melchiorre, une barre de contrariété se dessinant sur son front.

Sentant qu'il faudrait jouer serré, Grégoire entreprit de le gagner par les sentiments.

— Je vais vous raconter une histoire, l'histoire des miens, lança-t-il. Ensuite, je vous dirai qui je suis.

— Très bien, opina don Melchiorre, dont le visage avait repris son expression avenante. Ce garçon, décidément, exerçait sur lui une sorte de charme dont il n'avait guère envie de se méfier.

— Bien, commença Grégoire. Puisque vous semblez connaître et apprécier la France, je vais tenter de vous faire entrer dans la réalité des choses concernant un monde paysan dont je suis sûr qu'il vous reste étranger. Je sais que, depuis l'Italie, on est enclin à considérer l'agriculture tricolore comme un éternel et déplaisant cocorico. La modernisation, les machines et les engrais, la puissance exportatrice que nous sommes devenus, au grand dam des Américains qui auraient voulu nous maintenir dépendants *ad vitam aeternam* de leurs semences et de leurs céréales, comme si nous n'avions pas eu le droit de nous relever.

— Mais votre force de frappe agroalimentaire est énorme, s'écria don Melchiorre sans trop élever la voix. Vous taillez des croupières à l'Amérique sur les marchés russes, égyptiens, et que sais-je encore !

— Certes, mais je veux vous parler de la réalité de nos campagnes. C'est un monde à deux vitesses qui s'est mis en place. Après guerre, la France comptait dix millions d'exploitations. Savez-vous combien il en reste aujourd'hui ?

Le patron du groupe Verdi se mit à réfléchir.

— Je dirais quelque chose comme un ou deux millions.

— Moins de trois cent mille, répliqua Grégoire, mesurant l'étonnement dans le regard de son interlocuteur. C'est un véritable désert qui s'est constitué dans les régions autres que les grandes plaines de Beauce. Nos porcheries sont concentrées en Bretagne, la maïsiculture dans le Sud-Ouest, les vergers dans le Sud-Est et les légumes sous d'interminables tunnels de plastique sur les pourtours de l'Île-de-France. Ailleurs, l'agriculture traditionnelle périclite. Les petits paysans amoureux de leurs produits, partant le dimanche les vendre sur les marchés forains, cherchant des circuits courts de distribution, du producteur au consommateur, tout cela s'effondre. La « douce » France avec sa tradition du bien-manger est en passe de succomber au profit de la nourriture standardisée, insipide et anonyme. L'élevage ne connaît plus ou presque les appellations de grande qualité, avec les veaux sous la mère ou les volailles de plein champ. On veut du vite fait pas cher.

— Vous voulez dire que le plaisir de la table disparaît en France ? demanda don Melchiorre en proie à une certaine indignation.

— Vous trouverez toujours des restaurants chers et prestigieux pour vous offrir une cuisine de terroir, très soignée, avec des portions copieuses et un fumet ancestral rappelant la gastronomie d'antan, généreuse et goûteuse. Mais dans ce domaine aussi, on vit sur une image. Les responsables des guides qui distribuent leurs toques d'or ou leurs étoiles sont confrontés à une baisse générale de la qualité. Ils ne le disent pas toujours et on vit sur une illusion. Mais trois étoiles au Michelin aujourd'hui, ce n'est pas la même garantie qu'il y a encore vingt ou trente ans.

Don Melchiorre buvait littéralement les paroles de Grégoire, tout en le pressant de questions sitôt que le jeune homme s'interrompait pour piocher d'admirables penne fumants dans son assiette tapissée de basilic et de parmesan.

— Vous vouliez me parler de votre famille, glissa le vieil homme.

Grégoire but une bonne lampée d'un vin rouge de l'Etna qu'il sentit irradier tout son corps, du palais jusqu'à l'extrémité de ses jambes.

— Les miens…, répéta le jeune financier d'un regard rêveur, pointé sur une serveuse qui semblait danser avec, à la main, la salière et la poivrière qu'elle transportait vers une table voisine. Voyez-vous, fit-il, lorsque j'étais enfant, chaque fin d'après-midi après la traite des vaches dans de gros seaux en fer, le village entier venait à la queue leu leu jusqu'à la porte de l'étable, son petit bidon gris à la main. Avec mes frères, nous versions à chacun un ou deux litres à la louche, un liquide blanc bien gras, crémeux au possible, tiède encore, pendant que mon père changeait la litière des bêtes avec une fourche au manche énorme. C'était un rituel quotidien, aussi réglé que le carillon des cloches de l'église pour sonner les vêpres. Ce n'est pas que nous étions particulièrement croyants, mais le bruit de la louche dans le seau et les coups de cloches, tout cela donnait à notre gestuelle une dimension divine, tout au moins sacrée.

Don Melchiorre, dont la ferveur religieuse n'était pas un vain mot, hocha la tête silencieusement à ces propos.

— C'était une époque de solidarité, continua Grégoire. L'été aux moissons, tous les hommes du village donnaient un coup de main pour terminer la récolte avant l'orage, quand la pluie ou le tonnerre s'annonçaient. D'une ferme à l'autre, on se prêtait des machines, et aussi des bœufs attelés pour le labour. Chacun mettait ses jalousies et ses rivalités dans sa poche quand il s'agissait de ne pas perdre le travail d'une année. Si un exploitant était malade, le village lui rentrait son blé et on fêtait ça une fois tout mis à l'abri. C'était ça, nos campagnes.

— Ce que vous racontez ressemble à l'Italie, nota don Melchiorre.

— Sans doute, mais cela ne ressemble plus à la France. Nos syndicats agricoles, sous couvert de vouloir parler d'une seule voix, n'ont plus parlé qu'au nom des gros agriculteurs. Les céréaliers de la Beauce, les éleveurs porcins du Finistère. Les minorités ont dû s'écraser. On est devenu comme les petits soldats manifestant au pas devant les préfectures pour des intérêts nous passant largement au-dessus de la tête. Vous avez sans doute entendu parler de la FNSEA ?

— Bien sûr, approuva le patron du groupe Verdi.

— Longtemps, elle s'est comportée comme un parti unique dans les démocraties populaires ou dans l'ex-Union soviétique. Ses dirigeants ont imposé le modèle agricole auquel il fallait se plier. Si on ne produisait pas de blé intensément, ou de lait par milliers de litres, on n'avait aucune chance de s'en sortir. Les subventions nous passaient sous le nez et on n'avait plus qu'à crever.

C'est comme ça que des millions de fermes ont disparu en un demi-siècle. C'est comme ça que les miens ont dû se jeter dans la modernisation à outrance pour préserver leur place, tout en perdant leur âme.

— Mais vous avez José Bové pour vous défendre! lança don Melchiorre. Votre fameuse « exception culturelle », on n'entend plus que ça. Je me souviens avoir vu ce Bové découper des parts dans un roquefort géant lors d'une manifestation aux États-Unis contre McDo, Coca et la malbouffe, comme vous dites chez vous…

Grégoire eut un sourire crispé. À ses yeux comme à ceux de nombreux authentiques paysans, la personne de José Bové incarnait précisément les travers de la société moderne. Son aversion pour le paysan du Larzac n'avait d'égale que sa mauvaise foi. Il prétendait que Bové n'agissait que pour son propre intérêt, pour sa propre image de guérillero des champs surtout soucieux d'assurer sa promotion personnelle plutôt que de faire avancer la cause paysanne. Pour lui, Bové représentait un symbole et un avatar de la société de communication, plus prompt à bondir vers les caméras de télévision qu'à œuvrer en profondeur, sans tapage excessif, pour une reconnaissance du poids social de l'agriculture dans un pays comme la France.

— Nous sommes un pays fondamentalement rural, expliqua Grégoire en essayant de peser chacun de ses mots. La terre a forgé notre identité. La nourriture et le luxe, voilà nos deux mamelles, il ne s'agit pas d'une caricature. Et pourtant, depuis la modernisation à marche forcée, la diversité des produits qui garantissait notre richesse et notre dynamisme s'est tarie. Bruxelles a subventionné le blé et le lait, alors tous se sont engouffrés dans ce créneau, abandonnant des productions tout aussi nobles mais moins rentables puisque non aidées. Savez-vous que la France importe des tomates, de la moutarde, certaines espèces de volailles et de moutons que nous ne produisons plus chez nous faute d'avoir réservé à leurs producteurs des prix satisfaisants leur permettant de vivre dignement ? Le résultat, c'est que le territoire s'est peu à peu vidé des exploitations non spécialisées. On a vu s'accélérer la course à la concentration, aux quintaux de blé, aux hectolitres de lait, la course aux grosses machines, aux cultures subventionnées. Nos paysans ont dû prendre des mentalités de fonctionnaires en ne plantant une graine qu'à la condition d'être sponsorisés par Bruxelles ! On se targue de libéralisme mais notre production agricole est aussi planifiée qu'en URSS au temps des soviets…

Don Melchiorre ne put retenir un sourire.

— Et votre famille a dû renoncer à la terre ? demanda-t-il quand il eut recouvré son sérieux.

On apportait le plateau de fromages et Grégoire ne répondit pas immédiatement, trop occupé à suivre de l'œil le couteau du garçon qui tranchait d'une lame sûre et ferme dans les spécialités toutes plus appétissantes les unes que les autres, bien que l'assiette de penne eût été vidée entièrement. Le jeune Français attrapa une tranche de pain complet à la mie bien serrée puis étala un morceau généreux de gorgonzola avant d'en engloutir une bonne bouchée.

— Ma famille n'a pas renoncé à la terre, finit par déclarer Grégoire en s'arrosant le gosier d'une autre lampée de vin de l'Etna. Notre exploitation fait même partie des plus grosses de la région, à présent, puisque nous avons pu acquérir des terres en fermage auprès de paysans qui se sentaient trop vieux pour continuer. Mais nous sommes entrés dans un cycle de modernisation et d'endettement qui me préoccupe. D'autant que les prix du lait m'apparaissent insuffisants aujourd'hui pour permettre de rentabiliser, au moins à court terme, des dépenses d'investissement aussi lourdes.

— Dois-je comprendre que vous êtes à la tête de l'exploitation familiale ? demanda d'un ton direct don Melchiorre.

— Mon horizon est plus large. J'ai un pied dans la terre mais un autre dans la finance, dans les affaires, dans la stratégie agro-industrielle de l'Europe qui se construit sous nos yeux.

— Oui, soupira le vieil entrepreneur. Une Europe un peu trop grosse à mon goût. La Pologne, les pays Baltes, et demain la Turquie, comme si on se sentait européens sur le Bosphore…

Grégoire renonça à engager la discussion sur les mérites ou non de l'entrée d'Ankara dans la nouvelle Union européenne. Il y renonça d'autant plus promptement que don Melchiorre se mit à le dévisager avec un regain d'intérêt et de curiosité. Le jeune financier aurait donné beaucoup pour connaître les pensées qui se précipitaient derrière ce front ample et calme.

— Le mieux, déclara le patron du groupe Verdi en se raclant la gorge pour se faire entendre clairement, le mieux serait que vous veniez au domaine. Moi aussi j'ai des choses à vous dire. Et surtout à vous montrer.

18

Bill Jenkins atterrit un matin de bonne heure à Roissy après un vol transatlantique sans histoire. Longtemps, il avait voyagé en Concorde de New York à Paris ou vice versa, et il s'était habitué à la rapidité comme au confort du supersonique. Après le terrible accident survenu deux ans plus tôt au-dessus de Gonesse, en Île-de-France, il avait ressenti un frisson rétrospectif, comme s'il avait éprouvé par le détail ce que les malheureux passagers, des Allemands pour l'essentiel, avaient pu vivre au milieu de ce luxe désormais inutile. Puis, avec l'égoïsme qui le caractérisait, bien qu'il fût aussi bon camarade, Bill Jenkins avait très vite espéré que l'appareil serait remis en service, réhabilité, amélioré pourquoi pas? L'enquête très longue avait fini par incriminer une plaque de métal laissée sur la piste de décollage qui avait pu atteindre une partie fondamentale des réacteurs, mais c'était trop tard. Le Concorde avait beau être et demeurer un avion majestueux, unique, mythique, un avion chargé de rêves lointains mêlant vitesse et puissance, c'en était terminé de son règne. Il avait failli. Même une fois, c'était une fois de trop.

C'est ainsi que Jenkins éprouva une véritable tristesse quand, au départ de l'aéroport JFK de New York, il prit place à bord d'un Boeing Jumbo dont le nez évoquait davantage un orque qu'un oiseau volant. L'élimination du Concorde lui avait donné à réfléchir sur sa propre condition. Dans les affaires, surtout le genre d'affaires dans lesquelles il tentait de réussir, une erreur pouvait aussi être fatale. Personne ne risquait de perdre la vie dans un crash, mais les firmes comme Mosampino dépensaient de telles sommes dans la recherche-investissement pour diffuser de nouvelles molécules que les as du commerce de son genre avaient une obligation de résultat quant à la diffusion mondiale de ces géniales trouvailles.

Depuis six ans qu'il œuvrait dans la firme du Missouri, Bill Jenkins pouvait se targuer de belles réussites. Il avait popularisé l'usage des semences pelliculées de maïs traitées au fipronil pour protéger les cultures des insectes prédateurs, papillons et acariens. Si les pesticides mis au point par Mosampino avaient subi de terribles campagnes de presse, accusés de faire mourir les abeilles et les oiseaux, tout au moins en Europe, Jenkins avait allumé avec une rare efficacité des contre-feux et les choses avaient pu rentrer dans l'ordre.

C'est encore en France que ces produits faisaient régulièrement l'objet de critiques très violentes, toujours complaisamment relayées par les médias. Mais pour avoir assez longtemps étudié et vécu à Paris, pour avoir même sillonné la France profonde en compagnie de jeunes industriels de l'agroalimentaire, il connaissait assez la rhétorique syndicale pour savoir une chose : les critiques des intéressés s'atténuaient quand leur productivité augmentait, leur laissant des revenus supérieurs. Quand leur compte en banque était bien garni, les exploitants se moquaient bien du sort des abeilles et des ruches. Seules les organisations écologistes faisaient entendre leur voix, dans un désordre et une cacophonie qui les rendaient paradoxalement inaudibles. Les gens comme Jenkins comptaient sur les caricaturales divisions des Verts français pour poursuivre sans encombre la percée de leur arme chimique qu'ils ne jugeaient en rien destructive…

Pendant la grande crise de la vache folle, Jenkins avait réussi à gérer admirablement les inquiétudes, en particulier lorsqu'une enquête de l'*International Herald Tribune* montra, mais sans preuve décisive, que des farines animales suspectes distribuées à des élevages européens provenaient de filiales de Mosampino. Et quand une affaire de vache folle, la seule enregistrée depuis le début de cette crise, éclata aux États-Unis, Jenkins réussit à brouiller les pistes pour qu'à aucun moment ne soit révélé le pot aux roses : Mosampino avait transformé la ferme concernée, un élevage texan, en projet pilote pour la nourriture animale compressée à base de carcasses de brebis et de farines issues d'ovins abattus sur place.

Fort de ses succès, Jenkins ne se sentait pas menacé comme le Concorde l'avait été après son accident. Mais il savait tout de même que dans le business comme aux manettes d'un avion, des impondérables pouvaient vous mener droit dans le décor, à votre corps défendant et sans espoir de pouvoir redresser la situation.

Passé les formalités, et une fois sa valise récupérée sur le carrousel aux bagages, l'Américain sauta dans un taxi et se fit conduire au George-V. Il aimait ce quartier voisin de l'église américaine et pas très éloigné, même à pied, de l'ambassade des États-Unis. Au fond, comme beaucoup de ses compatriotes, et bien qu'enclin aux nouvelles aventures, Jenkins était somme toute assez casanier, habitué à son confort et à ses points de repère. À Paris, le VIIIe était son Manhattan ; même dépourvu de buildings, et il s'en éloignait rarement. Encore lui fallait-il une bonne raison pour quitter ce quartier taillé à sa mesure et à celles de sa carte bancaire dorée.

Une brève conversation téléphonique lui avait permis de renouer le contact avec Greg Bataille. Les deux hommes avaient plaisanté sur tout et rien avant de se fixer un rendez-vous. Grégoire Bataille avait prévu de revenir quarante-huit heures à Paris en fin de semaine, mais c'était avant sa rencontre avec don Melchiorre dont Greg, bien sûr, ne savait encore rien.

Jenkins prit sa chambre au cinquième étage et demanda qu'on lui apporte les journaux financiers du jour, anglo-saxons et français. Il se fit ensuite couler un bain et c'est en peignoir qu'il vint ouvrir quand le groom sonna avec sa valise et une brassée de quotidiens. Jenkins jeta un œil circulaire sur les titres, avec la sensation étrange de lire le même journal.

Comme si les mauvaises nouvelles l'avaient suivi à la manière d'un essaim de guêpes pourchassant un fuyard enduit de confiture, l'employé de luxe de Mosampino découvrit que la hausse des prix du pétrole à près de 60 dollars le baril avait mis les producteurs français au bord de la jacquerie. « Avant, un litre de lait valait un litre de gazoil, se lamentait un éleveur. Maintenant, il faut deux litres de lait pour se payer à peine un litre de carburant ! » se lamentait un syndicaliste. Des dépôts de pétrole avaient été pris d'assaut nuitamment par des paysans en colère qui tentaient comme ils pouvaient de défendre leurs revenus en dénonçant des coûts de production exorbitants causés, d'après eux, par la guerre américaine en Irak.

En feuilletant plus précisément le quotidien *Les Échos*, Jenkins tomba sur une nouvelle venue de Guyane : les habitants avaient demandé et obtenu un moratoire pour suspendre l'introduction prévue de cacaoyers OGM, toujours au nom du sacro-saint principe de précaution. Allongé dans son bain moussant, les pieds dépassant à peine et les bras soulevés pour tenir son journal hors de l'eau, l'Américain fulminait tout seul. « Dire qu'on leur donne une chance de s'en sortir et qu'ils nous foutent dehors ! » s'écria-t-il d'une voix froide, comme si de telles nouvelles le tiraient par les pieds pour l'entraîner dix ans en arrière, quand les OGM n'étaient qu'un rêve entouré de barbelés.

Il jeta son journal et fit quelques secondes le sous-marin, enfouissant sa tête entièrement sous l'eau après s'être pincé les narines. Quelques minutes plus tard, rasé de frais, il commanda un continental breakfast dans sa chambre en essayant de programmer son emploi du temps des jours à venir. En réalité, il était impatient de revoir ce cher vieux Greg à qui il devait d'avoir rencontré à Paris, du temps de leurs études, tout ce que l'université Paris-Dauphine, spécialité gestion internationale, comptait de jolies filles.

Ce lien était précieux pour les deux hommes qui avaient gardé une estime réciproque et quelques souvenirs intimes dont celui, pendant une brève période, d'avoir partagé la même créature, une Cubaine éclatante qui parlait l'américain aussi bien que le français. Belina était une nièce éloignée d'un dignitaire du régime castriste, ce qui ne l'empêchait pas de goûter tous les plaisirs sans exception d'une bonne société capitaliste, y compris une consommation sexuelle effrénée. À la fin de la première année, Belina avait fini par craquer pour un Norvégien qui étudiait en France le fonctionnement et l'essor des marchés à terme. Ni Bill ni Greg n'avaient pu faire le poids face à cet obsédé du calcul des probabilités. Belina les avait donc plantés là, mais eux ne s'étaient plus quittés, consolidant leur amitié dans l'épreuve des cœurs.

Bill Jenkins avait aimé la vie à Paris. Ses parents, une famille aisée d'avocats d'affaires établis à Saint Louis, lui avaient offert les moyens de louer un grand studio au dernier étage d'un immeuble donnant sur le bois de Boulogne, non loin de l'université. Il bénéficiait d'une terrasse qui, dès les premiers jours du printemps, était le lieu idéal pour danser sur les derniers succès d'Elton John ou des Clash avec sa bande de copains de Dauphine.

Au début, Grégoire Bataille avait paru réticent à se mêler à ces joyeux drilles, la plupart des fils et filles de famille qui, tout en travaillant dur mais par à-coups, tenaient beaucoup à s'amuser, surtout quand le soleil pointait son nez. Pour sa part, Grégoire n'oubliait jamais un instant d'où il venait, et il se montrait facilement cassant devant cette jeunesse dorée qui ne connaissait que de loin le monde du travail et se faisait une idée assez abstraite de la valeur de l'argent. Lui avait trimé chaque été très dur sur l'exploitation familiale pour mettre de l'argent de côté afin de financer ses études. Il vivait à Paris dans un foyer d'étudiants situé vers Denfert-Rochereau, un lieu propre mais peuplé de cinq cents jeunes, dans une ambiance d'internat où les règles étaient strictes et où le régime alimentaire lui rappelait chaque jour son service militaire.

Mais il émanait de Bill Jenkins un charme naturel, une séduction qui opéraient aussi bien sur les garçons que sur les filles, à des titres différents bien sûr. Ainsi, Grégoire avait-il fini par rallier Bill et les siens, heureux de trouver la part d'insouciance qui manquait à son existence très laborieuse.

Jenkins pensait à tout cela en dépliant de sa valise un costume léger pour lequel il demanda au room-service un coup de fer à repasser.

— Ce sera prêt d'ici vingt minutes, lui répondit une voix gracieuse dans le combiné.

Il regarda sa montre.

— Parfait, fit-il, j'attends dans ma chambre.

Comme toujours quand il voyageait, il se fit un plaisir de zapper sur les différents programmes télévisés du câble. Au George-V comme dans la plupart des hôtels de ce standing, l'éventail de chaînes était très large, et il arrivait à Jenkins de s'abîmer littéralement l'esprit dans des émissions qu'il n'aurait jamais regardées plus d'une minute chez lui.

— Voyons ça, fit-il en se saisissant de la télécommande, une fois son costume pendu à la poignée de la porte côté extérieur pour ne pas être dérangé.

Il se mit en quête des chaînes cinéma dont il savait qu'en France, certaines diffusaient de vieux films américains des années 60 avec John Wayne, Burt Lancaster ou Monty Clift, les héros de son enfance avec Paul Newman et Henry Fonda. C'est en faisant défiler les canaux qu'une inscription fugitive au milieu de l'écran attira son attention. Il avait déjà dépassé le canal et dut revenir en arrière. C'est de cette manière que le jeune lobbyiste américain se retrouva sur la chaîne régionale et régionaliste TV Breizh, dédiée à la beauté, à la richesse et à la cause de la Bretagne.

S'il avait allumé son téléviseur cinq minutes plus tôt, nul doute que Bill Jenkins aurait filé sans s'interrompre jusqu'aux chaînes dédiées à ses vieux héros d'Hollywood. Les programmes de TV Breizh étaient encore de longs interludes consacrés aux danses bretonnes traditionnelles, avec femmes en coiffes et confection de crêpes dentelle. Mais à 9 heures, le relais avait été pris par l'émission militante *À nous la Bretagne* qui s'était ouverte sur la grande nouvelle de la semaine : le conseil régional venait de décider à une très large majorité de garantir à ses concitoyens un environnement sans OGM. Et c'est cette inscription, « Non aux OGM ! », brandie devant le palais de région, que Jenkins avait interceptée dans son zapping ludique.

Bill se redressa sur le rebord de son lit et monta le son. Au début, il eut un peu de mal à suivre. Non pas que les Bretons parlent avec un accent particulier, à la différence des Marseillais ou des habitants de la Haute-Garonne. Mais son oreille s'était quelque peu déshabituée du français qu'il continuait régulièrement d'entretenir en lisant des romans classiques ou en regardant parfois sur son home-cinéma un DVD de Luc Besson sans activer les sous-titrages, histoire d'entendre distinctement la langue parlée à Paris.

Quand il fut de nouveau familiarisé avec l'univers sonore bien particulier du français, avec ses accents toniques très nets et ses syllabes marquées, le jeune Américain ne put détacher son regard de l'écran. Il se passait décidément de drôles de choses dans ce pays, impossibles à bien mesurer tant qu'on n'a pas été confronté à la réalité concrète de la France qu'on appelle profonde. Dans sa luxueuse chambre du George-V, Bill Jenkins n'était pas à proprement parler en contact avec ladite France profonde. Mais le reportage diffusé sur TV Breizh lui donnait presque à chaud le pouls d'une région directement confrontée à la politique américaine agressive en matière d'OGM.

À l'écran, on voyait d'abord une assemblée d'hommes et de femmes en tenue décontractée – peu de cravates et peu de tailleurs –, assis dans un hémicycle plein et écoutant l'intervention d'une personnalité, le président de région. Celui-ci lisait un discours mais, très souvent, il détachait son regard de ses feuillets pour s'adresser directement à son auditoire, parlant le langage du cœur et de l'émotion davantage que celui de la raison, employant les mots « indépendance », « fierté », « destin maîtrisé », « refus des diktats extérieurs ». Pour un peu, on aurait cru un manifeste de politique générale. C'était presque ça. Il s'agissait d'un acte fondateur pour la Bretagne qui espérait être suivie par toutes les régions de France : le refus pur et simple des cultures d'OGM de plein champ. Mais aussi la demande ferme d'une traçabilité des OGM sur les produits alimentaires.

— Nous n'acceptons pas que nos élevages de porcs et de volailles soient contaminés par du soja transgénique importé du continent américain ! expliquait l'orateur, suscitant une vague d'enthousiasme auprès de son auditoire. Le principe de précaution a été tant de fois piétiné dans l'affaire de la vache folle que nous devons montrer la plus grande vigilance maintenant que se profile le danger des OGM, un danger qui ne montre pas encore son vrai visage, qui veut se présenter comme un bienfait alors que les effets néfastes sont légion.

Suivait un véritable programme, méthodiquement décrit à la tribune devant une assemblée silencieuse, concentrée, terriblement attentive.

— … aussi notre région a-t-elle pour objectif de soutenir et de coopérer avec les maires prenant des arrêtés contre les cultures d'OGM sur leurs communes. Mais ce n'est pas tout. Nous allons veiller à la sécurité sanitaire alimentaire concernant l'approvisionnement sans OGM des restaurants bretons et des cantines de lycées.

Il reprit son souffle sous le regard admiratif de la salle et poursuivit :

— Nous allons réaliser un partenariat économique avec l'État du Paraná brésilien qui, d'après nos informations, est en mesure de garantir des exportations de soja non transgénique.

Un tonnerre d'applaudissements se déclencha, que le président de région interrompit d'un geste de la main.

— Nous allons soutenir les filières agricoles authentiques, conformes au développement soutenable et équitable, afin de réduire la dépendance aux protéines végétales importées et pour préserver nos semences fermières, les seules en qui nous pouvons avoir encore confiance. Enfin, nous allons sensibiliser la population au refus des OGM et aux véritables alternatives qui existent bel et bien, quoi qu'en disent certains chercheurs et autres marchands de mort à retardement ! Plus de 80 % des consommateurs refusent les OGM. Or, ils peuvent en consommer couramment à leur insu : l'étiquetage ne concerne toujours pas les produits comme la viande, les charcuteries, les œufs, le lait et les laitages issus d'animaux nourris avec du soja OGM ! Les élus bretons font en sorte de répondre effectivement à la demande des consommateurs. Unissons-nous, mes amis, pour constituer notre propre filière d'alimentation animale sans OGM, et vous verrez que d'autres nous rejoindront dans ce projet légitime et salutaire.

On frappa à la porte de Jenkins. Il referma le peignoir sur son buste, noua la ceinture et partit ouvrir. Une jeune femme attendait avec son costume impeccablement repassé.

— C'est prêt, monsieur.

Il se saisit du vêtement et glissa dans la main de la demoiselle un billet de dix euros. Elle le considéra avec un peu d'étonnement, comme si la somme eût été disproportionnée avec le service rendu, et elle l'était en effet. Quand il voyageait en Europe, Jenkins se comportait jusqu'au bout des ongles en riche Américain. Il en est à qui cela plaisait, d'autres non. Lui ne se posait pas de questions. Il était comme il était. L'argent lui avait toujours filé entre les doigts, et peu lui importait, car il en avait toujours eu assez pour éprouver le plaisir de le dilapider sans vraiment compter.

Pendant qu'il passait une chemise claire pour aller avec son costume, il était resté sur le programme de la chaîne bretonne. Une émission culinaire avait commencé. Une femme accorte accompagnée d'un jeune gâte-sauce préparait un gâteau avec force farine, beurre et sucre en poudre. « Pour un kouign amann pour six personnes, prévoir un grand plat assez profond et bien lisse à l'intérieur pour le démoulage... », expliquait la cuisinière.

Bill eut un haut-le-cœur et partit se réfugier sur une chaîne sportive. Il eut un instant l'espoir de tomber sur les derniers matchs du championnat de football américain, mais Eurosport, visiblement, ne s'intéressait guère à ce type de compétitions, préférant montrer du tennis à Monaco et des courses hippiques à Deauville.

Quand il fut fin prêt, Bill se décida à sortir humer l'air des Champs-Élysées où lui restait le souvenir de nuits folles au Lido avec champagne et danseuses, et de petits matins remontant vers l'Arc de triomphe où flottait certains jours de cérémonie un immense drapeau français.

Il ne lui déplaisait pas, le drapeau tricolore, comme ne lui déplaisait pas un certain esprit français, ce mélange de bravoure et de grogne, de colères et de tendresse, de mauvaise foi et de sentimentalisme tempérés tout de même par une bonne part de « beauferie ». Quand il vivait à Paris, dans les années triomphantes de Bush père à Washington, il lui arrivait quelquefois d'épouser le point de vue de ses copains « frenchies » qui trouvaient ce président arrogant et stupide, affairiste bien plus qu'un Pompidou et pis encore qu'un Mitterrand. Vus de Paris, les États-Unis paraissaient souvent empêtrés et pataudds à Bill Jenkins, qui se laissait séduire par une certaine nonchalance à la française, faite de tradition gastronomique, de bons vins et de cognac, de tableaux de maîtres et de châteaux de la Loire, de rois regrettés bien que guillotinés en leur temps. Et lorsque ses amis invoquaient « l'exception culturelle française » pour brocarder Coca-Cola ou McDonald's, il se laissait aller à les écouter certains soirs même, après douce boisson et pétard d'herbe fraîche, à leur donner raison, se raccrochant à l'image tutélaire des grands Américains francophiles, d'Hemingway à Jérôme Charyn dont il mettait un point d'honneur à lire les ouvrages dans leur traduction française plutôt que de se les faire envoyer dans l'édition originale depuis les États-Unis.

Finalement, Bill et Grégoire – bien qu'il se fît désormais appeler Greg, à l'américaine – incarnaient bien chacun deux mondes fascinés l'un par l'autre mais en permanente compétition. Cette fois pourtant, l'heure avait sonné pour eux de s'entendre. Pour le meilleur ou pour le pire, ça, personne ne le savait, pas même eux.

En sortant de l'ascenseur, Jenkins sentit son téléphone portable vibrer dans la poche de sa veste. Greg l'appelait. Retenu à Milan, il lui demandait quarante-huit heures de plus. Voyant passer de beaux jupons sur l'avenue George-V, Bill les lui accorda volontiers.

19

Un cortège de nuages avait tout à coup assombri le ciel de Lombardie, et don Melchiorre regarda cette procession céleste d'un œil reconnaissable entre mille, un œil de vieux paysan dont l'atavisme lui faisait espérer la pluie. Pour la terre. Pour les fruits qu'elle porte. Parce que l'agriculture se résume depuis la nuit des temps à ce cycle du soleil et de l'eau.

Ce jour-là, le patron du groupe Verdi était venu au volant de sa Maserati, laissant à son chauffeur Giuseppe Alboni la liberté du samedi et du dimanche. Ce n'est pas que ce vieux serviteur aimât à courir le guilledou quand il n'était pas au service de son complice, pour lui conter les histoires du village et les ragots de la Bourse. Mais Giuseppe était chasseur, et même en été, quand la bécasse se traînait et aussi les lièvres, il occupait ses week-ends à fureter au milieu des palisses et des haies pour y débusquer un peu de chair fraîche.

Grégoire s'engouffra donc dans la luxueuse auto et prit place à côté de don Melchiorre. Ils quittèrent Milan par le Dôme et la route du Nord pour une longue balade à travers champs. Ils dépassèrent le village de Bertozzo dominé par le château du maître des lieux.

— Nous irons plus tard, lâcha le conducteur en guise d'explication. Ce que j'ai à vous montrer est plus loin.

— Parfait, répondit Grégoire en étendant ses longues jambes, surpris d'avoir assez de place pour pouvoir les étirer aussi confortablement.

La route filait devant eux, sinueuse et pentue, enlaçant de charmants petits villages semblables à ceux de la France des années d'après guerre, avec leurs clochers anciens, leurs épiceries assoupies et leurs bistrots à parasols sous lesquels des gars désœuvrés réinventaient le poker et sûrement l'histoire du monde, à coups de gueule et de rosé bien frais.

Don Melchiorre eut une expression de satisfaction en déclenchant les essuie-glaces. C'était comme si la pluie qui tombait sans excès, mais d'un flux régulier, l'avait personnellement détendu, comme si son corps avait été une plante de maïs ou de tournesol attendant cette bénédiction du ciel. Il pleuvait donc, bien que le soleil continuât d'éclairer la plaine de ses rayons, et c'est dans ce mauvais temps paradoxal que les deux hommes poursuivirent leur journée placée sous le signe de la découverte mutuelle et de la bonne humeur. Jamais Grégoire n'aurait imaginé, le matin même, que le Manzoni des *Fiancés*, écrivain vénéré de cette partie de l'Italie, serait son miraculeux intercesseur auprès du « roi vert » de Bertozzo, le dottore Melchiorre.

L'auto stoppa sous une halle aux grains déserte. À deux cents mètres commençait un petit champ recouvert de colza dont la pluie avivait la couleur jaune. Le vieux chef descendit de voiture et ouvrit le coffre arrière. Il attrapa une paire de bottes et demanda à Grégoire quelle était sa pointure.

— 43 ! répondit le jeune homme.

Mais cette mesure ne lui disait rien. Il examina le pied de son invité puis farfouilla au fond de son coffre, dans un mouvement que n'eût pas accompli sans effort un gymnaste souple.

— Essayez ça, lança-t-il à Grégoire en lui tendant une paire de bottes en caoutchouc kaki.

— Parfait, conclut Grégoire. Si on ne va pas loin… Elles sont à peine un peu petites.

— Dans la vie, répondit don Melchiorre le regard soudain impénétrable, on trouve toujours les choses trop petites. Jusqu'au jour où l'on comprend que c'est nous qui sommes petits… Mais bon, suivez-moi, vous allez comprendre des tas de choses, cher petit Français.

Et il avait lourdement pesé sur le mot « petit », comme s'il avait voulu signifier que lui, don Melchiorre, était un grand.

Ils n'eurent pas à marcher loin ni longtemps. Au détour d'un chemin, à moins d'un kilomètre de la halle aux grains où ils avaient laissé la voiture à l'abri, ils débouchèrent sur un chemin creux qui traversait un champ minuscule au milieu duquel était planté un arbre. Un chêne vert, précisément, avec un tronc trapu et des branches orientées vers le ciel comme une incantation à dix ou douze bras.

La pluie avait cessé, il ne tombait plus que quelques gouttes par-ci par-là, mais les feuilles des tournesols ruisselaient.

— C'est ici que tout a commencé, déclara don Melchiorre d'un ton plus solennel que d'habitude.

— Tout ? Je ne comprends pas…, fit Grégoire.

— Au début du siècle dernier, il y a cent ans tout juste cette année, mon père a reçu ce champ en héritage de son propre père qui comptait six fils, car on ne parle pas de filles quand il s'agit de la terre. Toute sa vie mon père s'est cassé le dos avec des bêches et des bâtons pour casser les mottes durcies. Pendant des années, il a labouré avec les socs en bois attachés à son dos car c'était du luxe de se payer des bœufs pour tirer le tout. Imaginez sa tête quand il a vu arriver les attelages à chevaux et, plus tard, les petits gris.

— Les petits gris ? demanda Grégoire surpris.

— Si. Les petits tracteurs de chez Massey-Ferguson. On disait les petits gris, à cause de leur couleur. Au début, il faut d'ailleurs reconnaître qu'on n'en a pas tellement vu la couleur. L'Italie n'avait pas droit à l'aide américaine, au plan Marshall et à toutes les subventions données en priorité aux pays alliés de l'Amérique. Mais après, vous connaissez les Américains, ils ont voulu faire du business avec nous aussi, les vaincus, les collaborateurs du IIIe Reich. Ça ne les contrariait pas, pourvu qu'on les paye cash. C'est comme ça qu'on a commencé à se moderniser, dans l'Italie loqueteuse.

— C'est petit, observa Grégoire. Cela me rappelle notre exploitation de Creuse. Au début, mon père comptait en ares et en centiares comme pour se donner l'illusion que sa propriété était vaste, mais le tout couvrait à peine de quoi nourrir une famille et quelques vaches.

— C'était déjà pas mal. Ici, il fallait faire deux journées dans une pour joindre les deux bouts.

— Deux journées ?

— Mon père vendait ses bras tôt le matin dans une usine de ferronnerie près de Milan. Il allait là-bas dès 4 heures du matin sur son vélo, et travaillait torse nu à trois mètres d'un four énorme dans lequel fondait du métal. Il rentrait à midi, se lavait, mangeait, dormait un peu, à peine, moins d'une demi-heure, puis il repartait dans son champ. Et quand c'était le temps des labours matinaux ou des récoltes avant la chaleur, il inversait tout et prenait son poste de l'usine l'après-midi à 4 heures. En 1952, l'année de mes vingt ans, on était un peu plus à l'aise et il a pu arrêter la ferronnerie. De toute façon, il avait les yeux brûlés et les mains aussi. Il rentrait des champs la peau rougie, le sang affleurait de partout et il souffrait sans rien dire. Je me suis toujours juré que je ne vivrais pas cette vie-là. Et comme nous avions eu un peu faim pendant la guerre, j'ai eu la hantise de ce creux dans le ventre et j'ai tout fait pour qu'on s'en sorte.

Grégoire écoutait d'une oreille attentive, avec ce sentiment curieux d'avoir entendu son père, si seulement celui-ci avait bien voulu au moins une fois dans sa vie lui parler de la sorte. S'il faisait le rapprochement entre don Melchiorre et son père, c'est qu'il connaissait bien l'histoire de la famille Bataille. C'était la même histoire de diable qu'on tire par la queue, d'inquiétude sur la récolte, sur les insectes qui mangent les grains, sur les maladies qui les pourrissent, sur la pluie qui vient trop tôt ou le soleil trop tard.

D'une main de connaisseur, don Melchiorre palpa quelques fleurs de tournesol et recueillit au creux de sa main un peu de poudre noire stockée dans les alvéoles.

— Nous avons accompagné un formidable mouvement de modernisation, ici, dans cette campagne qui crevait de faim, reprit le vieil homme. Nous nous sommes cotisés pour créer une coopérative, pour nous payer les services de techniciens français qui connaissaient bien leur affaire grâce aux travaux de l'INRA. Il fallait augmenter les rendements, gagner la course du tonnage, en finir avec la malnutrition. On nous a dit qu'il fallait nourrir la population entière, subvenir à nos besoins, en finir avec la mentalité d'assistés, que l'État ne pouvait pas tout comme en Amérique où ils avaient le *welfare state* et la mafia. Mon père disait : « Qu'ils gardent la mafia et qu'ils nous donnent le *welfare state* ! »

Grégoire Bataille sourit à ce trait d'humour.

— C'est avec le lait que j'ai trouvé le filon, poursuivit don Melchiorre. Nous étions tout un groupe de jeunes paysans qui en avions assez de passer pour des analphabètes et des loqueteux, et aussi pour des imbéciles aux yeux des Milanaises qui nous snobaient à cause de nos habits mal taillés et de notre odeur qui, paraît-il, leur rappelait la porcherie ou le poulailler, mais certainement pas les fragrances qu'elles respiraient chez les grands parfumeurs de la via Franca. Je m'étais inscrit dans un groupe de découverte et une fois par semaine, nous assistions à des conférences de toutes sortes ou à des pièces de théâtre que donnaient pour pas cher de petites troupes amateurs. On recevait aussi des cours de comédie, pour apprendre à sortir de notre timidité ou de nos complexes. Au théâtre, j'ai appris à vaincre ma réserve naturelle et à prendre la parole en public. Et en plus des conférences, nous pouvions nous inscrire à des voyages à l'étranger, enfin, en Europe, vu nos moyens limités.

— Quel rapport avec le lait ? demanda Grégoire, qui buvait les paroles de don Melchiorre.

— Un voyage en Suède.

— En Suède ?

— Oui. J'ai remarqué que les Suédois distribuaient leur lait dans des packs cartonnés. C'était moins cher que le verre et tout aussi fiable. Mais surtout, ils avaient mis au point ce procédé merveilleux du traitement à ultra-haute température. On ne connaissait pas encore ça chez nous. Je me suis endetté pour obtenir une sorte de concession du brevet pour un an. Au bout de six mois, j'avais remboursé mes dettes et j'ai pu continuer à développer l'affaire. J'ai compris une chose toute simple à laquelle la génération de mon père n'avait pas pensé. D'ailleurs, elle n'aurait pas pu y penser, vu sa mentalité.

— Je ne comprends pas, le coupa Grégoire.

— Pour les anciens, la terre était tout. Ils ne voyaient jamais plus loin que la bascule, une fois le tonnage annoncé et le prix payé. Ils avaient vécu les privations, les disettes et parfois les famines qui ne disaient pas vraiment leur nom. Même dans cette partie de l'Italie, les gens ont eu faim. Alors rien ne valait un sac de blé ou de farine, un tombereau rempli de fourrage pour les bêtes ou de patates pour les hommes. Puis il s'est produit ce que les économistes de Turin et d'ailleurs appellent la dégradation des termes de l'échange. Vous voyez ce que je veux dire ?

— À peu près, fit vaguement Grégoire, hésitant encore à avouer trop ouvertement ses compétences d'économiste.

— C'est assez simple à comprendre, voyez-vous. Après la guerre, il fallait compter dix quintaux de bon blé tendre et autant de blé dur, le blé des *pastas*, pour acquérir le fameux petit gris Massey-Ferguson. Dix ans plus tard, vingt quintaux de chaque ne suffisaient pas. Et aujourd'hui, il faut au bas mot cinquante quintaux de blé tendre et autant de blé dur pour prétendre acheter un tracteur correct, équipé aux normes du jour, non polluant, etc.

— Une sacrée dégradation, fit Grégoire en sifflant.

— Je ne vous le fais pas dire.

La pluie se remit à tomber doucement. Ils trouvèrent un abri de fortune dans un coin du champ où restait un petit édifice de pierre recouvert d'un toit d'ardoise.

— Mon ancien poulailler, dit simplement don Melchiorre. Enfin, c'est mon père qui l'avait bâti de ses mains. Je l'ai laissé là, comme un vestige, pour ne jamais oublier. Ce n'est pas commode quand on sème et qu'on récolte, il faut contourner avec le tracteur, comme il faut contourner l'arbre au milieu. Mais l'arbre, c'était pour l'ombre. Et le poulailler, c'était le signe qu'avant, on ne perdait rien. Les poules ne vivaient pas en basse-cour mais au milieu du champ, et elles picoraient les grains de blé ou de maïs qui se perdaient au moment de la moisson. Une sorte de circuit intégré avant l'heure !

— C'était ingénieux, admit Grégoire. Et je vais vous avouer, sans vouloir vous offenser, que nous aussi en Creuse nous avions des poulaillers disséminés à travers nos minuscules exploitations.

Cet aveu parut plaire à don Melchiorre. Manifestement, les deux hommes parlaient la même langue.

— Moi, reprit le vieil homme, en détachant bien ce « moi » du reste de la phrase pour mieux signifier l'importance qu'il donnait à sa personne, moi, répéta-t-il, j'ai compris que la terre était un socle d'appauvrissement si on ne suivait pas le produit jusqu'au bout, jusqu'à son stade de dernière transformation et même, si possible, jusqu'à sa distribution finale auprès du consommateur. Car la dégradation des termes de l'échange n'existe plus avec le lait en pack, avec la farine conditionnée pour la boulangerie, avec, surtout, les pétales de céréales pour les petits déjeuners, même si ce dernier produit mérite un véritable marketing qui se paye en frais publicitaires. Je peux vous dire que le retour d'investissement sur une campagne bien ciblée va de 1 à 10. Jamais aucun paysan n'a obtenu pareille gratification en livrant sa récolte brute !

— Je vous crois volontiers, lança Grégoire.

— Vous pouvez, jeune homme, vous pouvez.

Ils se dirigèrent lentement vers l'automobile. Le soleil était revenu au milieu d'un grand ciel bleu très dégagé. Le vent avait chassé les derniers nuages gris.

— Bien, fit don Melchiorre, on n'arrosera pas aujourd'hui. Puis, se retournant vers son « invité » :

— Évidemment, moi qui contrôle plus de cinq cent mille hectares dans la plaine du Pô, cela doit vous étonner que j'accorde tant d'importance à une petite parcelle de rien du tout dans ce village perdu. Mais je ne veux pas perdre de vue l'endroit où tout a commencé pour moi. Cela va vous paraître étrange, mais chaque fois que j'ai une décision importante ou difficile à prendre, c'est ici que je viens seul, sans mon fidèle chauffeur. Plus jeune, il m'arrivait même de rester la nuit entière, d'installer un matelas dans le poulailler et d'attendre l'aube, les levers du jour sur cette colline sont somptueux. Maintenant, suivez-moi, le tour n'est pas terminé.

Ils quittèrent leurs bottes qu'ils jetèrent dans le coffre puis se remirent en route. Don Melchiorre continua de parler de cette longue chaîne économique à ses yeux très inégalitaire qui séparait le paysan de l'industriel, l'industriel du distributeur, et tout cela au détriment, à ses yeux, du consommateur qui payait trop cher des produits de mauvaise qualité.

— En réalité, conclut-il, l'agroalimentaire est un système d'enrichissement pour certains, d'appauvrissement pour d'autres, et d'intoxication pour les utilisateurs qui consomment dans des conditions nutritionnelles souvent déplorables. Je parle des Américains, mais pas seulement. Cette malbouffe nous condamne, nous aussi, à moyen terme, si nous ne sommes pas en mesure de dénoncer les pratiques des grandes multinationales d'outre-Atlantique qui pervertissent le goût et abîment la santé de millions de personnes à travers le monde.

— C'est un discours de gauchiste, pour un homme comme vous ! s'écria Grégoire.

Don Melchiorre sourit.

— Si vous me faites le plaisir de m'accompagner encore un peu, vous verrez que vous n'êtes pas au bout de mes paradoxes, ni de vos surprises.

— Alors, allons-y ! fit Grégoire gaiement.

20

Cela n'avait pas frappé immédiatement Bill Jenkins à son arrivée à Paris, mais après deux jours passés dans la capitale française, un phénomène inattendu lui sauta aux yeux. Aux États-Unis, il y était habitué. C'était même devenu un poncif de la société américaine que de croiser à tout bout de champ des obèses. Il y avait même des congrès d'obèses, des clubs d'obèses, des revues pour obèses, des autobus aux sièges spécialement conçus pour les personnes « fortes ». L'Amérique se scindait à parts quasi égales entre les adeptes de l'aérobic et des régimes macrobiotiques, dont Jane Fonda avait longtemps été l'icône parfaite, et les gros dont le cinéaste iconoclaste Michael Moore représentait l'archétype : une sorte d'obèse joyeux et mordant, irrévérencieux face aux institutions mais consommateur invétéré, sans mauvaise conscience aucune, de McDo et de sodas.

Mais en France, Jenkins ne s'attendait pas à rencontrer tant de personnes taillées comme des Américains obèses, hommes, femmes et même enfants, qui portaient sur leurs corps les stigmates d'une alimentation déséquilibrée, trop sucrée, trop grasse, dépourvue de légumes et de fruits frais, mais riche en plats cuisinés, en glaces et en confiseries pour les plus petits, bref, un régime poison sur toute la ligne.

C'est en empruntant le RER jusqu'à Villepinte où se tenait le Salon international de l'alimentation que Jenkins fut frappé par cette réalité nouvelle qui, d'après ce qu'il apprit ensuite en bavardant avec des experts, touchait comme par contagion l'Allemagne et les Pays-Bas, jusqu'à la Grande-Bretagne, guère protégée par son insularité de ce point de vue.

L'Europe, dont le secteur agroalimentaire pesait plus de 600 milliards d'euros, venait donc de déclarer une guerre ouverte à l'obésité. Et les pouvoirs publics français, à coups de campagnes d'affichages et de spots publicitaires, étaient bien décidés à lutter contre ce fléau de la malbouffe qui rejoignait de façon subliminale la bataille contre les OGM. Au stand d'information du Sial, Jenkins repéra une jolie hôtesse qui n'avait pas succombé à la rondeur épaisse des McDo et offrait une plastique parfaite, n'ayant de reliefs qu'aux endroits qui plaisent aux hommes, à hauteur de la poitrine et de ses fesses parfaitement charnues.

— Voici les communiqués du jour, fit la jeune femme en tendant quelques feuillets imprimés en couleurs, au visiteur américain.

Un badge épinglé sur le sein gauche de la demoiselle indiquait qu'elle s'appelait Amélie.

— De quoi s'agit-il ? demanda Jenkins avec un accent qui attira l'attention de l'hôtesse.

— Américain ? fit-elle en battant des paupières comme les derniers modèles de poupées Barbie.

— Yeah, mam'selle, répondit-il.

— Oh, je rêve d'aller un jour en Amérique. Il paraît que tout est si grand là-bas, et les plages de Californie, et les gratte-ciel de New York, enfin, je veux dire, l'Empire State Building.

Elle avait un peu rougi, craignant d'avoir proféré une énormité en parlant à un Américain des gratte-ciel sans savoir si, par hasard, il n'était pas de Manhattan et voisin du Ground zero.

— L'Amérique est grande, admit Jenkins, mais le charme, la douceur de vivre, une certaine lenteur et surtout l'art de bien manger, c'est ici qu'on les trouve, mieux que chez nous.

— Vous parlez parfaitement notre langue, observa Amélie. Vous habitez en France ?

— Non, j'y ai vécu. Mais je me faisais la réflexion que les Français et les Françaises ont bien changé depuis les années où j'étais étudiant ici, vers 1996.

— Bien changé ?

Jenkins gonfla ses joues et prit des allures de Bibendum, ce qui fit pouffer la jolie hôtesse.

— Vous voulez dire qu'on est trop gros, c'est ça ?

— Je ne vous englobe pas dans ce constat, mam'selle !

— Mais vous avez raison, hélas. Moi, je suis là comme hôtesse d'accueil le temps de cette manifestation. Dans la vie, je travaille pour une agence de publicité.

— Mannequin ?

— Non ! Je participe comme stagiaire à des préparations de campagnes dans l'agroalimentaire.

— C'est passionnant. Et qu'avez-vous lancé dernièrement, si ce n'est pas trahir le secret professionnel ?

La jeune femme sourit.

— Pas mal de produits meilleurs pour la santé des gens. Par exemple, des sardines en boîte sans sel ajouté. Et des packs de légumes épluchés et précuits qu'il suffit de verser dans l'eau bouillante ou de réchauffer à la vapeur. Et aussi une crème fraîche spéciale fabriquée à base de soja. Elle ne contient pas de lait, donc aucune trace de matière grasse. Nous avons encore mis sur le marché un beurre sans cholestérol et pas mal de produits allégés. Et aussi quantité de yaourts et de laitages contenant des principes actifs qui développent les défenses immunitaires du consommateur. En réalité, nous essayons de convaincre le public que son aliment est son premier médicament.

— Je vois, opina Jenkins. Et j'imagine que ces innovations, réelles ou factices, permettent aux industriels d'augmenter leurs prix de vente.

— Bien sûr, mais c'est de bonne guerre. Il faut bien obtenir des retours sur investissement pour des produits qui peuvent rapidement améliorer l'état de santé de nos concitoyens et, par conséquent, réduire les dépenses de la Sécurité sociale.

— Sécurité sociale? Ah oui, vous, Français, êtes remboursés pour le moindre rhume, n'est-ce pas?

— Vous exagérer, monsieur…

— Appelez-moi Bill.

— Comme Buffalo Bill! pouffa Amélie.

— Si vous voulez, bien que je n'aie jamais approché un bœuf à dix mètres ni tué aucun Indien. Que racontent ces papiers que vous me donnez?

— Chaque jour, au salon, nous récoltons toutes les informations qui tombent en France sur l'alimentation. Aujourd'hui, il s'agit de l'attaque lancée par l'UFC-Que Choisir contre les étiquetages mensongers.

— Très intéressant, répondit Jenkins. Mais quel genre de mensonge est dénoncé?

— Par exemple, Nestlé Waters a été poursuivi en justice pour sa boisson «Goût trop à la pêche».

— Et pour quelle raison?

— Ils ont confondu sucre naturel du fruit et additifs sucrés chimiques. Ce n'est pas du tout la même chose et le consommateur peut croire qu'il consomme un pur jus alors qu'il contient des sucres comparables à ceux ajoutés dans les sodas, des sucres qui font grossir, si vous voyez ce que je veux dire.

— Dites, elles ne rigolent pas, vos associations de consommateurs.

— Non, et elles ont bien raison, fit Amélie en se dressant soudain sur ses ergots, avec un air pincé de petite Française chauvine face à l'incrédulité goguenarde d'un Américain en goguette à Paris.

— Vous êtes vexée ?

Un visiteur s'approcha, à qui la jeune femme tendit plusieurs dépliants avant de l'orienter vers le stand des céréales traditionnelles, près d'un immense four à pain installé pour l'occasion.

— Pas du tout, répondit Amélie. Mais les consommateurs en ont assez d'être pris pour des veaux.

— Des veaux ?

— Oui, s'esclaffa Amélie, c'est de Gaulle qui disait que les Français sont des veaux, et il avait sûrement raison. Mais justement, après la crise de la vache folle, la grippe du poulet et les cancers des saumons d'élevage, sans parler des viandes aux hormones et des OGM qui se cachent un peu partout dans nos produits familiers, bref, après ce véritable déluge alimentaire qui a créé une véritable insécurité, il est salutaire de voir des associations relayer l'action du gouvernement pour nous garantir une bouffe saine, non ?

— Si, si, bien sûr, approuva Bill. Vous ne prendriez pas un verre avec moi ?

La jeune femme consulta sa montre.

— D'accord, mais pas longtemps. Je dois absolument rester à mon poste dans l'heure précédant la fermeture du Salon.

— *All right*, allons-y. Et d'ailleurs, où voulez-vous aller pour qu'on ne s'empoisonne pas ?

— Vous êtes sacrément moqueur, vous. Que faites-vous dans la vie ?

— J'essaie de fourguer des OGM assassins aux estomacs européens.

Il avait prononcé ces mots avec un flegme tout britannique, d'un air de pince-sans-rire qui eut pour effet de faire rire Amélie.

— Êtes-vous sérieux quelquefois ?

— Mais je suis sérieux, assura l'Américain.

Elle l'entraîna à travers les allées tapissées d'une

épaisse moquette rouge vif. De part et d'autre, on pouvait à toute heure consommer du jambon à l'os garanti sans nitrates, des légumes cultivés sans pesticides et cuits sans matière grasse, déguster des jus de pommes et du vin biologiques, des escalopes de poulet nourri au grain et élevé en liberté…

— Il est 6 heures du soir mais j'ai déjà envie de dîner. Vous ne seriez pas libre, par hasard, mam'selle Amélie ?

— Aussi longtemps que vous ne m'aurez pas dit ce qui vous amène ici, je ne serai libre pour rien d'autre que pour un verre rapide, rétorqua la belle.

C'était visible, Amélie en pinçait un peu pour le bel Américain qui, manifestement, n'appartenait pas à la catégorie des obèses citée plus haut. À trente-deux ans, Jenkins était un bel homme élancé qui avait gardé sa musculature d'étudiant, quand il pratiquait les avirons et ne dédaignait pas les longues randonnées à bicyclette à travers les Rocheuses. Blond aux yeux clairs, vêtu de fin velours comme Robert Redford dans *Les Hommes du président*, l'air avenant, presque naïf, il suscitait d'emblée la sympathie. Il comptait pas mal de conquêtes féminines, encore qu'il eût pu en avoir davantage si seulement il avait voulu s'en donner la peine. Mais il se contentait de cueillir la vie comme elle venait, sans trop se poser de questions. Tueur en affaires, il était doux comme un agneau quand il s'agissait de traiter le commerce du cœur.

Ils atterrirent dans une sorte de taverne bavaroise où tout était garanti naturel, des saucisses aux patates, des patates à la bière dont l'étiquetage était scrupuleusement contrôlé.

— Houblon cultivé dans les conditions agréées par l'agriculture biologique, commenta la jeune femme, en montrant l'étiquette de la bouteille qu'elle avait demandée pour deux, Jenkins lui ayant dit qu'il prendrait « comme elle ». Et vous voyez, ce n'est pas une ligne invisible au bas du papier. C'est inscrit en gras, en plein milieu, on ne peut pas rater cette mention garantissant une ivresse bio…

— Une petite ivresse à trois degrés, tempéra Bill.

— Vous savez, on nous moque, nous, les Français, pour nos paradoxes et nos contradictions. On nous reproche notre laxisme et notre manque de rigueur, puis on s'étonne que nous soyons aussi tatillons sur les normes alimentaires. Mais l'Agence nationale pour l'alimentation a publié à la veille du Salon des données très préoccupantes. L'obésité touchait 3 % de la population au début des années 70. Le pourcentage est aujourd'hui de 11 % ! Bientôt, un enfant sur quatre sera trop gros. Un sur quatre ! C'est affreux, vraiment. Je peux vous dire qu'avant de mettre un petit au monde, je regarderai de près à quoi ressemble son père, sa courbe pondérale et ses antécédents nutritionnels !

— *My God*, s'étouffa Jenkins, vous êtes plus redoutable encore que Big Brother.

— Tant pis, c'est trop important. Rome est devenue décadente quand les orgies ont commencé. Maintenant, c'est l'ère du grignotage qui nous vient de chez vous. On ne mange plus, on croque, on grignote, on avale des coupe-faim et des en-cas. C'est la fin des repas classiques.

— Vous êtes une vraie encyclopédie des manières de vivre, fit Jenkins, amusé.

— Travailler dans la pub, c'est très formateur quand on veut connaître la société dans laquelle on vit, ses besoins et ses tendances, ses dérapages aussi. Alors, je vais vous faire une révélation. En France, aujourd'hui, on n'a plus le droit de boire d'alcool, on n'a plus le droit de fumer ni d'appuyer sur le champignon en voiture car tout est limité sauvagement ! Alors sur quoi les gens se rattrapent-ils ?

— Sur la nourriture !

— Non, sur la bouffe merdique. Je n'appelle pas nourriture les plats surgelés qui contiennent plus d'adjuvants chimiques que de produits végétaux. Les barres bourrées de sucres rapides qu'on engloutit à 11 heures du matin au bureau devant la machine à café avec les collègues de bureau. Et la farandole des McDo toujours plus *big* et toujours plus dégoulinants de ketchup, sans parler des incertitudes régulières sur l'exacte provenance de la viande servie.

Depuis quelques minutes, l'attention de Jenkins s'était concentrée sur les lèvres pulpeuses d'Amélie, sur cette bouche superbe en mouvement qui, lorsqu'elle s'entrouvrait, laissait paraître une langue rose à coup sûr très coquine et experte dans une tout autre occasion.

— Je vais vous attendre, coupa l'Américain.

— Comment ?

— Après le salon, je vous raccompagne à Paris et nous dînons ensemble au Fouquet's. Je vous garantis la provenance des vins et de la viande, et même du poisson, et aussi la sincérité de mon invitation, gentleman pur sucre…

— Ne me parlez pas de sucre, fit Amélie en minaudant. J'accepte.

Quelques heures plus tard, Bill Jenkins et la jeune hôtesse du Salon de l'alimentation étaient devenus deux amoureux dans Paris, seulement tenus par la promesse du présent, passant un moment doux et tendre dans la tiédeur de cet été débutant. Comme l'avait promis le jeune homme, le dîner fut somptueux. Chaque fois qu'un vin ou qu'un plat était présenté, l'Américain demandait qu'il fût d'abord montré pour homologation au regard et à l'odorat de la jeune femme qui l'accompagnait. Et quand ils se dirigèrent d'un pas léger mais décidé vers le George-V, c'est emplis de saveurs exquises qu'ils s'apprêtèrent à traverser la nuit.

Le lendemain matin, après un petit déjeuner non moins exquis sur la terrasse de la chambre, pamplemousses de Floride non traités, thé sans pesticides, beurre allégé, confitures maison, Amélie prit congé de son hôte d'un baiser mutin en lui laissant un numéro de téléphone portable. Quand elle eut disparu, Jenkins alluma son ordinateur portable et entreprit la rédaction d'un long e-mail à l'attention de son patron, là-bas dans le Missouri. À cette heure-ci, vu le décalage horaire, le big boss de Mosampino devait dormir d'un sommeil lourd, lui qui se nourrissait de produits industriels en quantités elles-mêmes industrielles, détestant tout ce qui pouvait de près ou de loin ressembler à un fruit frais ou à un légume de plein champ et même de serre plastifiée.

Évidemment, Bill Jenkins n'avait pas l'intention de tenir son patron informé de ses faits et gestes à Paris, d'autant qu'il n'avait pas encore revu son ami Greg Bataille. Mais son passage au salon de Villepinte et sa longue rencontre avec la belle Amélie l'avaient instruit mieux qu'un gros rapport sur l'état d'esprit des Français devant leur alimentation. Preuve qu'une étude de terrain, si l'on admet que le corps d'une svelte Française est un terrain d'études et d'enseignements, fournit une expertise incomparable pour récolter des informations précieuses, pour ne pas dire de première main.

Dans son mail, Jenkins détailla la situation alimentaire des Français, la relation à l'obésité, à l'étiquetage des produits, la mode bio et la crainte qu'une mauvaise nutrition soit la porte ouverte à toutes les maladies. Il conclut en affirmant que les produits alimentaires, même les plus sophistiqués, venant des États-Unis seraient passés au peigne fin par les associations de consommateurs, et que ces produits deviendraient difficilement des chevaux de Troie pour les OGM. Il se relut et supprima la référence au cheval de Troie, estimant qu'elle ne dirait rien à un ressortissant même très distingué du Missouri. Son mail parti, il se demanda quand Greg Bataille allait enfin rentrer à Paris.

21

Pendant ce temps dans la campagne milanaise, une Maserati roulait. Don Melchiorre ne se lassait pas de faire ronronner le moteur souple de sa « quattroporte » qui se glissait entre les champs dorés avec la grâce tranquille d'un félin.

— Ernesto Maserati était un génie aussi grand que Raphaël et Verdi dans leur genre, fit le patron du groupe agroalimentaire en appuyant son regard clair sur le visage de Grégoire. Les Ferrari sont des autos tape-à-l'œil qui sont là d'abord pour le spectacle. Et les Lamborghini, n'en parlons pas, sont des monstres de bestialité. Alors que la Maserati a une ligne, une élégance… Voulez-vous que je vous passe le volant ? Je vous indiquerai le chemin.

— Vraiment ? demanda Grégoire surpris. C'est que…

— Vous ne savez pas conduire ? demanda le vieil homme en fronçant les sourcils.

— Bien sûr que si ! se défendit son passager. Mais je ne voudrais pas risquer de l'abîmer.

— Pas d'histoires. Elle se conduit d'un doigt et la tenue de route est parfaite. Allez, à vous les commandes !

Don Melchiorre stoppa son auto en bordure de route et mit les feux de détresse le temps de céder sa place. Puis la Maserati redémarra, pilotée par un Grégoire qui n'avait jamais piloté pareil engin. S'il avait accédé rapidement à une certaine aisance financière, ses origines paysannes l'avaient toujours retenu de dépenser trop d'argent avec les voitures. Du moment qu'elles roulaient, il n'en demandait pas beaucoup plus. Grégoire n'était pas très regardant sur la marque ni sur l'apparence extérieure de ses véhicules, et comme les vieux tracteurs de la ferme familiale, il ne les entretenait que contraint et forcé.

C'est pourquoi il fut surpris d'éprouver une telle sensation au volant de cette voiture portant la célèbre marque du trident. Une pression légère sur la pédale de l'accélérateur le renseigna rapidement sur la puissance des chevaux piaffant sous le capot. Il s'amusa à doubler deux ou trois voitures qui paraissaient soudées à la route, et ce fut un jeu d'enfant, tant la reprise était immédiate, instantanée, prodigieuse. Mais ce n'est pas le sentiment de la vitesse qui grisait tout à coup le jeune financier. Plutôt un vague et pourtant réel sentiment de puissance et de bien-être, comme si, en lui confiant les rênes de sa Maserati, don Melchiorre lui avait offert bien plus, une sorte de blanc-seing, de carte blanche pour décider de leur destinée commune, du sort du groupe Verdi. Le vieux dirigeant ne possédait guère d'instruction. Mais il était malin et madré. Il avait le regard aigu de ces maquignons qui reniflent une bête malade avant même de l'avoir touchée, et qui flairent le bon coup d'instinct, sans trop de réflexion, au senti, au « feeling », comme disent les Anglo-Saxons. Quelque chose semblait possible entre ces deux hommes, restait à savoir quoi.

— À partir de maintenant, ces champs à perte de vue jusqu'à la colline que vous apercevez au loin, c'est chez moi.

— Si loin ! souffla Grégoire interloqué.

— Oui, et je vous montre seulement les possessions lombardes. Nous avons aussi quelques milliers d'hectares en Toscane, avec des fermes pilotes, des laiteries modèles, des coopératives de tracteurs et d'engrais... Maintenant, ouvrez bien vos yeux et écoutez-moi si mes radotages ne vous lassent pas, fit don Melchiorre avec un brin de coquetterie. Et ne roulez pas trop vite, ajouta-t-il en jetant un œil sur l'aiguille du compteur : il faut déguster ces paysages comme on goûte un tableau de maître.

Grégoire leva le pied. Il entrouvrit même la vitre avec le système électrique pour mieux sentir l'air tiède et les odeurs végétales l'imprégner tout entier.

— Connaissez-vous le latin ? demanda à brûle-pourpoint don Melchiorre.

— Mon Dieu, fit le jeune homme, ce sont des souvenirs assez lointains, à vrai dire.

— Alors je vais vous apprendre quelque chose d'intéressant. Le mot « pagus » signifie tout à la fois la page manuscrite et le champ labouré, sillonné par le soc de la charrue. Et si je doute parfois de parvenir un jour à accomplir une œuvre à la manière du grand Manzoni, je me console à ma façon en pensant que mon œuvre à moi, ce seront ces milliers de lignes tracées à même la terre de mon pays, là d'où je viens et là où je retournerai.

Le vieil industriel avait prononcé ces paroles avec une gravité étrange, comme s'il avait mesuré en même temps sa puissance et son impuissance, et la proximité, désormais, de sa propre fin, bien qu'il fût encore vigoureux et sec, de ce bois dont on fait les centenaires de la Lombardie jusqu'aux Pouilles.

— Voyez-vous, continua don Melchiorre, tandis que, maintenant, Grégoire manœuvrait la Maserati de gauche et de droite, chaque route vicinale qu'il empruntait le laissant toujours à coup sûr au milieu du gigantesque domaine de son hôte ; voyez-vous, notre langue latine est pour nous un enseignement permanent, et je regrette que la jeunesse, de nos jours, ait abandonné cette pratique éclairante qui nous fait entrevoir le vrai monde derrière l'apparence des choses.

— Que voulez-vous dire ? questionna Grégoire.

— Prenez le mot « caput », la tête, n'est-ce pas ?

— La tête, c'est ça, opina le jeune homme.

— Eh bien, la racine du mot cheptel est rigoureusement la même que celle du mot capital : « caput ». Posséder un cheptel, des têtes de bétail, c'est posséder un capital. On pourrait même dire que le cheptel est l'essence, la naissance du capitalisme. C'est pourquoi, en paysan plein de bon sens que je reste, je possède des milliers de bêtes qui ont longtemps formé le principal, avec mes terres, de mon capital.

— Et maintenant ? demanda Grégoire.

— Stoppez ici, fit son interlocuteur avant de lui répondre.

Ils dominaient à présent une multitude de petits champs cousus par des haies vives et vertes, des champs comme des capitules de soleil recouverts encore et toujours de ces tournesols tendres qui forment un tapis doré.

— Après le désastre de la maladie de la vache folle, nous avons fait le gros dos. Mais Dieu merci, mon troupeau est resté indemne, excepté dans une fermette que je ne contrôlais qu'indirectement et dont les gérants avaient utilisé des farines animales d'une origine douteuse. Il a fallu abattre une cinquantaine de bêtes, mais l'affaire n'est pas allée plus loin. De toute manière, il y a longtemps que mon groupe s'était diversifié tous azimuts. Je suis un marchand des quatre saisons, ne l'oubliez pas, ma société ne s'appelle pas Verdi pour rien !

Grégoire sourit. Décidément, ce bonhomme avait réponse à tout et sa philosophie de l'existence formait un mélange de pragmatisme et de poésie, de sophisme et de réalisme, sans qu'il soit possible de savoir quel trait de son esprit l'emportait sur les autres.

— Il ne vous rappelle rien, ce paysage ? demanda encore don Melchiorre.

Le jeune financier avait coupé le moteur de la Maserati et, en plus des parfums de l'été, c'est le silence qui entrait dans l'habitacle, un silence peuplé çà et là de cris d'oiseaux. Il scrutait les tournesols en habit jaune, le regard idiot, non, cela ne lui rappelait rien d'autre que des tournesols !

— Il y a une quinzaine d'années, sans doute étiez-vous trop jeune, on a célébré tardivement, bien trop tard en tout cas pour ce qui le concernait puisqu'il était mort et poussière dans la terre, le talent inouï de Vincent van Gogh. Cela se passait dans une salle des ventes prestigieuse du vieux Londres, et les enchères se révélèrent magnifiques, une lutte au couteau entre des acheteurs cachés mais pas anonymes, prêts à consentir une partie de leur fortune pour s'acheter un tableau du maître hollandais simplement appelé *Les Tournesols*.

— Vous exagérez ! se moqua un peu Grégoire.

— Si j'exagère ? J'aurais appris à temps que cette vente avait lieu, j'y serais allé. Pas pour acheter, les sommes atteignaient des sommets astronomiques. Simplement pour voir, pour humer cette ambiance où des citadins sont capables d'engloutir plusieurs millions de dollars pour acheter la reproduction, géniale certes, mais reproduction tout de même, du chef-d'œuvre que vous avez à l'instant devant vos yeux.

Et don Melchiorre désigna avec fierté ce miracle jaune qui se déroulait au bout de son doigt.

— Vous voulez dire…

— Non, bien sûr, ce n'est pas ici que Van Gogh a trempé son pinceau pour composer ses tournesols, mais chez vous en France, du côté d'Auvers-sur-Oise, j'y suis allé une fois il y a longtemps, quand je croyais que je pourrais devenir un grand peintre, mais passons, car ma vie d'artiste reste un sujet de tourments et de regrets. Retenez ceci : nous vivons dans un monde de fous où la représentation, l'image, est plus importante que le décor réel. Au moment où des fortunes s'offraient pour que des milliardaires s'arrachent les fameux tournesols de Van Gogh, la commission de Bruxelles décidait de diminuer les aides aux oléagineux européens, décourageant nos paysans à en produire et laissant le marché libre pour les importations en provenance des États-Unis. Une belle leçon d'économie, vous ne trouvez pas ?

— En effet, admit Grégoire, encore pantois devant l'agilité intellectuelle de don Melchiorre, devant sa capacité à relier des phénomènes qui n'avaient *a priori* rien à voir.

— Nous vivons dans un monde d'apparences, poursuivit le vieil homme, heureux de constater l'effet que ses paroles produisaient sur son interlocuteur qui ne perdait pas une miette de son propos. Mais ici, chez moi, pas question de se payer d'apparences, de faux-semblants et de trompe-l'œil. La terre est la terre…

— Et elle ne ment pas ! ironisa Grégoire, sans deviner que cette allusion allait trouver un écho chez don Melchiorre, et fortement lui déplaire.

— Que dites-vous ?

— Je plaisante, c'était une référence au pétainisme français de la débâcle, en 1940, quand les paysans incarnaient la Révolution nationale faite de passivité, de résignation et de collaboration avec l'ennemi, l'Allemagne principalement.

— Faites attention à vos propos, murmura d'une voix soudain rauque don Melchiorre. Je connais bien votre histoire, et je sais combien, depuis, l'image du monde agricole a pâti de cette histoire sombre. Comme si les gens de la terre étaient incapables de sentiments élevés, qu'ils devaient toujours ployer sous le joug comme des bœufs attelés !

— Je ne voulais pas dire cela, protesta Grégoire.

— Je sais. Alors ce n'est pas la peine d'évoquer votre Pétain et ses idioties. Pétain, sauf votre respect, fut un grand soldat à Verdun, mais un piètre Français ensuite. Je dis cela d'autant plus librement qu'en 40, toute ma famille a pris le maquis contre les chemises brunes et l'enrôlement dans les brigades fascistes de Mussolini. Mais restons-en là quant au passé, ce qui compte maintenant, cher jeune homme, s'écrit avec les lettres de l'avenir.

Don Melchiorre reprit le volant de son bolide qu'il s'efforça de brider pour profiter encore des paysages idylliques et bien peignés qui dansaient devant leurs yeux. Un tracteur, sur la route étroite, s'écarta légèrement pour céder la place à la belle Maserati. Son conducteur adressa un salut de la main à don Melchiorre, auquel ce dernier répondit de la même manière avant d'accélérer un peu.

— Allons chez moi, fit le vieil homme, je vais vous présenter Ornella.

— Ornella ?

— Ma fille. Enfin, la dernière. Elle s'occupe de mes affaires avec le tempérament d'une panthère surveillant ses petits. Même mes collaborateurs les plus coriaces la craignent un peu et c'est très bien ainsi. Mais c'est au fond une gentille fille qui aurait mérité d'être un homme…

Grégoire sursauta sur son siège.

— Que voulez-vous dire, don Melchiorre ?

Un sourire se dessina au coin des lèvres de son interlocuteur, heureux de sa sortie.

— Moi aussi, j'ai bien le droit de plaisanter ! fit-il en mimant une fausse colère. Vous faites bien parler Pétain outre-tombe ! Mais ne vous méprenez pas. J'aime Ornella plus que moi-même. C'est un ange et une sainte, un amour de femme, et je veux dire que bien des hommes pourraient prendre modèle question sang-froid et autorité, sens des décisions et rapidité de manœuvre. Un vrai général en campagne, croyez-moi !

— Je vous crois, don Melchiorre.

Répondant ainsi, Grégoire Bataille se demandait bien sur quel dragon il allait tomber. Serait-ce une de ces vieilles filles avant l'âge, coiffées à la garçonne, sans bijou ni apprêt, qui fument et boivent sec et ont oublié qu'il existe une vie hors le travail ? Le jeune financier charriait dans sa tête toutes ces pensées quand l'auto franchit le grand portail qui s'ouvrait sur le château de Bertozzo, le haut lieu du groupe Verdi. Depuis leur déjeuner à la trattoria Bellini, le vieil homme savait que Grégoire était un financier, mais il n'avait pas poussé la curiosité jusqu'à lui demander dans quel domaine il œuvrait précisément. Il sentit, avant de pénétrer dans l'antre du maître, qu'il valait mieux abattre ses cartes pour ne pas risquer un violent retour de flammes.

— Je dois vous dire…, commença le jeune homme.

— Que vous êtes un rapace de financier…, poursuivit don Melchiorre sans même le regarder, d'une voix égale et presque moqueuse.

— Mais…, balbutia Grégoire.

— Écoutez, des hommes de votre acabit, des qui flairent et reniflent, qui rôdent et supputent, je les devine à cent mètres.

Grégoire blêmit.

— Alors, pourquoi avoir…

— Parce que tu me plais, coupa brusquement don Melchiorre. J'aime tes façons, ton audace et ta fausse naïveté. Et puis, je suis certain que tu plairas à Ornella.

À ces mots, Grégoire tressaillit, mais aucune repartie ne traversa son esprit. L'auto avança devant le perron du château et s'immobilisa sur le chemin de graviers blancs qui entourait une pièce d'eau où s'ébattaient bruyamment quelques colverts et des cygnes en procession. Don Melchiorre coupa le contact. Déjà son fidèle chauffeur accourait, trottinant sur ses vieilles jambes, l'air essoufflé et surtout contrarié.

— Où étais-tu passé, patron ? J'ai essayé de te joindre sur ton portable et…

— Je l'avais éteint, répliqua le vieil homme.

— Mais j'étais mort d'inquiétude, et ta femme, mon Dieu…

— Quoi, quoi ? La police vous a appelés ? On vous a signalé ma mort ? Oui ou non ?

— Non, fit piteusement le chauffeur.

— Alors quoi ! Et Ornella, elle pleure, elle aussi ?

— Tu sais bien que non. Elle disait que tu avais bien le droit de te payer du bon temps sans ameuter la terre entière, si c'était ton envie.

Don Melchiorre poussa un soupir de soulagement et, se retournant dans la direction de Grégoire :

— Vous voyez, heureusement pour moi, j'ai une fille parfaite. Elle n'est pas comme ces trembleurs qui me croient mort chaque fois que je ne leur donne pas à la minute mon emploi du temps.

— Melchiorre ! cria indigné le chauffeur dont le regard était tout de même traversé par un éclat de canaille.

— Tu donneras la chambre verte à ce jeune homme, fit-il à son vieux complice avant d'interroger Grégoire. Car vous dormez ici, n'est-ce pas ?

Grégoire émit un acquiescement inaudible qui valut approbation aux oreilles de don Melchiorre. L'homme sourit, et son chauffeur l'imita, accueillant cette présence comme une bonne et heureuse nouvelle puisque son patron semblait content. Jenkins attendrait encore un peu.

22

Il ne perdait pas son temps à Paris, Bill Jenkins. Lorsqu'il comprit que son ami Grégoire avait eu un contretemps en Italie, il en profita pour engager une de ces actions dont il n'était pas particulièrement fier mais dont il avait pu par le passé mesurer l'efficacité sur certains dossiers jugés prioritaires et sensibles par Mosampino.

Quelques semaines plus tôt, le président de la République française avait installé une commission d'experts chargée de déterminer, dans le calme et la transparence, quel serait l'impact des OGM sur l'alimentation des consommateurs. C'est ainsi que huit personnalités réputées indépendantes avaient commencé à travailler dès le printemps, afin d'accomplir un travail dont le président attendait les résultats au plus tard pour la fin de l'année.

Deux ans plus tôt, dans ce qu'on appelait désormais l'affaire des pesticides tueurs d'abeilles, la firme Mosampino, qui avait mis ces produits sur le marché, avait su circonvenir quelques experts influents mais un brin vénaux pour faire admettre par la communauté scientifique et politique que ces insecticides ne présentaient aucun danger pour quiconque, en particulier pour les ouvrières du miel.

Après la mort collective de nombreux essaims, il avait pourtant fallu s'interroger sur l'innocuité réelle de ces produits chimiques hautement performants. Il s'en était suivi une valse de rapports et de contre-rapports pour finalement blanchir la firme Mosampino et conclure que si les abeilles mouraient, et Dieu sait si elles y mettaient du leur pour mourir par centaines, ce n'était pas à cause du fameux insecticide appelé avec goût Terminator.

À vrai dire, Bill Jenkins avait fait ce qu'il fallait auprès de certains experts dits indépendants pour leur offrir de quoi se montrer assez vagues et peu agressifs à l'égard de l'insecticide dernier cri – dernier cri surtout pour les abeilles – de la firme Mosampino !

C'est encore ce genre de démarche que l'Américain avait entrepris en approchant ce matin-là Ernest Molinier, figure influente de la commission d'experts nommée par le président Chirac sur les OGM.

Ingénieur agronome de formation, Molinier avait tâté du syndicalisme agricole avant d'entamer une carrière politique qui l'avait mené brièvement au gouvernement dans les années de cohabitation entre Mitterrand et Chirac. Il s'était constitué à ce poste un réseau de relations précieuses à travers toute l'Europe et même au-delà, ayant l'oreille très favorable aux projets de toutes sortes du lobby agro-industriel, à condition que ces entrepreneurs sachent lui donner en retour des gratifications sonnantes et trébuchantes qu'il avait toujours su dissimuler, mettant en avant les investissements créateurs d'emplois dans les zones défavorisées de Lozère dont il était le sénateur régulièrement réélu. Sympathique et affable, bon connaisseur de son sujet, il savait quand il le fallait restaurer son image par de grands coups de gueule donnant le sentiment à tous qu'il était un pur, un incorruptible.

Ainsi, lorsqu'il s'était agi de dénoncer le lobby sucrier qui contribuait insidieusement à empoisonner la population entière, y compris les enfants, et à provoquer diabète et surpoids, Ernest Molinier s'était fait le champion de la fronde. Encore faut-il souligner qu'il pesait lui-même un bon quintal et que son médecin personnel l'avait fortement incité, sous peine d'accident cardiaque ou vasculaire, de ne plus absorber le moindre gramme de sucre, pas plus dans son café du matin que dans les aliments courants.

Du coup, Molinier traquait le sucre partout, dans la moindre préparation de plat cuisiné, dans le moindre paquet de biscuits où l'étiquetage ne faisait jamais la différence entre le sucre naturel et les glucides artificiels ajoutés partout en quantité souvent déraisonnable. Il avait milité activement contre les distributeurs de sodas dans les écoles, contre l'installation des présentoirs remplis de bonbons aux caisses des grandes surfaces. De cette manière, son image de défenseur des consommateurs, petits et grands, apparaissait très forte auprès du public.

Ceux qui le connaissaient bien se disaient que le lobby sucrier avait dû bien mal s'y prendre pour trouver en Ernest Molinier un détracteur aussi farouche. Mais, comme si sa pureté se concentrait dans sa lutte contre ce seul secteur, comme si ses propres problèmes de santé avaient dicté sa conduite, sans doute se considérait-il quitte avec la morale. Pour le reste de ses activités, pour tout le reste, il restait avant tout une âme corrompue. S'il gardait l'oreille du chef de l'État, c'est qu'il témoignait d'une habileté, d'une faconde, d'une rondeur si impeccables qu'il était en mesure de chaque fois tromper son monde, avec des accents de sincérité qui l'abusaient parfois lui-même…

C'est à cet homme-là que Bill Jenkins avait décidé de rendre une visite d'intérêt. Ce grand enfant de Molinier fixa rendez-vous en fin d'après-midi dans les jardins des Tuileries où la foire du Trône avait installé ses manèges et sa grande roue.

— C'est mieux encore que la tour Eiffel pour regarder Paris, fit l'ancien ministre en apercevant le lobbyiste de chez Mosampino.

— Vous croyez ? demanda Jenkins un rien affolé à l'idée de prendre place sur une nacelle avec ce gros homme qui, du point de vue de l'embonpoint, n'avait rien à envier aux obèses de Chicago ou de Denver.

— Croyez-moi, je monte là-dessus depuis que je suis gosse. Comment va, monsieur Bill, fit Molinier en tendant une main potelée à l'image de son propriétaire, une main avide et prompte.

— Pas mal, répondit Jenkins, qui connaissait un peu le bonhomme, assez pour savoir qu'il fallait le laisser mener la danse et raconter ses histoires avant de le ferrer.

Jenkins songea que si Molinier avait accepté de le rencontrer, même au milieu d'une fête foraine, c'était sûrement qu'il était ouvert à des propositions « raisonnables ».

Les deux hommes achetèrent des jetons et prirent place dans une nacelle vide à quelques mètres d'eux.

— Nous avons le temps, décida Molinier, ouvrant sa main, j'en ai acheté pour trois tours !

Il n'y avait rien d'étonnant à ce que l'ancien ministre de l'Agriculture et des Industries alimentaires soit populaire même auprès des enfants qui connaissaient son nom, son visage et sa bedaine. Molinier, à sa manière, était lui aussi un enfant ; un enfant de soixante-trois ans.

Après une annonce au micro, la grande roue s'élança dans le ciel de Paris. Jenkins jeta un coup d'œil aux fixations de la nacelle. Visiblement, le mécanisme pouvait sans problème supporter le poids de Molinier, et même de plusieurs « poulets » de son envergure.

Ils ne parlèrent pas beaucoup au début car Molinier, faisant une entorse à tous ses principes, n'avait pu résister à une gaufre saupoudrée de sucre glace dont la légèreté lui donnait moins mauvaise conscience. Un betteravier qui l'aurait reconnu dans cette posture en aurait fait des gorges chaudes.

Quand il eut terminé ce goûter, prenant soin de se pourlécher les doigts avant d'essuyer le contour de ses lèvres avec un mouchoir blanc comme sucre, Molinier fit part à son compagnon de grande roue des inquiétudes de la France. Jenkins jugea préférable d'écouter en acquiesçant de la tête de temps à autre. Le moment viendrait d'entrer dans le vif.

— On ne peut pas dire que vous nous rendiez service avec un pétrole à plus de 50 dollars le baril, attaqua l'ancien ministre. Si ça continue sur ce rythme, la croissance va en prendre un coup, et même chez vous en Amérique, c'est alarmant. Mais vous autres avez moins de souci à vous faire car vous contrôlez des gisements de pétrole encore considérables, et je ne suis pas sûr que le chaos irakien vous soit si défavorable de ce point de vue... Tandis que pour nous, Français, c'est une autre paire de manches ! Nous n'avons pas de pétrole, notre dépendance est quasi totale, et les énergies de remplacement restent balbutiantes.

Jenkins se demandait où Molinier voulait en venir quand il commença à comprendre.

— Pour ma part, ma religion est faite. Il faut se lancer plein pot dans les carburants verts. L'éthanol, le diester, tout ce qui fait marcher les véhicules avec de l'essence propre et renouvelable. Je mène des études dans le cadre d'une mission Environnement. Le projet est ambitieux : mobiliser un million d'hectares de terres agricoles en France pour développer ces carburants verts.

— Un million d'hectares ! fit Jenkins en sifflant.

— Parfaitement.

— Et comment comptez-vous vous y prendre ?

— Le problème est encore complexe. L'industrie des transports a fait beaucoup d'efforts mais de là à changer le système de carburation sur tous les véhicules roulants... Quant à l'industrie pétrolière, je ne vous fais pas de dessin, vous imaginez de quelle manière elle peut accueillir pareil projet. Il n'empêche : le problème n° 1 en France reste l'emploi. Et cette mobilisation nationale en faveur des biocarburants pourrait créer six mille postes de travail dans une première phase.

La grande roue s'était immobilisée. La nacelle des deux hommes balançait au sommet du cercle. Ils pouvaient apercevoir le dôme des Invalides et les arceaux de Notre-Dame, la façade vitrée de l'Institut du monde arabe et, bien sûr, dans toute sa splendeur métallique, la tour Eiffel.

— Pourquoi me racontez-vous tout cela ? demanda Jenkins.

— À votre avis ?

— Je ne sais pas, répondit en toute franchise l'Américain, même s'il avait son idée.

— Cette affaire de biocarburant peut représenter un enjeu capital pour notre agriculture qui souffre et meurt parfois de ne pas savoir se diversifier. Si nous replaçons nos agriculteurs devant un défi de production, ils seront aux anges. Ces dernières années, on n'a pas arrêté de leur dire qu'ils produisaient trop, que les excédents étaient absurdes et coûteux pour le budget, avec les frais démentiels de stockage. Il fallait rogner partout, les inciter à devenir jardiniers de la nature ou hôteliers de chambres d'hôtes. Eux, ils en crevaient de ne plus faire de tonnage. Avec cet objectif de carburant vert, je veux leur rendre leur raison d'être, leur dignité, leur fierté de paysans !

Molinier s'enflammait tellement que la nacelle se mit à chavirer un peu. Jenkins tenta de calmer le jeu en parlant d'une voix très calme.

— Vous pensez qu'ils auront le même enthousiasme à nourrir des automobiles et des camions qu'à remplir des estomacs humains ?

— Bonne question, admit l'ancien ministre en reprenant une posture plus tranquille, frappé par la demande de son interlocuteur. En réalité, ce qui compte avant tout pour ces agriculteurs, c'est de produire, d'afficher un tonnage. Que ce grain soit ensuite consommé par des hommes ou par des bagnoles, je crois qu'ils s'en fichent. Et c'est là que je voulais en venir.

— C'est-à-dire ?

— Nos OGM, ou plutôt, vos OGM.

La grande roue venait à nouveau de s'ébranler. Ils redescendirent d'un quart de cercle et restèrent un moment à hauteur des platanes qui bordaient les allées.

— Comme vous le savez, Jenkins, ces organismes génétiquement modifiés ont mauvaise presse chez nous, surtout quand ils proviennent d'implants américains.

— Je sais.

— Bien. Je pourrais sans difficulté abonder dans ce sens, affirmer que le danger pour nous autres humains, sans parler des abeilles et autres bestioles, est important. Qu'il faut respecter le principe de précaution et toutes ces choses que vous connaissez aussi bien que moi.

— En effet.

— Mais si je m'engage dans cette option moralement irréprochable, je tue dans l'œuf l'ambition du carburant vert dont la réussite dépendra des rendements que nous pourrons atteindre. Or, je sais que ce million d'hectares à mobiliser pour cette nouvelle énergie ne sera valorisé à plein que si la productivité atteint de véritables sommets. Et il est possible que les plants OGM nous permettent de battre des records en la matière.

— Je ne vous le fais pas dire, approuva Jenkins qui voyait Molinier mordre tout seul à son hameçon.

— Dans ces conditions, je suis prêt à plaider en faveur de l'innocuité des OGM. À dire tout au moins que du carburant végétal à base d'OGM dans les voitures ne saurait se comparer à des OGM ingérés par des estomacs humains. Dès lors, je pourrais vous garantir un débouché en France pour un million d'hectares. Qu'en pensez-vous ?

Jenkins réfléchit quelques secondes. Manifestement,

Molinier lui avait mis le marché en main. Et comme dans tout marché, il fallait fixer le bon prix.

— Nous pourrions commencer par un versement initial sur un compte de votre choix.

— Je vois que vous comprenez toujours aussi rapidement, fit Molinier. Un compte off shore me conviendrait. Ici, c'est infernal. Il suffit que vous soyez propriétaire d'un bien immobilier dans le VIIe arrondissement de Paris pour vous retrouver un beau matin assujetti à l'impôt sur la fortune ! Tout simplement parce que le capital monte tout seul, sans rien faire d'autre que d'exister !

— Une somme de 500 000 euros…

— … irait très bien comme moitié de l'intéressement, termina l'ancien ministre.

— Avec versement final après décision politique.

— Cela me convient, admit le gros homme qui compensait comme il pouvait les privations alimentaires auxquelles sa santé le condamnait. Dites, ça en fait, des semences OGM, un million d'hectares, n'est-ce pas ?

— Et un million d'euros, c'est pas mal non plus, pas vrai ?

Molinier partit d'un grand rire qu'on entendit jusque dans les nacelles voisines. La roue tournait maintenant sans s'interrompre, et l'air tiède de cette fin d'après-midi s'accordait avec l'humeur des deux hommes. Cette transaction fixée, Jenkins voulut en savoir davantage sur la commission d'experts mise en place par le président pour donner un avis éclairé sur les OGM.

— Je ne peux pas dire quelle est l'opinion des sept autres membres, commenta Molinier. Mais à mon avis, les positions sont assez fluctuantes. Ceux qui sont *a priori* hostiles à ces molécules pourraient être retournés par quelques arguments bien placés. Et ceux qui sont plutôt favorables ne me paraissent pas être si déterminés. Une attaque virulente et bien sentie contre les OGM pourrait parcillement les ébranler. Il faudra quelqu'un avec des convictions solides comme moi-même je peux en avoir pour faire pencher la balance du bon côté.

— Je vois, admit Jenkins. Et le président, qu'en pense-t-il, d'après vous ?

Molinier partit de son rire tonitruant.

— Mais le président ne pense pas, cher ami Jenkins. C'est un politique, un pragmatique. Il sent, il flaire, il hume, et ensuite il décide. Ne comptez pas sur lui pour dire qu'il est absolument favorable ou définitivement hostile. Il s'adaptera, il temporisera, il cherchera à ne rien perdre de sa popularité dans cette affaire. C'est pourquoi il faudrait aussi amadouer l'opinion ; et ça, c'est encore un autre challenge !

— Une cible à la fois, conclut Jenkins. Les conclusions de votre commission pèseront de tout leur poids, j'en suis sûr.

— Oui, je le crois aussi. Raison de plus pour agir vite. Je vous ferai parvenir demain les bases de mon argumentaire. Et un code chiffré au Luxembourg.

Leur nacelle s'immobilisa pour de bon sur le plancher du manège. Ils se séparèrent sur ces paroles et chacun repartit de son côté. Jenkins fut pris d'une soudaine envie de gaufre et vint grossir la queue qui s'étirait devant l'étal d'un marchand de sucreries, pommes d'amour, barbes à papa et gaufres toutes chaudes.

23

Une femme à la chevelure blond de Sienne se tenait debout de dos lorsque don Melchiorre, suivi de Grégoire, entra dans le grand salon de la propriété. Quand elle se retourna, le jeune Français ne put cacher son trouble. Ces traits, ce port, ce regard brillant, c'était le portrait de don Melchiorre, une saisissante ressemblance qui rendait presque inutiles les présentations.

— Voici Ornella, l'âme de cette maison, fit le patriarche en désignant sa fille cadette.

Elle esquissa sur ses lèvres un rapide sourire puis attira vers elle le vieil homme. Elle lui murmura quelques mots à l'oreille, dans un italien rapide dont le sens échappa à Grégoire.

— Excusez-moi un instant, fit le vieil homme. Servez-vous des rafraîchissements sur la table, et aussi des fruits, vous verrez, les raisins sont délicieux, et aussi les pêches, mon Dieu, de véritables dons du ciel, même s'ils sont arrachés à des arbres bien enracinés dans une belle et bonne terre !

Ils s'éloignèrent d'un même pas et Grégoire resta seul dans le grand salon qu'il eut tout loisir d'inspecter dans ses moindres recoins. C'était donc cela, l'intérieur d'une de ces grandes demeures patriciennes dont les magazines de luxe montraient régulièrement les pièces richement meublées et décorées. Tout respirait ici une opulence tranquille, patinée par le temps, faite de tableaux de maîtres, de gros vases remarquables par la finesse des décors, de portraits d'ancêtres, le tout baignant dans une musique douce – l'inévitable Verdi – dont les morceaux sortaient d'enceintes presque invisibles encastrées dans les murs. Des ouvrages d'art occupaient une façade entière. Des livres de peinture, de paysages, de sculptures aussi. Une bible et plusieurs vies des saints voisinaient avec de luxueuses reproductions de lithographies.

Une idée traversa le jeune homme comme il passait négligemment le doigt sur la tranche de cuir des plus gros livres richement reliés. Une idée toute simple, presque vertigineuse de simplicité. Une sensation plutôt, davantage qu'une idée. Quelque chose qui le prenait au ventre, dans ses artères, dans les pulsions de son sang. Oui, c'était ça : plus que partout ailleurs, plus que dans tous les endroits qu'il avait appelés sa « maison », en Creuse ou au Japon, ou même dans son coquet appartement londonien, pour la première fois de son existence il se sentit ici chez lui. Comme chez lui.

Ce n'était pas le regard furtif échangé avec Ornella, bien qu'il en eût éprouvé toute l'intensité, tout le pouvoir aussi. C'était simplement l'atmosphère qui régnait dans cette ample demeure, si ample qu'elle semblait lui ouvrir ses bras comme l'avait fait spontanément don Melchiorre, sans préjuger de ce que serait l'attitude de la jeune femme.

La porte capitonnée qui menait à la bibliothèque du patriarche avait été fermée. Malgré cela, Grégoire pouvait entendre de temps à autre des voix monter par à-coups, celle rauque de don Melchiorre, celle aiguë et passionnée d'Ornella. De quoi était-il question ? S'affrontaient-ils ou avaient-ils simplement l'habitude de confronter leurs points de vue avec humeur et passion ? Inutile pour Grégoire d'approcher. Il ne comprenait pas assez bien l'italien pour pouvoir espérer tirer la moindre information de cette discussion. Et puis, peut-être serait-il mis dans la confidence.

Il s'approcha de la grande table de chêne qui occupait

le centre du salon et se versa un jus de citron très frais qu'il adoucit de deux morceaux de sucre. Puis il lava une grappe de raisin dans une coupelle remplie d'eau avant de se choisir deux pêches bien mûres. Enfin, il s'assit dans un gros fauteuil tendu d'un épais tissu et regarda droit devant lui, par la fenêtre, la plaine doucement galbée qui s'offrait comme pour l'éternité au regard des habitants du château.

Insensiblement, Grégoire s'assoupit. Rêva-t-il ? Rassasié par sa collation, il s'abandonna à un sommeil réparateur dans la torpeur de cet après-midi brûlant que le soleil dominait désormais sans conteste. Depuis vingt-quatre heures, il n'avait pas eu de répit. Surtout depuis cette folle matinée où il s'était rendu à la Casa Manzoni sans deviner le moins du monde l'enchaînement extraordinaire des événements auxquels il serait confronté.

C'est une main douce mais assez vigoureuse qui le tira délicatement de son sommeil. Le jour avait baissé. Il avait dû dormir un long moment. Il ouvrit les yeux d'un coup. L'espace de quelques secondes, il se demanda où il pouvait bien être, et qui donc était cette jeune femme à la chevelure blond cendré qui tentait de le ramener dans le monde des réveillés.

— Vous sentez-vous reposé ? demanda le visage dans un français excellent, à peine accentué, très précis dans le vocabulaire. En bonne fille de son père, Ornella savait choisir ses mots.

— Pardonnez-moi, fit Grégoire en se dressant vigoureusement sur son fauteuil. C'est idiot, j'ai...

— Ne vous excusez pas. Je me suis permis de vous réveiller car le soir, ici, dès que le soleil disparaît, la pièce est un peu froide. Je voulais vous proposer de venir dans le jardin d'été, de l'autre côté du château. Vous pourrez de nouveau vous détendre jusqu'au dîner, à moins que vous ne vouliez tout de suite monter dans la chambre que mon père vous a fait préparer...

— Une chambre ?

— Mon père a été appelé dans une de ses usines. Il sera de retour pour dîner. Mais il m'a fait jurer de vous garder ici !

Un sourire entier s'était cette fois dessiné sur ce visage à la fois juvénile et sérieux. Ornella appartenait à ce genre de femmes capables de changer d'un instant à l'autre de registre, alternant les expressions dures et les airs touchants, capables de séduire autant que de détruire. En ce sens encore, elle était la digne fille de son père, et nul doute qu'elle le savait.

— Pas question de dormir, il y a la nuit pour cela ! fit Grégoire d'un ton enjoué. Mais je suis partant pour le jardin d'été, si vous me tenez compagnie. N'ayez crainte, je ne vais pas m'échapper. Vous êtes une geôlière plutôt sympathique et je ne voudrais pas que don Melchiorre vous rende responsable si je partais déjà !

— Alors, suivez-moi, fit-elle en tendant la main au jeune Français pour l'aider à s'extirper du fauteuil. Mais sitôt debout, il se retrouva la main ballante. Ornella filait devant, et d'un bon pas.

Ils arrivèrent dans une grande véranda au sol de vieux marbre. Le toit de la verrière, à demi ouvert, laissait passer un peu d'air. De magnifiques magnolias ornaient les côtés, ainsi qu'une grande vasque ronde peuplée d'angelots cuivrés dont les épaules et le ventre brillaient sous la pluie rafraîchissante d'un jet d'eau.

— Vous boirez bien quelque chose, un vin cuit, de la grappa, un verre de chianti ?

— Mais vos parents, votre père…

— Maman ne sort que rarement de sa cuisine et de sa chambre.

— Elle est souffrante ? s'inquiéta Grégoire.

— Vous voulez dire malade ? Alors non, pas malade. Ma mère est une femme qui travaille depuis l'âge de neuf ans et elle dit qu'elle n'a pas vu sa vie passer. Alors elle est mélancolique. Et plus mon père s'active, se démène, plus elle est mélancolique. Son rêve serait qu'il ne sorte jamais du château. Mais vous connaissez mon père…

— Pas bien, non…

— Je veux dire que personne ne peut le contrôler, c'est comme ça dans sa famille et c'est pareil dans ses affaires.

— Et vous ?

— Moi quoi ? demanda Ornella d'un air plus fermé, comme si elle se plaçait sur la défensive quand il s'agissait d'elle.

— Vous, je suis certain que vous avez un certain ascendant sur don Melchiorre.

Elle partit d'un grand rire, comme si Grégoire avait raconté une bonne blague.

— Cela se voit en effet que vous ne le connaissez pas. De l'ascendant sur mon père ! Il hausserait les épaules s'il entendait pareille légende. Ne croyez pas cela. Il le pense peut-être, quelquefois, sans voir que les idées que je lui soumets ne sont la plupart du temps que ses propres idées remises en perspective, reformulées. Mais ici, tout vient de lui, passe par lui, finit avec lui. Il est une sorte de monarque absolu et je suis quelque chose comme ce que vous, Français, appelez le fou du roi. J'ai appris à lui répondre, à lui tenir tête, à résister sans fléchir. Mais don Melchiorre est don Melchiorre y compris pour sa fille, monsieur Bataille.

Ils commencèrent au chianti. Le vin donna une teinte plus sombre aux lèvres d'Ornella, en dessina le contour. Il eut envie de les embrasser dans un élan spontané, le même qui l'avait porté quelques heures plus tôt à mordre dans les grains de raisin enflés ou dans les pêches fondantes des vergers voisins. Il s'abstint cependant de tout mouvement, mais son sang lui parut circuler de plus en plus vite dans ses veines.

— Que faites-vous dans la société Verdi ? demanda Grégoire.

— Et qu'attendez-vous de nous ? répliqua la jeune femme en faisant suivre sa question sèchement envoyée d'un clin d'œil de connivence. Ne faites pas attention, reprit-elle, je peux être assez brutale, disons espiègle, mais ce n'est pas méchant. Sachez que j'aurais pu dire un seul mot à mon père pour que vous déguerpissiez d'ici.

— Pourquoi ne l'avez-vous pas dit ? interrogea Grégoire.

— J'ai eu envie que vous restiez.

Un majordome en veste blanche approcha des deux jeunes gens en poussant devant lui une table roulante. Des biscuits salés avaient été disposés dans de petites soucoupes rondes, ainsi qu'une bouteille presque pleine de chianti, celle qu'ils avaient tout juste entamée.

Lorsque l'homme se fut éloigné, Ornella reprit la conversation sur un mode différent. Elle n'était plus chaleureuse ou chatoyante ou même mystérieuse. Elle redevenait soudain une femme d'affaires qui calcule en même temps qu'elle parle.

— À votre avis, le groupe Verdi, ça représente combien ?

— Combien de quoi ?

— Euros ou dollars, comme vous voulez.

— Je ne sais pas, fit Grégoire un peu gêné aux entournures. Il faudrait que je voie les comptes.

— Vous les verrez. Mais dites un chiffre, juste pour donner un ordre d'idée.

— Sincèrement, Ornella, je ne voudrais pas dire une bêtise. Et pour être franc, je connais mal l'étendue de vos actifs en dehors de l'Italie.

— Normal, il n'y a rien à connaître. Nous sommes un groupe transalpin et basta ! Disons que si nous valorisions tous nos actifs sur le marché – des champs plantés aux industries agroalimentaires –, nous tournerions autour du petit milliard de dollars.

— Pas mal pour un groupe familial, observa Grégoire avec la plus grande sincérité.

— Oui, pas mal. Mais pas mal, ce n'est pas bien, rétorqua Ornella.

Comme elle prononçait ces paroles, son regard s'était éclairé de façon surprenante, comme s'il avait été soudain touché par une lumière venue de l'intérieur. Et à cet instant précis, le financier français crut voir l'œil clair et incandescent de don Melchiorre.

— À notre époque, fit Ornella comme si elle avait contenu une rage froide, il ne suffit pas d'être « pas mal ». Il faut être le meilleur, et pour ne craindre personne, il faut faire peur à tous.

— Faire peur ?

— J'entends par la taille, répondit la jeune femme d'une voix radoucie.

L'éclair avait disparu de ses yeux. Il avait laissé place à une expression malicieuse de qui en sait long et pourrait bien tout mettre sur le tapis pour peu qu'on l'y encourage adroitement.

— Suivez-moi, dit-elle d'un ton qui ne laissait place à aucune opposition.

Sans moufter, il lui emboîta le pas. Derrière elle, il eut tout loisir d'admirer sa longue chevelure qui ondoyait sur ses épaules. Il put aussi respirer son parfum qui voletait dans son sillage, un parfum frais de bruyère dégagé par la tiédeur de sa peau.

La jeune femme tourna la poignée de la porte capitonnée qui défendait le bureau de son père.

— Venez, insista-t-elle, remarquant l'hésitation de Grégoire. Il n'aimait guère s'introduire dans les lieux intimes d'un absent.

— Mais venez, je vous dis ! Personne ne va vous manger, que diable ! Ce bureau est aussi le mien, nous le partageons mon père et moi.

— Vraiment ?

— Si cela vous fait plaisir de le croire, oui, et ne posez pas de question, je vais vous montrer ce qui bout dans la tête de don Melchiorre !

Ils s'avancèrent au milieu de la pièce baignée dans une douce pénombre. Les doubles rideaux avaient été tirés pour protéger le mobilier et les livres d'un soleil trop virulent. Le bureau était exposé plein sud, bien qu'un soupirail à l'est apportât quelque fraîcheur avec les courants d'air du dehors.

Comme dans le salon, de hautes étagères étaient chargées de livres, les murs de tableaux, les corbeilles en osier de fruits frais. Ornella n'avait apparemment pas menti. Deux bureaux se faisaient face, séparés par un gigantesque tapis d'une dizaine de mètres de largeur, représentant une chasse de Diane avec son arc et sa meute. Pour un peu, Grégoire aurait reconnu les traits de sa guide dans ceux de la figure légendaire. La pièce faisait au bas mot une cinquantaine de mètres carrés, mais les tentures murales et la disposition des objets la rendaient chaleureuse au premier regard, sans qu'on ait jamais la sensation de se perdre. Une fois encore, le jeune Français éprouva cette impression étrange d'être ici chez lui, là où il aurait toujours dû être, un endroit d'où il ne pourrait pas partir.

— Que vouliez-vous me montrer ? demanda-t-il à voix basse à Ornella.

— Ne prenez pas cet air de comploteur, vous pouvez parler tout haut ! fit-elle un rien amusée par l'attitude de Grégoire que cette mise en scène semblait avoir replongé en enfance.

La jeune femme approcha du bureau de son père et ouvrit le troisième tiroir de gauche. Le geste était précis. Elle savait ce qu'elle cherchait, et où le trouver.

— Mais si don Melchiorre entrait ? s'inquiéta Grégoire.

— Décidément, si je cambriole le trésor du Vatican

demain, ce n'est pas vous que j'emmènerai, fit-elle en s'esclaffant. Maintenant, regardez.

Elle sortit du tiroir une grande chemise bleue cartonnée. Et de la chemise, au milieu d'un fatras de papiers imprimés, un dessin. Mais ce n'était pas n'importe quel dessin. Pas de ces gribouillis dont on barbouille consciencieusement des feuilles entières pendant d'interminables et ennuyeuses réunions. Non, rien de tout cela. C'était un dessin comme une vision. Une vision du monde par don Melchiorre en personne.

— Ça alors ! s'exclama Grégoire.

— Vous voyez que cela valait le déplacement ! lança joyeusement Ornella.

— Et vous croyez que c'est sérieux ?

— Les rêves de mon père sont plus sérieux que la plus sérieuse des réalités, apprenez cela, répondit-elle avec dans la voix un peu de vexation, comme si on pouvait tourner l'œuvre paternelle en dérision.

De quoi s'agissait-il ? D'un dessin, on l'a dit. Un dessin au crayon noir qui représentait par grandes masses les cinq continents, de l'Amérique à l'Asie, sans oublier l'Australie en bas, et la Chine immense. L'Italie était bien représentée, en particulier – détail risible mais dont Grégoire se garda bien de rire – le village minuscule et dérisoire de Bertozzo. Chaque continent ne portait pas comme sur les atlas ou les mappemondes son nom officiel. Il n'était question ni d'Amérique, ni d'Europe ou d'Afrique. Mais de son écriture reconnaissable, comme empruntée aux scribes de l'ancien temps, avec ses fuselages déliés, son ampleur et sa grâce, don Melchiorre avait inscrit sur chaque bloc de terre émergé le même mot, le même nom : Verdi. Ou plutôt : gruppo Verdi.

— Voici à quoi rêve mon père, glissa Ornella avant de retirer le précieux dessin des mains de Grégoire. Et je ne serais pas surprise que mon père ait trouvé en vous l'oiseau rare qui lui permettra de voler si loin.

Elle s'éloigna sur ces mots, lui laissant le soin de refermer la porte du bureau. Il entendit des pas dans le vestibule. Don Melchiorre était de retour.

24

— Ma fille vous a montré ? demanda le patriarche d'une mine gourmande.

— Montré quoi ? fit Grégoire.

— Le dessin, bien sûr ! Don Melchiorre maestro du monde ! Le *condottiere* fou de Verdi au point de vouloir apposer son nom et sa puissance au-delà de toutes les mers du globe, mieux que Christophe Colomb et qu'Amerigo Vespucci !

Grégoire voulut nier mais c'était inutile.

— Ne prenez pas la peine d'inventer je ne sais quel démenti, Ornella m'a dit qu'elle vous montrerait la trace de mes rêves éveillés, et je n'ai pas contrarié son envie. Maintenant, parlons un peu affaires, puisque vous êtes là et que je vous ai déjà beaucoup parlé. À vous d'éclairer ma lanterne et, s'il le faut, de mettre ma pendule à l'heure. Tenez ceci.

Don Melchiorre avait entraîné le jeune financier dans son bureau. Une odeur de légumes cuits s'insinuait depuis les cuisines où l'épouse de cet ogre à cheveux blancs s'activait depuis le matin, industrieuse et invisible, comme dressée pour servir. Le patriarche tenait entre les mains la dernière édition du *Sole 24 Ore*, un des journaux économiques les plus lus de la péninsule.

— Voyez ça ! s'exclama-t-il. Qu'est-ce que ça vaut, d'après vous ?

Il désignait le gros titre sur cinq colonnes qui, traduit

en français, donnait simplement : « Les eaux de Perrier sont à vendre. » Une photo de la petite bouteille ventrue accompagnait l'article de tête qui tournait dans les pages intérieures. Un long papier à première vue, accompagné d'une photographie prise sur le site historique de Vergèze, dans le Gard, où le syndicat CGT avait bloqué toute tentative de redressement du groupe.

— Il faudrait que vous traduisiez les grandes lignes du commentaire, demanda Grégoire. J'ai mon idée sur la question, mais je n'ai pas suivi les derniers développements de l'affaire. Elle vous intéresse ?

Don Melchiorre avait perdu l'angélisme qui habitait son visage quand il parlait le matin même de se bâtir une œuvre comparable à celle du grand Manzoni. Il était redevenu l'industriel âpre au gain et pas complètement débarrassé de ses origines terriennes si modestes que chaque action envisagée avait dans sa bouche le goût d'une revanche sur le destin, sur l'enfance, sur tout ce qui blesse quand on n'est pas encore de taille à faire jeu égal avec les vicissitudes de l'existence et les conditions qu'on n'a pas choisies : la pauvreté, l'ignorance, tout ce qui abaisse un homme.

— Si Perrier m'intéresse ? Les eaux minérales entrent désormais dans la panoplie obligée d'un industriel de l'agroalimentaire. Le Français Danone a bien acheté les eaux italiennes Ferrarelle et San Pellegrino. Pourquoi un Italien ne se rendrait-il pas maître d'une marque française, surtout en crise ? Il me semble que le propriétaire suisse s'y est très mal pris avec les ouvriers d'obédience communiste. Moi, je saurai leur parler.

— Il faut être prudent, répondit Grégoire Bataille en reprenant à son tour sa casquette de financier hors pair capable de déceler la moindre faille dans les dossiers les mieux ficelés.

— Je suis prudent plutôt deux fois qu'une. Mais que voulez-vous dire ?

— Je vais vous raconter une histoire qui n'est peut-être pas mentionnée dans le *Sole 24 Ore*.

— Allez-y, j'adore les histoires, surtout si elles finissent bien !

— Je ne suis pas sûr alors que celle-ci vous plaira.

Les deux hommes avaient pris chacun un fauteuil devant le bureau de don Melchiorre. Ils ne se faisaient pas face mais regardaient tous deux en direction du jardin d'été sur lequel la nuit commençait à tomber.

— Vous vous souvenez de la terrible sécheresse de l'été 2003, n'est-ce pas ? Elle s'est accompagnée en France d'une canicule sans précédent, ou presque, qui a au bas mot occasionné la mort de quinze mille personnes âgées.

— Terrible, oui, je sais cela, fit don Melchiorre en hochant la tête avec une expression douloureuse du visage.

— Je ne vais pas vous parler des dysfonctionnements des urgences françaises ni des manquements de notre société vis-à-vis de ses aînés, ni même de la couardise de nos hommes politiques dont aucun ne fut sanctionné. La France était en vacances, les ministres se faisaient bronzer en famille et le président de la République était introuvable. Notre Premier ministre faisait des excursions dans les Alpes pendant que les vieux mouraient par milliers.

— Quel est le rapport avec Perrier ? demanda le patriarche.

— J'y viens. En août 2003, la demande en eaux minérales est devenue très forte, et pour cause. Je crois me souvenir que chez Perrier, plébiscité pour son eau pétillante si recherchée quand le mercure s'élève, les consommateurs étaient prêts à engloutir la bagatelle de quinze à vingt millions de bouteilles. La direction du groupe a demandé aux salariés présents de donner un coup de collier en acceptant un régime spécial d'heures supplémentaires. Sa proposition a déclenché un tollé général. Les quelques volontaires pour cette opération exceptionnelle ont été menacés physiquement par leurs collègues. Résultat : Perrier est passé à côté d'une bonne action sociale doublée d'une bonne affaire question rentabilité.

— Je vois, grommela don Melchiorre. C'est que les patrons suisses sont infoutus de s'adresser à des ouvriers, voilà ce que je pense. Ils m'auraient eu à leur tête, je vous assure que les bouteilles seraient sorties en temps et en heure. Il faut avoir mes origines et mon charisme pour parler à des syndicalistes pleins de tradition ouvrière, de droits acquis et de susceptibilité. Je crois que je ferais l'affaire, conclut-il, toute modestie bue, sûr de sa valeur et de sa stature. Mais continuez, parlez-moi de la rentabilité d'une affaire comme celle-ci.

Grégoire pensa que c'était son jour de chance. Il allait avoir l'occasion de briller au-delà de ce qu'il aurait pu imaginer, au-delà aussi de ce que pouvait prévoir don Melchiorre dans ses attentes les plus optimistes. En 1997, l'année de son Business Master obtenu à Paris-Dauphine, le jeune fils de paysan avait effectué son mémoire de fin d'études sur Perrier. C'était une année noire pour le groupe français après qu'il avait dû retirer puis détruire l'intégralité de son stock d'eau gazeuse à travers le monde. Du benzène avait été découvert sur des échantillons d'une chaîne de production de Caroline du Nord, aux États-Unis, jetant la suspicion sur le contenu des fameuses bouteilles, jusqu'ici synonyme de pureté. Cette affaire avait passionné les économistes, et tout un chacun se demandait comment les Sources Perrier pourraient se relever d'un tel coup de pilon qui leur coûta 1,5 milliard de francs et leur valut une contre-publicité aux conséquences insondables.

À cette occasion, Grégoire s'était rendu sur place à Vergèze, trouvant des ouvriers KO et une direction effondrée, accusant sans pouvoir le prouver les autorités américaines d'avoir ourdi une machination contre une marque française qui détenait 80 % des parts du marché des eaux minérales outre-Atlantique.

Grégoire avait gardé un souvenir très net de son étude, la première véritablement menée au sein d'une entreprise qui avait quelques ressemblances avec l'exploitation familiale d'où il était issu. S'il s'agissait d'une multinationale, elle était très enracinée dans un terroir et reposait sur l'exploitation d'un produit naturel, une source qui pénétrait les failles calcaires des garrigues et donnait l'impression presque miraculeuse de bouillir à froid.

— Vous devez vous montrer particulièrement prudent devant ce type de société, commença Grégoire. Je vais tenter de vous indiquer les éléments qui pourraient plaider en votre faveur, mais aussi les inconvénients majeurs qui pourraient rapidement surgir.

— C'est ça, fit don Melchiorre étonné d'une réponse déjà aussi structurée, allons-y d'abord avec les avantages, nous verrons ensuite si j'ai besoin d'écouter le reste !

— Je vous y forcerai, répondit du tac au tac Grégoire, surpris de sa soudaine audace. D'abord la nature. Cette source – j'allais dire que cela coule de source – est naturelle. Autrement dit, sa valeur ajoutée est supérieure au lait ou au vin sans la moindre transformation. Il suffit simplement de concevoir des lignes d'embouteillage performantes pour aller cueillir son bénéfice.

— Vous savez que je suis un champion de l'emballage ! l'interrompit le vieil homme.

— Je le sais parfaitement, acquiesça Grégoire, c'est pourquoi je mentionne cette dimension dans le tableau des avantages. Vous êtes devenu un champion incontesté du lait cartonné. Il faudrait revenir au verre pour l'eau gazeuse, et prévoir une chaîne d'aluminium pour les canettes.

— Nous avons des sablières qui donneraient un verre parfait, à moins de vingt kilomètres d'ici, souligna don Melchiorre.

— Je poursuis. À la différence de bien des eaux, celle de Perrier peut être produite, c'est-à-dire conditionnée n'importe où dans le monde. Il suffit de transporter le précieux liquide dans des citernes ou même d'envisager des pipe-lines pour procéder à l'embouteillage en Italie par exemple, là où les unités de production seraient plus productives, moins syndicalisées, si vous voyez ce que je veux dire.

— Très bien, admit son interlocuteur qui plongea dans son journal pour retrouver un passage de l'article. Tenez, écoutez ce qu'écrit le *Sole 24 Ore* : « Chez Perrier, il faut vingt-quatre personnes pour faire tourner une ligne d'embouteillage quand, sur la même ligne à San Pellegrino, douze suffisent. »

— Oui, c'est exactement cela.

— D'autres avantages en ma faveur, insista don Melchiorre qui, manifestement, voyait là l'opportunité de réaliser son premier grand coup d'éclat dont, à n'en point douter, tous les médias d'Europe parleraient.

— J'en citerai un autre : Perrier, de tout temps, a eu l'habitude d'être dirigé par des étrangers. Savez-vous que c'est un Anglais, riche héritier de la famille propriétaire du *Daily Mail* et du *Daily Telegraph*, qui fut le premier véritable investisseur du site historique de Vergèze ?

— Un Anglais, vous êtes sûr ? Je croyais les British seulement intéressés par le whisky et jamais je n'aurais imaginé un British dans les eaux minérales, comme quoi les préjugés sont toujours absurdes. Moi-même, je n'ai pas spécialement développé la division des pâtes !

— Exact, renchérit Grégoire. Un Anglais tout ce qu'il y a d'anglais. Je vais même vous poser une petite devinette.

Don Melchiorre sourit comme un enfant. Il aimait, même en affaires, avoir le sentiment de jouer, de rattraper un peu de l'enfance qui lui avait échappé.

— Une devinette ? J'adore les devinettes. Je vous écoute.

— Je doute que vous trouviez la réponse, mais voici la question : pour quelle raison les petites bouteilles de Perrier ont-elles cette forme singulièrement évasée, bedonnante du ventre et fine du col ?

Don Melchiorre réfléchit. Il aimait jouer à condition de trouver rapidement la réponse. Un silence mortuaire emplit soudain le bureau. Grégoire prêta attention pour la première fois à la pendule qui concassait les secondes dans un tic-tac légèrement enroué, signe d'un fort grand âge. Ornella passa une tête dans le bureau pour prévenir que le dîner serait bientôt servi, mais son père la repoussa d'un signe de la main. La jeune femme ne s'attarda pas. Elle eut seulement le temps d'adresser à Grégoire un clin d'œil qui pouvait vouloir dire beaucoup de choses.

— Je vous aide ? demanda le jeune homme.

— Si vous voulez, maugréa le patriarche, un peu déçu de n'avoir pas eu la moindre illumination. Superstitieux comme il l'était, il considéra que ce n'était pas bon signe.

— Lord Harmsworth – c'était le nom du propriétaire anglais – eut un jour un grave accident d'automobile qui le laissa purement et simplement paralytique. Pour sa rééducation, il employa de petites massues à la forme très caractéristique qui permet de les attraper par le col.

— J'ai trouvé ! s'exclama don Melchiorre. Il a donné aux bouteilles de Perrier la forme de ses quilles de fonte !

Grégoire ne put réprimer un sourire. Il laissa évidemment croire à son interlocuteur qu'il avait trouvé la solution, et que lui s'était seulement contenté de le mettre sur la voie… Décidément, don Melchiorre était un enfant jusqu'à la mauvaise foi.

— Très bien, fit Grégoire. Une idée de génie, n'est-ce pas ? Imaginez qu'au début du XXe siècle, on trouvait du Perrier dans tous les dominions de l'Empire britannique, à Delhi et à Singapour davantage qu'à Paris ! Et lord Harmsworth avait découvert une donnée capitale : son eau gazeuse ne troublait pas le whisky. Elle devint donc la meilleure amie des vieux malts.

— Passionnant, s'émerveilla don Melchiorre, qui s'étonna du savoir très pointu du financier français sur le groupe Perrier.

— Je me dois cependant de vous brosser le côté sombre du tableau, enchaîna Grégoire.

— Si vous y tenez. Mais vite, je crois que j'ai entendu la clochette du dîner, et je n'aime pas manger froid. Pas plus que je n'aime parler affaires pendant les repas. C'est mauvais pour la digestion et on gâche ce qu'on a dans nos assiettes. Vous allez connaître mon épouse. Une femme dévouée et silencieuse, si bien qu'à table, on entend surtout parler les plats.

— Voilà, fit Grégoire. En deux mots, Perrier n'a plus l'aura qui était la sienne dans les années 90. Il y a eu l'affaire du benzène certes. Mais ce n'est pas tout. La concurrence est devenue très forte entre les eaux minérales, pétillantes en particulier. Nous ne sommes plus à l'époque des petits génies des slogans publicitaires qui avaient inventé cette formule miracle : « Perrier, le champagne des eaux de table. » Cette eau a perdu sa mémoire, si j'ose dire, ou plutôt son image décoiffante. Ce n'est plus l'eau des champions cyclistes du Tour de France, ni des exploits sportifs. Et d'un point de vue financier, les marges bénéficiaires sont devenues très faibles, presque dérisoires compte tenu de la lourdeur de l'investissement, des frais fixes de personnel, surtout sur le site du Gard où les cégétistes freinent le processus de modernisation.

— Je vois, fit comme à regret don Melchiorre. Et si je vous demandais à brûle-pourpoint de m'aider pour monter un dossier de rachat ?

Le jeune homme hésita. Il ne pouvait répondre en quelques secondes. La clochette du repas avait été de nouveau agitée d'une main qui semblait impatiente. Sans doute était-ce Ornella qui s'en était emparée pour presser le mouvement et faire entendre le tintement aigrelet à travers la porte capitonnée.

— Bien sûr, nous pouvons y réfléchir, temporisa Grégoire. Il faudrait voir les comptes précis du groupe, son endettement, sa masse salariale, ses carnets de commandes, ses projets d'investissements et d'expansion géographique.

— Parfaitement répondu ! fit don Melchiorre en se frottant les mains. Allons dîner. Cette discussion aurait dû me donner soif. Elle m'a plutôt ouvert l'estomac et je dévorerais un curé avec sa soutane ! fit-il en se signant discrètement du signe de croix comme chaque fois qu'il blasphémait sans penser à mal.

— Il y aurait autre chose à vérifier, ajouta Grégoire en se redressant.

— Ah ? Et quoi donc ?

— Les comptes du groupe Verdi. Je veux dire : sa capacité d'endettement. Parce que je ne peux pas croire que vous pourriez payer cash un tel investissement.

Grégoire sentit qu'il avait touché là un point sensible. La réponse de don Melchiorre le renseignerait sur le degré de confiance réel dans lequel le tenait le vieux patron. Lui avouerait-il son hostilité de principe à tout endettement auprès des banques ? Lui dévoilerait-il l'état de sa trésorerie ?

— À combien évaluez-vous l'achat ? demanda-t-il.

Grégoire se frotta le menton.

— Près d'un milliard d'euros.

— Alors pourquoi m'ennuyez-vous avec ces histoires

d'emprunt ? Nous sommes une maison solide et digne de ce nom quand nous entreprenons une opération d'achat. J'ai appris depuis l'enfance que rien ne s'achète qui ne soit déjà inscrit au crédit de votre compte en banque. Si vous empruntez, vous remboursez avec votre vie et vous êtes mort. Ai-je l'air d'un mort ?

Il se leva sur ces mots et Grégoire dut presser le pas pour suivre son hôte jusqu'à la salle à manger où le repas fumait. Une vieille femme attendit que les deux hommes soient installés pour commencer à servir. Le jeune homme salua discrètement l'épouse de don Melchiorre et attaqua un carpaccio de bœuf baignant dans l'huile d'olive et nappé de parmesan. Il réalisa qu'il était lui aussi affamé.

25

Après le dîner, don Melchiorre et Ornella entraînèrent Grégoire dans une pièce toute ronde située sur l'aile nord du château et qui faisait office de fumoir. Il s'agissait d'un ancien colombier aux murs percés d'alvéoles, que les architectes du début du XXe avaient rattaché au bâtiment principal grâce à un couloir de moellon. Cette salle circulaire était très haute de plafond. La fumée ne s'en échappait que plus facilement, d'autant que plusieurs fenêtres avaient été percées sur tout le pourtour, de manière à donner au regard une vue panoramique de la propriété.

Une fois confortablement installés sur de solides méridiennes fortement rembourrées, don Melchiorre, sa fille et le jeune Français reprirent une conversation abandonnée pendant le repas où, comme il se devait, seuls les plats avaient parlé, du minestrone au tiramisu maison, en passant par l'osso bucco et le rizotto.

D'abord, le patriarche saisit sur un meuble d'acajou situé à portée de main une superbe boîte à cigares en bois de palissandre. Il vérifia l'hygrométrie, eut un grognement de contentement, puis fit coulisser un minuscule tiroir qui laissa apparaître de longues munitions brunes dont le parfum végétal et ambré embauma soudain le fumoir.

— Un cigare ? proposa don Melchiorre.

— Merci, non, répondit Grégoire, mais ne vous gênez pas, l'odeur ne me dérange en aucune façon.

Son hôte ramena comme à regret la boîte vers lui et son regard plongea dans cette merveille de géométrie comme celui d'un enfant devant un assortiment de chocolats. Son œil était plein de gourmandise et de convoitise, un œil rapace et attendri à la fois, qui en disait long sur l'intensité des envies de don Melchiorre.

Une fois sa «proie» choisie, il fit signe à Ornella d'approcher. Celle-ci, à la grande surprise de Grégoire, s'empara prestement d'un barreau de chaise qu'elle fit passer d'un geste furtif sous son nez avant de se le clouer dans le bec, à la manière d'Alain Delon dans le film *Mélodie en sous-sol*. Avait-elle vu cette manière au cinéma? Et d'où lui venait donc cette pratique du cigare, somme toute assez peu répandue chez les femmes, surtout en Italie où le machisme ambiant ne laissait guère l'opportunité de se distinguer aux êtres du sexe faible?

Le père et la fille, sous le regard un peu interloqué du jeune Français, chauffèrent tranquillement au briquet le pied de leurs cigares respectifs avant d'entamer le cérémonial consistant à téter l'extrémité. Très vite leurs fumées se mélangèrent au-dessus de leurs têtes dans un même nuage gris-bleu, et c'était comme si les pensées de don Melchiorre et d'Ornella avaient une fois encore fusionné dans une même aspiration, bien qu'il s'agît dans le cas précis d'expirer.

Le maître des lieux agita une clochette dont Grégoire ne soupçonnait pas la présence. Quelques secondes plus tard, le majordome qui avait servi l'apéritif au jeune Français en fin d'après-midi surgit comme un diable, impeccablement droit, et blanc de veste comme de mine.

— Senior? demanda l'homme.

— Alessandro, allez jusqu'à mon bureau et apportez-moi la pile de coupures de presse qui se trouve posée sur le coffre noir, celui de la comptabilité. Surtout ne demandez pas conseil à ma femme, elle ne sait rien de ce qui est rangé là-bas. Si vous ne trouvez pas, revenez plutôt me voir, mon ami. Merci.

Le domestique inclina la tête d'un mouvement ancestral appris et répété dans les grandes maisons patriciennes, puis il disparut d'un pas silencieux. Grégoire remarqua qu'il portait des chaussons de feutre. Don Melchiorre, disait-on, ne supportait pas le bruit des talons sur le sol carrelé. Il lui rappelait, disait-il parfois, l'arrivée des Chemises noires au château, quand il était enfant.

Il ne fallut pas longtemps à Alessandro pour mettre la main sur les documents demandés et les apporter dare-dare à son patron. Celui-ci le gratifia d'un *gracie mille* qui eut sur le domestique l'effet d'un sucre lancé à un bon chien. Ses joues pâles rosirent légèrement, et il bégaya quelques mots incompréhensibles qui exprimaient sans aucun doute la gratitude.

— Bien, commença don Melchiorre en posant sur ses genoux la moitié de la pile, laissant l'autre moitié à ses pieds. D'abord, je vais vous montrer quelque chose qui n'est pas vraiment un petit dessin dans les coins, si vous voyez ce que je veux dire.

— Non, pas vraiment. Montrez-moi, fit Grégoire, intrigué.

Puisqu'ils étaient séparés de quelques mètres, c'est Ornella qui fit le facteur en prenant le document tendu par son père pour le glisser dans les mains de Grégoire. Au passage, le jeune homme eut une vue imprenable et profonde sur la poitrine de la belle Italienne qui gonflait sous son corsage léger. Il en éprouva des frissons jusqu'à la racine des ongles.

— De quoi s'agit-il ? demanda Grégoire, encore sous le charme de cette apparition sucrée qui lui semblait à chaque minute moins farouche, plutôt même disponible.

— Je vous ai testé sur Perrier, fit don Melchiorre comme s'il n'avait pas entendu la question de son interlocuteur, ou comme s'il l'avait jugée prématurée. Vos réponses m'ont convaincu. Vous en savez presque autant que moi sur ce dossier alors que je l'étudie depuis des mois et jour après jour. Vous avez raison sur l'essentiel, et en réalité, je serais fou de m'attaquer à pareille forteresse gangrenée par les syndicats alors que tant d'affaires s'offrent pour si peu à travers le monde entier.

— Merci du compliment, lança Grégoire. Quant aux affaires à tenter à travers le monde, il reste à savoir lesquelles.

— J'y venais.

Il sortit de la poche extérieure de sa veste en lin une paire de lunettes en demi-lunes.

— Voici. Prenez le temps de lire cette page, ne dites rien sur-le-champ. Réfléchissez et dites-moi d'ici dix minutes. En attendant, je vais faire un petit tour dehors. Viens Ornella, la soirée est d'une tiédeur exquise. Laissons ce monsieur avec notre avenir entre ses mains, fit don Melchiorre avec un sourire en coin teinté d'ironie.

— Je te suis, répondit Ornella en tirant sur son cigare à s'en rendre toute rouge.

En passant devant Grégoire, si près que sa jupe frôla les jambes du jeune homme, elle lui adressa un de ces coups d'œil qu'un homme est en droit de tenir pour explicite, sans un mot, sans un geste de la main, rien que par le regard.

Grégoire se plongea dans la lecture du document qui n'était finalement qu'une nomenclature, mais quelle nomenclature ! Don Melchiorre l'avait prévenu : il ne s'agissait plus de petits dessins dans les coins. Plutôt d'un véritable tour du monde des firmes agroalimentaires classées par origine géographique. L'Argentine se voyait fortement représentée avec des firmes d'abattage, la fameuse Bocabov pour la viande bovine, et les usines de plats cuisinés à base de bœuf ou de saumon d'élevage. Entre parenthèses figurait chaque fois un chiffre en dollars, qui allait de quelques milliers à la dizaine de millions, surtout quand la société concernée avait elle-même diversifié sa gamme de produits ou sa position géographique.

Grégoire Bataille soupira. Il repéra quelques fleurons de l'agroalimentaire espagnole et latino-américaine, quelques bonnes affaires réputées en Australie et même en Tasmanie, une conserverie du Cap en Afrique du Sud, des sociétés de friechicken aux États-Unis. L'intention n'était pas formulée par don Melchiorre. Il y avait là, à l'état brut, le rêve reconstitué, nom par nom, du patron de Verdi qui se voulait magnat de la grande bouffe mondiale tout en insistant sur ses origines modestes !

En France figurait le nom d'une laiterie de l'Ouest, Breizh-Lait, mais pas celui de Lactagri avec laquelle la famille de Grégoire avait eu maille à partir. Figuraient aussi les établissements Hourcade, réputés pour leur foie gras et leur saumon fumé, dont le siège se situait dans les Landes, au bord de l'Atlantique. Venaient ensuite des sociétés de spiritueux britanniques, des négociants en grain canadiens, des pêcheries norvégiennes et suédoises. Un véritable menu cosmopolite qui, à le lire en enfilade, inspirait un vague sentiment d'indigestion. La plus grosse part, à tout seigneur tout honneur, revenait aux firmes implantées aux États-Unis, spécialisées pour l'essentiel dans la transformation des céréales en flocons pour petit déjeuner. Si des noms comme Kellog's n'appartenaient pas à la liste, les sociétés inscrites tenaient tout de même lieu de poids lourds, vu l'estimation de leur coût qui approchait ou dépassait les dix millions de dollars.

Grégoire finissait à peine de prendre connaissance de cet inventaire mondial qu'il entendit des pas dans le vestibule menant au fumoir. Il se redressa sur son séant et adopta une attitude décontractée, même si sa lecture lui avait inspiré des sentiments mitigés.

Une odeur de cigare accompagna les arrivants. Le père et la fille ne tenaient plus entre leurs lèvres qu'un petit morceau de chique marron, reliefs encore fumants.

— Qu'en dites-vous ? demanda tout à trac don Melchiorre.

— Un sacré tableau de chasse, avança prudemment Grégoire.

— C'est à mon tour de vous poser une devinette, déclara le patriarche, heureux de pouvoir rendre la pareille au financier français.

— Je vous écoute, mais je vous préviens que contrairement à vous, je ne suis pas très fort dans ce domaine.

— Nous allons voir, fit le vieil homme en se frottant les mains. Selon vous, quel est le trait commun de toutes ces sociétés mentionnées sur mon papier ?

— Le trait commun ? répéta Grégoire à voix haute comme pour se donner le temps de réfléchir. Il y en a un qui saute aux yeux, c'est que ces noms sont connus pour leurs activités agroalimentaires.

— Juste, mais ce n'est pas cela que je veux vous faire dire. Cherchez encore.

Don Melchiorre semblait s'amuser de voir la perplexité se dessiner sur le visage lisse de Grégoire Bataille.

— Et toi, ne l'aide pas ! lança le patron du groupe Verdi à sa fille qui semblait dévorer le Français des yeux autant que de la bouche.

Grégoire Bataille se replongea dans la lecture de la liste en laissant entendre un profond soupir. Puis il eut comme un éclair qui inquiéta quelque peu son questionneur. Allait-il trouver ?

— Je ne connais pas, loin s'en faut, toutes ces firmes, commença-t-il. Cependant, si je me réfère à celles que j'ai eu l'occasion d'étudier par le passé, dans un passé trop lointain hélas pour en tirer une conclusion aujourd'hui, il me semble discerner un autre point commun.

— Lequel ?

— Une faille dans le capital. Il me semble, au moins pour Hourcade et BreizhLait, que le capital de ces entités n'est pas parfaitement protégé. Je dirais la même chose, pour autant que je m'en souvienne, des firmes espagnoles mentionnées, et aussi d'au moins deux sociétés américaines.

Le silence retomba. Ornella semblait aux anges. Le visage de don Melchiorre était resté imperturbable. Tout se passait dans son regard. Ses yeux brillaient de cet éclat que Grégoire commençait à connaître, une lueur fascinante ou effrayante qui donnait à son expression quelque chose de surnaturel.

— Gagné, jeune homme, vous êtes décidément un allié très précieux, si vous acceptez de devenir mon – et il se reprit en observant brièvement sa fille –, notre allié.

— C'est que je suis salarié d'une firme et…

— Oui, je sais tout cela. Mais rien ne vous empêche de travailler un moment avec nous. Je suis certain que votre patron sera heureux de vous voir accomplir des travaux pratiques dont il pourrait bénéficier si je réussis dans mon entreprise.

Don Melchiorre avait vu si juste que c'en était presque alarmant. Bien sûr que Bellec, à Paris, aurait aimé obtenir de Grégoire des tuyaux de premier ordre sur le groupe Verdi, à condition que ce dernier se lance un jour ou l'autre, tôt ou tard, et plutôt tôt que tard, dans une opération boursière d'envergure. Mais on n'en était pas encore là.

— Ces sociétés, continua le patriarche, sont en effet prenables. À condition d'agir avec discernement, ce qui n'empêche pas une certaine rapidité.

— Sur laquelle se porterait votre choix ? demanda presque ingénument Grégoire.

— Laquelle ?

— Oui, j'imagine que vous avez en tête une option préférentielle…

Don Melchiorre et Ornella se regardèrent. Puis, comme s'ils étaient soudain passés sous l'influence d'un gaz euphorisant ou d'une boisson qui rend gai, ils se mirent à rire aux éclats. D'un rire si communicatif que Grégoire se joignit à eux, sans avoir encore obtenu sa réponse.

— Qu'y a-t-il de si drôle dans ce que j'ai dit? finit par demander Grégoire en retrouvant un semblant de sérieux.

— C'est que vous n'avez pas compris! s'écria don Melchiorre.

— Pas compris quoi?

Riant encore, il fit signe à Ornella de répondre à sa place.

— Dis-lui, toi!

La jeune femme regarda Grégoire dans les yeux.

— Ce que mon père veut dire, c'est qu'il n'est pas question pour lui de racheter une de ces firmes. Il veut les contrôler toutes!

— C'est ça, renchérit le vieillard, toutes!

Grégoire en resta comme deux ronds de flan, incrédule. Il reprit la feuille et se livra rapidement à un calcul du coût total estimé en additionnant les chiffres inscrits dans les parenthèses, continent par continent, pays par pays.

— Mais cela vous amène à…

— À plus d'un milliard de dollars, compléta don Melchiorre qui, cette fois, ne riait plus du tout et considérait même son interlocuteur avec une soudaine gravité. Qu'en pensez-vous?

— Même question qu'à l'issue de notre discussion sur Perrier, répondit Grégoire. Il faut connaître votre solvabilité, votre liquidité, votre crédit auprès des banques.

Le vieil homme se retourna en direction d'Ornella.

— Notre jeune ami n'a pas bien entendu tout à l'heure. Il faut lui répéter que nous n'avons pas nécessairement

Trop occupé à ne pas répandre au sol ou dans la cage d'escalier les documents de son nouveau mentor, Grégoire ne vit pas le visage d'Aldo Lermini. À peine entendit-il l'écho sonore et fier de sa voix, une voix de coq dressé sur ses ergots, songea-t-il, ce en quoi il n'avait pas
[illegible]rt. Quand il pénétra dans sa chambre qui valait mieux
[illegible]e toutes les suites des hôtels de Milan, le jeune finan-
[illegible] respira d'abord un parfum entêtant de citronnelle.
[illegible]lla l'avait prévenu : des bataillons de moustiques
[illegible]illaient de nuit jusque dans les ultimes étages du
[illegible], et il fallait bien trouver un subterfuge pour les
[illegible]cendre sur terre ! En effet, il n'entendit aucun gré-
[illegible] suspect. L'escadrille des insectes piqueurs avait
[illegible]ser chemin, incommodée par l'odeur particu-
[illegible]ive du répulsif naturel retenu à l'intérieur de
[illegible]lles chauffées par la flamme d'une bougie.
[illegible]sa sa pile de documents sur une large table
[illegible]d'acajou dont le milieu était occupé par
[illegible]s lequel s'épanouissaient de larges fleurs
[illegible] face joufflue et réjouie. Le locataire,
[illegible] de cet endroit d'exception eut un sou-
[illegible]ableau naïf et gai qui lui donna l'im-
[illegible]dain atterri dans un film de son
[illegible]i-dessin animé, une sorte de Mary
[illegible]e semblait toujours à portée de

[illegible] que le chauffeur de don Mel-
[illegible]valises et quelques effets per-
[illegible]ù il avait passé sa première
[illegible]portunément le maître des
[illegible] instant, Grégoire fut saisi
[illegible]le traversa, démoniaque,
[illegible] son insu. Il croyait être
[illegible]lchiorre alors que, au
[illegible]nisé le hasard en fai-

besoin des banques pour assouvir nos envies. Il faudra lui expliquer certaines choses mais il se fait tard et je crois que je vais aller dormir. Vous qui êtes en pleine forme et, j'en suis sûr, dispos avec seulement cinq ou six heures de repos par nuit comme je l'étais à votre âge, prenez ceci.

Il tendit à Grégoire la pile de documents que lui avait portée le majordome Alessandro.

— Ce sont des coupures de presse concernant toutes les sociétés mentionnées ici. Je les ai épluchées en détail. Acceptez-vous d'en faire autant pour me rendre vos conclusions demain en début d'après-midi ?

— J'accepte, fit Grégoire en attrapant ce volumineux tas de papier dans lequel dormait le futur groupe Verdi.

26

On avait réservé à Grégoi
nier étage, prolongée par
jardin d'été. En ouvra
pirer à pleines nari
fleurs de magn
cigales chant
ne se sent
que sa
signi
vo

la

to
qu
cier
Orne
patrou
château
faire des
sillement
dû rebrous
lièrement v
petites coupe
Grégoire po
ronde en bois
un gros vase dan
de tournesol à la
presque malgré lui,
rire muet devant ce
pression d'avoir sou
enfance, mi-cinéma, m
Poppins où l'incroyabl
main.
Il constata avec plaisir
chiorre avait récupéré ses
sonnels à l'hôtel de Milan
nuit avant de rencontrer si op
lieux dans la Casa Manzoni. U
d'un étrange sentiment. L'idée
que tout cela avait été machiné à
parti à la recherche de don Me
contraire, don Melchiorre avait orga
sant se croiser leurs chemins.

Grégoire balaya ses sombres pensées d'un revers de main. La journée avait été éprouvante et pleine de surprises. N'importe qui à sa place aurait eu du mal à réaliser tous les événements survenus depuis le matin. Tant de coïncidences, tant d'informations glanées, une si grande intimité brusquement dévoilée et offerte, sans parler du charme sombre et peut-être vénéneux de la ravissante Ornella…

Ce n'était pas le moment de gamberger. Pendant qu'au rez-de-chaussée, dans le bureau de don Melchiorre, se tenait un conciliabule décisif pour la stratégie du groupe mais dont Grégoire ignorait le contenu, une masse de coupures de presse attendait tranquillement d'être dévorée par le jeune loup aux grandes dents qu'avait cru repérer le patron de Verdi. Cette fois, pas question de se dérober. Il en allait de la réputation de Grégoire, et de sa longévité dans les lieux, qu'à son insu il se mettait à espérer très durable. S'il avait passé avec succès le test du groupe Perrier, il en irait sans doute autrement avec ces sociétés dont l'état de santé était soumis à sa sagacité. Il devrait donc faire appel à toutes ses capacités de jugement, d'analyse rapide, et aussi à ce qu'il avait sûrement de plus développé : son intuition.

Grégoire commença par se faire couler un bain brûlant. Il y en a que les bains détendent tellement qu'ils s'endorment. Lui, au contraire, y trouvait une source d'éveil et de vigueur. Pendant ses années d'études et aussi plus tard, dans les différentes fonctions stratégiques qu'il avait occupées à Tokyo aussi bien qu'à Londres, Greg Bataille avait multiplié les nuits blanches occupé à dévorer des dossiers gros comme la Bible et les Évangiles réunis. Avant de plonger le nez dans les colonnes de chiffres et de résultats, il procédait chaque fois au même cérémonial : somnoler une demi-heure dans un bain bouillant. Il en ressortait la peau rougie, le corps vigoureux et aiguisé comme une épée trempée dans les flammes.

Tout dans cet endroit, de la chambre au salon et de la salle de bains aux toilettes, bénéficiait d'une décoration sûre et raffinée. Ainsi, les murs de la salle de bains étaient-ils recouverts d'une faïence claire finement décorée. Les motifs représentaient les esquisses de scènes champêtres très peu appuyées, juste du bout du pinceau, et non dans le style pompier qu'on trouvait trop souvent, hélas, chez les riches de la bourgeoisie terrienne.

Avant de glisser voluptueusement sa carcasse fourbue dans la longue baignoire, Grégoire vérifia comme par réflexe que rien n'avait été remué dans sa valise. Quand bien même une main indiscrète aurait fouillé ses affaires, sans doute n'y aurait-il vu que du feu, mais l'ordre qu'il découvrit le tranquillisa. Il en profita pour sortir sa mousse à raser et son after-shave. Il se connaissait bien. Se préparer comme si le jour allait se lever restait pour lui le meilleur des stimulants.

En tendant l'oreille, il lui sembla entendre quelque part de la musique. Ou plutôt, une voix d'église qui chantait un de ces chants sacrés assez lacrymogènes pour peu qu'on ait l'âme un tant soit peu sensible. Il retint son souffle. Cela ressemblait aux aigus enlevés du *Stabat Mater*, en tout cas à une œuvre religieuse pleine de grâce et de gravité, de pleurs contenus. Jamais chez lui, dans son enfance, pareille musique n'était venue jusqu'à lui. Dans ses années d'études à Paris, il avait parfois été entraîné à la Sainte-Chapelle, sous le Palais de justice, pour écouter ces voix magiques, presque semblables à celles des antiques castrats.

La mélodie venait apparemment d'une autre chambre située dans l'aile opposée à la sienne. Il approcha de la fenêtre du salon et aperçut juste en face une lueur tremblée de bougie qui déformait l'ombre d'une silhouette. Malgré la distance, il crut reconnaître Ornella dans un déshabillé blanc. Sa fenêtre à elle aussi était entrouverte, et par cet interstice s'envolait la voix déchirante du *Sta-*

bat Mater. Grégoire l'observa un court moment après avoir éteint la lumière dans la pièce pour ne pas risquer d'être repéré. Il aurait eu honte de passer pour un voyeur alors qu'il se sentait littéralement subjugué par ce spectacle irréel. Et ce qui rendait la scène plus prenante encore, c'est qu'Ornella chantait elle aussi sur le disque. Sa voix se mélangeait à celles aiguës et pourtant chaudes du chœur, au point que, d'où se tenait Grégoire, il était incapable de distinguer ce qui venait du disque de ce qui sortait de la gorge nue d'Ornella.

Enfin, il se dévêtit et se plongea dans le bain. L'eau avait un peu refroidi. Il en fit couler un jet brûlant qui lui donna des frissons. La baignoire était si grande qu'il pouvait aisément étendre ses jambes. Il regarda son visage déformé dans le chrome de la robinetterie et, comme au temps de son adolescence, il lança mille grimaces. Il avait eu un léger coup de barre dans le fumoir, quelques instants plus tôt, mais le bain faisait son effet. Il reprenait esprit et lucidité à vue d'œil, ses forces revenaient. Il serait d'attaque pour le travail d'Hercule proposé par don Melchiorre.

Quand il sortit de l'eau, les chants avaient cessé de l'autre côté du bâtiment. La chambre d'Ornella n'était plus éclairée que par un discret halo, sans doute une veilleuse ou une minuscule lampe de chevet. Grégoire se sécha dans un peignoir et entreprit de se raser. Comme toujours quand il se rasait le soir, la lame accrochait un peu le long de ses joues et surtout à hauteur du menton. Il évita pourtant de se couper puis se tapota le visage avec les mains légèrement trempées d'eau de toilette, comme on le voyait faire autrefois dans les publicités pour les après-rasage. Grégoire se brossa les dents énergiquement. Il se dirigea ensuite jusqu'à sa valise d'où il sortit quelques effets propres. Cette fois, il se trouvait fin prêt pour attaquer son Himalaya de papier.

Méthodique dans ses lectures de presse, don Melchiorre découpait les articles qui éveillaient sa curiosité, soulignait les passages intéressants puis annotait les marges de sa fine écriture en pattes de mouche qu'il devait sûrement être le seul sur terre à pouvoir relire. Greg s'y essaya deux ou trois fois puis renonça, l'italien réduit à la taille Jivaro accroissant la difficulté naturelle de compréhension de la langue…

Fort heureusement, pas mal d'articles provenaient de journaux financiers britanniques, américains, suisses et belges, de sorte que le jeune homme put rapidement déceler les centres d'intérêt précis du patriarche.

Manifestement, ce paysan à gros sabots avait la fibre commerçante. À travers les choix de sociétés qui se dégageaient de ses lectures, se dessinait une sorte d'entreprise idéale, ou plutôt de filière intégrée, qui reliait dans un même univers, dans une même puissance de frappe cohérente, la force productive et la force de vente, l'amont et l'aval, celui qui fait et celui qui consomme. Propriétés agricoles en Argentine, au Brésil et au Nouveau-Mexique, négoce mondial de céréales, industrie laitière, entreprises agroalimentaires, grandes surfaces de distribution, chaînes télévisées consacrées à la gastronomie : tout faisait ventre aux yeux du magnat italien qui souffrait visiblement de n'être que lui-même alors que son ambition visible à des kilomètres était de nourrir le monde, de peser lourd, de voir le nom de Verdi rivaliser avec Coca, Kellog's ou McDo, avec en plus un souci de qualité, d'authenticité des terroirs, de fibre naturelle poussée jusque dans sa dimension la plus large et internationale.

Ainsi, don Melchiorre s'intéressait de près aux Comptoirs du grain, une affaire à capitaux canadiens et helvètes apparue au lendemain de la Première Guerre mondiale et qui avait prospéré sur le concept de la neutralité. Les Comptoirs du grain avaient réussi à devenir en très peu de temps un acteur incontournable du négoce céréalier puis laitier. Dans les années de guerre froide, lorsque les excédents de blé et de beurre menaçaient d'emporter le budget de l'Europe communautaire, les Comptoirs avaient inventé des solutions pour écouler vers l'Union soviétique cette marchandise qui pesait sur les comptes, dans les frigos et les silos. Ses dirigeants avaient fait affaire avec le « milliardaire rouge », Jean-Baptiste Doumeng, et aussi avec les maîtres fossilisés du Kremlin qui accueillaient sans broncher le beurre de Noël des pays capitalistes. Pareilles opérations reposaient uniquement sur des hommes, avec leur habileté et leur entregent. Voilà ce qui fascinait don Melchiorre : la dimension humaine des affaires qui pouvait rendre possible ce que tous croyaient impossible. Peut-être était-ce cette dimension qui avait incité le patriarche à solliciter, sans trop réfléchir aux conséquences, le savoir de Greg Bataille.

Le Comptoir des grains restait une belle affaire mais, comme toutes les sociétés de négoce, et comme le groupe Verdi même, sa comptabilité demeurait secrète car il n'était coté sur aucun marché financier, pas plus à Toronto qu'à New York, Londres ou Paris. Cela n'empêchait guère les analystes financiers de souligner régulièrement la santé éclatante affichée par le négociant, sans que nul ne puisse en profiter directement puisque pas une seule action ne circulait dans le public. Mais ce qui semblait passionner don Melchiorre au vu des coupures de presse sélectionnées, c'était la structure particulière du capital. Une partie canadienne, une autre suisse, et cela en des quantités comparables. Or, la rumeur persistait depuis plusieurs mois à propos de différends au sein du conseil d'administration entre les Canadiens et les Suisses. Les premiers entendaient réorienter leur business sur l'Asie tandis que les gestionnaires de Zurich ne juraient que par le Moyen-Orient, où la guerre américaine avait déstabilisé en profondeur les courants d'échange. La querelle semblait terrible, même si elle parvenait dans les colonnes des journaux de manière assourdie et feutrée.

Pour les tenants de la carte asiatique, le débouché arabe était une illusion car cette zone avait désormais la réputation d'être insolvable et peu sûre question transport et même stockage. Les avocats de cette option considéraient au contraire que l'Asie était déjà saturée par sa propre production et que, dans les années à venir, il n'y aurait plus grand-chose à vendre aux Chinois ou aux Thaïs sur le plan alimentaire. Ce dialogue de sourds affleurait peu ou prou dans la presse, assez en tout cas pour inspirer à don Melchiorre l'envie d'une démarche auprès d'un actionnaire, histoire de voir s'il pourrait entrer dans le capital et relayer ainsi un des partenaires devenu ennemi, ou presque.

L'analyse tenait le coup. Le Comptoir des grains, comme son nom l'indiquait, était un vestige d'empire colonial, avec ses bureaux répartis dans le Commonwealth et partout où l'on avait produit beaucoup de grain, de la mer Noire aux appontements du Saint-Laurent, de Canberra à la Pampa. Pour des raisons historiques liées à leur conationalité suisse, les Comptoirs avaient souvent participé aux opérations humanitaires de la Croix-Rouge et comptaient à ce titre de nombreux alliés et contacts dans les administrations décisionnaires des Nations unies. Enfin, et peut-être surtout, l'armature commerciale des Comptoirs leur permettrait d'écouler le moment venu, s'il le fallait, autre chose que du blé ou du maïs. L'outil existait. Il pouvait être réadapté à d'autres productions agricoles et agroalimentaires.

Grégoire en était là de sa lecture, un carnet de notes à portée de main quand il entendit gratter à sa porte. Il se leva, finit de lacer un de ses souliers, puis avança d'un pas décidé. Quand il ouvrit, il resta quelques secondes sans voix. Un bougeoir à la main, la chevelure ample et entièrement lâchée, Ornella murmura qu'elle n'arrivait pas à dormir.

27

La jeune femme entra dans la chambre de Grégoire d'un pas léger mais volontaire, comme s'il n'avait pas pu en être autrement. Son bougeoir à la main, la flamme de la bougie qui sublimait sa chevelure terre de Sienne, la transparence – dans les limites de la décence – de son déshabillé de soie blanche, tout cela projeta le jeune homme dans un autre monde, ou plutôt dans un autre siècle, quand l'amour était courtois, les sentiments à fleuret moucheté.

— Tu fais tes devoirs de la nuit ? demanda Ornella en appuyant sur le tutoiement comme pour mieux inciter Grégoire à employer la même familiarité.

— Oui, et je n'en suis qu'au début, fit-il en soupirant un peu, vu la masse qui l'attendait encore.

— Je crois que mon père t'apprécie beaucoup et il n'est pas le seul dans cette maison, dit la jeune femme avec un sourire dévastateur. Il ne faut pas lui en vouloir s'il te confie cette charge, c'est un signe de confiance. Je ne sais pas précisément ce que tu fais dans la vie, mais si je peux te donner mon avis, tu ne perds pas ton temps et encore moins ton argent avec don Melchiorre.

Elle avait prononcé le nom de son père avec une solennité qui tranchait avec ses façons mutines et un rien espiègles.

— Je suis persuadé de ne pas perdre mon temps, approuva Greg, quant à mon argent, j'avoue ne pas y penser.

— Tu as tort, il faut y penser dès demain. Si *padre* t'engage comme stratège, alors tu devras demander un salaire de stratège, sinon il ne te prendra pas au sérieux, crois-moi.

— Mais je suis déjà salarié d'une société française !

— Alors démissionne et rejoins-nous, je suis certaine que tu ne le regretteras pas !

En regardant Ornella se mouvoir devant ses yeux, Grégoire était assuré en effet de ne rien regretter du spectacle auquel il assistait. Quant à ses fonctions chez Verdi, il n'y avait pas songé une seconde. Pas le temps, pas la tête à ça. Il se trouvait pris dans un tourbillon, tout allait vite, un peu trop vite. Il faudrait qu'il contacte Bellec à Paris, et aussi Bill Jenkins qui devait bien se demander pourquoi il ne répondait plus à ses messages. Il se sentit soudain comme Ulysse dans l'antre du Cyclope, un Cyclope original qui lui aurait proposé une association. Et quand il posait son regard sur Ornella, il se voyait en Ulysse attaché au mât de son bateau pour ne pas écouter le doux chant des sirènes…

— Tu écoutais le *Stabat Mater* ? demanda Greg à la jeune femme qui se tenait bien droite sur un coin du lit, le bougeoir déposé à ses pieds. Il avait décidé d'user à son tour du tutoiement.

— Oui, cela t'a dérangé ? J'aime pousser le son très fort, pour que ces voix me traversent.

— Au contraire, cela m'a plu d'entendre ces chants ; ils sont si envoûtants, si lointains et en même temps si proches.

— Oui, mon père nous a donné le goût de la musique et du religieux, à mes sœurs comme à moi, mais je crois être la seule à éprouver la musique et les voix humaines aussi intensément.

— Tes sœurs vivent ici elles aussi ?

— Non ! Elles sont mariées, et bien mariées ; à un homme d'affaires pour l'une, à un avocat pour l'autre.

Elles sont parties dès qu'elles ont pu, et je crois qu'elles ne regrettent pas ce qu'elles appellent cette maison de fous.

— Pourquoi donc ?

— Tu as remarqué ma mère, comme elle est soumise. Et moi comme je suis respectueuse vis-à-vis de mon père, car c'est vrai qu'il est l'être que je respecte le plus au monde.

— Eh bien ?

— Mes sœurs ne voulaient entrer ni dans la dévotion, ni dans la soumission. Alors elles ont fichu le camp dès qu'un parti extérieur fut en vue, et c'est bien rare qu'elles viennent passer ici quelques jours avec leurs enfants. Et puis papa les ennuie avec ses accents visionnaires, sa dévotion pour l'art, son obsession de vouloir nourrir la terre entière et de laisser une œuvre derrière lui. Mon père est un être rempli de contradictions.

— Qui ne l'est pas ? demanda Greg de manière faussement ingénue.

— C'est vrai, mais je crois que ce paradoxe est poussé au maximum chez *padre*. Il rêverait d'être un saint et je le sais capable d'être diabolique pour parvenir à ses fins. Il parle de ma mère comme de la Madone. Pourtant, je sais qu'il la trompe encore aujourd'hui avec des filles qui ont mon âge, à Milan et dans quelques villages voisins. Son tempérament est insatiable. Sous des dehors austères, c'est un ogre. Pour la fille que je suis, la préférée sans doute, il est un ogre de tendresse et je ne peux lui en vouloir de rien.

Grégoire tressaillit au mot « ogre », lui qui s'était imaginé quelques instants plus tôt dans le repaire du Cyclope.

— Je peux te poser une question ? demanda le jeune homme.

— Je t'écoute, répondit aussitôt Ornella, curieuse de savoir s'il s'agirait de business ou d'affaires plus personnelles.

— Sais-tu pourquoi je suis ici ?

— Et toi ?

— Pas le moins du monde.

— Alors c'est très bien comme ça. Mon père fonctionne aux coups de cœur, aux coups du sort et aux coups du hasard quand le hasard fait bien les choses. Depuis des semaines, il secoue notre directeur commercial pour sortir le groupe Verdi de sa paresseuse léthargie fondée sur une douce opulence. Don Melchiorre veut du mouvement, de l'offensive, de la grandeur. C'est encore un chaud lapin. L'âge le rattrape, et il n'est pas assez vaniteux pour se croire éternel. Alors il brûle d'envie de jouer son va-tout, de construire son groupe comme une cathédrale immense où l'on pourrait se perdre.

— Je vois. Et j'arrive là-dessus comme le Messie…

— N'exagérons rien, s'esclaffa Ornella. Un Messie, dans le monde de mon père, a toujours un compte en banque richement garni. Je ne doute pas que tu ne manques de rien, mais de là à occuper la surface d'un Rothschild ! Disons que tu es compétent dans ta partie, et ça, mon père l'a flairé. À toi de dire si tu continues ou si tout cela restera juste un souvenir étrange et intense dans ta carrière de loup de la finance.

Grégoire réfléchissait. Ornella s'était étendue sur le lit, les genoux relevés, la tête reposant sur les coudes en croix. Il aurait pu s'approcher d'elle, ne plus rien dire et partir à la découverte de ce corps à peine protégé par un voile de soie. Il sentit cependant que ce n'était pas le moment, pas encore. Qu'Ornella avait besoin de parler beaucoup et peut-être d'attendre.

Le jeune homme se mit à arpenter la chambre de long en large, le pas souple, les pensées en fusion, comme si l'affectif et le rationnel menaient dans son crâne une bataille sans répit.

— Par qui ton père est-il entouré pour être conseillé ?

finit-il par demander à Ornella dont les yeux mi-clos se rouvrirent brusquement.

Greg sentit qu'elle hésitait, puis elle se lança, ayant jugé sans doute qu'elle pouvait avancer sans crainte dans la confidence.

— Sache que *padre* n'accepte les avis que de très peu de monde. Je dirais même que plus le temps passe et moins il écoute les autres. Je ferais exception pour deux personnages dont je ne suis pas sûre cependant qu'ils soient toujours les mieux placés pour intervenir. Comme on dit, les conseilleurs ne sont pas les payeurs.

— Qui sont ces hommes ?

— Le premier est une femme et elle se tient devant toi !

— Excuse-moi, j'aurais dû m'en douter, bien sûr.

— Tu es excusé. Après tout, je ne peux me prévaloir d'aucun diplôme sérieux pour ce qui concerne l'agroalimentaire puisque mes compétences s'arrêtent à l'étude des œuvres préraphaélites. Même Arcimboldo, assez fameux dans ce château, n'entre pas dans mon champ précis de connaissances !

Le sourire d'Ornella découvrit une superbe rangée de dents d'un ivoire étincelant. Ses lèvres élégamment retroussées donnaient à son visage un éclat d'une grande sensualité.

— Mais aussi étrange que cela puisse paraître, mon père ne décide rien sans me consulter. Et si je sens que ses choix méritent d'être encore discutés, nous prenons ensemble le temps de la réflexion. Il lui est arrivé de décider d'une opération qui ne m'inspirait guère, et il l'a fait chaque fois de mauvaise grâce, comme à regret. Il considère que je suis son sang et que cela suffit pour me légitimer, dès lors que je n'ai pas déserté le terrain familial comme mes sœurs aînées.

— Tu n'entends vraiment rien aux affaires ? demanda Greg sans dissimuler sa surprise.

— Disons que je sens ou je ne sens pas. Le feeling, ce n'est pas l'affaire de ces peaux d'âne qu'on décroche dans les grandes écoles de commerce ou de finance, il me semble.

— Exact.

— Avec *padre*, beaucoup de choses passent au-delà des mots. J'ai l'impression que je suis à ses yeux une chienne de chasse qui court et flaire à sa place, sans bien savoir après quoi je cours, ni quel gibier je chasse !

— Alors la Diane chasseresse dans son bureau, c'est toi ?

— C'est nous deux, lui et moi. Je rabats et il tire. Moi, je n'aime pas tirer pour tuer. J'aime poursuivre des projets pour voir.

— Et moi, je suis un projet ? fit soudain Grégoire.

Il avait dit ces mots sans réfléchir, presque malgré lui, sur un ton où il était difficile de distinguer l'humour et la gravité. Ornella ne répondit rien sur le coup. Elle se redressa sur le lit, se leva et marcha lentement en direction de Grégoire qui s'était assis sur une chaise devant la grande table du salon. Là, elle lui saisit la main et la pressa contre sa poitrine, puis l'abaissa vers son ventre.

— Non, pas un projet, fit la jeune femme d'une voix très émue, presque une voix de petite fille qui déparait avec ce corps somptueux de femme désirable. Tu es une réalité, tu es là, et j'espère que tu es heureux d'être là. Ce n'est pas la peine de se poser mille questions auxquelles on n'est pas certain qu'il existe des réponses.

— Tu as raison, fit Grégoire en pressant la jeune femme contre lui.

Ils s'embrassèrent d'un long baiser très tendre. Puis la jeune femme s'écarta d'un petit pas en arrière. Elle partit récupérer son bougeoir et adressa un petit signe à Grégoire.

— Je t'ai assez distrait de tes travaux nocturnes. Je vais dormir. Je ne t'ai pas dit, mais tu es très chic, en costume et rasé de frais comme si tu devais sortir immédiatement. Mais tu ne vas pas t'en aller, n'est-ce pas ?

— Je n'en ai pas la moindre intention, répondit Grégoire.

Elle s'apprêtait à le quitter quand il la retint.

— Au fait, Ornella, tu ne m'as pas dit quelle était l'autre personne en laquelle ton père a une grande confiance pour ses affaires.

— Tu as raison. Sans doute vas-tu être surpris : il s'agit de Giuseppe Alboni, son chauffeur personnel, mais surtout son ami depuis toujours, depuis la pauvreté, tu comprends ?

— Oui, très bien.

— Il y a bien aussi son fondé de pouvoir, Emilio Grazziani. Il le respecte pour sa rigueur et son honnêteté maladive. Je crois pourtant qu'à la fin, cette raideur le fatigue un peu. Il a besoin d'un peu de fantaisie, mon *padre*. J'oublie aussi Aldo Lermini, de la banque Lermini. Un gros poisson, famille des requins à dents pointues et amateur de sang quand ce n'est pas le sien qui coule, évidemment. Celui-là, c'est un drôle de personnage, pas drôle du tout en vérité. Question honnêteté, il ne faut pas y regarder de trop près. À l'heure qu'il est, il est en pleine discussion avec mon père, dans le bureau.

— Il me semblait avoir entendu sonner tout à l'heure.

— C'était lui. Sache aussi que ce type me court après, et qu'il pourra courir encore longtemps. En attendant, mon père le consulte de plus en plus souvent, un peu trop à mon goût, et je ne manque pas de le lui dire. J'ai même soufflé à Giuseppe de débiner Lermini, on n'est pas trop de deux pour tenter d'écarter ce fâcheux. Si tu veux te joindre au club…

— Je ne le connais pas, moi, ce type.

— Raison de plus. Arrange-toi pour le rencontrer au moins une fois, essaie de le déstabiliser. Je le soupçonne d'être un faisan mais je n'ai pas de preuves. Agis discrètement car il est naturellement méfiant comme un banquier qui joue avec son argent, et il a oublié d'être sot.

Elle disparut sur ces paroles. L'air resta longtemps rempli du parfum d'Ornella. Quand le jeune homme, vaincu de fatigue, éteignit sa lampe vers 5 heures du matin, il n'y avait plus aucune lueur dans la chambre de la jeune femme.

28

Il faisait sombre dans le bureau de don Melchiorre. La porte capitonnée était fermée. Même Ornella n'aurait pas pu entrer. Aldo Lermini venait d'exposer à don Melchiorre certaines théories, richement illustrées, concernant la finance inventive. Il avait évoqué en vrac les sociétés en cascade, les prête-noms, les paradis fiscaux, les structures parallèles destinées soit à isoler les pertes pour les rendre très visibles, soit à isoler les bénéfices pour les rendre invisibles. Le tout servi bien sûr dans un discours libéral que n'aurait dénié ni Silvio Berlusconi et ses sbires, ni la nouvelle équipe de George Bush engagé dans son second mandat. Il fallait bien que ceux qui créent de la richesse conservent l'essentiel de leurs avoirs pour ne pas risquer demain d'être entravés par de vulgaires questions de liquidités dans leur dessein expansionniste. C'était aussi simple que cela, l'économie, dans la bouche d'Aldo Lermini. Un grand Monopoly où il fallait payer le prix pour éviter la case Prison, et multiplier les déplacements pour empocher à chaque tour de piste de fructueux profits destinés à faire tourner les boutiques.

Don Melchiorre ne comprenait pas tout, mais une dimension ne lui échappait guère dans ses conversations avec son banquier de famille dont les « ordonnances » étaient aussi précises que celles d'un médecin, sans garantie pour autant d'aller vers la guérison. La maladie du groupe Verdi se résumait à sa taille. Le patriarche ne cessait de le répéter à son fondé de pouvoir : nous avons une trésorerie de guerre et nous ne livrons aucune bataille ! Nous sommes des nains, et les nains, tôt ou tard, sont voués à être mangés par plus grands qu'eux !

Ce discours déplaisait autant à Grazziani qu'il trouvait un écho favorable chez Lermini. Ce dernier avait des idées précises pour assurer au groupe Verdi une croissance vertigineuse et assez rapide.

— Je ne veux pas que cela dure dix ans, prévenait don Melchiorre. Qui sait où je serai, dans dix ans ? Peut-être trois mètres sous terre en colloque avec les asticots !

— Vous nous enterrerez tous, fit le banquier d'une voix flagorneuse, avant d'en venir au fait.

À ses yeux, la stratégie qui s'imposait devait s'appuyer sur cinq piliers essentiels : une politique d'acquisitions tous azimuts dans l'agroalimentaire mondial ; le développement de produits leaders avec des marques innovantes et populaires connues de tous ; une stratégie de diversification dans des domaines à croissance rapide comme le tourisme ou l'hôtellerie ; un financement extérieur basé soit sur l'entrée en Bourse, soit par des émissions massives d'obligations que la banque Lermini se ferait une joie de placer auprès d'une clientèle large et internationale ; enfin, la conception d'une politique offensive de communication basée sur la publicité télévisée, les campagnes d'affichage et la sponsorisation d'événements.

Don Melchiorre écoutait le gros petit homme lui exposer ce programme et, pour la première fois, la méfiance que lui inspirait le banquier s'estompa.

Oui, se dit-il en son for intérieur, sans doute a-t-il raison. Il convient désormais de voir en grand avec les moyens modernes.

Comme s'il avait lu dans ses pensées, Lermini poussa son avantage.

— Si vous me suivez dans l'aventure, lança-t-il d'une voix remplie d'assurance mais toujours déférente de manière à bien signifier à don Melchiorre qu'il restait maître du jeu, je me dois de vous signaler deux atouts majeurs qui sont comme une heureuse coïncidence avec vos projets et, si j'ose dire, nos projets.

— Que voulez-vous dire ? interrogea le patriarche dont la curiosité avait été piquée.

— D'abord, la banque Lermini, que j'ai l'honneur de représenter, peut s'enorgueillir depuis la semaine passée d'avoir été agréée pour l'Italie entière comme l'interface de la Bank of America.

— La Bank of America ! s'exclama don Melchiorre non sans une certaine admiration.

— Tout juste. Les pourparlers avaient été engagés il y a plus d'un an mais l'affaire avait ensuite un peu traîné à cause de certains changements à la tête du prestigieux établissement de crédit. Un nouveau patron a été nommé au département international et nous avons conclu un protocole d'accord avant-hier à Milan. Je dois me rendre à New York dans un mois pour finaliser le tout, et je serais comblé si ma première opération de taille mondiale dans le cadre de cette alliance se faisait avec le groupe Verdi.

Don Melchiorre ne broncha pas mais son regard en disait long sur l'écho que produisaient ces paroles en lui. En bon stratège, Lermini avait su ménager son effet.

— Concrètement, demanda le vieux chef, cela nous donnerait quel avantage, cette union avec la Bank of America ? Ne risque-t-on pas de perdre le contrôle des manettes ?

— Vous n'y pensez pas, fit Lermini, heureux de voir que le gros poisson, comme il s'y attendait, mordait à ce bel hameçon. C'est tout le contraire. Supposez que des affaires vous intéressent sur le continent américain. La Bank of America pourra, sur un dossier constitué par mes soins, vous consentir les meilleures conditions pour organiser la transaction. Elle plaidera en votre faveur pendant que nous émettrons des obligations au nom de Verdi que je pourrai moi écouler dans la péninsule où vous êtes déjà très connu. Et ça, c'est pour le début ! Par la suite, si les campagnes de promotion se développent outre-Atlantique, notre allié bancaire sera, lui aussi, en mesure de placer vos titres sur le marché.

— Sans entrer en Bourse, sans être obligé d'aller se dévoiler par le menu à Wall Street et auprès des analystes financiers de tout poil, auprès des fonds de pensions et des « scottish widows » ?

— Pas le moins du monde, puisqu'il s'agira d'obligations et non d'actions. Vous n'aurez de comptes à rendre à personne. Tout sera basé sur la confiance. Si le public perçoit Verdi comme une affaire prospère et bénéfique, si son image est familière, symbole de bonne santé – d'où l'importance de communiquer sur vos produits phares, sur le lait vitaminé par exemple –, alors, croyez-moi, personne n'ira vous chercher de poux dans la tête !

— J'avoue que c'est une excellente nouvelle que cette alliance américaine. Vous êtes un cachottier. Le saviez-vous déjà lors de notre dernière rencontre, à la Scala ?

— À vrai dire, je préférais rester discret tant que je n'avais pas la confirmation écrite du rapprochement. J'avais bon espoir. Vous savez cependant comme moi que rien n'existe tant qu'aucune signature n'a été apposée au bas d'un document.

— Certes, admit don Melchiorre comme à regret, lui qui avait été élevé dans le respect de la parole donnée ; un bien précieux, la parole, pour tous ceux de son origine qui n'avaient pas suffisamment d'instruction pour savoir correctement écrire.

Il se faisait tard, très tard même, et le vieil homme avait le bord des paupières rougi comme s'il avait nagé dans une eau chlorée ou s'il avait tout bêtement pleuré, encore que nul de vivant sur cette terre n'avait jamais vu pareil spectacle. Les larmes de don Melchiorre semblaient aussi rares que les compliments qu'il réservait à ses collaborateurs.

— Vous me parliez d'une seconde coïncidence, tout à l'heure, fit le patriarche.

Lermini fronça les sourcils.

— Bien sûr, fit-il ensuite, ayant renoué le fil de ses pensées. Cela concerne le Milan AC.

— L'équipe de football ?

— Parfaitement.

— Je ne connais rien ou presque à ce sport !

— Peu importe. L'essentiel n'est pas là. Le Milan AC connaît une situation de crise sans précédent. Il est à vendre pour une bouchée de pain à qui voudra bien y placer un investissement quasi symbolique. En revanche, il suffirait de recruter un entraîneur digne de ce nom, un buteur et un milieu de terrain pour maintenir le rang de l'équipe première dans le carré d'as du championnat italien. Je vous rassure : ce n'est pas vous ni moi qui choisirions ces perles pas si rares, il y a des spécialistes pour cela.

— À quoi cela rimerait-il que Verdi sponsorise le Milan AC ?

— Cela se saurait à travers toute l'Europe. Partout où le maillot du Milan serait montré, partout on lirait Verdi, ou alors le nom d'une marque laitière qui vous est chère, ou que sais-je encore…

— Ça vaut combien, le Milan AC ?

— 3 millions d'euros et il est à vous, je pourrais me charger de la négo.

— Doucement ! Je vais réfléchir. Vous êtes certain que le retour d'investissement serait satisfaisant ?

— Il s'agit d'un tout, don Melchiorre, plaida Lermini. Vous connaissez le dicton des hommes de la mer : il n'y a pas de bon vent pour celui qui ne sait pas où il va. Une telle vitrine – je parle du Milan AC – vous permettrait de promener en Europe et même dans le monde entier des placards ambulants, sillonnant des terrains de foot et marquant des buts sous les couleurs de Verdi. Vous pourriez même obtenir des encarts publicitaires fixes autour des terrains filmés en direct par la télévision pour les rencontres de la coupe ! Il n'y aurait pas que Fiat ou Coca ou la Société nationale de télécommunication. Et pensez-y : sponsoriser le sport avec des produits sains qui font appel à l'enfance et à la pureté, je ne connais rien de plus vendeur.

— Bien, bien, grommela don Melchiorre en mettant un terme à l'entretien, soudain bougon comme s'il s'en était voulu de faire si bonne figure à ce « voleur de banquier ». Ainsi appelait-il Lermini quand ce dernier, évidemment, ne se tenait pas devant lui dans son bureau à fumer ses cigares et à boire son whisky, deux attitudes qui lui confirmaient combien le banquier appartenait à la catégorie des voleurs en col blanc.

Lermini prit congé autour de 2 heures du matin. Don Melchiorre écouta la musique de cuivre de sa vieille pendule puis se leva dans un geste ralenti pour gagner sa chambre. Son épouse dormait depuis longtemps et, dans l'obscurité, au moment de s'allonger auprès d'elle, il déposa sur son front un pudique baiser. C'était la plus grande manifestation d'affection qu'il pouvait donner, à l'abri de tout regard, presque à son insu, comme si le temps avait fait de lui un infirme des sentiments, un être qui éprouve sans rien montrer. Seule Ornella pouvait encore lui faire battre le cœur, et aussi ses jeunes maîtresses d'un certain quartier de Milan où l'on signalait rarement des hommes de son milieu.

29

Le soleil filtrant entre deux pans de rideau réveilla Grégoire. Il avait omis de fermer les volets et le jour était ainsi venu lui caresser le visage sans qu'il s'en aperçoive aussitôt. Il est vrai que la pile de dossiers confiée par don Melchiorre l'avait occupé jusqu'au petit matin, sans parler de la venue dans sa chambre, comme une apparition, de la belle Ornella.

Il fit une toilette rapide, hésita à se raser avant de renoncer, passa un pantalon de toile et un tee-shirt et rejoignit l'office où l'on servait le petit déjeuner. Il trouva seulement le majordome qui s'activait à classer des bouteilles d'apéritif.

— Mademoiselle est partie galoper dans le domaine, fit l'homme en blanc, et signor Melchiorre vous demande de le retrouver dans le jardin d'été lorsque vous aurez pris votre petit déjeuner.

— Très bien, répondit Greg. Ce sera du café noir et des tartines.

Il avait avisé une grosse miche de pain frais, une motte de beurre semblable à un rocher blond, et plusieurs pots de confiture maison soigneusement étiquetés dans lesquels il reconnut le rouge des framboises, le noir des myrtilles et l'orangé des abricots. Près de son bol, le majordome posa un minuscule bidon de lait de la taille d'un biberon pour baigneur de maison de poupée.

— Qu'est-ce que c'est ? demanda Grégoire.

— Vivalatte ! s'exclama le domestique, surpris par la question du jeune homme. Vous ne connaissez pas Vivalait ?

— J'avoue que…

— C'est normal, fit en souriant le majordome, pas peu fier d'étaler son savoir sur un produit encore non commercialisé que son patron testait *in vivo* auprès de ses proches. Le groupe de don Melchiorre a mis au point cette petite ration énergétique qui contient des ferments lactiques et pas mal de calcium, de vitamines et tutti quanti ! Il dit que si les gens aiment ça, il peut conquérir la terre entière…

— Tiens ! s'écria Greg.

Il vida « cul sec » le contenu de la petite bouteille blanche miniature.

— Moi qui ne suis pas un fan du lait, je trouve ça bon, déclara-t-il surpris, tenté par une deuxième ration.

— Resservez-vous, répondit le majordome.

— Où don Melchiorre fabrique-t-il ces petits trésors ?

— C'est encore top secret ! Mais s'il m'a autorisé à vous en donner, c'est qu'il vous indiquera le lieu de production. C'est tout près d'ici.

Les deux hommes échangèrent un clin d'œil de complicité, puis le majordome replongea dans le tri des bouteilles de vin cuit, de whisky et d'eaux-de-vie.

Grégoire engloutit un petit déjeuner de la taille d'un festin avant de gagner le jardin d'été où don Melchiorre somnolait, un journal ouvert sur la poitrine, allongé dans un long canapé débordant de coussins de velours. Sur la table basse était posé un guide touristique de la principauté d'Andorre. Greg s'assit sans bruit et feuilleta le volume. Très vite il entendit un froissement de journal. Don Melchiorre se redressa avec l'allant d'un jeune homme. Greg pensa qu'il se nourrissait peut-être chaque jour de sa potion magique et qu'il avait trouvé là un élixir d'immortalité, tout au moins de bonne santé.

— Bien dormi, jeune homme ?

— Bien mais peu, répondit Greg en reposant le guide d'Andorre.

— À votre âge, on ne dort que si on n'a rien d'autre à faire. Quand j'avais 25-30 ans, je me couchais toujours à regret et j'étais debout avant le soleil. S'il faisait jour quand je me réveillais, j'avais la sensation très désagréable d'avoir perdu mon temps et de gaspiller ma vie.

— C'est une conception de l'existence, mais il y en a d'autres ! observa Greg qui réprima un bâillement.

Assurément, il aurait volontiers joué les prolongations entre les draps, même seul.

— Alors ? le pressa don Melchiorre, votre conclusion sur les acquisitions possibles ?

— Je vais être direct, répondit Greg en ne lâchant pas le regard du patriarche, sachant que son éloquence serait d'autant plus grande qu'il se fixerait aux yeux de son interlocuteur. Si vous aviez les moyens, chacune de ces affaires vaudrait la peine d'être achetée. Je vais même plus loin, et tant pis si j'entre dans le domaine de l'utopie : l'idéal serait de tout acheter.

Un long silence accueillit sa déclaration. Les sabots d'un cheval au petit trot se firent entendre sur une allée gravillonnée qui menait au château. Par la fenêtre entrouverte du jardin d'été, le bruit de l'animal semblait se rapprocher.

— Tout acheter, répéta don Melchiorre.

— Absolument, insista Greg.

Une lumière brilla dans le regard du vieux. Puis un sourire éclaira son visage aux traits légèrement brouillés par la courte nuit.

— Je peux dire que vous, je vous attendais, fit-il enfin en tendant ses deux mains à Grégoire. Il les tenait encore, et fermement, quand Ornella pénétra dans le jardin d'été, bottée de cuir, une bombe de feutre sur la tête, une cravache sous le bras.

— Voilà une scène bien tendre, fit-elle, et moi qui allais rater ça. Et quelle est la cause de tant d'élan ? demanda-t-elle d'une voix amusée et surprise.

— Va plutôt nous chercher une citronnade et le sucre en poudre, et aussi le pot de miel liquide, demanda son père. J'ai une de ces soifs !

Puis, se tournant en direction de Grégoire :

— Vous m'avez dit que votre famille était engagée dans un âpre combat sur les prix du lait, n'est-ce pas ?

— En effet, répondit le jeune homme, surpris d'entendre don Melchiorre aborder cette question. La coopérative n'a pas tenu ses promesses auprès des producteurs, et l'exploitation de mon père et de mes frères risque de connaître de grosses difficultés si les revenus fléchissent.

— Je vois cela d'ici, admit le patron du groupe Verdi. À votre avis, combien de litres de lait produit la région où ils sont installés ?

— La Creuse ? Je dirais une quinzaine de millions de litres chaque année. Chez nous, la traite va en augmentant. Je crois qu'à lui seul, mon père apporte quelque chose comme cinq millions de litres.

Don Melchiorre émit un sifflement d'admiration.

— Alors voilà ce que j'ai à vous dire, fit-il d'un ton résolu et tout à coup solennel. Vous l'ignorez peut-être, mais l'Italie est un pays déficitaire en lait. Elle s'approvisionne à l'extérieur, en France bien sûr, mais aussi en Allemagne et même en Grande-Bretagne, aussi surprenant que cela puisse vous paraître. Le lait voyage en containers et en camions-citernes.

— Je sais cela, coupa Grégoire, mais j'ignorais en effet que le lait anglais venait jusqu'en Italie.

— Avez-vous une idée du montant de nos importations laitières ? Je parle seulement de lait, pas de fromage ou autres crèmes et yaourts.

— Ma foi…

— Cent cinquante millions de litres ! C'est le niveau de notre dépendance. Incroyable, non ? En Italie, nous n'avons pas de pétrole et c'est à peine si nous avons du lait ! Vous comprenez maintenant pourquoi je m'intéresse à la production de la Creuse.

— Parfaitement bien, répondit Greg. Mais que proposez-vous ?

— J'achète !

— Vous achetez quoi, don Melchiorre ? bondit Greg, craignant un instant qu'il veuille prendre le contrôle des exploitations creusoises, bêtes, hommes et murs tout ensemble.

— Si l'organisation de votre père y consent, je m'engage à acheter leur production chaque année au prix que la coopérative aurait dû garantir, sans frais de transport supplémentaires. Qu'en dites-vous ?

Grégoire resta un instant décontenancé, incapable de proférer une seule parole. Il songea que si don Melchiorre était sérieux, son père et ses frères, et tous les producteurs de cette pauvre Creuse seraient tirés d'affaire. Qu'ils pourraient voir l'avenir sans courber le dos ni baisser les yeux. Qu'ils pourraient, au contraire, souffler un peu, s'affranchir d'un mouvement coopératif qui, après avoir été conçu pour le monde paysan, lui échappait au profit des gestionnaires et des comptables.

— Ce serait formidable, finit par lâcher Grégoire.

— Alors, vous savez ce qu'il vous reste à faire. Quand vous aurez votre père, mettez-lui le marché en main. S'il donne son accord de principe, nous réglerons ensuite les détails pour conclure rapidement une convention. Vous savez, le lait, je le vends très cher quand je le transforme en produit de santé.

— Je sais, votre majordome m'a fait boire votre Vitalait.

Don Melchiorre sourit, flatté.

— Et ce n'est qu'un début. Je vous montrerai plus tard mon unité de fabrication ultramoderne, un laboratoire de recherche autant qu'une usine de production. Pensez-vous que ma proposition intéressera votre père ?

— C'est probable. Il devra consulter autour de lui car il ne peut décider seul, tout au moins au nom de la profession. Pour ce qui le concerne, je serais surpris qu'il refuse pareil marché.

— À vous de jouer, lança don Melchiorre. Je compte sur vous.

Quand Ornella revint des cuisines les mains vides – elle avait simplement passé la commande au majordome qui arriverait d'une minute à l'autre avec son plateau –, don Melchiorre avait attrapé le guide touristique d'Andorre.

— Mes enfants, fit-il, que diriez-vous d'un petit voyage de plaisir dans la principauté ? Je connais un club de thalassothérapie à Caldea où l'on prend des bains de pamplemousses au milieu d'une végétation à vous damner. J'avais prévu de partir seul, mais cela me ferait plaisir de vous y convier.

Ornella garda le silence et laissa Grégoire se lancer à l'eau, au propre comme un figuré.

— C'est que…, commença le jeune homme.

— Vous n'aimez pas les vacances ?

— Si, bien sûr que si, don Melchiorre, mais j'ai un patron à Paris et il ne me paye pas pour prendre des bains de pamplemousses.

— Écoutez-moi. J'ai pas mal de renseignements à vous donner et de responsabilités à vous confier. Appelez votre patron, expliquez-lui la situation. Soit il vous garde, soit il vous vire et moi je vous indemnise.

— Il n'est pas question de cela, se défendit Greg. Combien de temps envisagez-vous de partir en Andorre ?

— Une petite semaine, répondit le patriarche.

Grégoire se tourna vers Ornella.

— Tu serais du voyage ?

— Évidemment, fit la jeune femme. Tu ne crois pas que je vais laisser mon père au milieu des pamplemousses, surtout s'il t'emmène dans ses valises !

— Bon, dit Grégoire en s'adressant à don Melchiorre. J'aurais besoin de régler pas mal de choses au moins par téléphone. Pouvez-vous me laisser la matinée pour que je me retourne ?

— Toute la journée s'il le faut. J'ai à faire à Milan. Vous vous installerez dans notre bureau, à Ornella et à moi.

— Merci.

Ils se quittèrent sur ces paroles. Grégoire remonta dans sa chambre avec l'impression de marcher sur des coussins d'air, tant l'existence soudain lui semblait légère. Irréelle et légère. Décidément, il n'était pas au bout de ses surprises avec cette famille de Lombardie dont il ne savait encore rien quelques jours auparavant.

Après une rapide toilette, le jeune homme se retrouva seul dans le bureau de don Melchiorre. Il consulta la vieille pendule qui venait de sonner le quart de 9 heures. Il avait hâte de contacter son père, mais il préféra garder cet appel pour la fin, quand il se serait débarrassé des affaires en suspens. Avec un peu de chance, il trouverait son patron fidèle au poste. Bellec était du genre matinal, et toutes ses journées commençaient invariablement par la lecture silencieuse et solitaire de la presse financière, française et britannique, américaine aussi.

Le président de Bellec Investissement sacrifiait à la lecture d'une analyse de l'éditorialiste vedette du *Financial Times*, Ted Morton, consacrée aux mouvements de concentration dans l'industrie agroalimentaire.

— Vous tombez bien, Greg, j'avais entrepris la refonte du monde de la bouffe ! plaisanta-t-il. Ted Morton imagine un Big Brother, quelque chose comme McDo et Coca réunis, qui décidera à chaque instant ce que nous ingurgiterons. C'est absolument dégoûtant. Il faut que Verdi nous sauve avec la qualité italienne, le raffinement et la fantaisie ! Alors, où en êtes-vous ? Déjà quelques infos ?

— Plus que nous l'aurions espéré vous et moi, fit Grégoire en tâchant de ne pas parler trop fort, comme si les murs avaient eu des oreilles.

— Que voulez-vous dire ? fit Bellec intrigué.

— C'est à peine croyable. Pour des raisons qui m'échappent encore, don Melchiorre, le patron du groupe Verdi, s'est entiché de moi. Nous nous sommes rencontrés hier matin presque par hasard et, depuis, nous ne nous sommes plus quittés. Si je vous dis que je vous appelle de son bureau…

— Don Melchiorre en personne, ce misanthrope ?

— Parfaitement. Et je peux vous dire que vous aviez raison. Il est en train de passer à la vitesse supérieure. Programme d'acquisitions à tout-va, projets de diversification, ambition européenne et même mondiale…

— Bon sang, Greg, vous avez un pot… un pot de… enfin, une sacrée veine, quoi.

— Un pot de cocu, vous alliez le dire. Sans doute, sauf que le vieux a une fille, Ornella, dont je me demande si elle n'est pas la cerise sur le gâteau, façon de parler bien sûr.

— Bon, bon. S'il le faut, vous l'épousez, mon cher !

— Je crois que ce n'est pas utile pour obtenir les infirmations dont nous avons besoin. Encore que, c'est une belle femme, croyez-moi.

— Un parti admirable, renchérit Bellec, croyez-en mon flair. Elle est jolie au moins ?

— Plus que ça, une beauté. Et un sacré tempérament, d'après ce que j'ai pu constater. Je vous appelais pour vous demander une semaine de vacances.

— Mais alors là, pas question, mon vieux ! Ne me lâchez pas don Melchiorre d'une semelle !

— Justement, monsieur le directeur. Il part en Andorre avec sa fille, et il me propose de les accompagner là-bas. Il me semble qu'il y a des confidences dans l'air.

— Il fallait me dire ça d'abord. Évidemment vous acceptez, Greg, et tenez-moi au courant. Sacré veinard, l'utile et l'agréable. Vous allez où, en Andorre ?

— Dans un centre de thalasso.

— Mouais. Un type comme don Melchiorre dans un paradis fiscal, je suis sûr qu'il y a du compte numéroté dans l'air !

— Ce n'est pas le genre de la maison, rétorqua Greg offusqué.

— Je plaisantais. Tout de même, on peut dire que vous vous êtes mis dans le bain jusqu'au cou, et en quatrième vitesse !

— Oui, un bain de pamplemousses, d'après ce qu'on m'a dit.

Ils se quittèrent sur ces paroles. Il était temps pour Grégoire d'appeler Bill Jenkins. Ce dernier n'espérait plus de nouvelles du jeune Français quand le téléphone sonna dans sa suite du George-V, à Paris, où il prenait un somptueux petit déjeuner sur sa terrasse. La journée de la veille avait été assez éprouvante pour cet apôtre itinérant de Mosampino qui croyait ferme à sa mission d'évangélisation en faveur des OGM, du lait aux hormones et autres avancées – tenues pour des progrès – de la recherche industrielle mise au service de l'agrobusiness. La justice française avait finalement rendu des jugements cléments pour les faucheurs d'OGM, comme si les Astérix du Larzac façon José Bové devaient faire la loi à travers champs. Et au tribunal de Toulouse, une filiale de Mosampino venait d'être mise en accusation pour information mensongère à propos d'insecticides aux effets polluants, alors qu'ils étaient garantis par le fabricant 100 % biodégradables. Bref, Bill Jenkins se disait que la France, pays des libertés et de la tolérance, pays d'ouverture au progrès, avait bien changé. Et même l'amitié n'était plus ce qu'elle était puisque son vieux complice Greg Bataille ne répondait plus à ses appels.

C'est dans cet état d'esprit plutôt maussade qu'il décrocha son téléphone, un morceau de croissant frais et pur beurre dans la bouche.

— Greg, c'est toi ? *Damned !* Mais que fiches-tu encore en Italie ? Je ne vais pas pouvoir t'attendre indéfiniment !

— Calme-toi, fit Grégoire, je vais t'expliquer. Je suis sur une opération très serrée en Italie, une affaire majeure et sûrement décisive, la première de mon nouveau job ; je ne peux pas me permettre de la rater. Je dois filer en Andorre pour une semaine et…

— Andorre, qu'est-ce que c'est, Andorre ?

— Un petit pays entre la France et l'Espagne.

— Tu ne veux tout de même pas que je te rejoigne là-bas ?

— Non, mais dis-moi au téléphone ce que tu m'aurais dit si j'étais venu te voir à Paris.

Grégoire sentit que Jenkins était d'humeur bougonne. Il essaya de le dérider comme il pouvait.

— S'il le faut, je t'offrirai un téléphone portable de la nouvelle génération, tu sais, ceux qui affichent le visage de l'interlocuteur en même temps qu'il parle. Comme ça, je pourrai te voir me sourire, car je suis sûr que tu me souris, pas vrai ?

— Arrête, Greg, j'ai quelques soucis chez vous en ce moment. Pas un jour ne passe sans que je voie le nom de ma boîte traîné dans la boue à longueur de journal, à la télévision ou dans des manifestations à la campagne. Nous sommes en plein malentendu. Il faudrait arrêter tout ça.

— Tu as raison, mais il vous faudrait une campagne de com, et ce n'est pas mon métier.

— Je sais bien. Mais pour l'instant, nous n'en sommes

pas là. J'ai besoin de comprendre l'état d'esprit du monde agricole français, et je me suis souvenu que ta famille… Oui, ta famille… enfin, ils sont bien dans la culture et dans l'élevage, chez toi ?

— En effet. Je ne vois pas où tu veux en venir.

— Si tu n'as pas le temps de me les présenter, m'autorises-tu à les rencontrer pour leur exposer tranquillement nos objectifs et recueillir leurs réactions ? Rien ne vaut un contact sur le terrain pour se rendre compte des réalités. Nous autres Américains sommes pragmatiques. Si quelque chose cloche dans notre discours, je suis certain que des professionnels de base comme ton père et tes frères sauront m'indiquer où et quoi.

— En somme, résuma Grégoire, tu voudrais aller chez eux et les sonder.

— En somme, oui.

— Mais sur quels sujets, précisément ? demanda le jeune Français.

— À vrai dire, sur tout ce qui nous préoccupe, les OGM, la somatotropine bovine pour accroître la lactation, les pesticides de demain…

Grégoire réfléchit quelques instants. Pour la première fois, Jenkins lui paraissait pessimiste, presque abattu. D'habitude si confiant qu'il en était parfois désagréable, il parlait d'une voix morne, comme battu d'avance.

— C'est d'accord, souffla Grégoire.

— D'accord quoi ?

— Je dois appeler mon père. Je vais lui parler de toi et lui dire que nous sommes de vieux amis, qu'il doit te recevoir et te parler sans crainte.

— Tu veux bien ? demanda Jenkins incrédule.

— Puisque je te le dis. Tu voudrais rester combien de temps là-bas ?

— Le temps qu'il faudra. Deux, trois, quatre jours, je ne sais pas.

— Bon. Promis. Je les appelle et je te tiens vite au courant. Désolé pour ce nouveau contretemps mais je te promets qu'on se verra bientôt à Paris et qu'on ira dans un restaurant tenu par des amis à moi où nul ne viendra t'embêter à propos d'OGM ou je ne sais quoi !

— Avec plaisir, fit Jenkins. Je compte sur toi.

Grégoire raccrocha avec le sentiment du devoir accompli. Il regarda sa montre. À cette heure-ci, il doutait de trouver son père chez lui, pas plus que ses frères. Le milieu de matinée était un moment de pleine activité sur l'exploitation. Il attendrait l'heure du déjeuner.

Le jeune homme resta un moment à inspecter le bureau de don Melchiorre. Il se leva et marcha de long en large, s'approchant des nombreuses photographies encadrées qui recouvraient les murs. On y voyait le patron du groupe Verdi à l'âge de quarante ans à peine, le sourire étincelant, torse nu sur un yacht, entouré de petites filles parmi lesquelles Grégoire reconnut sans peine Ornella. Elle avait, enfant, le même regard expressif, volontaire et magnétique, presque intimidant. Sur un autre cliché, on voyait don Melchiorre encore plus jeune, à peine vingt-cinq ans, en costume sombre et cravate tout aussi sombre, posant devant le premier grenier à blé à l'enseigne Verdi. Un demi-siècle séparait cette photo d'aujourd'hui, et pourtant, il restait le même homme, droit et un peu raide, la silhouette altière, le port majestueux des seigneurs, le teint cuivré des hommes de grand air.

Il était occupé à ce passage en revue quand on cogna à la porte. Il recula d'un pas et cria : « Entrez ! » Le majordome venait déposer le courrier. Sur une des enveloppes figurait le sigle de la Bank of America. Grégoire attendit que le domestique reparte avant de jeter un œil discret sur les lettres. Il songea qu'il avait encore beaucoup à apprendre du groupe Verdi et de son président-fondateur.

30

Vers midi, don Melchiorre reparut au château. Il était d'humeur guillerette et sifflait entre ses dents un vieil air que Grégoire, s'il avait été familier de l'œuvre du maestro, aurait reconnu comme l'ouverture de *Nabucco*.

— Vous avez fait ce que vous vouliez ? demanda le patriarche.

— Presque, oui. Je me suis mis d'accord avec mon patron. Je viens avec vous en Andorre.

— Très bien. Vous avez prévenu Ornella ?

— Non, je ne l'ai pas vue. Je suis resté ici toute la matinée. Il me reste à appeler mon père, mais je ne l'aurai pas avant l'heure du déjeuner.

Don Melchiorre consulta sa montre.

— Dans ce cas, fit-il, et sans vouloir vous donner d'ordre, venez avec moi, j'ai des choses passionnantes à vous montrer. Nous avons le temps avant que vous ne joigniez la France.

Intrigué, Grégoire suivit don Melchiorre dans le vestibule.

— Nous sortons, l'informa son hôte, mais nous allons tout près. Une petite promenade de santé faisable à pied.

Dehors, le soleil brûlait. Ils prirent un chemin qui partait de l'aile sud du château qu'ils suivirent un long moment.

— Je vais vous montrer mon paradis, on se croirait au

bord de la Méditerranée, confia-t-il la main au coin de la bouche, comme on livre un lourd secret.

Son « secret », c'était un jardin planté d'essences merveilleuses rapportées du monde entier, et qui composaient un véritable univers méditerranéen, même si les arbres et les espèces avaient été collectés jusqu'au Chili, en Afrique du Sud et en Tasmanie.

Sur chaque arbre, sur chaque plante, don Melchiorre changé en chef jardinier avait un mot à dire, un bout de légende, un fragment de science, une compétence modeste et apparemment solide.

Défilèrent devant leurs yeux les dragonniers à feuilles rubanées des Canaries, les ifs qui donnaient jadis les arcs des soldats anglais, les fameuses plantes succulentes et le bois d'arbousier dont on fait les flûtes, et les micocouliers fournisseurs des meilleurs fouets… Ils observèrent les aloès dont le suc amer, affirma don Melchiorre, cicatrise les plaies ou la pointe des seins des nourrices ; le gingembre aux fleurs de porcelaine, les marguerites en pied, et les cactus dont le maître des lieux expliqua qu'ils étaient autrefois de vrais arbres qui se sont adaptés au climat sec, se mettant en boules pour retenir l'eau, changeant leurs feuilles en épines pour ne pas laisser prise au soleil. Vinrent encore les euphorbes, les black-boys à la tête hirsute, les rince-bouteilles et les barbes de Jupiter, les griffes de sorcière et le « frotadou », dont la surface est plus fine encore que le plus mince des papiers de verre, cinquante espèces de mimosas, et des arbres, les karoos, qui parlent entre eux… Et encore, mais il était impossible à Grégoire de venir à bout des quinze mille espèces exotiques ou non du parc, la salsepareille (ou herbe à Schtroumpfs), le bambou qui fleurit avant de mourir et les plantes « aéromorphiques », façonnées par le vent.

Grégoire songea qu'un homme aussi amoureux de la nature et de ses merveilles était un humaniste davantage qu'un homme d'affaires. En réalité, son jugement sur don Melchiorre était sans cesse bousculé, remis en cause par un comportement, une parole ou un geste qui plaçait le magnat tantôt dans le camp des hommes de pouvoir, tantôt dans celui des poètes, des philosophes et autres contemplatifs.

Tous les trente mètres, un système d'arrosage automatique au goutte-à-goutte entrait en action de façon à lutter le plus efficacement possible contre la sécheresse.

— Il y a des règlements qui limitent l'arrosage mais rien ne m'empêche de faire ce que je veux chez moi, tonna don Melchiorre, comme si le pire crime sur terre eût été de laisser crever des plantes venues de la Terre de Feu ou d'Australie du Nord.

Ils poursuivirent leur marche à travers des chemins sablonneux au bord desquels Grégoire eut la surprise de découvrir deux rangées de palmiers d'une belle hauteur, qui prodiguaient une ombre généreuse faute de voir leurs branches alourdies de fruits. Ils se trouvaient à un kilomètre à peine du château lorsque don Melchiorre bifurqua par un autre chemin, goudronné celui-là, qui s'élargissait en une petite route forestière.

— Nous arrivons, fit-il.

Ils débouchèrent devant un bâtiment imposant, une sorte de gentilhommière bâtie sur deux étages, devant laquelle quelques automobiles étaient garées. Sans doute avaient-elles accédé par un autre itinéraire à cette partie de la propriété.

À peine entré dans le hall, Grégoire fut saisi par une odeur très forte de lait tiède qui l'incita à se pincer les narines.

— Vous êtes indisposé ? demanda le patriarche.

— Ça va passer, fit le jeune homme d'une voix affaiblie.

— Dans ce cas, enfilez ça.

Il lui tendit une blouse blanche et un bonnet de la même couleur avant de farfouiller dans une grosse boîte en plastique d'où il retira des sandales de caoutchouc.

— Si vous voulez bien les chausser, question d'hygiène, précisa le patron.

Grégoire s'exécuta, non sans s'interroger sur le sens de cette visite. Il songea qu'il aurait dû imprégner ses doigts du parfum des magnolias s'il avait su qu'il se retrouverait dans cette atmosphère d'hôpital ou de blanchisserie.

— Parfait. À présent suivez-moi, lança don Melchiorre. Ils arrivèrent devant une double porte constituée de deux feuilles de toile transparente. Sur un côté était inscrit cet avertissement : « Pas de photos, pas de caméras, pas de matériel audio, pas de téléphones portables. »

— C'est à cause de l'espionnage, s'excusa le patron. Avec ces portables qui prennent des photos, on n'est plus tranquille !

Ils avancèrent au milieu d'un immense plateau pavé de dallage blanc et silencieux, comme du liège ou du polystyrène. Des hommes en blouses et chapeaux de toile s'activaient devant d'énormes cuves équipées de manomètres et de contrôleurs de germes.

— C'est ici que le lait bout ! fit don Melchiorre. Je vais vous présenter le docteur Agostini. Lui seul comprend ce qui se passe ici !

Les machines ne faisaient pas trop de bruit, seulement un léger ronronnement, comme une grosse cylindrée quand elle roule sans hâte sur une route de campagne.

Le docteur Agostini était un homme d'une cinquantaine d'années, au visage sévère encadré de grosses lunettes en écaille. Il ressemblait davantage à un magistrat de la lutte antiterroriste qu'à un savant fou amateur de nouveautés lactées. Capitaine de ce grand navire, il mettait au point en toute discrétion un produit révolutionnaire dont s'enorgueillissait déjà don Melchiorre.

— Le principe est simple, il suffisait seulement d'y penser, fit Agostini en serrant la main de Grégoire.

Un sourire éclaira d'un coup le visage austère du chercheur devenu chef de laboratoire grâce à la confiance que plaçait en lui le patriarche. Ils passèrent devant un grand tableau traversé de courbes en tous sens et rempli de noms en latin.

— Voici la nomenclature des souches de ferments lactiques à notre disposition, expliqua Agostini. Toutes sont présentes dans le lait, mais en des quantités infimes. Le but est donc de concentrer par une culture spécifique des plus efficaces la présence de celles qui défendent de manière incontestable la flore intestinale, stimulent l'organisme ou augmentent ses défenses naturelles. C'est ainsi que nous allons parvenir à un produit qui sera tout autant un médicament qu'un aliment.

— Voilà qui est bien dit, coupa don Melchiorre en faisant signe à Agostini d'avancer vers les cuves de culture. En réalité, nous ne sommes pas les premiers à avoir eu cette idée. Les Japonais de la firme Yakult ont innové en la matière. Ils ont surtout travaillé sur le lait de soja et ils n'ont pas pu franchir la barrière du goût.

— Du goût ? demanda Grégoire, intrigué.

— Oui. Ils ont eux aussi développé des ferments lactés. Le produit final est imbuvable car le goût est trop fort. Nous avons mené des travaux parallèles avec du lait de vache. Au début, le goût était moins fort mais pas fameux tout de même. C'est pourquoi le docteur Agostini a eu l'idée d'accroître légèrement la proportion de sucre tout en éliminant un ferment assez neutre sur le plan immunitaire, franchement mauvais en bouche. Ainsi, nous avons développé Vita Verdi. Comment avez-vous trouvé notre petit bidon de lait enrichi, ce matin ?

— Je ne suis pas un fana du lait. J'avoue pourtant que c'est passé tout seul !

Les trois hommes se mirent à rire.

— C’est de cette manière que j’entends doubler mes marges bénéficiaires, ajouta don Melchiorre. En vendant mes flacons de 25 centilitres au prix d’un demi-litre de lait pasteurisé, j’ai entre les mains du véritable or blanc ! Et il ne faut pas négliger les aspirations des consommateurs ; tous veulent manger sainement, éviter le plus souvent d’aller chez le médecin, préserver leur capital santé, combattre leur cholestérol ou le stress quotidien. J’ai ce qu’il leur faut. Même si, entre nous, je ne suis pas convaincu que VitaVerdi soit un produit miracle, le principal est que le public le croie.

— À quand le lancement grandeur nature ? demanda Grégoire.

Don Melchiorre se tourna vers Agostini.

— Nous sommes prêts, de notre côté.

— Exactement, fit le patron. Des campagnes publicitaires vont être lancées prochainement dans toute l’Italie et dans l’ensemble de l’Europe si tout va bien. Un budget de deux cents millions d’euros. Je trouve cela cher mais c’est le prix à payer pour accompagner cet instant si particulier de l’innovation. Pour être franc, j’attends aussi une homologation de l’Office médical de la nutrition.

— L’OMN ? demanda Grégoire, à qui ce nom disait quelque chose.

— C’est une institution dont la compétence s’élargit au niveau de l’Europe tout entière. Ils délivrent des agréments, un cachet très visible que l’on pourrait faire figurer sur nos petits flacons, à condition que l’effet bénéfique de VitaVerdi soit scientifiquement prouvé.

— Et où en êtes-vous ? s’informa Agostini.

— Pas loin du but, d’après mes informations, répondit don Melchiorre. Ce serait évidemment un atout magistral.

Ils saluèrent le chercheur puis ressortirent dans les jardins. Il était près de 1 heure de l’après-midi et le soleil brillait au zénith. Les deux hommes marchèrent silencieusement, chacun remâchant ses pensées tout en humant l'air parfumé qui se dégageait des massifs de buis, des magnolias et des lauriers-roses, une végétation que Grégoire n'aurait jamais imaginé rencontrer dans cette Italie du Nord qu'il croyait pluvieuse et humide, même en été.

— Vous ne croyez pas qu'Andorre va vous paraître fade comparée à votre propre domaine ? demanda Greg.

— Détrompez-vous, jeune homme. Andorre, ce sont d'immenses vallées silencieuses, il suffit de crier pour que les voix résonnent d'une paroi montagneuse à l'autre. L'air des cimes n'a rien de comparable avec celui de nos plaines. Et je ne vous parle pas des lits d'eau, des Jacuzzi extérieurs et des bains à bulles si particuliers qu'on propose dans le fameux club où je vous emmène. Non, je vous assure que quelques jours là-bas nous permettront de nous regonfler à bloc pour les épreuves qui nous attendent ici.

— Je m'incline devant pareille publicité, lança Grégoire. Ma foi, vous devriez assurer la promotion de cet établissement que je ne connaissais pas avant que vous m'en parliez. Vous êtes très convaincant.

— J'espère bien, fit don Melchiorre. J'en ai fait l'acquisition la semaine dernière.

— Quoi ?

Le vieil homme éclata de rire.

— Une surprise pour Ornella. Depuis longtemps, je sais qu'elle aspire à autre chose qu'à suivre mes propres affaires. Alors, je lui ai acheté ce domaine et je m'apprête à la lancer dans le tourisme et la gastronomie en plus de la thalasso. Ce sont des domaines d'avenir, surtout pour une jeune femme inventive et entreprenante comme elle.

— Quand lui direz-vous ?

— Quand nous arriverons là-bas : elle sera accueillie comme madame la directrice, j'ai insisté.

Grégoire était littéralement abasourdi. Il avait affaire à un vrai patron, un homme à poigne, un décideur.

— Bravo, fit-il.

— Attendez de voir avant de me féliciter ! Nous arrivons. Si vous voulez appeler votre père avant que nous passions à table, c'est le moment !

Grégoire se retrouva seul dans le bureau de don Melchiorre et composa le numéro de la ferme des Bataille. Il laissa sonner un moment. Le téléphone se trouvait loin de la cuisine. Il imagina le pas pesant de son père traversant le grand couloir avant d'arriver au salon, ou bien un de ses frères se précipitant du dehors après avoir entendu la sonnerie qu'ils réglaient sur la note la plus forte. Enfin, quelqu'un décrocha. Grégoire reconnut la voix de Danou, son jeune frère. Ils échangèrent quelques banalités sur le temps et la sécheresse, puis Danou partit prévenir son père qui finissait son café assis sur une pierre, dehors sous la grande treille qui ombrageait l'entrée de la maison.

Au bout de deux ou trois minutes d'attente, et malgré le grésillement dans le combiné, Grégoire devina le pas traînant de son père.

— C'est toi, Grégoire. Où c'est-y donc que t'es passé tous ces jours, mon p'tit ?

— Je suis en Italie, papa.

— En Italie, et pour quoi faire ?

— Pour le travail, p'pa. Écoute, j'ai des choses importantes à te dire. Tu m'entends bien ?

— Pour sûr, oui, que je t'entends, vu que tu cries comme un cochon. Mais dis-moi, ce serait peut-être mieux que tu viennes à la maison pour qu'on cause de tout ça tranquillement. Il fait tellement chaud le jour ici que je vais aux champs tôt matin et puis plus rien jusqu'au soir. Tes frères s'occupent des vaches. Moi, j'ai tout mon temps.

Grégoire fut touché par cette voix de bon vieux paysan qui semblait s'attendrir un peu avec l'âge. Lui aussi aurait bien aimé partager quelques moments avec lui, maintenant que le dialogue entre eux semblait raccommodé.

— Je ne peux pas tout de suite, mais promis, je viendrai bientôt passer plusieurs jours sans filer comme un voleur.

— C'est toi qui le dis ! s'écria son père. Alors, que veux-tu ?

— Voilà, deux choses importantes. Surtout la première. Connais-tu le groupe laitier Verdi ?

— Et comment, que je le connais ! C'est le roi du lait chez les Italiens et on voit même ses camions passer dans la région de temps en temps.

— Exact, c'est justement de ça que je dois t'entretenir.

— Ah ?

— Oui. Par mon travail d'analyste, je suis en contact direct avec le patron de ce groupe.

— Le fameux don Melchiorre, l'ami des artistes ? demanda le père Bataille.

— C'est ça, tout juste. Il m'a expliqué la situation très tendue que le marché du lait traverse en Italie. Il se propose de t'acheter toute ta production au prix que garantissait la coopérative, et aussi la production de tous les éleveurs de Creuse.

Au bout du fil, il y eut un vide.

— Répète-moi ça, mon gars.

Grégoire répéta. Il ajouta que le coût du transport ne serait pas déduit du prix d'achat par le groupe Verdi.

— C'est sérieux, fils ?

— Tout ce qu'il y a de sérieux. Pour tout te dire, je t'appelle de son bureau, et si tu es d'accord, nous pourrions négocier tout cela d'ici une petite dizaine de jours, le temps que tu consultes tes gars de ton côté.

— Ça alors ! répétait sans cesse le paysan. Ça alors ! Tu as raison, il faut que je convoque d'urgence une réunion du bureau de notre groupement laitier. Pas mal de types sont en vacances, mais je crois pouvoir les toucher, y sont pas très loin et une telle nouvelle peut les faire rappliquer vite fait ! Vraiment, fils, ce n'est pas une de ces blagues que vous faites dans les bureaux pour vous moquer de bouseux comme nous ?

— Papa, je ne me permettrais pas un canular de si mauvais goût. Et sache qu'à mes yeux, tu n'es pas un bouseux.

Grégoire se sentit tout ému de parler ainsi à son père dans un contexte à mi-chemin entre les confidences personnelles et les affaires professionnelles.

— Très bien, fils, je te fais confiance. Ce serait formidable. Tu sais que nous souffrons, avec notre emprunt pour les trayeuses modernes. Ah ! Si tu emmènes ici don Melchiorre, je crois que nous avons de quoi l'épater avec nos engins dernier cri !

— J'en suis sûr, papa. Tu produis combien, sur l'exploitation ?

— En rythme annuel, pas loin de sept millions de litres, et nous allons encore augmenter, ça, fais-moi confiance.

— C'est plus encore que je croyais, fit Grégoire avec un brin d'admiration.

— Bon, tant mieux, réagit le père Bataille dont le souffle s'entendait dans l'appareil, comme s'il avait soudain couru.

Son émotion était tangible. Il n'avait pas cependant perdu le nord, puisque aussitôt après il demanda :

— Tu voulais me dire autre chose ?

Grégoire fut pris de court.

— Autre chose ? Ah oui ! Je m'en serais voulu d'oublier. J'ai un service à te demander.

— Avec ce que tu m'annonces, je suis prêt à rendre tous les services de la terre ! répondit son père d'une voix pleine d'allant.

— Il s'agirait en quelque sorte d'une consultation que, d'ailleurs, tu pourrais te faire bien rémunérer.

— Dis-moi, fils, tu veux assurer ma fortune ? Tu penses déjà à ton héritage ?

— Rassure-toi, nous n'en sommes pas là ! En revanche, un de mes amis d'études est un type important chez Mosampino, aux États-Unis. Il voudrait te connaître et te poser des questions.

— Des questions ? Sur quoi ? demanda le père Bataille avec un fond de méfiance dans la voix.

— T'en fais pas, il ne va pas te demander tes comptes ! Il veut juste essayer de comprendre pourquoi le monde agricole est si hostile aux OGM. Je crois que ce problème le mine, et plus encore ses patrons américains. Il aimerait passer quelques jours à la ferme et causer tranquillement avec toi, avec vous tous, sans arrière-pensée. C'est un ami, n'oublie pas.

— On a quand même du travail ! Et puis, un Américain chez nous, ça va jaser !

— Tu n'es pas obligé de le crier sur les toits. C'est un très gentil garçon, drôle et simple. Je crois que ses grands-parents avaient eux aussi une exploitation dans le Midwest, autrefois, pas loin de Chicago.

— Chicago…, répéta rêveur le père Bataille. Au fait, fils, je ne parle pas un mot d'américain, et tes frères, c'est pas mieux, alors, pour comprendre ce qu'il dit et tâcher de lui répondre…

— T'en fais pas. Il parle français comme toi et moi. Nous avons étudié l'économie et la finance ensemble à Paris, il est plus calé que moi en littérature, tu peux me croire. Vous n'aurez qu'à l'installer dans ma chambre, à l'étage. Et si tu as des travaux à lui proposer, n'hésite pas. C'est un gaillard et il n'est pas bégueule pour un sou.

— Bon, céda le père, convaincu par Grégoire. Tu aurais dû me dire en premier que tu me fournissais de la main-d'œuvre gratuite ! On lui fera rentrer les foins ou castrer les maïs !

— C'est ça. Il s'appelle Bill Jenkins. Je vais lui demander de t'appeler ce soir.

— D'accord, fils, M. Bill. Dis-lui que je l'attends.

La clochette du repas venait de retentir dans le grand salon. Grégoire sortit du bureau après avoir d'un mot prévenu Jenkins que la voie était libre et qu'on l'attendait quand il voulait sur l'exploitation familiale.

La table avait été mise dans la salle à manger dont le majordome avait ouvert les deux battants de la porte vitrée qui donnait sur la pelouse. On parla de tout et de rien, de la santé du pape et de son courage, de Ben Laden toujours en cavale et de Saddam Hussein qui attendait son jugement, des tortures américaines de prisonniers irakiens qui révoltaient don Melchiorre.

— Je suis sûr qu'un jour Bush paiera tout cela. Il ne sera pas réélu sur un tel bilan, déclara le patriarche.

— Détrompez-vous, crut pouvoir dire Grégoire. Bush exprime l'opinion de l'Amérique moyenne. Et l'Amérique moyenne approuve son président de ne pas se laisser intimider au Proche-Orient.

— Vous avez peut-être raison, fit don Melchiorre, mais alors cela me contrarie énormément.

Il fit un signe au majordome qui mit en sourdine une musique douce tirée d'une œuvre de Vivaldi.

— Il faut bien de temps en temps laisser s'exprimer les autres génies de l'Italie, fit-il avec amusement. Qu'on ne dise pas que j'en ai seulement pour mon Verdi !

Le repas se poursuivit dans la bonne humeur sans aucune nouvelle allusion au chaos du monde. Tous, déjà, se voyaient flottant dans un bain de pamplemousses.

31

Bill Jenkins ne se l'était pas fait dire deux fois. À peine Grégoire lui avait-il donné son feu vert qu'il décida de prendre un train pour la Creuse. Il avait choisi de traverser la France sur le « plancher des vaches » plutôt qu'en avion, convaincu qu'il comprendrait peut-être mieux la mentalité des gens de la terre à travers les paysages plutôt que par un survol lointain des champs multicolores.

Il prit un train gare d'Austerlitz et fut étonné de ne pas prendre place à bord d'un TGV. Un contrôleur lui expliqua que les lignes pour le centre de la France attendaient l'électrification idoine pour accueillir ces bolides. Cette réponse lui parut de bon augure : il allait donc prendre son temps puisque le voyage jusqu'à Limoges durait quatre bonnes heures, auxquelles il fallait en ajouter presque deux pour atteindre Guéret. Là-bas, il avait réservé une voiture de location. Quant au père Bataille qu'il avait eu au téléphone, il lui avait expliqué approximativement l'itinéraire qui conduisait à la ferme. Muni de ce viatique, d'une carte routière et d'un sens réel de l'orientation développé par son habitude des voyages, Jenkins se sentait fin prêt.

En route, il réfléchit tranquillement sur la manière de procéder. Certes, il s'agissait d'un premier contact, et Greg l'avait averti : son père était un homme bon autant que bourru, qui n'aimait pas perdre son temps ni éprouver le sentiment que quelqu'un se payait sa tête. Mais

Bill Jenkins pensait avoir des arguments solides pour emporter l'adhésion de ce paysan chevronné converti de fraîche date, aux dires de son fils, aux techniques les plus modernes.

Ce qui frappa d'abord Jenkins, une fois traversées les grandes plaines beauceronnes qui lui rappelaient, en plus modestes cependant, son Midwest natal, c'était le morcellement des exploitations. Outre le vallonnement, les paysages paraissaient cassés par un foisonnement de haies et de palisses, de bosquets et de bouquets d'arbustes, quand ce n'étaient pas de véritables espaces boisés, qui fermaient la campagne au regard extérieur. Il y avait quelque chose de confidentiel et d'intimiste, dans ce territoire français. Rien à voir avec les grands espaces de l'Amérique céréalière où il semblait banal de cultiver d'un seul tenant plusieurs milliers d'hectares. C'est ainsi qu'au rythme d'un train pas très pressé, Jenkins prit la mesure d'un univers qui n'avait à ses yeux rien de familier. Qui lui semblait même, par certains aspects, plus exotique qu'un voyage vers les tropiques.

Il faisait une chaleur de four dans l'encaissement de Guéret où se trouvait la vieille gare en pierre grise. L'envoyé de la firme Mosampino repéra sans problème le bureau de l'agence de location. Les formalités remplies, son permis de conduire visé, il prit la route à bord d'une Clio nerveuse. Toutes vitres ouvertes, la musique à fond, il se sentit tout à coup revivre en respirant cet air oxygéné, et surtout rempli de tous les parfums d'une campagne digne de ce nom, fleurie de toutes parts et butinée à qui mieux mieux par des bataillons d'abeilles.

Jenkins traversa le village d'Ajain et bifurqua sur la droite, suivant fidèlement les instructions du vieux Bataille. Les vaches au pré ruminaient une herbe jaunie en regardant passer la Clio d'un œil indifférent. Il faisait si chaud que Jenkins finit par remonter les fenêtres pour mettre en route la climatisation. Il se demandait dans quel état il allait trouver l'exploitation des Bataille que Greg avait vantée comme une ferme équipée « dernier cri ». Il se méfiait un peu des affirmations de son ami. Non qu'il n'eût pas confiance en lui, mais il se figurait l'écart entre la modernité agricole vue par un Français et celle en cours aux États-Unis.

Un tracteur qui arrivait en face, tirant une grande carriole remplie de fourrage, le força à rouler sur le bas-côté. Il stoppa quelques instants. Le chauffeur de l'engin lui fit un signe de la main pour le remercier, tout en scrutant son visage. Ici, on repérait un étranger de loin.

— La ferme Bataille, c'est par là ? demanda Bill Jenkins, histoire de parler car il était à peu près certain d'aller dans la bonne direction.

— Tout droit puis à droite au grand platane, répondit l'homme, légèrement intrigué par l'accent étranger qu'il avait remarqué.

— Parfait, merci !

La Clio redémarra, soulevant dans son sillage un nuage de poussière. Moins de cinq minutes plus tard, elle se gara dans une vaste cour dépourvue d'ombre, que le soleil semblait étouffer de son couvercle de feu.

Jenkins attendit quelques instants sans bouger. Il ouvrit les fenêtres et sortit une cigarette de sa veste. Il n'avait guère envie de fumer, pourtant il prit une blonde qu'il alluma d'un geste nonchalant. Rien dans son comportement ne laissait deviner son anxiété. Il se demandait comment le père Bataille allait réagir à ses propositions. Il se demandait aussi comment réagirait son ami Greg quand il apprendrait les intentions réelles de ce voyage, qu'il avait négligé de lui exposer. Après tout, son père et ses frères étaient adultes et responsables. Il se contenterait d'une proposition, bien payée certes, et même très bien payée au regard des revenus agricoles de la région, mais en aucun cas il ne pourrait imposer quoi que ce soit au père Bataille. Grégoire lui-même avait prévenu Bill : « Fais gaffe, mon vieux est du genre tête dure. Si tu veux lui fourguer quelque chose, un produit ou une idée, tu auras intérêt à te montrer convaincant ! »

Rien ne bougeait dans la cour sans air. Jenkins aspira une dernière bouffée de sa cigarette avant de la jeter par la portière. Une vilaine habitude d'Américain. Il prit sa mallette de cuir noir, vérifia son aspect physique, de manière à ne pas trop ressembler à un businessman en goguette, par l'odeur alléché…

Un chien annonça l'arrivée de l'Américain. Il était attaché à une longue chaîne, et ses aboiements restèrent infructueux, jusqu'au moment où un jeune homme parut dans l'embrasure de la porte principale.

— Monsieur Jenkins ? demanda-t-il.

— Tout juste ! Belle ferme, belle région, lança-t-il aussitôt.

— Et vous n'avez encore rien vu. Moi, c'est Danou. Mon père m'a dit de vous accueillir et de vous installer dans la chambre de Greg.

— Trop aimable. Je vous suis.

Jenkins attrapa dans le coffre son sac de voyage et son ordinateur puis rejoignit Danou.

— Alors comme ça, vous êtes un copain de mon frangin ?

— Oui, ça remonte à pas mal de temps. Un sacré vaillant, Grégoire, et une belle intelligence.

— C'est vrai. Il nous manque, ici, parfois. Mais je crois qu'en vieillissant un peu, il a envie de se rapprocher de ses racines. C'est humain !

— La terre des ancêtres, l'envie de savoir qui on est, tout cela finit toujours par motiver chacun de nous.

Les deux hommes pénétrèrent dans le bâtiment principal et, de la même manière qu'à Bertozzo don Melchiorre s'était montré aux petits soins pour Grégoire, son frère, dans un décorum moins somptueux, fit bénéficier Jenkins des lois de l'hospitalité campagnarde.

Ils traversèrent une salle couverte d'un dallage rouge, passèrent devant une cheminée qui, hiver comme été, brûlait de grosses bûches.

— Sinon, la maison est humide. Sous nos pieds, il y a des sources partout, confia le frère de Greg. C'est pourquoi nous connaissons rarement des problèmes de sécheresse.

— Je vois, répondit Jenkins.

— Mon père sera là dans une heure ou deux. Il a des rendez-vous avec les responsables de la coopérative, pour une histoire de collecte laitière. Il faut bien s'organiser, avec la chute des cours, expliqua Danou sans entrer dans les détails.

À la ferme, on tenait la proposition du groupe Verdi pour si inespérée qu'en parler réveillait des réflexes de superstition. Mieux valait ne rien dire tant qu'aucun papier officiel ne serait signé.

La chambre de Greg ressemblait à celle d'un adolescent plus qu'à celle d'un homme adulte. Au mur étaient placardés des posters représentant des équipes de rugby, des chanteurs de rock et quelques comédiennes en vue des années 90, Vanessa Paradis, Nathalie Baye.

— Greg a quitté la ferme il y a quinze ans, tout est resté en l'état, fit Danou comme pour s'excuser de l'atmosphère un peu puérile des lieux.

— Ça ira très bien, répondit l'Américain.

— Vous êtes dans quelle partie exactement, monsieur Jenkins, demanda le frère de Greg quand ils furent redescendus dans le salon.

— Mosampino, tu connais ?

— Un peu. Moi, je ne suis pas tellement dans la production. Mon truc, c'est l'agrotourisme, les vacances à la ferme, la découverte de la nature par les citadins, vous voyez…

— Oui, j'ai entendu parler de ça. En Amérique, les gens reconstituent des châteaux de l'époque des rois de

France alors que vous, vous vous retournez vers vos racines avec une certaine nostalgie de la vie à la campagne, c'est ça ?

— En quelque sorte, admit Danou en entraînant son hôte vers la cuisine.

Là, il lui proposa un verre de vin rouge et une part de pâté de pommes de terre qu'il avait fait doucement tiédir au four.

— Pâté de pommes de terre ! s'exclama Bill, surpris.

— Parfaitement, et vous allez voir que c'est autre chose que la cuisine McDo, sauf votre respect, monsieur Jenkins.

— Appelle-moi Bill, ce sera mieux.

— Très bien, Bill. Alors c'est parti pour un coup de rouge un peu brutal mais authentique, sans sucre ni copeaux de chêne dans la barrique, malgré les recommandations de votre ami Robert Parker.

Bill Jenkins tressaillit à ce nom.

— Tu connais Bob Parker ?

— Pas personnellement. Mais en France, c'est devenu le pape du pinard. Il fait la pluie et le beau temps, avec sa revue *Wine Advocate* et surtout avec sa bible annuelle sur les vins. Il met des notes sur 20 et les propriétaires sont comme fous s'ils n'obtiennent pas un bon classement. Si on nous avait dit il y a dix ans qu'un Amerloque – excusez-moi l'expression, Bill – serait le pape du pinard chez nous…

— Et il a bon goût, au moins, mon « ami » Parker que je n'ai jamais vu de près ni de loin, pour ton information…

— En tout cas, ce n'est pas mon goût. Il a incité les vignerons à boiser leur jus comme des malades. Résultat, la plupart des grands bordeaux se ressemblent, trop tanniques, trop lourds, presque indigestes. Alors nous, ici, on se moque des classements de M. Parker. On se contente de petits vins de soif qui ne se prennent pas pour des Cadillac, au corps souple et léger, pas prétentieux pour un sou. C'est vrai, Bill, les gars sont devenus fous avec ce qu'on appelle maintenant la «parkerisation»! On est en France, tout de même. Que diriez-vous si on vous imposait nos goûts alimentaires?

— Ça vaudrait peut-être mieux pour nous! répondit Jenkins. Ici, au moins, vous savez vous nourrir, et boire aussi, tout de même…

Pendant que les deux hommes devisaient tranquillement, l'Américain songea qu'il serait sans doute difficile d'avancer ses pions dans la famille de Greg, vu le discours assez virulent de Danou sur l'Amérique et ses standards. Mais puisqu'il était venu ici pour écouter, il se garda bien de contredire ce jeune homme qui se disait un visionnaire du monde rural moderne.

— Vous autres, les Américains, fit Danou, vous bavez littéralement devant notre passé prestigieux, devant nos traditions, nos vieilles fermes avec leurs vieux moellons, nos vaches aux champs et nos villages serrés autour des églises. Ce qui vous plaît, c'est cette image d'une France éternelle, immuable, comme mise sous cloche. Mais nous ne voyons pas exactement les choses ainsi. Nous ne voulons pas devenir comme chez vous des Indiens dans leurs réserves. Si nous défendons des valeurs liées au passé, à notre socle commun, nous ne sommes pas figés dedans. La modernité aussi nous intéresse. Mon père vous montrera tout à l'heure de quoi nous sommes capables malgré nos apparences de bouseux arriérés!

— Qui a parlé de bouseux? Pas moi, Danou.

— Je sais bien, c'est une façon de dire… Vous autres, en Amérique, êtes habitués aux très grands espaces déserts, où chacun doit prendre son 4 × 4 et parcourir des dizaines de kilomètres pour aller en ville ou trouver un magasin d'alimentation. Nous, c'est le contraire. On a parlé autrefois de Paris face au désert français. Et depuis la guerre, il est vrai que la désertification des campagnes gagne du terrain. Mais aujourd'hui, la tendance s'inverse.

— C'est-à-dire ? demanda Jenkins, intrigué.

Danou n'était pas peu fier de tenir ainsi le crachoir à un étranger qu'il savait très diplômé et possesseur de savoirs que lui n'aurait jamais.

— La France d'aujourd'hui, Bill, est travaillée de l'intérieur par un mouvement appelé à devenir considérable et que les gens à Paris, dans les bureaux et les ministères, appellent l'exode urbain.

— Cela signifie que…

— Que les citadins n'en peuvent plus de la ville, du bruit et de la pollution, de la violence, du manque de boulot, de l'insécurité pour les enfants, des courses au supermarché avec de la bouffe sous plastique, des embouteillages et du racket des stationnements. Ils ont besoin d'air et d'espace. Ils veulent avoir la paix.

— Et alors ?

— Alors, c'est là que des gens comme nous, enfin comme moi, entrent en scène. Avant Internet – merci l'armée américaine qui a inventé ce truc génial, tu vois que je sais reconnaître vos mérites –, bref, avant Internet, le travail était associé nécessairement aux villes, plus ou moins grandes. Aujourd'hui, on peut souvent bosser chez soi, dans un environnement beaucoup moins agressif, à condition que le minimum de services soient disponibles sur place dans les modestes bourgades. Il faut conserver des commerçants, un bureau de poste et une banque de proximité, une pharmacie, des écoles, des médecins et que sais-je encore, tout ce qui constitue un véritable tissu social.

— D'accord, je te suis, approuva Jenkins. Mais quel est le rapport avec votre activité à la ferme ?

— C'est évident. Qui fait vivre le territoire rural, qui entretient les paysages, qui dégage de la richesse imposable permettant aux communes où se trouvent nos exploitations de boucler des budgets dignes de ce nom ?

L'Américain hocha la tête.

— Je comprends, Danou. Mais qu'est-ce qui vous empêche de vous moderniser ?

— Rien, répondit le frère de Greg, à condition de ne jamais perdre de vue les objectifs. Ici, nous produisons du lait à haute dose grâce à des robots de traite supermodernes qui optimisent la lactation des vaches. Mais nos bestioles vont toujours aux champs brouter de l'herbe et, à ma connaissance, pas une seule n'est devenue folle au point de nous forcer à abattre tout le troupeau, comme cela s'est beaucoup passé en Grande-Bretagne, et en France de façon plus marginale.

— C'est une chance, approuva Jenkins. En somme, vous n'êtes pas hostiles à la modernité à condition que les risques soient maîtrisés.

— On peut le dire comme ça, admit Danou. Je préférerais parler d'absence de risque, même si nous sommes payés pour savoir qu'aucune activité humaine ne s'exerce à risque zéro.

— Et les pesticides sur les cultures, vous en épandez ?

— Oui, évidemment. On ne peut pas risquer une récolte médiocre au prétexte qu'on ne traiterait pas. Nous y allons avec modération pour ne rien polluer, pour ne pas tuer les abeilles qui travaillent dans nos ruches, derrière la ferme. Tout est affaire de dosage, de respect des équilibres. Personnellement, je serais volontiers devenu un agriculteur biologique. Mais le sacrifice est trop grand en termes de revenus. J'ai préféré bifurquer vers l'agrotourisme, d'autant que ça ne branchait pas trop mes frères ni mon père. Je leur ai laissé la production. Moi, je suis un peu l'artiste de la famille !

— Tu as raison, s'écria Bill en se resservant un verre de rouge. Il faut des artistes pour nous dire ce qui est beau et ce qui doit le rester.

Les pneus d'une auto se firent entendre dans la cour de la ferme. Danou tendit l'oreille. Le chien aboya puis revint se coucher au seuil de la maison, sur le carrelage frais.

— Je crois que vous allez avoir une séance de travaux pratiques, voici mon père, dit le jeune homme avec un brin de fierté dans la voix.

32

Aussitôt, quelque chose passa entre eux. Était-ce parce que le père Bataille rappelait à Jenkins le visage de Greg ? Était-ce parce que Jenkins incarnait, comme par procuration, la présence de Grégoire à la ferme ? Leur rencontre fut aussitôt placée sous le signe de l'entente chaleureuse, de l'entente et de la compréhension mutuelles.

Comme tous les hommes qui avaient connu la Seconde Guerre mondiale, le père de Grégoire, Marcel de son prénom, avait gardé dans son cœur une part inentamée de reconnaissance pour les Américains. Il n'était pas en âge de combattre puisque, né en 1932, il avait seulement treize ans l'année de la Libération. Mais son père et ses oncles s'engagèrent très tôt dans le maquis de Creuse qui, avec celui du Limousin, fut un des plus actifs, cité même en nom collectif au titre des Compagnons de la Libération. Après guerre, Marcel Bataille avait entendu plus d'une fois à table le nom de Patton, Montgomery ou Eisenhower, et les gamins de son âge avaient connu très tôt le chewing-gum et le Coca-Cola, sans parler des vêtements kaki des surplus américains qu'ils achetaient dès qu'ils avaient quelques sous en poche.

Ce fut d'emblée un sujet de conversation très riche entre Marcel Bataille et Bill Jenkins dont le grand-père avait connu le débarquement en Normandie, les affres du fameux D Day où il avait perdu pas mal de ses copains du Midwest qui voyaient ce jour-là pour la première et pour la dernière fois les côtes de France. Dans sa jeunesse, Marcel Bataille n'avait pas seulement vu arriver sur l'exploitation familiale les tracteurs sortis des usines John Deer. Il avait connu les séances de cinéma dans la grande salle municipale de Guéret où l'on projetait *Rio Bravo* en trois bobines, tous les westerns de John Ford avec John Wayne, et aussi les films de guerre, comme *Les Canons de Navarone* ou *Tant qu'il y aura des hommes*.

Marcel Bataille avait été surpris la première fois qu'au cinéma des hôtesses en tablier rose bonbon avaient vendu des pop corn blancs, ce maïs soufflé qui venait d'Amérique.

— À cette époque, expliqua le père de Grégoire, on ne cultivait pas de maïs en France, à peine quelques hectares dans le Sud-Ouest, et encore, pour les besoins des poules… On apprenait en revanche en classe de géographie qu'il existait aux États-Unis la Corn Belt et la Wheat Belt, mais cela nous paraissait tellement loin et inaccessible. Alors quand on s'est mis à mâcher du maïs soufflé venu de chez vous au cinoche…

C'est sur ces histoires du plus ou moins « bon vieux temps » que les deux hommes firent connaissance et qu'ils se plurent sans l'ombre d'une hésitation. Marcel Bataille, qui était arrivé sur ses gardes à la ferme pour rencontrer l'envoyé de son fils, se montra prolixe, évoquant devant cet étranger des souvenirs que ses fils ne l'avaient jamais entendu mentionner, comme si Jenkins avait eu un fluide pour faire causer ce taiseux. Lorsqu'ils reçurent un appel d'Andorre, Grégoire eut la surprise d'apprendre de la bouche de son frère Lucien que leur père et Bill avaient beaucoup sympathisé, l'Américain apprenant même des expressions familières et des jurons de cow-boy à son nouvel ami de près de quarante ans son aîné !

Avec une fierté non feinte, Marcel Bataille ne laissa à personne le soin d'emmener Jenkins faire le tour de la propriété. Comme il se devait, il le conduisit dans l'étable hypermoderne. Une visite qu'il avait gardée pour la fin, soucieux de ménager son effet. Mais ce qu'avait vu avant le représentant de la Mosampino l'avait beaucoup intéressé, et l'idée qui avait germé dans sa tête à Paris n'avait cessé d'embellir à mesure qu'il découvrait les ressources du domaine Bataille. Les champs dissimulés derrière des rangées d'arbres ou de haies, loin des routes, avaient particulièrement attiré son attention.

Quand ils revinrent à la maison, tous les frères de Greg étaient là. Lucien et Gilles mettaient des fruits en bocaux pour l'hiver, de magnifiques abricots aux oreillons larges et orange vif comme des jaunes d'œufs. Danou, lui, lisait une revue de tourisme qui présentait des intérieurs de gîtes ruraux dont il considérait sans fausse modestie qu'ils paraissaient moins beaux, à première vue, que l'ancienne grange qu'il avait réaménagée pour l'accueil des hôtes.

Comme il sentait l'ambiance propice, Jenkins s'ouvrit de ses projets en laissant entendre que Grégoire avait donné son assentiment pour qu'il puisse les évoquer sans détour devant eux.

— Je voudrais jouer cartes sur table avec vous, commença Jenkins. Ma société rencontre de grandes difficultés à faire avancer en Europe le fruit de ses recherches. Vous le savez comme moi, le progrès n'est rien sans les vecteurs de progrès, sans ces pionniers qui, dans tous les domaines, acceptent de prendre certains risques pour faire triompher la vérité et, du même coup, un mieux-être pour tout un chacun.

Jenkins connaissait son métier. C'était un orateur brillant, capable pour chaque élément de démonstration d'apporter un exemple clair et percutant susceptible de frapper les imaginations les moins réceptives. L'auditoire, ce jour-là, lui parut ouvert et de bonne qualité. Il songea que Grégoire n'était pas une pomme cueillie dans un poirier, mais le représentant d'une belle lignée d'hommes mûrs et capables d'une réflexion poussée.

— Souvenez-vous, rappela Jenkins, de ce qui a pu être écrit autrefois de l'automobile ou du train. Au-delà de quinze kilomètres par heure, on disait, il n'y a pas si longtemps, que la cervelle ne supporterait pas le choc, que les passagers succomberaient de maladies cérébrales, de folie ou d'épilepsie ! Et le bras de fer entre votre admirable Pasteur et l'Académie de médecine !

— Vous connaissez Pasteur, fit Marcel Bataille plein d'admiration et d'étonnement.

— C'est un héros chez nous, insista l'Américain, trop heureux de flatter une certaine fibre patriotique tout en insistant sur l'obsession sanitaire de ses concitoyens. Lorsque Pasteur a mis au point le vaccin contre la rage, souvenez-vous qu'il a fallu des cobayes et qu'il s'est lui-même inoculé le produit avec le bacille rabique !

— C'est pourtant vrai, fit Lucien, l'aîné des frères, comme s'il s'était trouvé en cours de biologie au lycée.

— Si je vous donne ces précisions, ajouta Jenkins avec modestie, ce n'est pas pour vous apprendre des choses que vous savez mieux que moi. Je veux seulement vous faire toucher du doigt les enjeux du moment qui se cristallisent autour d'un sigle devenu presque tabou en France : les OGM.

Il y eut un silence. Le chien couché aux pieds de son maître émit quelques jappements.

— Il dort. Il rêve qu'il est à la chasse, fit Marcel Bataille en souriant.

— Vous en pensez quoi, entre nous, de ces OGM ? demanda Danou d'un air un peu sceptique.

L'ami de Greg surveilla sa réponse pour ne pas heurter de front son auditoire. Il fallait se montrer subtil, ne pas tenter d'être l'avocat du diable. Le débat était si chaud en France sur ce sujet, chargé de tant de passions par définition irrationnelles, qu'il procéda par petites touches.

— Soyons franc, affirma-t-il. C'est une invention américaine. Et depuis la guerre en Irak et les faux pas de George W. Bush, la communauté internationale est fondée à se méfier de tout ce qui vient des États-Unis. Moi qui connais bien votre pays, il m'arrive souvent d'avoir honte d'être américain quand je parle avec mes amis français. Le résultat de notre politique étrangère désastreuse est que nous ne sommes plus pris au sérieux sur rien. Même votre festival de cinéma, à Cannes, a primé un film qui tourne en dérision le locataire de la Maison Blanche, autrement dit le personnage le plus important de notre démocratie. Pouvez-vous imaginer une seule seconde que l'oscar d'Hollywood puisse un jour revenir à un cinéaste français qui se paierait la tête du président Jacques Chirac ?

— Ce ne serait pas un réalisateur issu des campagnes ! s'écria Lucien. Vu que chez nous, Chirac a une popularité comme ça. Il nous aide depuis qu'il a été ministre de l'Agriculture, ça fait un bout de temps.

La conversation s'engagea sur des généralités concernant le respect qu'on doit aux hommes d'État. Puis, tous admirent que George W. Bush, loin d'être seulement une calamité pour la terre entière, était d'abord un fléau pour son pays.

— Avec ce cow-boy texan presque analphabète et convaincu d'être investi d'une mission divine pour la défense du Bien, tout ce qui est américain est aujourd'hui dévalué, critiqué, reprit Bill Jenkins. Et voilà comment les OGM mis au point par Mosampino font l'objet d'une levée de boucliers sans précédent.

— Une levée de fourches ! corrigea le père Bataille. Vu comme vous le dites, c'est vrai qu'il y a une certaine injustice de notre part. Après tout, depuis la guerre, on ne peut pas dire que la recherche américaine n'ait pas contribué à améliorer les semences céréalières et les collections génétiques de vaches ou de moutons, admit-il.

— Et je vous rappelle que l'épidémie de vache folle n'a pas fait de dégâts chez nous. C'est une affaire britannique, un point c'est tout ! renchérit Jenkins.

— Le Sras, c'est chinois, précisa Lucien.

— Nous sommes trop à cheval sur les règlements sanitaires pour courir le risque d'empoisonner la terre entière avec les OGM, observa l'Américain avec la conviction d'un jeune abbé juste nommé par son évêque pour évangéliser les masses privées de foi. Et puis, n'oubliez pas que ces organismes génétiquement modifiés donnent l'assurance à leurs utilisateurs que leurs récoltes ne subiront plus d'avaries en cours de route. Ni les rongeurs, ni les insectes, ni le stress en eau dû aux sécheresses n'aura raison de la poussée. Nos plantes de demain seront des citadelles inattaquables, croyez-moi. Si cela ne s'appelle pas le progrès, je veux bien être passé à la chaise électrique ! s'écria Jenkins dans une envolée qui cloua d'admiration son auditoire, jeune et moins jeune.

— On peut dire que vous mettez du cœur à l'ouvrage pour défendre vos convictions, le félicita le père Bataille. Vos patrons peuvent être contents de vous.

Jenkins n'en demandait pas tant pour sortir sa botte fatale, son joker, son estocade finale. Il prit soudain un air triste, presque misérable et contrit.

— Oh ! mes patrons..., lâcha-t-il en suspendant sa phrase.

— Ils ne sont pas satisfaits de votre travail ?

— C'est-à-dire que la situation est critique pour nous, expliqua l'Américain d'une voix devenue atone. Chaque jour, en France, il suffit d'allumer la radio ou la télévision pour assister au spectacle pitoyable des faucheurs venant sauvagement couper des plants OGM que votre propre Institut de recherche agronomique, l'INRA, essaie de développer depuis des années grâce à des programmes de recherche coûteux et très pointus. D'obscures forces de régression sont à l'œuvre et mes patrons, comme vous dites, se demandent si nous ne devons pas faire l'impasse sur la vieille Europe pour offrir directement notre nouveau savoir-faire aux pays de l'Est ou à ceux du tiers-monde. Mais évidemment, ces pays qui seraient prêts à valoriser notre recherche n'ont pas le sou et resteront insolvables encore pendant une ou deux décennies. Tandis qu'ici…

Jenkins soupira. Les fils du père Bataille avaient rapporté de la cuisine un pâté de pommes de terre tout chaud et du café tout aussi brûlant. Il était 4 heures de l'après-midi, le moment idéal pour une petite collation avant de repartir aux champs, quand le soleil aurait baissé en température.

— C'est vrai qu'en France nous sommes capables d'avoir des réactions très médiocres devant ce qui apparaît comme une avancée, admit Lucien Bataille tandis que son père aspirait bruyamment dans sa tasse emplie d'un jus très noir à réveiller les morts. Mais il faut se mettre à notre place. On entend dire tout et n'importe quoi au sujet de ces OGM. On dit que la pollution génétique empêche les plantes non OGM de se reproduire. On dit que les abeilles crèvent et ne pollenisent plus.

— Ce sont des ragots diffusés par nos adversaires, coupa Jenkins. Nous payons des équipes d'avocats pour attaquer les propos mensongers. Nous espérons que nos détracteurs seront chaque fois condamnés. Cela nous coûte cher, mais c'est sûrement le seul moyen de faire cesser la campagne de dénigrement à notre encontre.

— Les procès, ça prend du temps et c'est ruineux, lâcha le père Bataille. Si vous êtes venu nous voir, c'est pour nous convertir ?

L'Américain éclata de rire, et ce jaillissement de bonne humeur se communiqua à tous.

— Je ne suis pas un prophète ni un prédicateur ! s'écria-t-il en se découpant une bonne part de pâté de pommes de terre. Il n'est pas question de vous dire : croyez-moi sur parole, ayez foi en moi et en mes produits. Ce n'est pas un exercice de mysticisme ni une opération sectaire à la manière des raéliens.

— Les raéliens ? demanda Danou.

— Oui, vous savez, cette secte dirigée par un Français, qui affirme avoir cloné des êtres humains. Nous sommes des gens sérieux, avec une batterie de scientifiques bardés de diplômes et d'expérience, qui font la différence entre le doux charlatanisme et les véritables avancées de la science. La difficulté que nous rencontrons, c'est la diffusion de notre savoir. Il arrive un moment où les coûts de la recherche représentent de tels investissements qu'il faut monnayer nos résultats. Et pour l'instant, si nous avançons bien auprès des autorités américaines, le blocage est total en Europe. Nous serions en 1945, je suis certain que vos dirigeants accepteraient nos OGM comme du bon pain. Il ne faut tout de même pas une guerre ici pour prouver que nous avons raison !

— Ne parlez pas de malheur ! fit Marcel Bataille. Si je comprends bien, vous essayez de savoir pourquoi ça ne passe pas ?

— Oui, mais je veux aller plus loin. Je veux agir. Seriez-vous prêts à m'aider ?

— Vous aider ? reprit le chef de famille. Mais comment ?

— Produire des OGM ici, lança Lucien qui avait compris à demi-mot le raisonnement de Jenkins.

— Je vois que vous suivez admirablement, répondit l'Américain, surpris par la vivacité de l'aîné des Bataille. À vrai dire, ce serait formidable. J'ai repéré, cet après-midi, des champs en jachère complètement soustraits aux regards.

— Vers les Chaumettes, fit le père Bataille en s'adressant à ses fils.

— Ce serait un endroit parfait pour une expérimentation grandeur nature si, bien sûr, vous acceptiez de jouer le jeu. Je dois vous dire deux choses. Nos plants d'OGM ne sont pas tolérés sur votre sol. Et je suis prêt à vous verser une indemnité considérable en échange de ce test et sous couvert d'une discrétion totale de part et d'autre, dans l'intérêt bien compris de nos deux « entreprises », puisque je considère votre exploitation comme une véritable entreprise.

La proposition de Jenkins fit l'effet d'une petite bombe dont la déflagration se traduisit par un long silence. Décidément, après l'offre de don Melchiorre d'écouler massivement du lait vers l'Italie, le pacte envisagé par l'Américain sonnait l'heure d'une véritable révolution à la ferme Bataille.

33

Pour une fois, pour la première fois de sa vie, sans doute, Grégoire fut enclin à se laisser guider par les événements, sans méfiance ni scrupules d'aucune sorte. Il avait trouvé le matin même le vieux Giuseppe Alboni en livrée et la Maserati de don Melchiorre parfaitement astiquée, rutilante jusqu'aux enjoliveurs, pour accompagner ces messieurs-dames à l'aéroport. Et le voyage s'était passé dans les meilleures conditions sur un vol qui atterrit au cœur des Pyrénées centrales moins de deux heures plus tard.

Le patriarche avait voyagé dans le premier siège isolé derrière le cockpit. Ornella et Grégoire avaient eu leur place dans les fauteuils juste derrière, et c'est en plein ciel, comme s'il eût fallu occuper une position élevée pour l'événement, que le jeune homme saisit la main de la jeune femme. Celle-ci, loin de la repousser, exerça une vive pression des doigts, signifiant quelque chose comme : oui, enfin, c'est bien.

Ils parvinrent à Andorre-la-Vieille juste à l'heure où les Andorrans déjeunaient, attablés aux terrasses des restaurants innombrables du centre. Don Melchiorre semblait avoir ici ses habitudes car il entraîna sans hésiter la petite troupe dans une petite rue très calme et très en pente située derrière la Plaça del Poble.

— On y mange un merveilleux serrano, chuchota le patriarche avec de la gourmandise plein les yeux.

On les installa à une table ronde collée à une fenêtre

basse d'où ils bénéficiaient d'une vue profonde et panoramique sur la vallée d'Andorre. Grégoire nota que son hôte ne laissait jamais rien au hasard puisque la table avait été réservée depuis Milan, cette table précisément, ronde, pour trois couverts, et dominant le point de vue.

— Vous êtes un habitué d'Andorre ? demanda le jeune Français après avoir choisi son plat.

— Je viens là depuis longtemps, une à deux fois l'an. Pour des thalassos, précisa-t-il aussitôt, comme s'il pouvait exister d'autres raisons pour un industriel de son envergure de passer régulièrement du temps en Andorre.

Ils étaient arrivés depuis dix minutes à peine qu'un serveur s'approcha d'eux et demanda don Melchiorre. Quelqu'un l'appelait au téléphone. Le vieil homme manifesta sa surprise mais ne dit rien. Il se leva et suivit le serveur jusqu'à la cabine située légèrement en retrait du comptoir. C'était Aldo Lermini.

— Que se passe-t-il, Aldo ? Et pourquoi m'appelez-vous ? Ils pourraient se douter de quelque chose, nos deux tourtereaux.

— Pardonnez-moi, don Melchiorre. Mais je n'avais pas d'autre moyen de vous joindre. Vous m'aviez dit que vous iriez déjeuner ici, alors.

— Bon, oublions. Que se passe-t-il ?

— Du nouveau, monsieur. Le contact dont je vous avais parlé…

— Eh bien ?

— Il devait se trouver en Andorre toute la semaine. Mais un imprévu l'oblige à partir dès demain matin pour l'Amérique du Sud. Il faudrait que vous puissiez le rencontrer ce soir.

— Ce soir ? Comment ça ?

— Débrouillez-vous pour caser vos jeunes. Quelle idée aussi d'avoir entraîné ce Français avec vous.

— Ça, ce sont mes affaires, fit sèchement don Melchiorre.

— Ce sont aussi les miennes, au moins pour ce qui concerne nos véritables affaires, rétorqua Aldo Lermini sur le même ton.

— Alors ? s'impatientait son interlocuteur.

— Qui vous savez vous attendra ce soit à 21 heures dans le cloître de l'église Santa Coloma, dans le vieil Andorre, vous voyez où elle se trouve ?

— Le clocher est de pur style lombard, comment voulez-vous que j'ignore où est cette église, répliqua maussade don Melchiorre, comme chaque fois qu'on doutait de ses connaissances. J'y serai.

— Parfait. À bientôt et bonne chance.

Don Melchiorre raccrocha en maugréant. Décidément, ce banquier qui se posait en as de la nouvelle finance avait le don de l'irriter avec ses airs de tout connaître et son mépris ostensible, quoique contenu, pour les hommes de la race du patriarche, ces hommes qui s'étaient faits tout seul à la force du poignet, sans diplômes ni relations dans la grande bourgeoisie de Rome ou de Milan.

Revenant à table, il saisit le regard complice que s'envoyaient Ornella et Grégoire.

— C'était qui ? demanda sa fille.

— C'était Giuseppe, mentit don Melchiorre. J'ai oublié des notes à signer dans le parapheur qu'il avait emmené exprès dans la voiture pour que je liquide ces papiers pendant le trajet jusqu'à l'aéroport. Certains peuvent attendre une semaine et pour un qui est plus pressé, je lui ai dit de signer lui-même.

— Signer lui-même, à votre place ? manqua de s'étrangler Grégoire.

— Parfaitement, et ce ne serait pas la première fois. Quand on était gosses et que je séchais l'école, ce gars-là me rédigeait des mots d'excuse inimitables. Il savait y faire avec l'écriture. Je n'ai jamais su où il avait déniché ce style, des pleins et des déliés d'adulte, et avec ça des tournures, des adjectifs et tout ! Ça fait soixante ans que ça dure. Il imitait à merveille l'écriture de mon père mais je dois dire qu'il imite encore mieux la mienne. Jusqu'à ma signature. Alors…

— Mais vous ne craignez pas…

— Quoi ? Qu'il m'escroque ? Qu'il parte avec la caisse ? Alors il y a une chose que malgré votre grande intelligence…

Ornella soupira car elle connaissait son père : quand il commençait une phrase de la sorte, il y avait rarement un compliment au bout.

— Malgré votre intelligence… vous semblez n'avoir rien saisi des relations qu'on noue dans l'enfance. Vous avez bien eu une enfance, pourtant, monsieur Grégoire, demanda don Melchiorre sur un ton soudain caustique.

Le jeune Français interrogea Ornella du regard. Celle-ci était aussi perdue que lui. Que se passait-il ? L'humeur du vieil homme, si enjouée jusqu'ici, paraissait avoir changé du tout au tout.

— Bien sûr que j'ai été enfant, répondit Grégoire. Je m'inquiétais seulement qu'un de vos employés, même s'il s'agit d'un ami et presque d'un frère, puisse en votre absence imiter votre signature.

— Il ne le fait que sur ma demande expresse, affirma don Melchiorre sur un ton qui n'admettait aucune réplique.

Les plats chauds arrivèrent et le déjeuner se poursuivit avec une légère tension. À la fin du repas, le patriarche sortit ses cigares et ce fut le début d'une accalmie. Il avait retrouvé son sourire et manifesta l'envie de ne rejoindre le centre de thalasso que le lendemain.

— Si nous passions la nuit ici ? Je sais que c'est un hôtel très confortable avec des chambres décorées à l'ancienne de façon très typique, comme tu les préfères, Ornella, dit-il d'une voix suave.

— Pourquoi pas, fit la jeune femme, voyant que, manifestement, cette coupure lui ferait plaisir.

— Qu'en dites-vous, Grégoire ? Après tout, vous êtes notre invité et vous avez le droit de vous exprimer !

— Merci, don Melchiorre. Vos désirs sont les miens, croyez-le bien.

— À la bonne heure ! alors c'est entendu, restons jusqu'à demain.

Grégoire songea que ce lieu serait peut-être celui où tout basculerait pour lui et Ornella, et il ressentit comme un creux au ventre, ne sachant ce qui l'emportait, de l'excitation ou de l'appréhension. Le maître d'hôtel fut appelé à la table. Oui, il disposait encore de trois chambres. Une grande au premier, deux autres plus petites au quatrième. Exactement ce qu'il fallait à chacun. À don Melchiorre pour sortir discrètement. Aux jeunes gens pour approfondir le premier contact établi par dix mille mètres d'altitude.

Les bagages entassés dans la voiture de location furent aussitôt pris en main par une escouade de chasseurs qui les répartirent dans les chambres. Don Melchiorre se retira le premier, tandis qu'Ornella et Grégoire restaient tous deux à table, le regard perdu dans ce qu'on appelait les vallées silencieuses d'Andorre. Grégoire, qui savait un peu d'espagnol, demanda le journal local. La presse était pleine de l'événement survenu la veille dans les arènes de Séville. Deux toros appartenant à deux élevages concurrents avaient livré un duel à mort. À peine ouvertes les portes qui menaient à l'air libre, au sortir de l'obscurité dans laquelle ils avaient été confinés pendant plusieurs jours, les deux colosses avaient foncé droit l'un vers l'autre ; on aurait dit qu'ils s'étaient choisis pour mourir. Ils avaient ainsi cavalé à toute allure pour se télescoper cornes et tête premières dans un « bang » éclatant qui avait figé sur place les aficionados emplis de stupeur. Un « oh » de stupeur avait jailli dans l'arène, suivi de cris d'effrois, tandis que les corps des deux toros gisaient inanimés sur la terre blanche. Deux énormes flaques de sang s'étaient rejointes, comme si les deux bêtes avaient ainsi été réunies dans une violence animale inouïe. La photo de ce spectacle étrange s'étalait en première page du journal et, dans le restaurant de l'hôtel, on ne parlait plus que de ces deux-là. Certains disaient que la maladie de la vache folle avait peut-être gagné les toros de corrida. D'autres y voyaient un acte de suicide chez des bêtes qui ne voulaient pas affronter l'homme et son épée. D'autres encore vantaient le courage de ces combattants, leur panache. Bref, il n'y en avait que pour eux.

— Je trouve cela atroce, fit Ornella. Et je ne comprends pas que des gens civilisés se passionnent pour cette boucherie qu'est la corrida. Quand il était plus jeune, mon père raffolait de ce spectacle. Il venait en France exprès. Je crois que c'est comme ça qu'il a si bien appris le français. Combien de fois, au printemps, nous l'avons accompagné à Bayonne, à Mont-de-Marsan et à Nîmes, pour des ferias endiablées…

— Ta mère venait aussi ? demanda Grégoire.

— Au début, oui. Mais elle s'évanouissait. Et mes sœurs aussi. Alors je suis restée seule à accompagner mon père. J'étais fascinée, il faut le dire, par une femme torero à cheval qui s'appelait Marie Sara. On aurait dit qu'elle dansait devant le toro. Mais je me cachais toujours les yeux dans les mises à mort. Longtemps, mon père n'a pas fait d'affaires en Espagne. Il prétendait que la société espagnole restait trop marquée par le franquisme, et il détestait Franco. Plus tard, au moment de l'instauration de la démocratie, il a décidé de reprendre des usines fromagères que nous détenons encore. Je crois que la plupart du temps, il a essayé de mettre de la morale dans ses affaires.

Si don Melchiorre avait entendu les propos de sa fille, sans doute aurait-il souri devant tant de candeur, lui qui s'apprêtait à honorer un rendez-vous décisif dans sa conversion au capitalisme illicite, celui qui triche, qui dissimule, celui qui s'enrichit à l'insu de la société politique et civile.

Pendant que les deux tourtereaux étaient plongés dans un bain de confidences plus ou moins banales, don Melchiorre avait allumé l'écran de son ordinateur portable et attendait que la connexion s'établisse pour envoyer quelques mails à des adresses masquées d'officines andorranes.

Cela faisait déjà plus de dix ans qu'il détenait des comptes numérotés auprès d'une banque de la principauté, la Bandorra. Bon an mal an, il déversait sur ces comptes les bénéfices exceptionnels qu'il réalisait dans certaines activités secondaires, de manière à présenter des bilans à peine en équilibre qui ne l'obligeaient pas à acquitter de trop gros impôts. Mais cette fois, il voulait en finir avec cet amateurisme à la petite semaine. Il avait rendez-vous dans la soirée avec l'un des plus éminents représentants de la Bandorra. Cet homme-là agissait pour le compte de son établissement, même s'il bénéficiait d'une liberté de manœuvre qui excédait largement les prérogatives conférées par son titre de fondé de pouvoir. Carlo Mendes – c'était son nom – passait pour un de ces artistes de la bulle financière, un as du camouflage, même s'il n'avait officiellement à la bouche que le mot de transparence.

Une page de chiffres, de courbes et de diagrammes finit par s'afficher sur l'écran de don Melchiorre. Il nota quelques données sur un petit carnet, de son écriture soigneuse mais minuscule. Quand il eut terminé, il se déconnecta puis fit glisser son carnet dans une poche intérieure de sa veste de costume. Satisfait, il descendit rejoindre Ornella et Grégoire.

Ces derniers échangeaient encore leurs impressions sur la corrida quand le patriarche réapparut.

— Je me sens chez moi, ici, parmi les Catalans, lança-t-il. Ce n'est pas comme les Castillans que je trouve fiers et un brin méprisants. En Andorre, nous sommes en présence d'un État paysan, oui, je vous le garantis, et inutile de sourire, ajouta-t-il à l'adresse de Grégoire qui, en effet, esquissait une mimique avec les lèvres. La loi, en Andorre, repose sur le droit coutumier qui est lui-même pétri de traditions rurales. Au sommet de l'État pyrénéen, vous trouvez l'évêque d'Urgel et le président de la République française en sa qualité de coprince d'Andorre. Mais dans la réalité, vous êtes face à des montagnards vigoureux et les pieds bien campés dans le sol, qui bataillent chaque jour pour faire pousser leur tabac ou leurs pommes de terre.

— Il y a tout de même des banques, souligna Grégoire.

— Je vous l'accorde. Des banques, une TVA défiant toute concurrence et un régime économique proche du libéralisme absolu. On dirait, de ce point de vue-là, une société idéale, presque utopique. Savez-vous quelle est la part du secteur public dans la richesse nationale d'Andorre ? Dites un chiffre !

Manifestement, don Melchiorre avait retrouvé toute sa bonne humeur.

— 30 %, risqua Grégoire.

— Moins que ça, affirma Ornella.

— C'est ma fille qui a raison, fit le patriarche. Mais à un point que tu n'imagines sans doute pas, ma belle. Aux dernières estimations, le secteur public pèse pour à peine 8 % de l'activité. Dérisoire. Un État ramené aux fonctions régaliennes du Moyen Âge. Le reste, tout le reste, c'est l'initiative privée, le triomphe de la volonté individuelle d'entreprendre et de réussir… Une sorte d'Éden, je vous dis.

— Et les impôts ? s'enquit Grégoire, qui n'était pas familier des paradis fiscaux.

— Rien ne vous oblige à les déclarer. Même les banques installées sur place ne donnent aucune indication sur leur état de santé. Évidemment, il y a des contreparties à cette liberté. Pas de syndicats, pas de partis politiques, ou si peu, un droit du travail qui n'autorise pas les mouvements de grève… Cela peut paraître draconien mais, en réalité, les habitants d'Andorre y trouvent leur compte, alors… on ne va pas être plus royaliste que le roi, et que les prince et coprince !

— Si nous allions marcher un peu, suggéra Ornella, puisque tu nous prives pour aujourd'hui d'un bain de pamplemousses.

— Allez-y, moi, j'ai à faire dans ma chambre. Retrouvons-nous vers 7 ou 8 heures pour le dîner.

C'est ainsi qu'ils se séparèrent de nouveau. Ornella et Grégoire partirent à travers la ville comme deux amoureux, et c'est sous un porche qu'ils échangèrent non sans émotion un fougueux baiser, indifférents aux rires et aux interpellations d'une bande de gosses qui tentaient de dire le mot « amour » dans toutes les langues qu'ils connaissaient, du français à l'allemand en passant par l'italien et, bien sûr, le castillan. Quant à don Melchiorre, sitôt installé dans sa chambre, il positionna un fauteuil devant l'écran de la télévision et se brancha sur une chaîne de corrida. Il poussa un profond soupir de contentement. Il se sentit comme dans les arènes de Séville, côté ombre.

34

Pendant ce temps à la ferme Bataille, on s'était mis à l'heure américaine. Ou plutôt, à l'heure de Mosampino dont Bill Jenkins avait exposé, avec son éloquence habituelle, la stratégie planétaire en vue d'atteindre au bien de l'humanité. Si Danou paraissait moins sensible aux arguments de ce brillant bonimenteur, ses frères et son père – surtout son père – buvaient les paroles de leur invité surprise. D'autant que Jenkins avait agité des arguments sonnants et trébuchants. Sa proposition tenait en peu de mots. Il aurait souhaité réquisitionner les terres des Bataille, celles parmi les plus fertiles, mais aussi les plus à l'abri, celles auxquelles on ne pouvait accéder sans pénétrer loin dans la propriété. Le père Bataille s'était fait répéter plusieurs fois les conditions offertes. Il allait accepter.

— En somme, lança-t-il à Jenkins à la fin de cette journée mémorable, ce que vous m'offrez, c'est l'équivalent du remboursement de mes mensualités à la banque, assorti d'une prime initiale de 150 000 euros pour chacun d'entre nous, considérée en quelque sorte comme une prime de risque.

— Parfaitement. Mais si vous acceptez, cet argent vous arrivera en liquide pour qu'à aucun moment nous ne soyons identifiés. Je vous conseille de payer vos dettes avec vos propres revenus déposés en banque, et d'utiliser les trois mille euros que je vous ferai envoyer pour vos dépenses courantes. Comme ça, ni vu ni connu !

— Vous connaissez cette expression, ni vu ni connu ? fit, amusé et surpris, Marcel Bataille.

— Oui, cela vous étonne ? demanda l'Américain.

— Pour sûr ! Il y a eu un film chez nous, dans les années 50, qui s'appelait comme ça. On y trouvait un de nos grands comiques, Louis de Funès, qui interprétait le rôle d'un braconnier sympathique. Il faisait tourner en bourrique un pauvre garde champêtre. Mais je vous parle d'une France qui n'existe plus... Il faudrait commencer quand, ces essais ?

— Le plus vite possible, déclara Jenkins.

— Et on en ferait quoi, de ce blé transgénique ?

— Pour l'instant, on se contenterait de le produire, de l'entretenir et de le récolter. On verrait ensuite, selon la législation en vigueur. Vous pourriez devenir des pionniers, des leaders pour la France et pour l'Europe entière. Les premiers paysans qui auraient osé franchir le pas de la modernité, tout en demeurant enracinés dans leur terroir.

Ce discours trouvait manifestement un écho réel dans l'esprit des Bataille. Il est vrai que, quelques jours plus tôt, un événement hors du commun avait eu lieu en Creuse. Plusieurs centaines d'élus avaient décidé de démissionner en bloc de leurs fonctions, et parmi eux une trentaine de maires de petites communes rurales totalement asphyxiées financièrement et en passe de connaître un abandon définitif. Une manifestation populaire avait suivi, et des élus du pays entier étaient venus apporter leur soutien à ces citoyens découragés de voir s'agrandir autour de Paris le désert français.

— Il faut que vous compreniez, expliqua Marcel Bataille. Nous vivons un tournant majeur, une révolution silencieuse. Chaque jour, un nouvel exemple est cité dans les journaux. Ici, on ferme l'école communale car l'Éducation nationale juge que maintenir un établissement scolaire dans une trop petite bourgade coûte trop cher à la collectivité. Là, c'est le bureau de poste qui menace de disparaître, toujours au nom de la rentabilité, dans un contexte européen ouvert sur la concurrence. Les bistrots ferment les uns après les autres. Les grandes surfaces bouffent les petits commerces. Pour être soigné sérieusement, il faut parfois effectuer quarante kilomètres en auto, et plus encore si on veut des radios ou des analyses de sang. Alors, pour nous qui sommes les derniers des Mohicans, perchés sur nos terres au milieu des grandes solitudes, tout ce qui peut nous permettre de tenir le coup est bon à prendre. Votre blé transgénique, c'est pour ça qu'il me va bien, conclut le chef des Bataille.

— Je comprends, opina Jenkins. Dans un premier temps, il faudrait que cette affaire reste strictement entre nous, dans le cercle restreint de votre famille, si vous le voulez bien. Ensuite, si vous sentez que d'autres exploitants de la région sont prêts à sauter le pas, il faudra me les signaler pour que nous puissions essaimer, toujours dans la plus grande discrétion. Il me semble que nous sommes vraiment à l'abri des regards, ici, n'est-ce pas ?

— Vous ne pouvez pas mieux dire, admit Lucien Bataille, qui était resté jusqu'ici très silencieux, terriblement attentif aux propos de l'Américain exprimés dans un français parfait, à peine teinté d'une pointe d'accent. Savez-vous ce qui nous manque le plus, par ici ?

— Non, répondit Jenkins, dites-le-moi.

Lucien regarda son père et ses frères l'un après l'autre, comme si prendre la parole pour son compte et parler en son propre nom acquérait une dimension exceptionnelle, libératoire.

— Le grand manque, se lança-t-il, c'est le voisinage. Autrefois, du temps de mon père et même encore pendant notre jeunesse, nous formions un tissu serré de chair humaine, de familles, de vies. Nous connaissions l'entraide et chacun, s'il avait d'abord le souci de soi, n'oubliait pas qu'il appartenait à une communauté solidaire.

On se parlait, on se donnait des coups de main. À présent, c'est bien le désert qui s'est installé. Pas besoin d'aller dans le Sahara ou dans le Kalahari, on a la même chose ici, à part la végétation…

— Il a raison, renchérit le père Bataille. Et c'est comme ça qu'il arrive des drames incroyables. À cause du manque de voisins. Prenez avant, il n'y a pas si longtemps, chacun savait à peu près où l'autre en était dans l'avancement de ses travaux, s'il avait rentré ses foins, si les bêtes avaient vêlé. Aujourd'hui, les relations sont tellement distendues qu'on ne sait même pas qui vit ici ou là, et de quoi. Si je vous disais que le groupe terroriste Action directe fut arrêté il y a vingt ans dans une ferme du Loiret…

— Action directe ?

— C'étaient des terroristes qui se réclamaient de la lutte frontale contre l'État avec ses militaires et ses généraux d'industrie. Ils ont exécuté le patron de Pechiney un soir, froidement, dans sa rue. Et pendant toutes leurs années de captivité, ils n'ont aucunement renié leur cause et leurs actes. Eh bien ! ils avaient migré tranquillement dans une ferme où ils élevaient soi-disant de gentilles biquettes. La vérité est que ces terroristes en cavale n'avaient pas choisi l'anonymat d'une grande ville pour se soustraire aux recherches. Ils s'étaient tout simplement transformés en fermiers d'occasion sans que leur statut ne soit contesté par quiconque. Évidemment, il n'y avait personne des kilomètres à la ronde. Alors ici, pour être discret, on ne peut pas trouver mieux.

Pendant que les Bataille présentaient la terre d'où ils venaient, Jenkins réfléchissait.

— De combien d'hectares exploitables disposez-vous ? Je parle de superficies inaccessibles depuis la route, bien sûr.

— Au total, disons les trois quarts de la propriété,

calcula Marcel Bataille. Cela donne quelque chose comme soixante-dix ou soixante-quinze hectares.

— Très bien, fit Jenkins. Si je compte du cent quintaux à l'hectare comme rendement moyen, on peut estimer que vous donneriez entre sept et huit tonnes de blé modifié par saison.

— C'est ça, admit le père Bataille, un éclair dans les yeux.

— En règle générale, quel est le coût d'un quintal de blé moyen, avec vos frais de traitement qui vous oblige à passer plusieurs fois par campagne dans les champs afin d'épandre les insecticides, les pesticides et les régulateurs de croissance, sans parler de l'arrachage des mauvaises herbes qui suscite l'emploi d'un matériel lourd ?

— Je vais vous parler en pourcentage, répondit Marcel Bataille. Les frais divers représentent actuellement la moitié, voire plus du prix de vente final. D'où notre revendication de pratiques moins contraignantes, de fiscalité plus légère sur le fuel.

— Je vois. Alors écoutez-moi bien. Avec nos OGM, c'est fini la chimie à tour de bras. Vous serez engagés dans un processus de production très économe pour votre portefeuille, et très autonome en termes de suivi. N'oubliez pas que nos semences sont notre vitrine, et que nous n'aurions aucun intérêt à nous saborder en offrant aux agriculteurs des produits de base hors de prix générateurs d'une dépendance malsaine. D'après nos calculs, les OGM vous permettront d'abaisser de moitié au moins vos coûts opérationnels.

— De moitié ? firent surpris les Bataille.

— Parfaitement. Et je ne reviens pas sur l'indemnité mensuelle que nous sommes prêts à vous verser. Autrement dit, vous percevrez davantage et vous travaillerez moins, à un moindre coût.

Une certaine euphorie avait gagné la ferme. Les uns et les autres se projetaient dans un avenir confortable.

Non pas qu'ils aient été particulièrement intéressés par l'argent, mais le dur labeur auquel chacun sacrifiait depuis l'enfance ne leur avait jamais permis de véritablement s'enrichir. Et tout à coup débarquait un Américain tombé du ciel qui leur promettait monts et merveilles à condition d'être discrets et de conduire une culture d'un nouveau genre, parée de l'aura sulfureuse de la nouveauté. Pas un « oncle d'Amérique », plutôt un « neveu d'Amérique » qui leur apportait ce dont ils manquaient sans doute le plus dans leur existence, avec un voisinage : le rêve.

Voilà, c'était cela qui, au fond, plus que toute autre chose, faisait que Marcel Bataille et ses fils, Danou y compris, écoutaient bouche bée Jenkins. Le calcul semblait simple à réaliser : si l'envoyé du ciel, ou plus prosaïquement de la Mosampino, leur offrait concrètement d'éponger la dette mensuelle de l'exploitation, en plus d'une prime substantielle, tous pourraient garder dans leur poche les fruits de l'activité, à part égale pour chacun d'entre eux. C'est ainsi que Danou, bien qu'*a priori* le plus tiède sur l'initiative proposée, envisageait d'employer les fonds promis pour rénover une ferme entièrement abandonnée sur une route de campagne entre Guéret et Ajain. Il y aurait déployé, mieux que sur l'exploitation familiale, toute sa fantaisie créatrice concernant l'accueil, la décoration, les activités de découverte à offrir aux voyageurs de passage pour leur donner l'envie de revenir.

Lucien Bataille, lui, ne s'était encore jamais vraiment affranchi de la tutelle paternelle, à la différence de Grégoire, comme s'il avait eu pour mission de suppléer le chef de famille à mesure que ses forces viendraient à décliner. Lucien, pourtant, avait une autre passion en dehors de celle qui, des années durant, l'avait conduit à se lever la nuit chaque fois qu'une vache mettait bas. Lucien rêvait de savoir voler. Et pour voler, il fallait devenir pilote. Mais avec quel argent ? Ainsi, pendant que Jenkins détaillait l'opération à venir, les modalités de fourniture des semences, le cahier des charges, les règles élémentaires de confidentialité, Lucien Bataille se voyait prenant ses premières leçons de vol, sur le petit aérodrome de Creuse fréquenté par la fine fleur de la bourgeoisie départementale. Quand avait paru en librairie l'ouvrage *La Terre vue du ciel*, il avait couru l'acheter et depuis, comme un enfant de douze ans, lui qui allait sur ses quarante-trois ans, il essayait de se figurer en altitude, avec sous lui les paysages les plus familiers qui deviendraient soudain exotiques, comme dans le livre d'Arthus-Bertrand.

Les rêves du père Bataille comme ceux de Gilles étaient plus secrets, moins faciles à percer. À voir l'effet que fit sur eux la proposition de Bill Jenkins, il va de soi que la perspective d'une aisance financière les excitait bigrement.

— Bien, fit Marcel Bataille en regardant la pendule. Vu l'heure, c'est le moment de goûter à ce qu'il y a de meilleur par ici. Va nous chercher un bocal de cerises à l'eau-de-vie, demanda-t-il à Danou. Si vous y tenez, ajouta-t-il en s'adressant à l'Américain, nous avons du whisky pour trinquer, mais je vous recommande tout de même ces petites cerises…

D'un clin d'œil Jenkins opta pour les fruits en bocal. D'un clin d'œil aussi, leur marché fut conclu pour le meilleur, car personne ne semblait en mesure, avec la fortune dansant devant ses yeux, de songer au pire.

[illegible]

[illegible]

[illegible]

[illegible]

35

Carlo Mendes était un homme de haute taille toujours vêtu de costumes de la meilleure coupe, le teint hâlé de janvier à décembre, les dents éclatantes de blancheur et le port noble d'un grand d'Espagne. À voir ses mains très fines et délicatement manucurées, on aurait juré qu'il ne trempait jamais dans la moindre affaire louche, d'autant que son regard limpide, ses tempes argentées et ses manières pleines de distinction inspiraient naturellement la confiance. Il n'aurait pas été résolument athée, un cas rare parmi les Espagnols de sa génération, on lui aurait donné le bon Dieu sans confession, ni contestation aucune.

Vers 9 heures du soir, après un dîner exquis pris au restaurant de l'hôtel, don Melchiorre avait gagné sa chambre. Puis peu avant l'heure prévue, après s'être assuré que les deux tourtereaux exploraient les frontières de leur idylle naissante dans une des chambres du dernier étage, il s'était dirigé d'un pas décidé vers l'église de Santa Coloma. C'est près du retable baroque représentant la sainte patronne de l'église en profonde méditation que les deux hommes se rejoignirent. À cette heure-là, la plupart des Andorrans dînaient chez eux ou aux terrasses des restaurants, en attendant d'aller danser et boire dans une des bodegas d'Andorra la Vella.

— J'ai étudié ce que vous m'aviez demandé, fit Carlo Mendes en serrant la main du patriarche.

— Alors ? fit don Melchiorre soudain fébrile.

L'homme regarda autour de lui. Les bancs étaient déserts. Il préférait tout de même continuer de parler à voix basse. Il entraîna l'Italien vers le cloître plongé dans une obscurité quasi complète, hormis les points de lumière chancelante formés par la flamme de quelques cierges.

— Cela ne froisse pas vos convictions de parler d'argent dans une église ? demanda Carlo Mendes.

— Mes convictions ? Pas du tout, au contraire. Je crois que chaque dimanche dans toutes les églises du monde, on verse des pièces pour la quête.

— Certes, admit Mendes, mais cet argent est réservé aux pauvres…

Don Melchiorre ne voulut pas poursuivre davantage sur ce terrain.

— Que proposez-vous ? lança-t-il avec une impatience mal contenue.

— Vous m'avez fait savoir que huit unités européennes vous intéressaient. Je les énumère : l'usine de jus d'oranges Topico de Valencia en Espagne, les pêcheries Baccaria de Lisbonne, le biscuitier anglais Catchoco, les Laiteries creusoises, les fromageries du pays d'Auge et, surtout, les Sources Perrier, le négociant en blé Louis André et enfin les sucreries du Nord. C'est bien ça ?

— Dans un premier temps, oui, mais sachez que mes ambitions ne s'arrêtent pas là, loin s'en faut. Disons que nous pourrions commencer avec ce jeu-là, et j'aimerais ensuite piocher quelques bonnes cartes dans le vaste monde, je pense à l'Australie et à l'Argentine où je me suis laissé dire que la crise économique avait affaibli de véritables joyaux dans le domaine de la viande et du poisson congelé, paraît-il…

Carlo Mendes prit la mesure de l'appétit de don Melchiorre. En conseiller consciencieux, il avait sorti d'une chemise quelques documents, en tête desquels était représentée une carte d'Europe. Il y avait fait figurer les firmes convoitées par don Melchiorre comme on dresse une carte d'état-major à l'approche d'une bataille sur plusieurs fronts.

— Aldo Lermini m'a communiqué la situation de trésorerie du groupe Verdi. Félicitations. C'est une affaire saine avec une croissance très satisfaisante. Je comprends que vous ayez envie de grossir. C'est dans vos cordes. À condition de respecter des paliers. Les Français disent que la grenouille ne doit pas gonfler jusqu'à vouloir devenir un bœuf. Elle risque sinon d'exploser. Maintenant, écoutez-moi. Je peux héberger ce que nous pourrions appeler entre vous et moi des succursales du groupe Verdi. Elles seraient officiellement dirigées par des personnes physiques de votre choix mais n'auraient aucun lien visible avec le siège italien, vous me suivez ?

— Oui, mais dans quel but ?

— Supposez que vous rachetiez une grosse affaire de lait en France qu'il convient dans un premier temps de restructurer. Vos efforts en la matière, même si je ne doute pas qu'ils seront couronnés de succès, pèseront au passif de Verdi si Verdi se porte officiellement acquéreur. Cela dégraderait votre comptabilité au point que vos conditions d'emprunt sur le marché obligataire pourraient être moins favorables.

— Je vois, fit don Melchiorre en hochant la tête.

— Et ce n'est pas tout, poursuivit Carlo Mendes. Imaginez maintenant que vous rachetiez une société très prospère qui dégage rapidement d'importants bénéfices. L'impôt sur les sociétés en Italie ne vous ratera pas quand vous aurez déclaré vos résultats au fisc. Si, en revanche, cette « succursale » de Verdi est légalement inscrite au registre du commerce d'Andorre sous une dénomination neutre, vous n'aurez pas à supporter un fardeau d'impôts qui vous freinerait dans votre essor.

— C'est limpide, admit don Melchiorre pensif. Mais à qui vais-je confier la direction de ces succursales, comme vous les appelez, moi qui règne chez moi comme un monarque de droit divin !

Carlo Mendes consulta sa montre.

— Avez-vous encore une heure ou deux à me consacrer ? demanda le financier d'Andorre.

— La nuit entière si vous voulez, répondit le patriarche, comme si sa vie en dépendait.

Le peu que Carlo Mendes lui avait expliqué semblait lui ouvrir d'incroyables horizons. Ainsi pourrait-il se démultiplier, atteindre son ambition caressée depuis si longtemps de créer un groupe mondial. Peut-être, une fois ces opérations effectuées dans l'ombre, le jour viendrait-il où il pourrait tomber les masques et dire à la face de tous : voilà ce que j'ai construit, moi le petit paysan de Lombardie, avec mes mains et mon intelligence, avec mon travail et ma persévérance.

— Mon bureau est à deux pas d'ici, dans une bergerie à flanc de montagne. Je pourrai vous parler de nos affaires de façon plus concrète. J'ai des appareils de projection et quelques films qui pourront vous intéresser.

— Allons-y, décida don Melchiorre. Je suis votre homme.

Ils quittèrent l'église de Santa Coloma non sans un salut à la patronne du lieu, bien que ni l'un ni l'autre ne nourrît une grande affection pour la foi catholique. Cela se résumait à un geste de politesse, un merci pour l'hospitalité, ou simplement un signe de superstition dans un moment où l'on se garderait bien d'offenser le divin, si tant est qu'il existe.

Carlo Mendes possédait une petite auto de sport d'une marque allemande. « Elle a beaucoup de reprise, c'est ce qu'il faut pour doubler en côte », expliqua-t-il à don Melchiorre en faisant vrombir le moteur. Puis, le bolide démarra sur les chapeaux de roues, laissant derrière lui un petit nuage de fumée. En moins d'un quart d'heure, ils se trouvèrent dans la fameuse vallée silencieuse qui fait le prestige d'Andorre, comme sa discrétion bancaire et ses alcools détaxés. L'air était vif, avec le soir, et d'une pureté cristalline. On entendait au loin les tintements de cloches de vaches laissées à l'estive et des aboiements de chiens de berger.

— Ici, nous aimons à la fois les ours et les loups, confia Carlo Mendes. Il nous semble qu'il y a sur terre de la place pour tous, à condition de respecter les équilibres. Même les moutons ont leur place dans un monde de loups s'il existe des chiens pour les défendre. Le problème, c'est qu'on trouve de moins en moins de gens pour défendre les autres.

Le financier interrompit sa digression philosophique quand il arriva devant une stèle de pierre dressée en l'honneur des coprinces d'Andorre.

— Nous y sommes.

Les phares éclairèrent un bâtiment massif percé de hautes fenêtres. La lumière était allumée.

— Nous serons seuls mais je n'aime pas rentrer ici dans le noir. Alors je laisse toujours des lampes en marche et aussi la radio sur un programme de musique classique. Avec un peu de chance, vous écouterez du Verdi, ce soir !

— Je suis sensible à l'attention, reconnut don Melchiorre.

Le rez-de-chaussée se composait d'une pièce unique, très haute de plafond, divisée en deux parties, l'une étant légèrement surélevée par rapport à l'autre. Tout au fond, une cheminée monumentale au conduit empierré abritait un feu que Carlo Mendes se mit aussitôt en devoir de ranimer.

— Même en été, il faut chauffer le soir. Ça sent bon, vous ne trouvez pas ?

— Si, c'est délicieux, cette odeur de pin.

Les deux hommes s'installèrent ensuite confortablement sur le canapé avant que Carlo Mendes ne mette en route une vidéo.

— C'est en anglais, cela ne vous gêne pas ? demanda-t-il.

— Pas le moins du monde, répondit don Melchiorre intrigué.

— Le film dure à peine vingt minutes. Il vous permettra de mieux visualiser ce que j'ai tenté de vous expliquer tout à l'heure. Il faut avoir à l'esprit, au préalable, que contrairement à ce que disent les gouvernants de tous les pays riches du monde, l'action des États va à l'encontre de l'emploi et de la création de richesses dès lors qu'elle met des entraves à la liberté d'action des entreprises. Voilà, ça commence.

Don Melchiorre eut droit à une sorte de leçon d'économie parallèle donnée par un professeur filmé dans l'enceinte d'une vieille université espagnole qui fleurait bon la culture et l'encaustique, quelque chose comme du Cervantès appliqué à la finance. Et le professeur qui apparaissait à l'écran, à la grande surprise du patriarche italien, n'était autre que… Carlo Mendes.

Ce dernier eut un sourire modeste.

— Il faut vous dire que dans ma jeunesse, mon rêve était de devenir un grand acteur de cinéma. J'aurais aimé tourner avec Luis Buñuel ou avec Carlos Saura, nos géants d'hier. L'existence en a décidé autrement. Au lieu de mettre ma vie dans l'art, j'ai essayé de mettre de l'art dans ma vie, et c'est pourquoi je suis devenu un financier disons… inventif.

Carlo Mendes était filmé par un plan large qui le montrait déambulant parmi les travées d'un amphithéâtre avant de monter sur une estrade très surélevée, dominée par un tableau noir. Là, il expliquait à grands traits le fonctionnement de l'économie mondiale, les grands flux de l'argent, les forces capitalistiques en présence. Tout y passait de façon simple et parfois amusante. En bon pédagogue, Carlo Mendes balayait la mondialisation, l'émergence des tigres asiatiques, les soubresauts de l'Amérique latine, l'endettement colossal des États-Unis, la cacophonie de l'Europe incapable de s'accorder sur le sort réservé aux capitaux et à la sauvegarde des emplois.

Puis, passant du général au particulier, Carlo Mendes prenait l'exemple d'une société fictive qu'il appelait Baroco. Cette société, spécialisée dans le vin et les agrumes, souhaitait se diversifier dans le tourisme, le voyage, la restauration et l'hôtellerie. L'exemple choisi par Mendes éveilla davantage encore la curiosité de don Melchiorre. On aurait dit que ce film avait été tourné spécialement pour combler ses attentes et répondre à ses interrogations.

Dans un premier cas de figure, les dirigeants de Baroco respectaient scrupuleusement les règles édictées par la loi. Publication de comptes sincères et conformes. Déclaration de tous les bénéfices réalisés. Communiqués bancaires sur la position exacte de la trésorerie. Audits réguliers des sociétés de notation pour obtenir un classement à la Bourse des valeurs. Au bout de deux exercices, Baroco montrait des difficultés pour digérer ses acquisitions. Ces dernières s'avéraient rentables mais les frais d'acquisition et de réorganisation plombaient le bilan. Il s'agissait d'un état transitoire, on allait revenir aux bénéfices d'ici un an au plus. Mais les comptes étaient dégradés et le marché arrêtait de soutenir Baroco, une firme pourtant prometteuse, en pleine croissance, saine. Dans ce scénario du pire, avec une mine de circonstance, Carlo Mendes montrait comment la bureaucratie toujours plus dévoreuse d'impôts, par son inertie et ses frais exorbitants de fonctionnement, contribuait à couler Baroco.

Être honnête pouvait vous amener au dépôt de bilan, aux licenciements, au chaos social, voilà quel était le message explicite de cette première démonstration.

La deuxième option paraissait autrement plus souriante. Tout tenait dans l'expression de Carlo Mendes qui absolvait à l'avance les dirigeants de Baroco lorsqu'ils décidaient de s'en remettre à des méthodes de finance dites « inventives » ou « créatrices », des termes honorables pour parler de fraude de haut vol. Cependant, et c'est là que le tour de force méritait une explication, les tours de passe-passe auxquels invitait le « professeur » étaient réalisés dans un esprit d'intérêt général, comme s'il avait repris à sa manière le fameux dicton qui faisait florès dans l'Amérique des années de croissance : ce qui est bon pour General Motors est bon pour les États-Unis. En réalité, Baroco essaimait à travers le monde entier. Par le jeu d'adresses fictives dans les îles Caïman, sur le territoire de l'Europe, mais totalement off shore d'un point de vue comptable, la société restait officiellement à l'abri des coups d'accordéon financiers que nécessitent les acquisitions de nouvelles affaires. L'actionnariat était rassuré, le marché aussi, et Baroco pouvait continuer dans sa stratégie de croissance sans inquiéter quiconque.

— C'est curieux, lança don Melchiorre quand le Carlo Mendes du film eut terminé sa démonstration haute en couleur, et au total assez convaincante.

— Qu'est-ce qui est curieux ? demanda le vrai Carlo Mendes qui se tenait assis près de lui.

— Moi aussi, je songe à me diversifier dans le tourisme, les hôtels, l'aviation de loisir… En plus des huit sociétés que je vous mentionnais à l'église, je voudrais développer cette nouvelle activité que je confierais à ma fille, Ornella.

— Très bien, conclut Carlo Mendes. Il faut être très prudent s'agissant des noms.

— Que voulez-vous dire ?

— Ceci. Vous pouvez confier à votre fille toutes les filiales que vous voudrez. Si elle porte votre nom, et je crois que c'est le cas, que vous soyez en Andorre ne vous mettra pas à l'abri d'un point de vue fiscal puisque le lien sera aisé à établir entre vous et elle. Vous me suivez ?

— Oui. Et alors, comment faudrait-il procéder pour dissimuler ces nouveaux avoirs ? fit don Melchiorre, utilisant une terminologie qui montrait déjà son anticipation des coups à venir.

— C'est là que se joue votre sens des affaires, monsieur. Votre aptitude à imaginer, à vous abstraire du réel pour mieux le maîtriser. C'est difficile. Cela ressemble à un art martial où la force est moins cruciale que la ruse.

— Je ne comprends pas.

— C'est pourtant assez simple. Toutes ces nouvelles affaires auxquelles vous aspirez doivent laisser votre trésorerie intacte en apparence, comme une eau calme que rien ne vient troubler en surface, même si au fond s'affrontent des forces contradictoires. Les structures que je vous propose de monter ici, en Andorre, devront, sur le papier, être dirigées par d'autres que vous et les membres de votre famille.

— D'autres que moi, mais c'est impossible ! s'insurgea le patriarche, soudain piqué au vif dans son orgueil de magnat de droit divin. J'ai toujours dirigé seul mes affaires, et cela ne m'a pas mal réussi.

— Qui vous dit que cela changerait ? lança Carlo Mendes pour calmer le jeu. Je vous parle de l'apparence, pas de la réalité. Il faudrait simplement que, dans la structure de vos avoirs ici localisés, le nom d'une personne de confiance soit donné pour les statuts. À la rigueur, vous ne seriez pas forcé de la prévenir car les pouvoirs seraient quoi qu'il en soit, de fait, entre vos mains.

— C'est donc ça, la finance « créatrice », murmura don Melchiorre.

— Que croyez-vous que font les autres ? Ils annoncent des possessions qui ne sont rien en comparaison de ce qu'ils possèdent vraiment, sous des prête-noms plus ou moins inventés.

Don Melchiorre restait silencieux. Puis soudain, un éclair illumina son regard. Il avait bien pensé à Grégoire Bataille, mais il ne le connaissait pas assez, et l'initiative aurait été risquée car incontrôlable. Il lui fallait jeter son dévolu sur un autre lui-même, en qui il aurait eu confiance autant qu'en lui-même, voire davantage. C'est pourquoi son visage s'éclaira quand lui vint le nom de son chauffeur, l'indispensable Giuseppe. « Il en fera une drôle de tête, ce vieux bougre, quand il apprendra qu'il est patron de plusieurs filiales du groupe Verdi en Andorre », songea don Melchiorre.

Ce soir-là, il fit un grand bond dans la finance artistique.

Tard dans la soirée, le patriarche regagna son hôtel. Carlo Mendes l'avait raccompagné. Il avait demandé que ce dernier le déposât à quelques centaines de mètres, vers la place du Peuple. Il préférait rentrer à pied pour se dégourdir un peu les jambes. Et au cas où les amoureux auraient eu la même envie que lui, respirer l'air frais des montagnes à la nuit tombée, il ne voulait pas courir le risque d'être repéré avec Mendes. Ce n'était pas que le financier andorran fût particulièrement connu ou compromettant. Don Melchiorre aimait plus que tout sa liberté. Sa chère liberté de mouvement et de manœuvre qui lui faisait toujours jouer un coup avant tout le monde, dans le secret de sa conscience, avant de s'ouvrir, plus tard seulement, si nécessaire, à la confidence de ses proches.

S'il avait eu un fils, sans doute les choses auraient-elles été différentes. Mais ses filles, Ornella exceptée, se tenaient si loin de ses préoccupations et, pour tout dire, de ses passions. Elles étaient devenues de mornes et insignifiantes bourgeoises, seulement préoccupées par le compte en banque de leurs maris, par les lieux de leurs villégiatures et, peut-être, si l'ennui les gagnait, par leur liaison en catimini avec un amant aussi assommant que leur époux… Don Melchiorre avait placé son dévolu sur la génération suivante, ses petits-fils Francesco et Giovanni. À six et quatre ans, les chenapans avaient encore le temps de grandir tandis que don Melchiorre, lui, avait déjà amplement commencé de vieillir.

C'est pourquoi il conservait toute sa confiance en Ornella, quoiqu'il ne lui racontât pas tout de ses projets. Et plus les jours passaient, plus Grégoire Bataille lui paraissait un parti intéressant pour sa fille préférée. S'il n'en était plus au temps des mariages arrangés, le patriarche ne répugnait pas à jouer les arrangeurs de sort, d'autant que ce qu'il croyait être le seul hasard, pensait-il, avait bien fait les choses.

Dans les quelques mètres qu'il parcourut à pied avant d'atteindre l'hôtel, notre rusé Lombard fit tourner mille choses dans sa tête. Bien que très craintif de la mer, il songea au Génois Christophe Colomb, à Amerigo Vespucci, à tous ces aventuriers qui avaient un jour largué les amarres avec le monde fini pour repousser les limites, pour agrandir ses horizons par le regard puis par le commerce. Don Melchiorre, tout terrien qu'il était, et finalement assez casanier, se reconnaissait pourtant à travers ces coureurs d'océans. Lui aussi serait un fils de Mercure, un dieu vivant du commerce. Il remplirait les ventres du monde entier avec du blé et du lait, de la bonne bidoche et des eaux légères. Il serait l'empereur du bien-manger plutôt qu'un grossiste de la bouffe triste. Il voulait mettre de l'Italie dans l'agroalimentaire international, comme on verse du parmesan sur un fade plat de pâtes.

S'il restait les pieds sur terre, il se sentait tout de même grand à toucher le ciel, tout proche de son chef-d'œuvre, à deux doigts de ce Manzoni dont il enviait l'art. Mais question business, attention ! Don Melchiorre ne craignait plus personne, surtout depuis que Carlo Mendes lui avait expliqué les règles souples de la finance créatrice qu'il appelait plutôt la finance magique, faite de passe-passe, de trompe-l'œil et de bluff.

Lorsqu'il fut au pied de l'hôtel, il regarda les fenêtres du quatrième qui donnaient sur la rue. L'une allumée, l'autre éteinte. Il se demanda si, à cette heure tardive, Ornella était dans le noir avec Grégoire, ou dans la chambre encore éclairée. Il eut une intuition qui se changea vite en conviction : les deux jeunes gens avaient dû se rejoindre pour la traversée de cette première nuit.

36

Les choses avaient eu lieu simplement, presque comme une évidence, entre Ornella et Grégoire. Depuis l'instant où il l'avait vue la première fois, dans le château de Bertozzo, le jeune Français avait eu envie de tout connaître d'elle. Très vite, il avait eu envie d'elle tout court, de son corps sensuel et tonique, de son regard sur lui, de ses mains aussi, qu'elle avait à la fois fines et délicates, mais assez fermes pour véritablement empoigner ce qu'elle voulait attraper.

Après le dîner, ils étaient restés un moment au bar de l'hôtel à écouter de la musique d'ambiance tout en échangeant des confidences sur leurs enfances respectives. Il n'y eut pas de grandes révélations, seulement de ces petits détails qu'on s'avoue sans trop s'appesantir mais qui finissent par créer de proche en proche une réelle complicité. Évidemment, les deux jeunes gens n'avaient pas vécu dans les mêmes univers, ni dans les mêmes pays. Mais puisque Ornella maîtrisait à merveille le français, mieux encore que son père, elle pouvait sans difficulté repérer ce qui la rapprochait le plus de Grégoire. Ainsi se découvrirent-ils l'un et l'autre passionnés de chevaux, de gymnastique (ils ne rataient jamais la retransmission d'une compétition à la télé), de groupes de rock internationaux comme les Clash, et de bien d'autres choses encore. Ce soir-là, ce fut un concert de « j'aime bien ceci ! » et de « oh, moi aussi ! ».

Quand, en revanche, Ornella se mit à parler peinture moderne ou musique contemporaine, Grégoire n'avait pas d'avis à donner et il se contenta d'écouter. C'est à ce moment-là que, le regard fixé sur la bouche d'Ornella, sur ses lèvres pulpeuses comme des quartiers de mandarine, il eut très envie de l'embrasser. Et quand il demanda avec plus d'assurance qu'il n'aurait cru si elle voulait bien monter avec lui dans sa chambre, il trouva la réponse magnifique : oui. C'était une réponse toute nue, toute simple. Une réponse à un jeu d'enfant quand les enfants s'aperçoivent qu'ils vont bientôt devenir inséparables.

Leurs corps se découvrirent doucement, sans gêne mais avec une grande pudeur. L'un et l'autre avaient connu plusieurs fois déjà ces instants où l'on se révèle à l'autre par-delà les mots, mais aucun ne voulait se souvenir des images d'avant qui s'interposent parfois avec le moment présent. Ils étaient totalement disponibles pour leurs caresses, pour leurs baisers, pour l'étreinte qu'ils partagèrent avec la gourmandise des fous de découvertes.

Vers 1 heure du matin, ils allumèrent une lampe de chevet pour mieux se voir. Ils firent encore l'amour mais plus lentement, comme pour déguster davantage encore chacun de leurs gestes. C'était l'heure où, dans la rue, don Melchiorre leva la tête en direction des chambres et se demanda laquelle des deux abritait leurs élans.

Comme souvent, le milieu de la nuit fut l'occasion de confidences. C'est d'abord Ornella qui parla abondamment. Elle raconta ses rêves enfantins de prince charmant, les collaborateurs de son père qui lui tournaient autour depuis qu'elle avait seize ans, le drôle de couple que formaient don Melchiorre et son épouse résignée qui traversait la vie sans plus rien espérer.

Puis la jeune femme s'ouvrit à Grégoire de ses aspirations profondes. Voyager, s'installer à la tête d'une compagnie de tourisme sur mesure pour des clients férus d'aventure, et non du confort plan-plan des excursions destinées aux familles. Souvent le mot « aventure » revenait sur ses lèvres, quand Grégoire ne les bâillonnait pas d'un baiser passionné. Jamais une femme ne lui avait fait pareil effet. Au moins ne s'en souvenait-il pas. Bien sûr, il avait ressenti quelque chose lorsque, à l'aéroport de Guéret, il était tombé sur Laetitia. Il avait même ressenti des frissons dans le ventre quand son ancienne maîtresse lui avait parlé de sa relation présente avec un homme marié. Il avait failli lui tendre la main ou caresser son visage, mais il n'aurait fait que ressusciter un souvenir alors qu'au fond de lui, il aspirait à de la nouveauté, de l'exotisme un peu. Il ne pensait pas en termes d'autre corps, mais c'était pourtant l'image qui lui venait à l'esprit en regardant Ornella se lever nue, une main sur ses fesses comme pour les cacher, marchant en direction de la salle de bains.

— Et toi ? demanda Ornella quand elle revint de la douche, de fines gouttelettes sur les cheveux, sur sa poitrine opulente et ferme à la fois.

— Moi, quoi ? fit Greg, allongé sur le dos et admirant ce corps de liane qui s'approchait de lui.

— Tu as un rêve, dans la vie ?

Il hésita. L'envie le traversa de répondre simplement : « Toi. » Mais outre qu'il manquait de spontanéité, il trouva que s'en tirer ainsi serait à la fois pompeux et banal. Il se souvint d'un ami qui disait toujours : le pire pour une question, souvent, c'est la réponse.

— Des rêves, finit par lancer Grégoire, j'en ai plein. Tellement que je ne sais plus où les mettre. Tiens, on dirait un collectionneur. Même que je les garde tous et que je refuse toujours de renoncer à un seul, et encore moins de l'échanger contre un autre. Je suis un capitaliste du rêve. Je les entasse patiemment depuis que je suis tout gosse et…

— Gosse ? demanda Ornella en fronçant les sourcils.

— Oui, gosse, enfant, bambino, quoi !

— Ah, si ! fit-elle. Et sur tous ceux que tu as accumulés, il y en a qui se sont réalisés ?

Il réfléchit.

— Pourquoi me demandes-tu cela ?

— Pour savoir si je peux exaucer l'un d'entre eux !

— Ou trois à la fois, comme les fées des histoires illustrées de quand j'étais môme ?

— Môme ? réinterrogea Ornella.

— Oui, môme, gosse, gamin, bambino, tout ça c'est pareil !

— Ah bon. Alors, ces rêves, ça vient ? s'impatienta la jeune femme. Quand elle trépignait, elle avait le regard brillant de son père, et cet état de choses mettait Grégoire un peu mal à l'aise.

Il réfléchit encore puis se lança un peu au hasard, histoire de meubler le silence qui s'installait. Il songea que ce n'était pas forcément très bon, le silence, au début.

— Cela va sans doute te faire sourire, mais j'ai longtemps espéré que je pourrais devenir pilote de course. Pilote de Formule 1, évidemment. Quand j'avais vingt ans, pour financer mes études, j'avais été recruté pour piloter des voitures de série sur un anneau de vitesse à Montlhéry, pas très loin de Paris. Plus tard, j'ai tâté un peu du kart et de la Formule 3, mais il fallait s'appeler Rothschild pour tenir un volant dans ce monde-là, et ma famille était loin de rouler sur l'or. Comme j'avais des copains dans le milieu, j'ai tout de même pu essayer de sacrés bolides dans des rallyes ou des compétitions spéciales et j'en ai gardé une sensation très grisante de vitesse et de puissance.

— Pilote de course, répéta Ornella en plissant les yeux et le haut du nez de façon ravissante. C'est un sport très dangereux. Beaucoup de pilotes se tuent, non ? Je me souviens de la mort terrible de Senna en Italie, c'était une véritable tragédie nationale. Chez nous la Scuderia est vraiment populaire, avec tous les succès de ce Schumacher. Mais je n'aime pas beaucoup ce gars-là.

— Pourquoi ? s'étonna Grégoire. C'est un superchampion, un gagneur. Il s'est affronté aux meilleurs de son temps, Prost, Damon Hill, Senna. Il a même décroché plus de titres mondiaux que le mythique Argentin Fangio qui avait été champion cinq fois. Schumi, lui, en est à sept ! Et en plus, notre baron rouge roule italien, il devrait avoir tout pour te plaire.

— Je ne suis pas aussi fan que toi, même si cela m'impressionne que des types filent à plus de trois cents à l'heure sur des lignes droites avant de rétrograder je ne sais pas comment dans les virages. Mais s'agissant de l'as de chez Ferrari, je n'ai pas oublié sa victoire chez nous en Italie, sur le circuit d'Imola. Il trépignait de joie alors que Senna était en train de mourir. Je revois ces images où il sabre le champagne…

— Exact, admit Greg, mais je crois qu'il ignorait l'état réel du champion brésilien. Sinon, je suis sûr qu'il ne se serait pas comporté de la sorte.

Ornella haussa les épaules.

— Il lui arrive de couper la route ostensiblement à ses adversaires, renchérit-elle.

— Ma parole, mais tu es une véritable spécialiste ! s'écria le jeune homme en riant.

Il la serra contre lui et ils restèrent encore enlacés un long moment. Ils éteignirent la lumière.

— Et aujourd'hui, tu rêves de quoi, maintenant que tu n'iras pas jouer ta vie sur des circuits contre des fous du volant ?

— J'aimerais fonder une famille, avoir un fils et m'occuper de lui.

— Avec une femme comme moi ?

— Non, tu es trop vieille, fit-il en la serrant davantage encore.

— Idiot !

Elle le repoussa puis revint se blottir dans ses bras.

— Tu as déjà vécu avec des femmes ? demanda Ornella.

— Oui, mais pas plusieurs à la fois…

— Tu te moques vraiment de moi !

— Je ne vais pas te raconter mes tentatives malheureuses de vie commune, lança Grégoire, ça me déprime d'avance. Je crois que jusqu'ici, je n'ai rencontré que des filles qui ne cherchaient pas du tout la même chose que moi. Elles voulaient s'installer dans une existence tranquille alors que moi j'avais continuellement la bougeotte. Elles voulaient des gosses quand je n'en voulais pas. Le timing était toujours décalé entre elles et moi. Je me souviens de Maud, une Française avec qui j'ai vécu près d'un an au Japon. Il a fallu que je partage le quotidien avec elle pour me rendre compte que nous n'étions vraiment pas faits pour rester ensemble.

— Et alors pourquoi avez-vous persisté presque un an ?

— Il a fallu le temps de s'en rendre compte. Au début, on faisait des efforts, chacun de son côté. Mais à la longue, c'était de plus en plus difficile de s'accorder. En revanche…

— En revanche ?

— Disons que ça se passait bien quand on faisait l'amour.

— Je vois, fit Ornella en se redressant sur le lit.

La jeune femme avait remonté ses genoux sous son menton. Dehors, la lumière de l'aube découpait sa silhouette très gracieuse. Ils n'avaient pas dormi de la nuit. C'est seulement vers 6 heures du matin qu'ils furent vaincus par le sommeil. Leur conversation avait cessé en plein milieu, comme si Grégoire n'avait pas eu la force ni l'envie d'évoquer le souvenir d'autres femmes, à présent.

Pendant ce temps, quatre étages plus bas, don Melchiorre était entré en contact téléphonique avec Aldo Lermini. Il lui avait résumé à grands traits sa rencontre avec Carlo Montes. Lermini lui témoigna sa satisfaction en sentant que le patriarche allait se convertir aux méthodes nouvelles de la gestion.

— Vous voyez que je ne vous racontais pas de bêtises ! triompha-t-il.

Mais don Melchiorre ne releva pas. Quelque chose l'incitait en permanence à se méfier du banquier, bien que ce dernier fût dans son projet d'expansion une pièce maîtresse, indispensable.

— Il faudrait maintenant qu'une société d'analyse financière entre dans la partie, ajouta Lermini.

— Pour quoi faire ? demanda le patron du groupe Verdi.

— Pour faire valider la santé resplendissante de votre affaire auprès du marché. Au point où nous en sommes, à présent que vous êtes prêt à lever des capitaux auprès du public *via* des institutions comme la mienne, vous devez être connu du plus grand nombre d'investisseurs privés. Pour ce faire, je suggère qu'un analyste réputé vienne mettre son nez dans vos comptes de manière à écrire un rapport en béton.

— Qui pourrait faire ça ? interrogea don Melchiorre.

— Vous savez bien, répondit Lermini.

— Vous voulez dire…

— Bien sûr, ça crève les yeux, et ne me faites pas croire que vous n'y aviez pas pensé depuis le début.

— Si, mais j'hésite maintenant. Je crois qu'il a le béguin pour ma fille et…

— Raison de plus, don Melchiorre. Si le jeune et brillant Grégoire met sa société d'investissement sur le coup, nous aurons une caution française de premier ordre. J'ai pris mes renseignements. La firme Bellec est une des toutes premières, question fiabilité de ses analyses. Elle emporte le marché derrière elle quand ses notations sont publiées. Ce serait dommage de ne pas en profiter. Je suis certain que ce Grégoire ne pourra rien vous refuser, et surtout pas un service de ce genre.

— Je vous entends, Lermini. Mais jusqu'à quel point je dois l'affranchir ? Est-il censé connaître mes futures « succursales » ?

— Pas question. Pour l'instant, il doit se limiter à analyser l'existant, pour mettre en lumière le potentiel de Verdi. Rappelez-vous que ces succursales, comme vous dites, n'entreront pas officiellement dans votre périmètre. Carlo Mendes vous l'a bien expliqué, n'est-ce pas ?

— Parfaitement.

— Alors, je serais tenté de vous faire une suggestion, fit Lermini d'une voix plus rauque, comme s'il tenait à souligner l'importance cruciale de ce qu'il allait dire.

— Je vous écoute.

— Parmi les prête-noms que vous allez utiliser pour masquer les bénéfices ou les pertes que vous occasionneront vos investissements tous azimuts, je vous conseille d'utiliser le patronyme de ce jeune homme.

— Mais…

— Ainsi vous le tiendrez. S'il venait à apprendre quelque chose, ou à se méfier, à menacer, qui sait, à tout balancer, vous pourriez lui opposer qu'il est le P-DG en titre d'une filiale domiciliée en Andorre.

— Ce serait un chantage et un faux, protesta don Melchiorre. Passe encore que je procède ainsi avec d'autres personnes de mon choix. Des proches que je peux contrôler à ma guise. Mais Grégoire !

— C'est pourtant une pièce majeure du dispositif, fit Lermini. S'il venait à soupçonner que vous lui cachez certaines de vos activités, il pourrait se faire tirer l'oreille et se montrer moins convaincant dans ses rapports financiers.

— Mais, réfléchissait don Melchiorre à haute voix, je ne peux tout de même pas imiter sa signature !

— Exact. Il faudrait trouver un stratagème pour qu'il vous signe un papier en blanc, ou que vous ayez accès à un de ses papiers d'identité revêtus de sa griffe pour que nous puissions le copier. Il suffirait ensuite de reproduire cette signature sur un document officiel pour que le tour soit joué. Vous le ferez ?

Don Melchiorre avait pris cet air renfrogné que Lermini lui connaissait, quand les choses ne tournaient pas exactement comme il l'avait souhaité. Le patriarche était en plein dilemme. En quelques rencontres, le banquier de Milan l'avait conduit à dépasser moult fois la ligne jaune des convenances en matière économique et financière. Mais il s'agissait chaque fois de se prémunir contre le racket de l'État et don Melchiorre n'y voyait somme toute aucune transgression d'ordre moral. Pareil pour son vieil ami Giuseppe à qui, au contraire, il avait le sentiment de faire un prodigieux cadeau en le nommant P-DG fictif d'affaires prospères. Sans oublier que, depuis son plus jeune âge, il savait imiter la signature de ce complice. Il le savait d'autant mieux que c'était lui, don Melchiorre, le plus instruit des deux, qui avait appris à Giuseppe comment signer de manière distinguée, avec des lettres amples et aériennes. Mais d'ici à faire des faux – car il s'agissait bien de cela – au nom de Grégoire Bataille, c'était une autre chanson.

— Je vais voir ce que je peux faire, finit par concéder don Melchiorre, dont le rêve d'empire l'emportait sur les scrupules.

37

Les jours qui suivirent furent plus calmes pour don Melchiorre qui avait entraîné Ornella et Grégoire dans le luxueux centre de thalassothérapie Caldea. Les jeunes gens qui pataugeaient dans les bains de pamplemousses – enfin ! – redevenaient l'espace de ce bref séjour de véritables enfants, sous les yeux d'un patriarche bienveillant et patelin, dont les seules occupations apparentes étaient de faire des mots fléchés ou de dévorer les romans policiers écrits en français trouvés dans la bibliothèque de l'institut.

— Nous allons avoir la peau d'une douceur ! s'extasiait Ornella.

À la différence des centres thermaux médicalisés, Caldea se présentait, selon l'expression des patrons, comme un établissement « thermoludique », où le plaisir comptait autant que la relaxation. Chaque jour, les jeunes gens expérimentaient de nouveaux lieux de détente. C'est ainsi qu'ils restèrent des heures au milieu d'un jardin japonais au sol pavé de grandes plaques de marbre chaud. Ils s'allongèrent à même cette pierre dure et brûlante, à peine protégés par de fines serviettes, avant de gagner un immense patio dans lequel l'eau était vaporisée en minuscules pellicules de glace.

Deux attractions les motivaient particulièrement. L'une était un voyage immobile dans une sphère semblable à la Géode de la Villette, mais en plus petit. L'édifice se présentait de l'extérieur comme une sphère de taille moyenne, et à l'intérieur comme un hélicoptère. Une fois assis sur les deux sièges, l'un figurant celui du pilote, l'autre celui du passager, un film aérien était projeté, donnant la sensation aux occupants de la sphère de véritablement survoler Andorre à bord d'un authentique hélico.

Un « must » parmi tant d'autres : les lits à bulles qui, lorsqu'on s'allongeait sur un tapis d'eau bouillonnante, donnaient une sensation incomparable de légèreté, presque d'apesanteur.

À cette période de l'année, l'institut était assez peu fréquenté, les habitués ayant opté pour la mer davantage que pour les vallées. C'est pourquoi don Melchiorre, sa fille et son invité – traité comme un hôte de marque – avaient la sensation très agréable et privilégiée d'être ici chez eux.

Don Melchiorre retardait le moment où il solliciterait Grégoire pour franchir une nouvelle étape dans son programme d'expansion. Midi et soir, devant un plat de viande d'agneau ou un poisson de rivière pêché dans les gaves pyrénéens, le trio racontait sa journée, ses sensations de bien-être, son envie de retenir la vie longtemps dans cet état de grâce où rien de grave ne semblait devoir jamais survenir.

Grégoire, cependant, achetait chaque jour la presse française chez l'unique marchand de journaux installé dans la ville voisine, à deux kilomètres. Il y descendait le matin à pied ou à bicyclette, selon son humeur et selon l'énergie que lui avaient laissée ses nuits pour le moins agitées. Ornella était une femme pleine de fougue et d'ardeur qu'il fallait satisfaire promptement et assidûment. Elle savait lui faire remarquer que ces longues journées de farniente entre les bains chauds et le bronzage sur les plaques de marbre avaient un prix à payer une fois la nuit tombée.

Un matin, ayant trouvé un exemplaire du *Figaro* et un autre des *Échos*, le jeune homme fut sensible à plusieurs nouvelles susceptibles d'influencer son domaine de prédilection. Par exemple, la commission européenne mise en place à Bruxelles sous l'autorité du Portugais Barroso venait, malgré de véhémentes critiques, de faire une place de choix à la Néerlandaise Ingrid Clausen. Propulsée au poste de commissaire à la concurrence, cette femme d'allure austère dont la photo était reproduite dans les pages saumon du *Figaro* était de notoriété publique liée à plusieurs grosses entreprises de l'industrie semencière et agroalimentaire. Elle avait refusé de renoncer à son siège au conseil d'administration de la firme Unilever, malgré la levée de boucliers des députés socialistes du parlement européen. Cela signifiait qu'elle serait juge et partie dans le domaine des réglementations visant l'alimentation. Une drôle d'Europe se construisait, dans un mariage incestueux entre les gardiens de la règle et ceux à qui elle est censée s'appliquer.

Un autre titre attira l'attention de Grégoire. Au lendemain du scandale Enron aux États-Unis, le cabinet Arthur Andersen avait dû fermer ses portes du jour au lendemain, accusé de n'avoir pas alerté les autorités du marché devant une faillite dont les craquements annonciateurs s'étaient fait entendre longtemps auparavant, mais qu'Arthur Andersen avait plus ou moins volontairement dissimulés. Dans son métier d'analyste, Grégoire se devait d'être prudent. Le précédent Enron décrit sur de longues colonnes de journal lui en rappelait la nécessité vitale. Un frisson le parcourut quand il lut le témoignage d'un expert déchu rapportant le discrédit dont étaient désormais couvertes les professions financières.

Au lieu de rentrer tout de suite à la Caldea, ce matin-là le jeune homme s'installa à la terrasse d'un petit bistrot où il commanda un café et une tartine beurrée. Certes, expliquait cet expert jeté au chômage dans la tourmente de l'affaire Enron, il ne faudrait pas inverser les rôles et dire que les gendarmes du marché sont les responsables des braquages. Mais le manque de vigilance était parfois coupable. Les sociétés de notation comme Moody's et Standard & Poor's hésitaient ainsi à revoir leurs notes à la baisse quand elles tombaient sur des irrégularités sur les valeurs vedettes. D'abord pour ne pas affoler le marché. Mais aussi parce que les revenus de ces firmes d'évaluation procédaient souvent directement des honoraires versés par les sociétés qu'elles avaient pour mission d'évaluer. Un cercle vicieux qui pouvait conduire au désastre les particuliers dont les économies d'une vie pouvaient être englouties d'un coup. Dans le cas d'Enron, les agences de notation avaient fait prévaloir leur bonne foi en affirmant qu'elles avaient été victimes de fraudes caractérisées, que les sociétés dont elles assuraient l'image ne leur avaient fourni que des documents expurgés laissant apparaître seulement des perspectives de croissance et des bénéfices confortables. En y regardant de plus près, on devait admettre que ces experts de la haute finance avaient fait preuve d'un grand laxisme en ne mettant pas Enron sous surveillance, comme le bon sens aurait dû les pousser à le faire.

Autre travers expliqué de long en large par ce « repenti » de l'affaire Enron : les banques avaient des mandats de banques d'affaires auprès de certaines grandes compagnies afin de placer leurs actions ou leurs obligations. Dès lors, puisque ces banques avaient intérêt à placer la camelote auprès du public, leurs analystes financiers avaient comme mission impérieuse de mentir aux investisseurs, de leur laisser croire que tout allait bien… Et c'est ainsi qu'avait émergé une véritable économie-casino. « On devait obtenir un rendement de 15 % des fonds propres alors que la croissance ne dépassait pas 3 % ! » remarquait encore le « repenti », soulignant la difficulté à devenir magicien sur le long terme. Les financiers, dans ce scandale, s'étaient plutôt changés en apprentis sorciers, et des dizaines de milliers d'actionnaires n'avaient plus que leurs yeux pour pleurer.

Grégoire replia son journal et regarda devant lui la crête des montagnes, nappée par endroits du manteau blanc des neiges éternelles. Il but son café lentement, par petites gorgées, l'esprit ailleurs, comme s'il avait pressenti un danger sans bien savoir d'où il venait, où il se cachait.

Était-ce la rencontre avec l'étrange don Melchiorre qui voulait laisser sur terre un chef-d'œuvre ? Avec sa fille Ornella qui illuminait désormais chacune de ses heures, même au plus profond de la nuit ? Grégoire, en tout cas, se sentait devenir un autre, ou alors celui qu'il était depuis toujours au fond de lui. Un être sensible au bien-être des autres davantage qu'à sa propre condition. Rien ne lui semblait plus étranger, soudain, que de rédiger des rapports sur des sociétés, alors que l'amour qui le touchait du doigt l'entraînait, croyait-il, vers des rivages plus paisibles. Et son univers, celui qu'il fréquentait depuis près de dix ans maintenant, n'était plus que faux-semblants et tricheries, ainsi que les journaux l'affirmaient à longueur de colonnes. Une sorte de haut-le-cœur le saisit, mais que savait-il faire d'autre que jongler avec les bilans ?

Grégoire repartit lentement vers l'Institut Caldea, sans imaginer que le retour à la réalité serait plus brutal qu'il n'avait pu l'imaginer.

Il se dirigea vers le Sirius, le bar-mirador situé sur un promontoire, comme son nom le suggérait. Don Melchiorre lisait lui aussi la presse, mais ce n'était pas la même que celle de Grégoire. Il était plongé dans un magazine américain, *Fortune*, avec un sentiment mitigé. Il n'aurait pas aimé figurer dans la liste des plus grandes fortunes du monde, estimant que cela ne regardait personne et que la publicité dans ce domaine ne pouvait être que source d'ennuis. Mais, paradoxalement, tout en n'enviant aucun de ces capitaines d'industrie épinglés comme des papillons rares avec leur photo et un chiffre en milliards de dollars évaluant leur richesse, le patron du groupe Verdi éprouva une certaine frustration. Comme si sa place avait été naturelle dans cette cohorte des maîtres du monde, financièrement s'entend.

— Vous voilà, Grégoire ! fit le vieil homme en dévisageant celui qu'il tenait pour son gendre potentiel en même temps que son fils virtuel.

— J'étais descendu au village.

— Quoi de neuf ? Vous paraissez soucieux…

Grégoire regarda alentour.

— Ornella est allée nager ?

— Je ne crois pas. Des femmes partaient tout à l'heure pour une petite excursion. Elle a eu envie de les accompagner. C'est vous qui êtes chargé de me tenir compagnie !

— Avec plaisir, don Melchiorre.

Puis, après un silence :

— J'ai repensé à votre grande ambition.

— Laquelle ? demanda le patriarche.

— Vous savez, tout ce que vous m'avez confié à propos du roman culte de Manzoni, *Les Fiancés*, votre aspiration à bâtir à votre tour un chef-d'œuvre.

Les yeux du vieillard s'étaient tout à coup agrandis.

— Oui, fit-il, et alors ?

— Peut-être devriez-vous ne plus vous consacrer qu'à cela, que cela devienne votre obsession. Et laisser Ornella, à condition qu'elle soit bien entourée et parfaitement conseillée, gérer les intérêts de Verdi.

Après un temps de latence, don Melchiorre éclata de rire. Un rire sonore qui fit se retourner les quelques personnes qui fréquentaient, à cette heure encore matinale, le bar panoramique.

— Grégoire ! s'écria don Melchiorre. Je crois que vous avez manqué votre vocation.

— Vous vous moquez ?

— Pas du tout ! Je vous tenais pour un être gouverné par la raison et je découvre une âme sensible au dernier degré.

— Je ne comprends pas…

— C'est assez simple, pourtant. Il va se soi que j'admire sans limites un certain nombre de maîtres. Que Verdi m'aide à vivre avec sa musique comme Manzoni m'aide à vivre avec ses *Fiancés*. La vie réelle, la vraie vie, la mienne en tout cas, mon cher Grégoire, tout rêve écarté, c'est le groupe mondial que je suis en train de constituer. Avec votre aide si vous acceptez mon offre.

— Bien sûr, bien sûr, répéta le jeune Français un peu décontenancé. Mais dites-moi alors comment vous voyez les choses ?

— Un café ? demanda à brûle-pourpoint don Melchiorre.

— J'en ai déjà avalé un. Je vais prendre un jus de pamplemousse. À boire cette fois, pas pour m'y baigner.

— Bien.

Le vieil homme passa la commande et entama son plaidoyer.

— Le groupe Verdi s'apprête à entrer dans une ère nouvelle, celle d'une expansion mesurée, raisonnable, nécessaire s'il ne veut pas être marginalisé demain par des groupes plus importants. Jusqu'ici, j'ai toujours veillé à contrôler moi-même les sociétés que je dirige, à connaître leurs personnels, à nouer des liens réguliers avec tous mes subordonnés. Je me suis tenu résolument à l'écart des institutions financières toujours promptes à vous proposer ce dont vous n'avez pas besoin et à vous facturer plus cher que nécessaire ce qui vous est utile mais pas indispensable. Je crois pouvoir affirmer, mes collaborateurs sont là pour étayer mes dires, que j'ai toujours géré mon affaire en bon père de famille. Si je mourais à l'instant (et il se signa furtivement dans un réflexe moins religieux que superstitieux), je laisserais une société en bon état de marche et disposant d'une marge d'accélération considérable, comme ma Maserati, même conduite par le prudent Giuseppe.

Grégoire, souriant à ce dernier trait d'humour, resta très concentré sur les paroles de don Melchiorre.

— Au point où nous en sommes, et connaissant vos compétences professionnelles, appréciant ce que je crois être chez vous une honnêteté foncière, j'aimerais que votre société de conseil en investissements, sous votre houlette, dresse le portrait financier du groupe Verdi, dégage clairement ses potentialités, livre une information claire et j'espère alléchante sur ses capacités à prendre de l'importance sans menacer aucunement ses bases solides. Vous me suivez ?

— Oui, don Melchiorre, je vous suis.

— Seriez-vous prêt rapidement ?

— C'est-à-dire ?

— À vous y mettre dès notre retour en Italie dans quatre jours.

Grégoire réfléchit. Il songea à ce qu'il avait lu une heure plus tôt dans la presse économique française. L'imprudence des agences de courtage et des conseils en investissement. Les silences coupables, les négligences. Oh, bien sûr, il ne s'attendait pas à découvrir de gigantesques irrégularités en analysant le groupe de don Melchiorre. Mais depuis quelques jours, et cela avait été aussi intense que soudain, ce groupe était celui du père d'Ornella, de la femme dont il sentait qu'elle lui entrait dans la peau par tous les pores.

— Il faudrait me laisser étudier vos comptes dans le détail, répondit pour commencer le jeune Français. J'ignore si vous êtes habitué à ce genre de procédure. C'est ce qui fait, vous le savez, la réputation des grandes agences de notation et des cabinets d'audit. Ne rien laisser dans l'ombre. Partir sur une relation de confiance mutuelle qui suppose de votre part un dévoilement complet, et de la mienne une discrétion non moins entière.

— Je comprends, fit don Melchiorre en appréciant une fois de plus la franchise de Grégoire.

Lui seul savait qu'il lui cacherait toute la dimension occulte de son entreprise, sans imaginer que c'était précisément cette partie-là qui allait prendre une ampleur gigantesque. Pour l'instant, dans ce bar surélevé d'Andorre, il n'existait rien d'autre que la partie réelle et visible de l'iceberg, et don Melchiorre accepta volontiers qu'elle soit inspectée de fond en comble par le jeune amant de sa fille.

Lorsque cette dernière reparut, les cheveux déliés dans le cou, les deux hommes avaient entamé une assiette de tapas.

— J'ai un creux après cette promenade, lança-t-elle joyeuse. Permettez que je me serve ?

Et sans attendre l'approbation de quiconque, elle vida goulûment deux petites assiettes de ces délices de bouche. Dans la famille, de père en fille, on savait ce que manger veut dire. Ni l'un ni l'autre ne manquaient d'appétit. Grégoire le vit à ses dépens, lui qui aurait volontiers pioché encore dans les tapas aux anchois…

38

C'est un petit rien qui mit d'abord la puce à l'oreille de Laetitia. Un matin qu'elle traversait le bourg d'Ajain, elle remarqua que le panneau « à vendre » accroché depuis des mois à la façade de l'ancien café-tabac avait été décroché. Et il en était de même pour la boucherie voisine, qui avait tiré ses rideaux depuis que le boucher du village, le père Marcelac, avait pris sa retraite. Il n'avait trouvé personne pour racheter l'affaire qui marchait pourtant convenablement. Pas un jeune ne semblait décidé à reprendre les murs et la clientèle pour tenter l'aventure. Au vrai, peu de gens de l'extérieur seraient venus s'enterrer dans ce village qui se mourait doucement.

Ce matin-là pourtant, tandis qu'elle rejoignait la route de Guéret après un rendez-vous avec un gros client du Crédit agricole, Laetitia fut bien surprise de ne plus voir ces panneaux. Avaient-ils été décrochés en désespoir de cause, puisque de toute façon, la cause semblait justement assez désespérée ? Comme elle voulait en avoir le cœur net, et qu'elle avait du temps devant elle, la jeune femme se gara sur la place de l'église et marcha jusque chez l'épicier, un des derniers commerçants encore en activité à Ajain avec la station-service, au sortir de la grand-rue.

Pour amadouer le bonhomme qu'elle connaissait à peine de vue, elle lui acheta d'abord quelques légumes et des fruits de saison qui paraissaient avoir souffert de la chaleur ou alors de la solitude ambiante. Les fraises étaient un brin ratatinées, les melons sentaient un peu fort. Seuls les abricots semblaient avenants. Elle prit aussi deux bouteilles d'eau minérale et s'avança vers la caisse.

— Il n'y a plus rien à vendre dans le quartier ! fit-elle d'un ton enjoué.

— Je vous vends toute ma camelote si ça vous fait plaisir ! proposa l'épicier de bonne humeur, voyant le panier de Laetitia bien rempli.

— Non, je ne vous parle pas d'ici, fit-elle, mais de là-bas.

Et elle désigna d'un signe de la tête l'ancienne boucherie et le tabac.

— Ah ! s'exclama l'épicier. Vous pouvez le dire, alors. Ils ont tout raflé.

— Mais qui ça, « ils » ?

— Oh, ils sont pas d'ici.

— Des étrangers ?

— Des étrangers si on veut. Ils ont une grosse ferme dans le coin mais ils sont pas d'Ajain, c'est ça que je voulais dire.

La jeune femme laissa tomber des noms de gros propriétaires pour tester la réaction du bonhomme.

— Non, l'arrêta-t-il en secouant la tête. Vous n'y êtes pas. Ils sont devenus importants dans le lait et sûrement dans autre chose vu qu'ils ont payé comptant à ce qu'il paraît. Une famille Bataille, je crois.

— Bataille ! manqua de s'étrangler Laetitia. Mais comment ça ? Ils ont des dettes jusqu'ici. Vous êtes sûr ?

L'homme eut une réaction de méfiance vis-à-vis de cette jeune femme qu'il ne se souvenait pas avoir jamais vue dans le passé.

— Vous êtes de la police ?

— Pourquoi donc, s'amusa Laetitia, j'ai l'air d'un flic ?

— Vous savez, maintenant, il paraît même qu'un grand chef du Quai des Orfèvres, à Paris, est en jupon. Alors, avec leurs histoires de parité, ça m'étonnerait pas de voir débouler des girondes avec le képi et la matraque.

— Vous exagérez ! Je suis seulement banquière au Crédit agricole, si cela peut vous rassurer. Il se trouve que je connais assez bien la famille Bataille et son patrimoine. C'est une belle affaire en plein redéploiement industriel. De là à acheter cash une boucherie et un tabac…

— C'est comme je vous le dis. Si vous m'croyez pas, l'ancien propriétaire habite au centre du bourg, rue d'Aubusson.

— Si, si, je vous crois sur parole. Au revoir.

Elle sortit de l'épicerie. Il était 11 heures du matin. L'envie la gagna d'aller faire un tour l'air de rien à la ferme des Bataille, mais elle renonça. Elle fila à l'agence centrale de Guéret avec une petite idée derrière la tête.

Une fois sur place, elle se dirigea directement dans son bureau et se connecta avec les fichiers clientèle de la banque. Si elle ne gérait pas directement les finances de la ferme Bataille, elle avait en revanche accès à leurs comptes personnels qui ne pesaient jamais bien lourd, en raison de toutes les charges auxquelles ils devaient faire face.

Pendant qu'elle procédait à quelques recherches de mouvements d'argent sur les comptes personnels des membres de la famille Bataille, elle se demandait quelle mouche avait bien pu les piquer pour qu'ils investissent soudain, et avec quel argent, dans des métiers étrangers à leur univers. Avaient-ils fait un héritage ? Elle ne leur connaissait aucun aïeul âgé capable de leur léguer une fortune. Avaient-ils touché le gros lot, au tiercé ou au Loto ? Vu que les gens du pays ont la langue pendue à ne pas croire, elle était étonnée que personne ne lui ait rien dit.

Alors ? Elle afficha le compte personnel de Marcel Bataille qui semblait à son étiage habituel. Tant que les banques ne rémunéreraient pas les dépôts à vue, expliquait à l'occasion Marcel Bataille, les banques pourraient courir pour attraper ses liquidités.

Le compte des trois frères révélait en revanche le véritable récit en chiffres d'une aubaine. C'est que chacun avait encaissé une somme de 150 000 euros de la part d'un donneur d'ordre dont la raison sociale n'était pas mentionnée. Les fonds avaient transité par une agence parisienne du Crédit lyonnais. L'opération remontait à la semaine précédente. Et à peine l'argent avait-il été crédité qu'il avait en partie, en partie seulement, été utilisé à des dépenses diverses. Dont l'une, de 50 000 euros, concernait la boucherie d'Ajain. Et une autre, d'un montant presque équivalent, le bureau de tabac. La première au nom de Lucien Bataille, l'autre à celui de Gilles. Quant à Danou, il avait lui aussi reçu la même manne mystérieuse, sans y avoir encore touché.

Laetitia appela par le réseau intérieur son chargé d'investissements qui se précipita sans tarder dans son bureau. C'était un homme d'une cinquantaine d'années, du genre timide, et secrètement amoureux de sa patronne qu'il regardait toujours avec des yeux de merlan frit. Laetitia en avait fait son souffre-douleur tant il l'indisposait avec ses airs transis. Elle le ménageait eu égard à ce qu'on appelait à l'agence sa fragilité psychologique…

— Ménard, fit-elle quand il se fut assis devant elle, qu'est-ce que c'est que cette cavalerie sur les comptes de la famille Bataille ?

— Pas de la cavalerie, mademoiselle. De véritables investissements auxquels ils ont procédé dans leur intérêt mais aussi dans l'intérêt collectif. Ils ont acheté des commerces qui ne trouvaient plus preneurs et qui, grâce à eux, vont rendre à Ajain un peu de son activité perdue.

— J'entends bien, remarqua Laetitia. Vous ne trouvez pas bizarre cet afflux de liquidités sur leurs comptes ? Ils vous ont expliqué d'où ça venait ?

L'homme piqua un fard.

— C'est que… j'ai bien trouvé ça étonnant. Quand ils m'ont dit que c'était le partage d'un héritage et qu'ils voulaient tout de suite réinvestir, j'ai pensé qu'il fallait les encourager sans tarder. C'est même moi qui les ai orientés sur Ajain. Vous comprenez, j'y suis né. Ils n'ont pas été trop difficiles à convaincre, alors…

— De telles sommes, Ménard, cela méritait d'autres explications au moins sur leur provenance.

— Je sais. D'après ce que j'ai compris, ils avaient un riche aïeul qui vivait de ses propriétés dans la Beauce. Il aurait eu Alzheimer ou Parkinson, je ne sais plus. Toujours est-il qu'il a fini à l'hospice après des années comme un légume. C'était un vieux garçon célibataire qui avait accumulé toute sa vie pas mal de biens. C'est de ça, qu'ils ont hérité. Trois parts de 150 000 euros.

— Et rien sur le compte du père Bataille.

— Non, aucun mouvement notable.

Ce que Laetitia ignorait forcément, c'est que Marcel Bataille avait obtenu de Bill Jenkins de se faire verser sa prime en liquide, sous la forme de trois versements de 50 000 euros. Et comme, question argent, il appartenait à l'ancienne école, c'est dans une boîte en métal coincée entre son sommier et son matelas, dans sa chambre, qu'il avait déposé son magot, n'ayant pas plus confiance dans les banques que dans les banquiers.

— Bien, soupira Laetitia. Merci, Ménard. La prochaine fois, avertissez-moi quand vous enregistrez des sommes pareilles. En soi, ce n'est pas si considérable. Mais ici, en Creuse, on ne voit pas de tels virements tous les jours.

Le directeur des placements se leva, rouge comme une pivoine, et quitta le bureau sans regarder sa supérieure. Il en était quitte pour une bonne migraine, comme chaque fois qu'il se faisait houspiller par la belle Laetitia.

À midi, elle quitta l'agence d'un bon pas et s'engouffra aussitôt dans son auto. Si la circulation restait fluide, elle serait dans moins d'une heure à la ferme des Bataille. Ils la connaissaient suffisamment, surtout Danou, pour trouver sa visite naturelle. Il lui suffirait de lancer un anodin «je passais par là» pour qu'une assiette soit rajoutée sur la table, et que peut-être les langues se délient un peu…

Manque de chance, quand elle quitta la départementale pour parcourir les trois kilomètres d'une route très étroite qui menait au hameau des Bataille, Laetitia se trouva ralentie par un gros camion-citerne qui n'en finissait pas de se traîner. Visiblement, le chauffeur ne savait pas trop où il allait car il ralentissait longuement à chaque intersection. À tel point que la jeune femme se demanda si elle ne pourrait pas lui faire des appels de phares ou d'avertisseur pour lui demander où diable il se rendait. Elle était prête à lui indiquer son chemin à condition qu'il la laisse filer.

Un coup d'œil sur l'immatriculation la renseigna: le véhicule venait d'Italie. Qu'est-ce qu'un aussi gros bahut pouvait bien venir faire sur une si petite route, en venant d'aussi loin? La surprise ne cessa de grandir quand elle comprit: le chauffeur cherchait la ferme des Bataille. La laiterie. Et quand il eut aperçu les bâtiments flambant neufs qui abritaient les robots de traite et les citernes de lait réfrigérées, il s'y rendit tout droit, dégageant le chemin qui menait au corps de ferme.

Laetitia se rangea dans la cour et trouva le père Bataille en compagnie de deux de ses fils.

— Ma parole, fit Lucien, c'est Grégoire qui t'a donné rendez-vous? Si c'est le cas, il t'a posé un drôle de lapin car à l'heure qu'il est, il se pavane en Espagne ou en Andorre.

— En Andorre ? releva la jeune banquière pour qui ce nom revêtait un sens bien particulier.

— Oui, avec son nouveau client, le groupe Verdi de Milan, tu connais ?

— Non, répondit la jeune femme.

— Un gros monsieur. Regarde donc ce qu'il nous envoie.

Et Lucien désigna le camion dont on entendait à cent mètres le crissement des freins et les jets de pression avant que son chauffeur ne coupe le moteur.

— Que vient-il faire ? Charger du lait ?

— Tout juste, renchérit Gilles.

— Vous en avez tant que ça ?

— Nous et les autres aussi, expliqua Marcel Bataille. Les gars de la coopérative en avaient assez d'être exploités. Figure-toi que même en faisant la route depuis Milan, cette société italienne nous paye le lait plus cher que la coopérative départementale.

— Dans ces conditions..., admit Laetitia.

Le père Bataille et Gilles marchèrent à la rencontre du chauffeur. Danou resta seul avec l'amie de son frère.

— Tout va bien pour vous, alors, si je comprends bien, dit cette dernière.

— Il n'y a pas à se plaindre, répondit le jeune frère de Grégoire. Entre, on allait déjeuner, tu resteras bien un peu.

— Je ne veux pas déranger, surtout si vous êtes occupés à la laiterie.

— Oh, ils nous rejoindront. Moi, j'ai faim, et l'omelette aux champignons, ça n'attend pas. Entre.

La jeune femme avait toujours bien aimé Danou, ses manières douces. Elle se souvenait que, enfant, il ressemblait à un petit renard, avec ses yeux très rapprochés et brillants, deux billes noires en perpétuel mouvement. Quant à Danou, il se rappelait, plus jeune, être plusieurs fois allé porté des mots pliés en quatre à Laetitia, de la part de Grégoire. C'était loin, mais aucun des deux n'avait oublié et cela tissait entre eux une indicible complicité.

— Lucien m'a dit que Grégoire était en Andorre ?

— Des vacances, je crois, répondit Danou en découpant deux belles tranches dans la miche de pain. Il s'est mis dans l'agroalimentaire, lui aussi. Mais pas comme nous. Lui, tu le connais, c'est toujours les colonnes de chiffres !

— On dirait que vous aussi, ça vous connaît, les colonnes de chiffres.

Danou eut l'air surpris.

— Que veux-tu dire par là ?

— Allez, petit cachottier, tout Ajain sait que vous êtes en train de racheter le village !

— Oh, pas le village, des commerces qui mouraient, c'est pas pareil. On ne fait de tort à personne, au contraire.

— Je sais bien. Quand j'ai appris ça par hasard, j'ai pensé que les affaires tournaient correctement, malgré le crédit pour le matériel de la laiterie.

— C'est vrai, admit Danou un peu gêné. Mais qui t'a mis au courant, pour les commerces d'Ajain ?

— Dans les petits bourgs, tout se sait très vite.

— Tu as raison. Un héritage familial qu'on n'attendait pas nous est tombé dessus, mentit Danou. Alors on a pensé que plutôt que de claquer tout ça à droite ou à gauche, c'était mieux d'en faire profiter autour de nous. D'une certaine façon, c'est un acte militant. Il y a des communes voisines où c'est la mairie qui a dû racheter la boucherie ou le restaurant local. On s'est dit qu'il fallait sauver ce qui pouvait encore l'être, avant que tout le monde foute le camp à Guéret ou à Limoges.

— Vous avez bien fait, souffla Laetitia pensive. La prochaine fois, si vous voulez, prévenez-moi si vous avez de nouvelles liquidités. Je peux aussi vous mettre sur de bonnes affaires qui mériteraient d'être renflouées. Ça sauverait aussi quelques emplois.

— À quoi penses-tu ? demanda Danou intrigué.

— Il y a une scierie vers la Courtine, une belle entreprise. Elle risque de fermer si elle ne reçoit pas un peu d'argent frais. Nous avons contribué, au Crédit agricole, mais nous sommes à la limite de l'endettement. Nous conseillons au patron de chercher un associé. Alors, si cela vous tente, un de ces jours…

— Pourquoi pas, nous verrons ça, répondit Danou. J'en parlerai ce soir en famille.

Ils allaient servir l'omelette quand Marcel et Lucien Bataille entrèrent avec le chauffeur italien, un colosse en salopette qui parlait quelques mots de français et savait manifestement se tenir à table quand le couvert était mis et le vin tiré. Ce fut un déjeuner joyeux où l'on parla beaucoup avec les mains et où les Bataille déformèrent à cœur joie le français pour faire croire qu'ils parlaient la langue de Jules César. Cet italien approximatif leur permit de faire comprendre au chauffeur qu'il pourrait faire la sieste avant de reprendre la route, le temps, pour les Bataille, de charger la citerne. L'homme accepta volontiers. Après une part de gâteau aux amandes, Laetitia prit congé de cette assemblée d'hommes en promettant de revenir les voir bientôt au tabac d'Ajain ou à la boucherie.

— Ce n'est pas nous qui serons en place. Nous avons recruté des employés, précisa le père Bataille. Tu sais, nous, on reste des paysans.

— Des drôles de paysans, oui ! fit-elle d'un ton enjoué qui les figea sur place.

[illegible] qui [illegible]
[illegible]
[illegible] Dalton [illegible]
[illegible] la Calcutta [illegible]
[illegible] de Thomas [illegible]
[illegible]
[illegible] la forme de [illegible]
[illegible]
[illegible] des jours.

— Pourquoi [illegible] ce nom de [illegible]
[illegible]

[illegible] quand Maricot et Longue [illegible] avec [illegible] qui [illegible] quelques mots de français et savent [illegible] tout [illegible] que [illegible] et que [illegible] les [illegible] pour être [illegible] parce que [illegible] les [illegible] [illegible] le [illegible] homme [illegible] [illegible]

— [illegible] nous [illegible] sommes en [illegible]
[illegible]
[illegible] les [illegible]

— [illegible]
[illegible]

39

Cela faisait moins de dix jours que Grégoire avait quitté Paris. Tant de choses étaient survenues dans sa vie que cela lui parut une éternité quand il atterrit ce matin-là à Roissy en provenance directe d'Andorre. Ornella et son père avaient regagné Milan et les deux jeunes gens avaient eu quelques difficultés à se séparer lorsque l'avion de Grégoire fut le premier annoncé.

Son patron l'attendait de pied ferme au bureau dès 9 h 30. Il prit son tour dans la file d'attente des taxis qui n'en finissait plus de s'allonger. Près d'une cinquantaine de personnes poireautaient avant lui. Il prit son mal en patience en feuilletant les quelques journaux français qu'il avait pu se procurer au sortir de l'avion.

Ce fut enfin son tour. Le chauffeur de taxi saisit sa valise d'une main ferme et la fit disparaître dans le coffre de sa grosse Mercedes.

— Rue de la Banque, dans le quartier de la Bourse, lança Grégoire.

— Je vois, répondit l'homme qui était habillé comme un financier, avec son costume sombre, sa chemise claire que fendait en deux une rutilante cravate. Je vous préviens, il ne faut pas être pressé, ce matin.

— Ah bon ? et pourquoi donc ? s'enquit Grégoire soudain ennuyé à la perspective de faire attendre Bellec.

— Des manifs paysannes. Enfin, y a des vaches et des tracteurs, mais y a pas que ça. Ils sont venus en force de tout le pays pour réclamer la décentralisation, des élus de tout poil, ça vous met un de ces bazars !

— C'est bien ma veine, soupira le jeune homme.

Il avisa l'autocollant « téléphone portable interdit » collé au dos du siège avant.

— C'est vraiment impossible de téléphoner ? demanda Grégoire, de plus en plus contrarié, qui sentait monter un sentiment d'exaspération qu'il n'avait plus connu depuis un bon bout de temps.

— C'est bon, allez-y, répondit le chauffeur sans enthousiasme.

Grégoire tomba sur Jocelyne, la secrétaire de Bellec. Elle le rassura en lui disant que son patron non plus n'était pas arrivé, sans doute à cause des manifestations qui se dirigeaient vers le Sénat, après avoir vainement tenté de prendre d'assaut Matignon.

Le jeune homme fut soulagé. Il étendit ses jambes autant qu'il pouvait et tenta de rassembler ses esprits. La semaine en Andorre ressemblait à ce qu'on appelle au cinéma des vacances de rêve. Ornella s'était révélée une amoureuse à la fois douce et passionnée. Don Melchiorre avait ouvert grandes les vannes de la confiance, au point de charger sérieusement Grégoire de faire connaître Verdi auprès du marché parisien. Avant de le laisser repartir vers Paris, il lui avait confié un dossier dans lequel figuraient les grands comptes du groupe, ses fonds propres, les ratios de rendement et les résultats ventilés par secteurs d'activités au cours des cinq précédents exercices. Bien sûr, le patriarche n'avait pas dévoilé ses batteries. Rien dans le dossier ne transparaissait sur ses intentions d'achats, et surtout sur la part occulte d'acquisitions qui interviendrait tôt ou tard, en Europe dans un premier temps.

Car don Melchiorre avait compris un aspect du b.a.-ba des financiers de haut vol : la cavalerie. Cela consistait en une suite d'opérations en soi très simples. On achetait une société en faillite ou presque à un niveau 100. On la revendait 200 à une filiale gérée par un homme de paille. Lequel la revendait quelques mois plus tard 500 à un autre homme de paille d'une autre filiale, d'une autre société-écran. Si bien qu'au bout du processus, au sortir de ces rachats successifs par des sociétés gigognes contrôlées par don Melchiorre, celui-ci pourrait céder son canard boiteux dix fois plus cher qu'il ne l'avait acquis, par le simple jeu des reventes et des rachats. Il suffisait au passage de trafiquer les comptes, de « window dresser », comme disaient les hommes du métier, c'est-à-dire de licencier et de maquiller les comptes de manière que la mariée ait l'air appétissante…

Cette cavalerie – ou cavalcade – aurait le mérite de dégager des liquidités tout en désignant Verdi comme un groupe entreprenant, très actif, candidat à toutes les reprises possibles dans le domaine agroalimentaire. C'était bien connu : on ne prêtait qu'aux riches et l'appétit venait en mangeant.

De tout cela, Grégoire ne savait rien, ou presque. Ce qui flottait clairement dans son niveau de conscience, c'était l'ambition de don Melchiorre. Il entendait bien se porter au service de cette ambition.

Il songea qu'il n'avait plus eu de nouvelles de Bill Jenkins depuis que ce dernier avait rendu visite aux Bataille sur leur exploitation. Si les choses avaient mal tourné d'un côté comme de l'autre, il en aurait forcément eu quelque écho.

Tout roula correctement jusqu'à l'entrée dans Paris. Le périphérique était bouché. Les voitures circulaient pare-chocs contre pare-chocs. Le chauffeur éteignit sa CB et alluma la radio sur une station de Paris intra-muros.

— Ils commencent vraiment à nous pomper, ces paysans et cette bande d'élus ruraux ! tonna l'homme. Est-ce que je vais bloquer leurs champs et leurs hangars avec mon taxi, moi ?

— Ils ont sûrement des raisons, tempéra Grégoire qui se sentait maintenant d'humeur légère.

— Ouais, des raisons… On a tous des raisons de râler. Moi qui vous parle, j'étais dans ma mine, autrefois. Les houillères du Nord, ça vous dit quelque chose ? J'étais mécano là-bas. Eh bien, ils nous ont tous laissés sur le carreau, comme je vous dis. Trop cher, le charbon. C'était l'heure de l'électricité, du nucléaire à Gravelines et compagnie. Vous avez vu les mineurs à Paris ? Non. Parce que les politiques, quand ils ont décidé à Paris ou à Bruxelles, c'est plus la peine d'exister, vaut mieux arrêter de respirer et se tirer ailleurs. Moi, c'est ce que j'ai fait, alors depuis on est deux sur ce tacot. Un collègue pour la nuit et moi pour le jour car j'ai horreur d'avoir l'impression de pioncer entre des portes en tôle. Comprenez ?

Un sourire pendait aux lèvres de Grégoire qui écoutait cette ancienne gueule noire tout endimanchée raconter comment il fallait vivre et se battre dans la société d'aujourd'hui.

— Je vous comprends, admit le jeune homme. Vous croyez qu'il y en a encore pour long ?

— Je vais choper les Maréchaux, décida le chauffeur. Ça devrait rouler un peu mieux.

À la radio, les flashs se succédaient qui annonçaient les faits saillants de ce début de journée. On apprenait qu'aux États-Unis, l'un des protagonistes de l'affaire Enron, le financier Michael Stone, avait été retrouvé mort dans son appartement de Manhattan. Il s'était manifestement suicidé. Les chefs d'inculpation qui pesaient sur lui avaient sûrement eu raison de son moral. Il s'ensuivit un bref rappel de ce scandale financier qui avait ébranlé l'Amérique autant que les attentats du World Trade Center, dans un domaine évidemment différent. Mais ce crack avait lui aussi fait douter le pays de ses institutions, de leur solidité et surtout de leur fiabilité.

— Bah ! s'écria le chauffeur de taxi, tous ces gars qui

se goinfrent avec du fric qu'est pas à eux, ça finit par leur donner le tournis et voilà comment ça finit. Ils confondent l'argent des autres avec le leur, et quand ils n'ont plus de fraîche sur leur compte, ils se mettent à en inventer, à en fabriquer à l'œil. Ce ne sont plus des faussaires avec des machines à billets. Ils font du faux avec de simples lignes informatiques, de faux en-têtes, on se croirait au casino. Et encore, je suis sûr que les casinos sont mieux réglementés que ça. Tenez, j'en ai connu un du côté de Dinant. Figurez-vous que…

Grégoire avait décroché. Il songeait à ce qu'il dirait à Bellec. Son patron n'était pas né de la dernière pluie. Il savait flairer le bon coup comme le faisandé. Certes, son intuition sur le groupe Verdi devait être bonne puisqu'il avait insisté en personne pour envoyer Grégoire à Milan. Mais ce que son jeune collaborateur rapportait ne semblait-il pas trop beau pour être vrai ?

Le taxi finit par déposer Grégoire place de la Bourse, face au restaurant Le Vaudeville. Il était 10 heures et demie passées. Quand il entra dans les bureaux de la société, il entendit la toux reconnaissable de Bellec qui s'étouffait à moitié comme toujours quand il fumait trop le matin.

— C'est vous, Greg ? fit la voix caverneuse du fond du couloir.

— Oui, monsieur, c'est bien moi.

— Alors venez vite au rapport avant qu'on ne m'installe entre quatre planches en sapin, plaisanta Bellec.

Sa secrétaire, très pieuse, se signa furtivement en levant les yeux au ciel. Jocelyne, visiblement, n'aimait pas qu'on rigole avec ces choses-là.

— Je désespérais un peu de vous revoir, fit Bellec plus sérieusement une fois que le jeune homme se fut assis en face de lui.

— C'est que tout s'est accéléré. Une chance inouïe, ou le hasard.

— Il n'y a pas de hasard, rétorqua Bellec en faisant signe à Greg de continuer.

Celui-ci fit le récit minutieux et détaillé de sa rencontre avec don Melchiorre, dont il vanta tout à la fois le charisme, le jugement, et aussi le grain de folie qui faisait de cet homme un véritable personnage de comédie autant que de tragédie.

— Son bilan ? demanda Bellec.

— Superbe.

— Ses ratios ?

— Parfaits.

— Parlez-moi maintenant de ses projets, s'il s'en est ouvert auprès de vous.

De nouveau, Grégoire s'engagea dans un long récit circonstancié dont il sut exclure tout ce qui avait trait à sa relation intime avec Ornella. Évidemment, le jeune financier était assez crédule pour ne rien soupçonner des desseins occultes du patron de Verdi. Tout le temps de son exposé, Bellec observa Grégoire attentivement. Visiblement, il semblait convaincu. Son collaborateur avait bien travaillé. À la perfection même, pour avoir glané en si peu de temps de si nombreuses informations, précises et claires, à travers lesquelles on pouvait voir poindre assez nettement la stratégie du groupe Verdi.

— Bien, fit le patron quand Grégoire en eut terminé. Tout cela semble solide et prometteur. C'est toujours étonnant, et aussi réconfortant, ces hommes qui ont redoublé de prudence toute leur vie et qui, en fin de parcours, lâchent les chevaux pour atteindre une sorte de Nirvana.

— Oui, appuya Greg, plein d'admiration dans la voix en songeant à don Melchiorre, c'est exactement ça. Le voilà touché par l'audace qui est une sorte de grâce. Comme je vous l'ai dit, il est obsédé à l'idée de laisser derrière lui une œuvre, un chef-d'œuvre même. Et je crois qu'il se sent l'énergie et les moyens d'y parvenir.

J'ajoute qu'il est prêt à nous rétribuer de façon très correcte l'étude financière que je pourrais rédiger, à charge pour nous de la diffuser auprès de nos clients privilégiés, bien sûr.

Bellec hocha la tête en guise d'approbation. Il garda cependant le silence quelques secondes puis leva les yeux en direction de Grégoire.

— Que savez-vous de l'entourage de don Melchiorre ?

— Son entourage ? Il y a sa fille Ornella, répondit Greg sans le moindre trouble dans la voix.

— D'accord, mais je pense aux extérieurs, banquiers, politiques, conseillers occultes…

— Vous allez sourire, fit Grégoire, mais je pense qu'un seul homme a véritablement l'oreille de don Melchiorre, et ce n'est ni un banquier, ni un homme politique.

— Qui donc alors ?

— Giuseppe, son chauffeur. Ils sont amis depuis les bancs de l'école, ils ont eu faim ensemble, je crois, et ça crée des liens. Giuseppe n'est pas que son chauffeur, il est aussi l'âme sage de don Melchiorre.

— Vraiment ? Le sens de ma question est en réalité plus précis que cela. Ces dernières années, la vie économique transalpine a été marquée par l'opération Mains propres.

— Mani Pulite, reprit Grégoire.

— Parfaitement. Mais depuis l'arrivée au pouvoir de Berlusconi, les patrons se sont de nouveau senti la bride sur le cou. Ceux qui fricotaient avec la mafia ont repris leurs mauvaises habitudes, et les affairistes savent qu'ils peuvent prospérer sans trop d'ennuis s'ils agissent discrètement tout en arrosant un peu les caisses ou les comptes en banque de Forza Italia.

— Je suis persuadé que don Melchiorre ne mange pas de ce pain-là. Le pain qu'il mange, c'est le sien, et je jurerais qu'il est parfaitement blanc et sain.

— Ma parole ! s'écria Bellec. C'est un saint qui vous a converti ou je ne m'y connais pas !

Le patron demanda deux cafés à Jocelyne qui préférait ça plutôt que de l'entendre évoquer sa mort prochaine et l'odeur du sapin.

— En somme, reprit Bellec, il faudrait pouvoir alimenter le marché en papiers sur Verdi d'ici peu de temps, si je vous comprends bien.

— Oui, fit prestement Grégoire. Je pourrais rédiger une étude standard de vingt-quatre pages la semaine prochaine et la soumettre à nos analystes maison pour qu'ils puissent donner des indications possibles aux investisseurs.

— Selon vous, don Melchiorre veut entrer en Bourse ?

— Je ne crois pas. Pas maintenant en tout cas. Il m'a montré l'état de ses fonds propres. Tout dépend bien sûr de ce qu'il compte acheter et à quel rythme. Mais je pense qu'il voudra en premier lieu recourir au marché obligataire. Une banque italienne se chargerait d'écouler des obligations en Italie et ailleurs. Nous pourrions entrer dans le coup en France.

— Cela me paraît en effet judicieux, conclut Bellec. Marchons comme cela.

Ils en restèrent là. Jocelyne déposa les cafés sur le bureau. Bellec demanda à Greg s'il se sentait d'attaque pour un parcours de golf l'après-midi même à Saint-Nom-la-Bretèche.

— Il est moins sportif qu'Hardelot mais l'espace est paisible et encore vert malgré la sécheresse, plaida Bellec.

Remis en forme par ses séances de thalasso, le jeune homme pétait le feu.

— Mais si je vous bats ? s'écria-t-il.

— Je vous renvoie dès que vous m'aurez donné toutes les bonnes infos pour investir dans Verdi, répondit Bellec.

— Alors je préfère perdre…, assura Greg.

Les deux hommes évoquèrent ensuite la situation en France, ce gouvernement qui ne gouvernait pas ou seulement par reculades.

— C'est un monde, s'énerva Bellec en dégustant son café. La croissance est là et nous sommes infoutus d'en profiter. Pire, les ménages n'ont pas le moral alors que c'est le moment d'investir, de se projeter vers demain. Décidément, je ne comprends rien aux hommes politiques et je ne les envie pas de faire le métier qu'ils font.

— À chacun le sien et les vaches sont bien gardées, répliqua Grégoire. C'est ce qu'on dit par chez moi. Cela me fait penser que je dois appeler ma famille. Je les ai un peu délaissés, ces temps-ci, du côté de Guéret. C'est de votre faute, monsieur Bellec.

Greg termina sa tasse, remercia Jocelyne et se retira. Il s'installa dans son bureau, de l'autre côté du couloir. Un petit tas de courrier l'attendait et, dans le tas, une lettre manuscrite postée précisément de Guéret. C'était une fine écriture, très appliquée, mais qui ne lui disait rien du tout. À moins que…

Il décacheta l'enveloppe d'une main rapide et nerveuse. Il n'en crut pas ses yeux. C'était Laetitia qui lui écrivait, la belle Lala qui se rappelait à son souvenir. Comme si elle avait senti à distance un danger en la personne d'Ornella. Ou alors un tout autre danger.

40

Était-ce par négligence ? Certainement pas. Grégoire avait lu et relu la missive de Laetitia lui indiquant les rentrées de fonds anormales sur les comptes en banque de ses frères. Mais s'il n'avait pas mis en doute les affirmations de la jeune femme, il n'avait pas répondu à son invitation à descendre le plus vite possible dans la Creuse pour tenter de vérifier ce qui se passait à la ferme des Bataille.

En son for intérieur, Grégoire se sentait partagé. Il ne voulait pas tout à coup suspecter les siens de gagner – enfin – pas mal d'argent, alors que lui-même n'avait eu de cesse de s'en sortir et de devenir riche, tout au moins d'être suffisamment à l'abri du besoin pour ne plus être forcé de compter chaque fois qu'il décidait d'un achat. Ce qu'il avait voulu pour lui, comment l'aurait-il reproché aux autres, et surtout à ses proches qui trimaient durement sur une exploitation ingrate dont ils étaient parvenus à tirer le meilleur à force d'efforts inouïs ?

Au fond, c'est du moins ce qu'il penserait plus tard quand le scandale aurait éclaté, il ne portait aucune appréciation d'ordre moral sur les comportements des siens. Il se refusait à en avoir un. Au nom de quoi se serait-il permis d'être juge ? Si tant d'argent frais avait alimenté les comptes familiaux, il n'était à coup sûr pas arrivé comme ça, par l'opération du Saint-Esprit. D'après ce qu'il savait, le contrat de livraison du lait à don Melchiorre ne pouvait avoir apporté déjà une telle manne. Si son père avait perçu une sorte d'avance en gage des livraisons à venir, cette avance, ou cerise sur le gâteau, ne pouvait atteindre les sommes citées dans la missive de Laetitia.

Et puis le jeune homme ne voulait pas s'en mêler. Qu'aurait-il pensé si ses frères ou son père avaient trempé le nez dans ses affaires? Il les aurait renvoyés avec véhémence. À ses yeux, parler de son argent au père Bataille aurait été une faute et une erreur, quelque chose qui ne se fait pas, dans la famille tout au moins. Quant à l'initiative de Laetitia, il la prit comme une manœuvre maladroite pour le faire revenir vers la Creuse, alors qu'il avait tant à faire entre Paris et Milan, et d'abord à rédiger le document financier qui ferait foi auprès des investisseurs pour le groupe Verdi.

Ainsi, Grégoire se contenta simplement de demander à don Melchiorre comment s'était déroulée la négociation avec sa famille sur les livraisons de lait. *Perfetto* ! avait dit le patriarche en guise de réponse, ajoutant que d'autres producteurs de lait de la région s'étaient joints aux Bataille pour apporter leur matière première à l'industriel italien dont les prix étaient plus qu'acceptables.

Comme on célébrait en France le tricentenaire du groupe Wendel, Grégoire introduisit son étude en rappelant le dynamisme du capitalisme familial qui avait irrigué les grandes économies d'Europe. En prenant les exemples des Wendel mais aussi des Michelin ou encore de la famille Peugeot, Dassault ou Lagardère, le jeune financier savait qu'il toucherait là une fibre sensible chez les investisseurs français qui se défiaient des grands groupes anonymes et impersonnels, préférant souvent placer leurs fonds dans des sociétés à visage humain, quand bien même leur gestion se comparait en tous points à celle des grands groupes multinationaux. Il lui fallut deux bonnes semaines pour mettre au propre son texte. Grâce au dossier que lui avait remis don Melchiorre, il put établir un document sérieux et solide, avec toutes les apparences de la fiabilité.

Un photographe dépêché à Milan par Grégoire prit des clichés du patron du groupe Verdi accompagné d'Ornella, dans le château familial, puis se rendit dans les lieux « stratégiques » du groupe, les laiteries, les champs, les usines de fabrication des pâtes et des céréales pour petits déjeuners. Un encart de huit pages couleurs présentant le maître de Lombardie et ses productions vint de la sorte égayer le document, l'humaniser en quelque sorte. Et c'est ainsi qu'au beau milieu du mois de juillet, la société Bellec put lancer une conférence de presse afin de présenter le groupe Verdi.

Pour l'occasion, don Melchiorre fit le voyage à Paris en compagnie de sa fille. Ils furent logés à l'hôtel Bristol dans une suite somptueuse où Ornella avait son entrée et sa réception séparées. Après tout ce temps de séparation, Grégoire et la jeune femme tombèrent dans les bras l'un de l'autre, trop heureux de célébrer leurs retrouvailles dans ce Paris estival si propice aux amoureux, aux longues marches du soir le long de la Seine et aux confidences à l'ombre des monuments historiques ou dans les ruelles de l'île Saint-Louis où il l'entraîna le premier soir.

Ce soir-là, justement, on avait inauguré sur les berges du grand fleuve le désormais célèbre Paris-Plage. Grégoire fut surpris d'apprendre de la bouche d'Ornella que cette initiative en pleine ville était très réputée auprès des Italiens, et que les populations de Rome et de Florence avaient même demandé à leurs équipes municipales de réfléchir à de semblables projets sur les bords du Tibre et de l'Arno. Le patriarche avait voulu profiter d'une représentation exceptionnelle d'*Otello* à l'Opéra Bastille, tiré pour l'occasion de son sommeil estival. Les deux jeunes gens s'étaient donc échappés comme des collégiens à travers Paris pour gagner ces rives ensablées sur lesquelles des transats avaient été installés.

— Pour la première fois, il y a même une grande piscine, lança Grégoire à la jeune femme.

— Dommage que nous n'ayons pas nos maillots de bain ! s'écria-t-elle.

— Et qu'en sais-tu ? fit-il en sortant d'une pochette un superbe deux pièces aux couleurs fluo.

— C'est pour moi ? demanda-t-elle incrédule. Mais… comment sais-tu ma taille et…

— J'ai regardé, je t'ai décrite, et voilà, répondit Greg sûr de lui.

— Et toi, tu as ton maillot ?

— Ici, dit-il en riant, comme il sortait de sa poche son propre accessoire de baignade.

— Formidable ! s'écria joyeusement Ornella. Mais j'y pense, nous n'avons pas de serviette, tu ne vas pas me dire que tu en as des miniatures dans tes poches !

— Non, mais ils en louent, ici, près des cabines en bois, regarde.

Ils avancèrent en effet jusqu'à une petite cabane préfabriquée ou s'entassaient des serviettes propres enserrées dans des films de plastique. Ils en retirèrent deux et partirent se changer. Dix minutes plus tard, les amoureux nageaient dans la nuit étoilée de Paris, même si les étoiles étaient plutôt des lampadaires fixés très en hauteur au sommet des grands arbres des voies sur berges rendues aux promeneurs et, désormais, aux baigneurs de Paris-Plage.

— C'est vraiment féerique, cria Ornella tout en nageant une brasse élégante, par mouvements très amples et appliqués. J'ai toujours regretté de ne pas être née dans une ville du bord de mer, avoua la jeune femme. À Milan, on était loin de tout cela et dans notre enfance, mon père préférait nous voir rester sur la propriété plutôt que de nous laisser nous mélanger avec la jeunesse dorée de l'Italie du Sud. Il prétendait que nous reviendrions avec une sale mentalité d'enfants de riches. Mes sœurs et moi, nous lui en voulions car son intransigeance nous privait de moments délicieux. Plus tard, il est devenu plus coulant.

— Toi aussi tu vas devenir plus coulante ! fit Grégoire en enfonçant la tête de la jeune femme sous l'eau.

Elle émergea au bout de quelques secondes les joues gonflées d'eau qu'elle cracha comme un cétacé au visage de son compagnon. Ils s'ébattirent ainsi une bonne heure comme des enfants qui rattrapent le temps perdu de l'enfance.

La nuit fut une nuit d'amour comme ils en avaient rêvé l'un et l'autre. Vers 2 heures du matin, épuisés et comblés, ils s'endormirent. Mais Grégoire quitta le lit d'Ornella dès 7 heures. Non pour éviter de croiser don Melchiorre, qui bénissait visiblement ce « rapprochement » entre sa fille et le jeune Français, mais parce que la conférence de presse auprès des journalistes financiers était prévue le jour même, à 11 heures, dans les salons du Crillon, avant un déjeuner qui s'annonçait lui aussi somptueux.

À l'heure fixée, tous les grands organes de la presse financière française étaient représentés, et aussi les correspondants à Paris du *New York Times* et du *Financial Times*, de même que les permanents des journaux italiens, *La Stampa, La Repubblica* et aussi le *Sole 24 Ore*. Le rubricard de l'AFP, dûment prévenu, avait répondu à l'appel, comme son confrère de l'agence Reuters. Juillet avait beau être sérieusement entamé, on s'était pressé, dans le milieu de la finance, pour aller à la rencontre de cet oiseau rare que semblait être le groupe Verdi.

Don Melchiorre fit sensation en pénétrant dans la salle de conférences. Le brouhaha et les bavardages cessèrent quand on vit s'approcher de la table des conférenciers cet homme en habit sombre dont la silhouette était entièrement illuminée de son regard bleu acier et sa chevelure blanche soigneusement coiffée en arrière, révélant un front magnifique veiné de minuscules vaisseaux.

Lorsque tout ce petit monde fut installé et les réglages de micros entrecoupés des habituels larsens, après que l'on eut réglé le flou du vidéoprojecteur, la séance put commencer. À dessein, Grégoire n'avait pas fait distribuer le document préparé sur le groupe Verdi. Il était posé bien en évidence sur la table, devant son micro, afin de susciter la curiosité mais aussi pour contraindre l'assistance à plus d'attention pendant les présentations orales. C'était un vieux truc soufflé par Bellec : si on distribuait à l'avance la documentation, les orateurs n'avaient plus devant eux que des têtes penchées, n'écoutant pas la communication, préférant tourner les pages et s'enfoncer dans la lecture des textes plutôt que d'écouter les exposés.

C'est Grégoire qui introduisit la conférence de presse en remerciant les journalistes d'être venus aussi nombreux pour la présentation d'un groupe ; leur présence prouvait, s'il en était besoin, que Verdi suscitait un véritable élan de curiosité. Ornella n'avait pas souhaité s'installer à la table officielle hérissée de micros et sur laquelle de petites bouteilles d'eau minérale avaient été déposées, bien qu'à cette heure-ci, on ne souffrît aucunement de la chaleur. Le protocole en vigueur le voulait ainsi, de l'eau pour les orateurs, dans l'hypothèse où la longueur des exposés leur donnerait soif ! C'est plutôt l'appétit qui aurait pu venir à la bouche des participants, une fois présentés les mille atouts du groupe Verdi.

— Merci à vous, répéta Grégoire. Et sans plus attendre, nous allons entrer dans le vif du sujet. Don Melchiorre, P-DG fondateur du groupe Verdi, a eu la gentillesse de faire le voyage jusqu'ici pour répondre à vos questions et vous exposer les grandes lignes de sa stratégie. Mais avant toute chose, je vais tenter de présenter le plus objectivement possible ce groupe exemplaire pour sa gestion, et très prometteur quant à ses capacités d'expansion selon des critères raisonnables et concrets.

Les journalistes écoutèrent sagement l'intervention de Grégoire, prenant consciencieusement des notes ou vérifiant que les cassettes à l'intérieur de leurs magnétophones tournaient comme il fallait afin de ne pas «manger» un seul mot de l'exposé.

Comme il savait le faire à merveille, le jeune financier français resitua l'activité du groupe Verdi dans son contexte italien et européen. Il brossa un long tableau très complet sur les différentes étapes de constitution du groupe, se retournant régulièrement en direction de don Melchiorre ou cherchant des yeux le regard d'Ornella pour vérifier qu'il restait bien dans les rails. Tout le monde était ainsi suspendu à ses lèvres, et Grégoire en tira un réel réconfort, lui qui jouait dans son nouveau job une partie décisive, peut-être la plus importante de son existence.

Au fond de lui, cela faisait longtemps que le jeune homme pensait avoir ce rendez-vous avec le public. Il rêvait de mesurer une bonne fois son talent à convaincre une communauté financière généralement rigolarde et incrédule. Il voulait évaluer son pouvoir de persuasion, sa crédibilité, sur un dossier auquel bien sûr il croyait lui-même. Grâce à cette rencontre avec don Melchiorre, sans parler d'Ornella, il avait pu être véritablement en mesure de porter un projet à bout de bras, en solo, puisque Bellec semblait vouloir placer en lui une grande confiance.

Cela se comprenait. Aux yeux du patron de la société d'investissement, Grégoire avait fait preuve d'une réussite fulgurante. Dépêché à Milan pour enquêter sur le magnat italien et pour évaluer ce qu'il avait réellement dans le ventre, le jeune Français avait obtenu des résultats inespérés en nouant avec les protagonistes du groupe

Verdi des liens personnels que nul, pas même l'intéressé, n'aurait pu imaginer. Il restait maintenant à finaliser cette approche et devenir, au nom du groupe Verdi, un interlocuteur privilégié pour la France et au-delà, pourquoi pas, en mettant cette valeur nouvelle sur orbite auprès de la communauté financière.

L'exposé liminaire dura vingt minutes ; Grégoire s'était fixé cette limite pour ne pas lasser l'auditoire et, surtout, pour lui permettre assez rapidement de poser des questions. Grégoire précisa que don Melchiorre s'exprimait aussi bien en français qu'en anglais et, bien sûr, en italien.

La première question vint d'un journaliste vedette du *Journal des finances*, Marc-Alain Tissier, reconnaissable entre tous avec ses cheveux frisés, son éternel nœud papillon et ses fines lunettes cerclées d'or. Ce dernier était un spécialiste reconnu du secteur agroalimentaire. Rien ne lui échappait dans la lecture d'un bilan. Il était, en général, très bien informé et tenait ses tuyaux d'un réseau construit patiemment après vingt-cinq années passées dans les milieux de la Bourse de Paris, de Londres et aussi de Milan où il avait gardé de précieux contacts. C'est pourquoi chacune de ses questions était en général aussi une source d'informations.

— Don Melchiorre, commença-t-il sur un ton fort respectueux, nous n'avions, pour notre part, pas besoin d'un tel exposé pour apprécier la qualité de vos actifs et de votre gestion. Il apparaît, dans cette présentation que nous venons d'entendre, que vos possédez une trésorerie enviable, un véritable trésor de guerre, mais vous ne nous avez pas dit quelle guerre vous vouliez mener. Est-ce vous forcer à dévoiler des secrets que de vous demander vers quelles proies, si j'ose employer ce terme, vous allez jeter votre dévolu ?

Il y eut un bref silence. Don Melchiorre regarda Grégoire d'un air mi-surpris, mi-courroucé, comme si la question du journaliste avait paru hors sujet, ou par trop précise.

Profitant de cet instant d'hésitation, Marc-Alain Tissier poussa encore son avantage en précisant son propos, comme s'il avait craint de ne pas être bien compris.

— Ma question s'entend dans le contexte français du moment où, comme vous le savez au moins aussi bien que moi, les rumeurs vont persistant sur une vente probable par Nestlé du groupe Perrier. Or, je constate, d'après les propos de M. Bataille, que l'eau minérale fait partie de vos objectifs à court ou moyen terme. Je me suis permis de rapprocher les deux éléments…

— Vous avez bien fait de poser la question car elle est pertinente et bienvenue, fit alors don Melchiorre d'une voix qui surprit l'auditoire par sa vigueur, sa clarté ; en un mot, par son éclat. Nul n'aurait soupçonné pareille énergie chez un homme qui, tout émacié et fin, ressemblait davantage à un soliste qu'à un chef d'orchestre. Je sais, comme vous, poursuivit-il, que le cas de Perrier est problématique en France à cause de l'emblème que représente cette marque prestigieuse et connue de tous. Mais pour l'instant, et vous l'avez vous-même souligné, la vente de ce groupe est du domaine de la rumeur, rien de plus. Et ce n'est pas à vous que j'apprendrai, monsieur Tissier, qu'acheter sur la rumeur est un piège dans lequel un investisseur sérieux doit se garder de tomber.

Flatté que le patriarche l'ait appelé par son nom, le journaliste vedette du *Journal des finances* ne put réprimer comme un gloussement accompagné d'un net rougissement à hauteur des joues. Maintenant qu'il l'avait appâté, don Melchiorre pouvait le ferrer, c'est-à-dire lui faire gober ce qu'il voulait. C'est ainsi qu'il noya habilement le poisson, estimant que le rachat de Perrier soulevait des problèmes politiques avant de poser un défi économique et financier. « Si demain la France, après avoir vendu ce joyau national à une firme suisse, est prête à aller plus loin en le vendant à une société italienne, qu'elle sache que je serai sur les rangs », se contenta de dire don Melchiorre, sans manifester le moins du monde l'impatience qu'il montrait en privé s'agissant du passage de Perrier dans l'escarcelle de Verdi.

Une question vint ensuite de Tom Glaser, le correspondant du *Financial Times* à Paris. Celui-ci voulait savoir si un courtier avait déjà été approché sur le marché londonien pour placer des obligations du groupe italien que dirigeait don Melchiorre. La réponse fut nette et rapide : « Ça, fit-il, ce n'est pas mon affaire. C'est du ressort de M. Bataille et de son patron M. Bellec. »

D'autres doigts se levèrent, et don Melchiorre se prêta ainsi à l'exercice pendant plus de deux heures d'horloge. Au point que le maître d'hôtel dut, en hâte, faire ralentir la cadence en cuisine pour que le repas des VIP ne soit pas ensuite servi brûlé ! Visiblement, une véritable curiosité s'était manifestée, un véritable enthousiasme. En son for intérieur, Grégoire se demandait quelle serait la teneur des articles du lendemain. Il connaissait assez les journalistes pour savoir que ces derniers pouvaient se montrer assassins la plume à la main, quand ils souriaient avec la douceur des agneaux en présence des intéressés. En milieu d'après-midi, quand les derniers convives eurent quitté la table somptueuse du Crillon, Greg Bataille eut cependant le sentiment de la mission accomplie. Tous les dossiers financiers avaient été distribués. Cette fois, les dés étaient jetés. Le groupe Verdi pourrait bientôt commencer son ascension en haute altitude, avec l'oxygène fourni par l'argent frais que les nouveaux investisseurs ne manqueraient pas de lui allouer.

41

Dans les jours qui suivirent, après le succès de la conférence de presse et les articles plus élogieux les uns que les autres qui parurent dans la presse française et européenne sur les atouts du groupe Verdi, Grégoire s'envola pour Milan où l'avaient déjà précédé don Melchiorre et Ornella. Estimant qu'il avait beaucoup œuvré, et désireux de goûter un peu les plaisirs de l'existence avec la jeune femme qui lui faisait entrevoir les mille douceurs de la vie quand l'amour est au rendez-vous, Grégoire suggéra un voyage à Venise, comme une parenthèse romantique dans cette période pour le moins agitée.

Don Melchiorre vit d'un très bon œil ce départ. Il préconisa même aux jeunes gens de prendre tout leur temps, car la vie passe trop vite, disait-il, et chaque jour passe encore plus vite quand on devient plus vieux. À peine les tourtereaux partis vers la lagune et le pont des Soupirs, le patriarche s'activa pour passer à une nouvelle phase de son plan, la face d'ombre, celle qui, croyait-il, ne regardait que lui. Comme il l'avait voulu, plusieurs filiales de Verdi avaient vu le jour incognito dans plusieurs pays ; en Australie, en Argentine, au Royaume-Uni et aussi aux États-Unis. Tous les comptes de ces filiales avaient été rattachés à des sociétés fictives domiciliées en Andorre, grâce à l'activisme de Mendes qui s'était employé prestement à créer ces réceptacles au nom du chauffeur de don Melchiorre, l'ineffable Giuseppe, qui se trouva sans le savoir, comme d'un coup de baguette magique, à la tête d'une trentaine de firmes agroalimentaires représentant une capitalisation voisine du milliard d'euros.

Comme cela lui avait été fortement conseillé, le patriarche avait réussi à extorquer une signature à Grégoire, sans que ce dernier n'ait émis la moindre protestation. Il faut dire que l'affaire eut lieu à l'insu du jeune homme, par un système de calque glissé adroitement dans son chéquier, et récupéré ensuite pour « copier » la griffe convoitée. De cette façon, et sans le savoir davantage que Giuseppe, Grégoire se trouva gérant d'une bonne vingtaine de firmes étrangères dont la comptabilité était centralisée en Andorre.

Ces jours d'acquisitions et de camouflages furent sans doute les plus inconscients mais aussi les plus heureux, les plus fous, les plus épanouissants que don Melchiorre eût à connaître de toute son existence. Comme s'il s'était installé devant le tapis d'un casino, ou à une table de Monopoly, avec un appétit démesuré lui permettant de tout acheter de façon indolore. Pour dix affaires acquises, huit l'étaient sous le manteau, et deux seulement suivant les règles officielles et légales de la transparence.

Vint un moment où la signature du groupe Verdi pour les acquisitions même déclarées publiquement posa quelques problèmes. Don Melchiorre croyait désormais aux obligations remboursables. Cela supposait que les banques continuent de lui prêter des liquidités à hauteur d'un certain pourcentage de ses fonds propres. Pour ne pas alerter les bailleurs de fonds ni les petits porteurs qui, à la moindre alerte, auraient eu tôt fait de réclamer le remboursement de leurs titres, don Melchiorre tomba purement et simplement, de façon inconsciente, dans la fraude : l'usage de faux en écriture, de faux bilans, de fausses déclarations d'actifs. Autant de documents factices qui lui permirent de poursuivre son exercice de cavalerie, sa haute voltige qui, précisément, l'exposait à ce qu'on pourrait appeler une certaine ivresse des sommets.

Dans cette tentation du diable, don Melchiorre agit avec une incroyable candeur. Convaincu que toutes ses acquisitions seraient très vite rentables au point de dégager de très forts bénéfices, il ne doutait pas un instant de revenir tôt ou tard, et plutôt tôt que tard, à une certaine légalité. Il avait bâti une sorte de fiction intellectuelle pour penser que la réussite pouvait finalement passer par des zones d'ombre, et qu'il n'était pas nécessaire de respecter la loi partout et tout le temps pourvu qu'on la respecte « au final ». Ces petits arrangements avec sa conscience et avec la législation internationale lui permirent d'accepter l'inacceptable, sous la forme d'une proposition d'Aldo Lermini.

Comme il l'avait promis, ce dernier entreprit le placement des obligations Verdi à travers toute la péninsule italienne mais aussi aux États-Unis grâce à son réseau de la Bank of America. Mais au fil des acquisitions, les liquidités propres du groupe Verdi avaient fini par fondre sensiblement, au point d'être inférieures de beaucoup aux sommes engagées sur le marché obligataire. Pour corriger cette dégradation, Aldo Lermini établit un faux certificat de la Bank of America, avec un papier à en-tête très officiel, indiquant que la situation comptable du groupe Verdi était saine, avec un actif immobilisé et disponible de 800 millions d'euros. Ce document fut produit auprès des agences de notation et des différents organismes de placement, de manière à rassurer les investisseurs. En réalité, dans sa « fièvre acheteuse », don Melchiorre avait fait quelques fâcheux faux pas qui avaient considérablement affaibli ses finances. Aldo Lermini, son éminence grise, touchait des commissions substantielles à chaque transaction du groupe Verdi, y compris lorsque celui-ci agissait avec un « faux nez », c'est-à-dire sous couvert d'une filiale andorrane. Et c'est ainsi qu'en quelques mois, sinon quelques semaines, le seuil d'alerte fut atteint. Il arriva même un jour où l'on s'aperçut à la banque Lermini que le compte Verdi établi en chiffres réels enregistrait un véritable déficit. Un trou s'était creusé. Immense, vertigineux. Chiffrable en milliards d'euros.

Comment pareil gouffre avait-il pu surgir en l'espace de quelques semaines? Les enquêteurs n'avaient pas tardé à découvrir un incroyable montage qui, une fois tiré le premier fil, se révéla désastreux pour des centaines de milliers de salariés, sans oublier les centaines de milliers de porteurs d'obligations émises au nom de Verdi ou d'une de ses nombreuses filiales.

Mais nous n'en étions pas encore là. D'abord, il y eut ce moment d'incroyable frénésie qui porta don Melchiorre à acheter tout ce qui bougeait. Les farines animales argentines? Il achetait, et aussi une affaire de guano chilien, un abattoir en Patagonie, des silos au Canada, des élevages d'autruches à Brisbane en Australie. Il achetait, achetait, achetait. La partie de Monopoly semblait ne devoir jamais s'arrêter. Lui qui, toute sa vie durant, avait eu une prudence de Sioux. Lui qui avait sans cesse compté ses sous comme souvent les hommes quand ils viennent de la misère, voilà qu'il s'était changé en Citizen Kane de l'agroalimentaire, devenant insatiable, boulimique, d'une exigence folle. Il n'en avait jamais assez. Même Aldo Lermini s'inquiétait par moments de voir don Melchiorre avoir les yeux plus gros que le ventre. Pourtant, aucun des proches du patriarche ne pouvait imaginer que le vent avait tourné et que l'aventure risquait de mal se terminer.

De leur côté, Grégoire et Ornella arboraient une confiance à toute épreuve, confortée par la solidité et l'intensité de leurs sentiments. On parlait déjà mariage et enfants, on s'interrogeait sur le meilleur lieu pour vivre, Paris ou Milan, la France ou l'Italie. Bref, le jeune financier se trouvait à des années-lumière du drame qui couvait et menaçait de tout emporter de l'empire factice qu'il avait contribué sans le savoir à fabriquer. Car pendant cette période d'achats débridés, don Melchiorre lui demanda souvent conseil pour évaluer des affaires qu'il ne connaissait pas lui-même. C'est ainsi qu'en cette fin d'été de l'année 2004, assuré de l'amour de sa belle, Grégoire entreprit un tour du monde pour le compte du groupe Verdi, financé par Verdi, avec l'assentiment de Bellec qui voyait là une bonne façon pour sa société de rester à la pointe dans le domaine des investissements agroalimentaires. Qui sait si Greg n'allait pas dénicher dans son périple d'autres oiseaux rares qu'il pourrait ensuite mettre en orbite sur le marché français ?

Il commença par les États-Unis où son itinéraire devait le mener à Chicago et dans la région des Grands Lacs, puis à New York pour examiner de près un complexe sucrier qui aurait pu venir avantageusement orner la parure internationale du groupe Verdi.

Grégoire débarqua un matin, très tôt, dans Chicago où régnait une chaleur de plomb. Beaucoup d'habitants avaient déserté la ville pour aller se baigner dans le bleu du lac Michigan qui restait très frais même en plein été. C'est lors d'un entretien avec le président du *Chicago Board of Trade* qu'il eut la première fois la puce à l'oreille sur ce qui se tramait dans l'ombre : les prémices d'un effondrement qui mettait en cause un groupe européen dont le nom n'était pas mentionné mais dont les caractéristiques énoncées en présence de Greg lui rappelaient fortement le groupe Verdi.

De quoi s'agissait-il ? D'une spéculation, d'une banale spéculation, sauf qu'elle portait sur plusieurs centaines de millions de dollars. D'après ce que comprit le jeune Français, un mouvement s'était amorcé depuis plusieurs jours sur les marchés à terme du soja et du blé, initié par une officine de négoce européenne dont les attaches se situaient en Andorre. Cette société avait pris des positions acheteuses très fortes et soutenues, à tel point que les cours étaient montés très au-delà du raisonnable. Les autorités du marché s'apprêtaient à intervenir en prenant une mesure de sauvegarde, à savoir la suspension temporaire des cotations, le temps d'éteindre la flambée.

— Comme vous le savez sans doute, expliqua Donald McBain à Grégoire, une suspension des cotations n'est pas anodine. Elle se traduit, quand les échanges reprennent, par une baisse considérable du marché si l'enquête montre que les cours ont été manipulés et qu'ils ne reflètent pas une situation de pénurie.

— Je vois, dit Grégoire. Mais qu'est-ce qui vous fait croire que l'origine de ces achats répétés et massifs est imputable à une firme andorrane ?

— Bonne question. C'est au fond assez simple, bien que nous naviguions ici dans un véritable maquis. Il faut dire qu'en Europe, vous n'êtes pas mal pour préserver un peu partout des paradis fiscaux ! L'intervenant direct sur le marché de Chicago est un négociant franco-canadien bien connu. Mais selon nos propres informations, cette maison a connu, l'an passé, de gros déboires après une mauvaise manœuvre sur le marché de la viande congelée et des jus de fruits de Floride que nous cotons aussi à Chicago.

— Et alors ? demanda Greg, intrigué.

— Alors ce groupe, le groupe François pour ne pas le nommer, a été approché par un industriel du secteur qui produit par ailleurs du soja et des céréales à très grande échelle. Nous pensions pouvoir l'identifier assez facilement mais, au dernier moment, quand nous allions remonter au commanditaire final, nous nous sommes cogné le nez à une société manifestement écran qui nous cache le véritable donneur d'ordres. D'après un de nos commissaires de contrôle qui a longtemps travaillé pour la Bank of America, et qui conserve là-bas de précieuses entrées, nous avons tout lieu de croire que cette société est italienne. Mais nous n'en savons guère plus à l'heure où je vous parle.

— Je vois, fit Greg, qui avait tressailli à l'idée que le groupe Verdi ait basculé dans le monde interlope de la finance sauvage et d'une spéculation toute débridée. Vous avez identifié les quelques firmes qui pourraient vraisemblablement être impliquées ? demanda-t-il encore.

— C'est en cours. Je pense que d'ici une dizaine de jours, pas davantage, nous aurons tiré cette affaire au clair.

Les deux hommes s'étaient quittés sur ce pronostic, et Grégoire marcha longuement dans les larges avenues de Chicago écrasées de soleil. Il ne pouvait pas croire que don Melchiorre ait pu sciemment se lancer dans une opération si risquée, si onéreuse aussi en cas de revers. Le jeune Français avait beau retourner toutes ces bribes d'informations dans un sens puis dans un autre, ce qu'il venait d'entendre le laissait incrédule et sans voix. Cela ressemblait si peu à celui qu'il tenait désormais presque comme son beau-père.

Heureusement, la suite de son expédition américaine s'effectua sans ombre ni fausse note. Il put à loisir recouvrer ses esprits en visitant quelques affaires à vendre, en consultant les rapports d'experts sur leur fiabilité financière, économique et sociale. De nouveau, il se projeta dans un avenir brillant auprès de don Melchiorre et dans l'affection d'Ornella qui lui semblait inébranlable.

Le complexe sucrier qu'il visita ensuite dans la région de New York le convainquit des synergies possibles avec le rachat envisagé par le groupe Verdi du négociant en sucre Gill & Duffus. Les implantations de celui-ci à Londres et New York complétaient admirablement les sucreries déjà possédées par le groupe familial en Italie et en France, reliquat de l'explosion du géant Béghin après l'effondrement de Raoul Gardini et de Ferruzzi. Grégoire eut ainsi l'intime conviction que ce complexe moderne, traitant le sucre blanc comme le roux de la Caraïbe (sauf celui de Cuba, évidemment), était une opportunité à saisir dans les plus brefs délais pour ne pas être évincé de la course. Si des campagnes étaient régulièrement menées par les associations de consommateurs et les professionnels de la santé pour mettre en garde contre les dangers du sucre, il était pourtant évident que les derniers jours du petit blanc ou du petit brun n'avaient pas sonné.

Grégoire sentit que cette activité plairait à don Melchiorre, et les prix apparaissaient raisonnables. Les installations, assez modernes, ne méritaient pas d'être remplacées, au moins dans un premier temps. Et le sucre entrait parfaitement dans l'image de marque du groupe. Don Melchiorre avait même fait un jour une confidence à Grégoire s'agissant du sucre français longtemps dominé par la figure de Ferdinand Béghin qui, outre un cavalier émérite membre de l'équipe olympique de saut d'obstacles, avait été un grand patron, un fameux meneur d'hommes. Dans les années 70, quand le vieux Ferdinand, encore bon pied bon œil, avait fini par se retirer, c'est vers l'Italie qu'il avait rêvé de trouver un successeur, en la personne du patron de Verdi. Les deux hommes avaient des points communs : autoritaires et perspicaces, pratiquant la main de fer dans un gant de velours, colériques ou affables selon les moments, consciencieux jusqu'à l'extrême, capables de se lever en pleine nuit si des turbines faisaient un bruit bizarre, ces deux hommes étaient d'une trempe exceptionnelle.

À l'époque, la France du président Pompidou avait hésité à laisser partir de l'autre côté des Alpes ce fleuron national né dans les terres du Nord pour essaimer en Champagne et dans une grande partie du territoire. Avec le recul, les anciens du groupe sucrier avaient d'ailleurs conçu quelques regrets de voir que l'affaire n'avait pu se réaliser. Surtout lorsque, une décennie plus tard, un banquier français les avait mis entre les mains de Raoul Gardini dont l'ambition, il fallait s'en douter, ne s'arrêtait guère au saccharose. Le Roi vert, comme les journaux économiques l'avaient baptisé, voyait en grand. Il avait voulu la chimie de Montedison et l'America's Cup pour le bateau qu'il subventionnait à des coûts astronomiques. Puis le vent de la ruine et de la faillite avait soufflé, Gardini s'était tiré une balle dans le cœur et lorsque les banquiers avaient mis leur nez dans l'affaire, l'ex-groupe de Ferdinand Béghin avait fait les frais de ce drame. Grégoire ignorait ces détails au moment où il s'informa de fond en comble sur la firme Gill & Duffus dont les actifs new-yorkais et européens étaient à vendre.

Que de nombreuses unités de production soient concentrées entre le Royaume-Uni, l'Allemagne et la France apparaissait de bon augure pour le groupe Verdi, dans l'hypothèse où il se serait porté acquéreur de la société sur la recommandation de Grégoire. Dans l'Union européenne, le sucre, comme le lait, bénéficiait de prix garantis à l'intérieur de quotas réglementés. Autrement dit, pour la production entrant dans la limite du contingent, les tarifs atteignaient près du double des cours mondiaux. De quoi attirer de sérieux investisseurs si la mise de fonds initiale ne semblait pas rédhibitoire.

Par une fin de matinée à New York, ayant rassemblé tout ce qu'il voulait savoir sur Gill & Duffus, Grégoire eut la certitude qu'il fallait alerter au plus vite don Melchiorre. Mais il n'était que 11 heures et à Milan comme partout en Europe, même les matinaux devaient dormir encore au moins deux bonnes heures. Alors, le jeune homme prit un *yellow cab* du côté de Central Park où avait eu lieu son dernier rendez-vous pour se faire conduire à Ground zero. À vrai dire, il appréhendait quelque peu ce pèlerinage dans un lieu marqué par tant d'horreurs, un drame dont le monde entier avait été témoin en direct, tranquillement assis devant sa télévision.

Il bavarda longuement avec le chauffeur, un Camerounais venu tenter sa chance en Amérique. Il ne regrettait pas son choix, malgré les difficultés du quotidien qui, à ses yeux, paraissaient dérisoires comparées aux ennuis qu'on lui faisait en France, pour ne citer qu'elle.

— Ici, malgré tout ce qu'on veut bien raconter, on accueille les Noirs avec moins d'hypocrisie, racontait le gars. Chez vous, en France, t'as pas intérêt à pointer ta figure de nègre aux entretiens d'embauche. Tout de suite recalé. Je le sais, je l'ai vécu plein de fois. Même que je truquais mes CV pour devenir Albert Durant, tout ce qu'il y avait de tours de passe-passe et de ruses pour au moins décrocher un rendez-vous. J'ai même fini par gommer mon nom, mon adresse et ma nationalité, et bien sûr aussi ma photo. Mais ça ne suffisait pas, je vous dis. À peine le premier entretien d'embauche, j'étais mort !

Grégoire fut surpris d'avoir dû attendre de monter dans un taxi new-yorkais piloté par un Camerounais pour recevoir comme une révélation sur la société française qu'il croyait connaître. Ils filèrent jusqu'à Manhattan. Il faisait très chaud et le chauffeur ferma toutes les vitres pour mettre fièrement en route la climatisation.

— C'est plus agréable, non ?

— Mmm, fit Grégoire, pensif.

Grégoire laissa le chauffeur de taxi à son monologue. Quand ce dernier eut compris qu'il n'obtiendrait plus guère de réaction, il monta le son de sa radio et attrapa un programme de soul music. Ses mains se mirent à danser sur son volant sans cependant le lâcher. Et c'est dans cette ambiance bien particulière qu'ils arrivèrent au Ground zero.

Bien sûr, le jeune homme avait vu des reportages télévisés montrant ce lieu sanctuarisé peu après la catastrophe. Mais s'y trouver pour de bon, respirer l'air que d'autres avaient respiré pour la dernière fois le jour fatal, tout cela emplit Grégoire d'une gravité soudaine. Il n'avait pas envie de parler, à personne. Lui qui n'était guère enclin au recueillement se fit déposer devant une grande stèle commémorative qui tenait lieu de signe ici-bas contre l'oubli.

Regardant sa montre, Grégoire se dirigea vers Long Island car il voulait voir pour de vrai la fameuse statue de la Liberté conçue et réalisée par Bartholdi. Ce salut accompli, il prit un autre taxi qui le mena à son hôtel. Là, il tenta de joindre l'Italie puisqu'à 7 heures, heure locale, il supposait que don Melchiorre était debout. Il ne se trompait pas. Il reconnut aussitôt la voix grave et chantante à la fois, que la distance rendait plus grave encore, et plus chantante, accentuant les syllabes toniques du patriarche.

42

À la ferme Bataille, on nageait en pleine euphorie. Tous les trois jours, des camions italiens venaient par norias collecter le lait anciennement destiné à la coopérative. Le père et les frères de Grégoire n'avaient pas eu grand mal à convaincre les autres éleveurs du département de fournir à leur tour leur production au groupe Verdi. Les prix avaient fait l'objet d'une convention entre un directeur financier de don Melchiorre et le groupement des éleveurs de Creuse, de manière que, malgré l'augmentation des cours du pétrole brut, le prix moyen du lait reste inchangé pendant au moins deux campagnes consécutives.

Un soir de septembre, le téléphone retentit dans la ferme. Grégoire rentrait juste des États-Unis et, comme il n'était plus revenu en Creuse depuis un bail, il souhaitait venir passer quelques jours « à la maison » comme il le déclara à son père, avant de reprendre la route de l'Italie.

Un taxi le déposa devant la ferme, vers 11 heures. Les chiens aboyèrent un moment puis se turent. Le père était allé se coucher. Pas Lucien ni Danou qui attendaient le jeune homme avec impatience et excitation.

— On te doit une fière chandelle, fit le premier en l'étreignant, à peine avait-il franchi le seuil de la maison.

Grégoire fut ému devant un tel élan. D'habitude, les frères se serraient la main et ne s'embrassaient plus que dans les grandes occasions, les fêtes de fin d'année par exemple, mais il y avait longtemps qu'ils ne les passaient plus ensemble.

— Une fière chandelle ? reprit Grégoire. Tu veux parler du lait ? Je dois dire que je n'ai pas eu besoin d'insister beaucoup. Don Melchiorre avait réellement besoin d'un appoint en marchandise de qualité, bien protéinée, issue de bêtes rustiques et performantes. Vous avez fait l'affaire et voilà tout.

Grégoire ne voulait pas faire allusion aux sommes importantes qui avaient atterri sur leurs comptes, même si la lettre de Laetitia avait continué à lui trotter dans la tête. Mais ses frères le détrompèrent spontanément sur l'origine des fonds, éveillant chez lui une certaine inquiétude.

— Demain, on va te montrer les nouveautés de l'exploitation, commença Lucien avec l'air finaud que Greg lui connaissait bien et qui annonçait toujours un coup fumant.

— Il y a encore des nouveautés ! s'extasia le voyageur. Je me souviens, il y a quelques mois déjà, vos robots de traite… Ne me dites pas que vous avez mis des robots jusque dans les champs !

Tous partirent d'un même éclat de rire.

— Tiens, ça serait une idée, fit Danou. Des robots partout, un troupeau de robots, et nous, on pourrait se la couler douce du matin au soir. Ça changerait des réveils à 5 heures !

— La nouveauté, continua plus sérieusement Lucien, c'est ton pote, l'Américain, qui nous l'a apportée sur un plateau.

— Un plateau doré, ajouta Danou.

Grégoire ne comprenait pas l'allusion.

— Vous parlez de Jenkins ?

— Parfaitement.

— Mais il était surtout là pour vous écouter, il me semble.

— Écouter, oui, admit l'aîné des Bataille. Il avait aussi à proposer, et pas n'importe quoi, affirma Lucien.

— Première nouvelle, répondit Grégoire qui éprouvait un certain malaise à poursuivre plus avant cette conversation. Il connaissait assez Bill Jenkins pour savoir que, en dehors de la sphère privée où il pouvait se montrer un bon copain, il était en affaires une sorte de monstre froid, de tueur guidé par ses seuls intérêts, c'est-à-dire ceux de Mosampino.

— Tu as entendu parler des OGM ? demanda Lucien à voix basse, comme si quelqu'un avait pu écouter à l'extérieur, bien que les murs fussent d'une épaisseur considérable et le voisinage localisé à plus de un kilomètre pour la première habitation, et à trois bornes pour le reste…

— Évidemment, lâcha Grégoire en s'impatientant un peu. Il avait posé son sac de voyage dans l'entrée puis tous s'étaient dirigés dans le grand salon.

Dehors, l'air parfumé de fleurs sentait le miel. C'était le moment où la nature échappait enfin à l'emprise du soleil, bénéficiant d'un peu de fraîcheur portée par le vent de la nuit.

— Comme tu sais, ces OGM ont très mauvaise presse.

— C'est le moins qu'on puisse dire. Sans oublier que leur production sur notre territoire est interdite sauf autorisations expresses dans le cadre de recherches officielles, lança Greg.

— C'est ça, fit Danou, qui commençait à voir venir une explication orageuse.

— Ne tournons pas autour du pot, d'autant que tu pourrais l'apprendre autrement, par ton ami Jenkins en particulier, dit Lucien. Voilà, nous nous livrons à des essais d'OGM en blé et en soja.

— Vous vous… Mais qui, et où ?

— Ici, sur l'exploitation, tu sais, près des bois, loin des routes, dans nos champs qu'on atteint par le chemin des brandes, là où il y a tant de broussailles.

Grégoire resta sidéré.

— Des OGM… Ici ! Mais vous êtes devenus complètement dingues, les gars. Et si vous êtes pincés ! Si les choses transpirent et qu'on apprend que vous jouez aux apprentis sorciers pour le compte d'une firme américaine par-dessus le marché ! Et je ne parle pas de votre lait. Car j'imagine qu'il suffirait d'analyser la production de vos bêtes pour que ça pullule d'OGM à l'œil nu !

— Justement, se défendit Lucien. Ton ami Jenkins nous l'a bien dit : il s'agit d'œuvres pour la recherche. Il était intéressé qu'on ait des vaches près des cultures d'OGM. Histoire de voir si ça saute l'espèce, du végétal à l'animal, tu suis ?

— Si je suis ? Évidemment, mais c'est une folie. Ah ! je le retiens, Jenkins, d'avoir fait des pieds et des mains pour vous rencontrer. Il avait ça dans la tête et il s'est bien gardé de me dire quoi que ce soit. Tu parles d'un ami. Bon, mais c'est pas compliqué. Maintenant, vous allez arrêter ce cirque tout de suite.

La voix de Grégoire monta jusque dans les étages de la ferme. C'est ainsi que soudain se fit entendre un pas lourd, un traînement de sabots. Le père Bataille, sans doute tiré de son sommeil par la voix de son fils juste arrivé, descendait dans le salon où se tenait cette vive discussion.

— Que se passe-t-il donc ? demanda Marcel Bataille qui, avec cette chaleur, portait juste sur lui un tricot de peau gris taillé à l'ancienne, détourant bien le ras du cou.

Grégoire se leva pour aller au-devant de son père et l'embrasser. Il lui décocha un sourire rapide avant de lui témoigner sa réelle inquiétude.

— Les frères m'ont mis au courant pour les OGM. Vous auriez pu m'en parler, lança-t-il sur un ton de reproche à peine voilé.

— T'en parler ? Mais on pensait que tu savais, répondit tranquillement le père. Tu as tellement insisté pour que je le reçoive à la ferme, et même dans ta chambre, ce Bill Jenkins. Un bon type, d'ailleurs, tu avais raison.

— Un bon type mais un escroc ! éclata Grégoire. Vous êtes totalement inconscients d'avoir cédé à sa demande ! C'est une folie et vous risquez gros si quelqu'un venait à vous dénoncer.

Il y eut un silence glacial qui trancha avec la moiteur de cette soirée d'été.

— Grégoire, commença le père en se raclant la gorge, les yeux fixant le sol comme un enfant pris en flagrant délit de faute ou de chapardage, ce gars-là, je l'ai accueilli comme si c'était toi, avec la même confiance. Il venait là de ta part, et c'était un peu toi qui, à travers lui, nous avait rejoints. Et puis nous l'avons écouté toute une journée, du matin au soir, tes frères et moi, nous parler du progrès, de la science, des combats obscurantistes qui se livrent souvent au nom de la raison. Ça nous a bien plu, son discours. Passionné, sincère aussi, je crois.

— Et généreux ? demanda Grégoire.

Tous se regardèrent.

— De ce point de vue-là, il n'y a pas à se plaindre, admit Danou, tandis que son père et ses autres frères hochaient la tête.

— Je vois, laissa tomber Grégoire.

Pour ne pas envenimer les choses, il s'abstint de dire qu'il savait pour les versements effectués sur leurs comptes. Et puis, il voulait laisser Laetitia en dehors de tout cela. Il pensa simplement que les banquiers, s'ils voulaient, pouvaient tout savoir de l'existence de leurs clients.

— Qui est au courant ? demanda Grégoire.

— À part nous, personne ! jura le père.

— Vraiment ?

— Vraiment, confirma Lucien. Tu sais, pour le lait destiné au groupe Verdi, on n'a pas hésité à communiquer autour de nous car l'affaire était sérieuse, régulière, quoi… Pour les OGM, on a eu conscience du risque, ne te méprends pas. Mais comme l'a dit le père, il nous a convaincus avec son envolée sur le progrès. Il a dit que plus tard on serait reconnus comme de véritables pionniers. Ça nous a plu, à nous autres. Et pour le reste, c'est vrai que tu nous l'avais si chaudement recommandé…

Grégoire se calma. Il réalisa que tous avaient été abusés, lui y compris. Il fut sensible au fait que son père comme ses frères avaient réagi affectivement, comme si lui-même les avait incités à faire ce choix.

— C'est prévu pour quand, la livraison de la marchandise ? demanda le jeune homme.

— On doit donner des épis verts d'ici un mois. La floraison est rapide, d'après ce qu'on sait.

— Et vous êtes certains que personne n'a mis son nez dans nos champs du bout ?

— Oui, affirma Lucien. On peut te l'assurer. Ni le vétérinaire, ni les gars du lait ne vont dans ces coins.

— Et les chasseurs, les promeneurs ?

— Non, il n'en vient pas. C'est une zone de réserve, on voit pas de fusils. Quant aux promeneurs, ils se font bien rares, dans cette partie de Creuse. Et quand bien même il en viendrait, sais-tu toi-même reconnaître un blé OGM d'un blé non OGM, si ne figure aucun écriteau ?

Grégoire esquissa un sourire, le premier de la soirée.

— Alors là, non ! fit-il en se détendant.

— Tu vois bien ! triompha le père Bataille.

— Quelle folie, tout de même…, lâcha Grégoire. Je le retiens, Bill Jenkins.

— Sais-tu ce qu'on a fait avec sa prime ? demanda Lucien.

— Non.

— On a repris en gérance deux commerces à Ajain. Le tabac et la boucherie.

Grégoire fit évidemment celui qui ne savait pas, bien

que Laetitia lui eût donné le détail de ces acquisitions surprises.

— Rends-toi compte, Grégoire, continua Lucien, avec le blé des Amerloques, on va aider nos villages à rester vivants et debout. C'est un enjeu tellement important que moi, je dis : la fin justifie les moyens. Tout de même, ces OGM, c'est pas des déchets nucléaires ni des ordures ménagères polluantes comme certains maires acceptent illégalement d'en enfouir dans la campagne puisqu'il n'y a plus personne pour gueuler !

— Ton point de vue se défend, reconnut Grégoire. Cependant, la loi est la loi. Nous sommes en France dans un État de droit, et nul n'est censé l'ignorer.

— Oui, nous savons tout cela, argumenta le père Bataille. Mets-toi une seconde à notre place, toi qui as fait tant de pas dans notre direction ces derniers temps. Nous bénéficions d'une manne inattendue pour faire pousser des grains de blé dont la caractéristique principale est d'être renforcés génétiquement pour éviter la pollution des engrais, des pesticides et des insecticides. D'accord, ce n'est pas à nous de décider ce qui est dangereux ou non pour l'espèce humaine. Mais l'expérience est limitée, c'est comme un laboratoire à ciel ouvert, sauf qu'il est naturellement dissimulé aux yeux des éventuels faucheurs enragés par une végétation touffue. Nous, on a bien voulu être des cobayes, comme il y a des cobayes pour tester un futur vaccin contre le sida ou des médicaments anticancéreux ou antileucémiques. Alors, je conçois que Bill Jenkins a pu nous pigeonner avec ses bla-bla, mais je ne pense pas que nous soyons des malfaiteurs. D'autant que, ton frère l'a dit à l'instant, nous avons reversé une partie de cet argent frais dans le circuit économique local, celui que les gens d'ici utilisent au quotidien. L'État ne fait plus son boulot, il a déserté. Il faut bien qu'on s'organise avec les moyens qu'on nous donne, même s'ils sont « limite ».

Grégoire avait écouté attentivement le plaidoyer de son père, le cœur serré et fier aussi d'avoir entendu s'exprimer une intelligence à l'état brut, pleine de bon sens, chez un homme d'ordinaire si peu bavard et, surtout, si peu enclin à justifier le moindre de ses gestes.

— Je ne vous juge pas, fit Grégoire. Je réagis ainsi car j'ai peur pour vous, je suis inquiet. On ne sait jamais. Il suffirait d'une malveillance comme on en connaît dans nos bourgs pour que notre nom soit livré en pâture, et ce serait terrible. Regardez comment fonctionne la justice de nos jours. Le procès d'Outreau, tous ces gens qu'on envoie en prison pour rien, la présomption d'innocence bafouée…

— On n'est pas des criminels ! lança Lucien.

— Bien sûr que non. Mais cette question des OGM est tellement sensible que vous pourriez servir de boucs émissaires si les faits venaient aux oreilles de la presse ou de certaines organisations écologistes, vous comprenez ?

Tous hochèrent la tête.

— Les sous que vous avez touchés vous obligent à quelles contreparties ?

— Livrer cent tonnes de blé et autant de soja l'automne prochain. Elles seront stockées dans des sacs anonymes, sans la mention Mosampino pour ne pas attirer l'attention, évidemment.

Grégoire réfléchissait.

— Il faudra vraiment veiller à garder le secret jusqu'au bout de l'opération, et ne rien renouveler avec Jenkins, déclara le jeune homme après quelques instants de silence. À aucun moment notre nom et celui de la ferme ne doivent être exploités par Mosampino. S'ils communiquent sur cette récolte OGM, compte tenu de la législation en vigueur en France, ils se doivent de vous protéger par l'anonymat. Sinon, ce sera imparable, vous tomberez sous le coup de la loi. Même si l'avenir donne raison aux OGM, les premiers qui disent la vérité doivent être exécutés, c'est une chanson bien connue.

— Nous allons redoubler de prudence, Grégoire, sois tranquille, murmura Lucien.

— Bon. Maintenant, je me dois de vous parler en toute franchise d'un autre aspect qui me gêne énormément.

Il y eut un soupir collectif. Qu'allait-il encore leur signaler qui méritait qu'on s'inquiétât ?

— C'est à propos de Laetitia.

— Laetitia ? fit un chœur de voix.

— Oui, pas la peine de vous faire un dessin. Je ne comptais pas aborder ce sujet avec vous, mais au point où on en est, mieux vaut tout mettre sur la table, n'est-ce pas ?

— Que veux-tu nous dire à propos de Laetitia ? demanda le père Bataille.

— Elle m'a alerté il y a plusieurs semaines sur les mouvements d'argent de certains comptes familiaux.

En prononçant ces mots, il regarda surtout ses frères, sachant que son père n'avait rien laissé paraître de sa « prime » sur son compte en banque.

— Elle s'est pointée chez nous un midi, y a pas très longtemps, se souvint Danou. Mais juste comme ça, elle passait par là.

— Non, coupa Grégoire, elle ne passait pas par là, comme tu dis. Elle avait vu ces sommes sur vos comptes et elle se demandait bien si, par hasard, vous n'aviez pas trouvé un filon d'or ou un gisement de pétrole sur l'exploitation !

— Elle a bien vu que non !

— Justement, elle n'a pas vu grand-chose, et j'espère que ses doutes ne vont pas se transformer en soupçons.

— Je lui ai dit que l'activité laitière était en plein boom grâce au débouché italien, fit Lucien.

— Je ne suis pas sûr que cette explication l'aura convaincue, mais c'est mieux que rien, reconnut Grégoire. Je vous conseille d'être prudents avec vos versements. Vous en attendez d'autres de Jenkins ?

Tous se regardèrent.

— Un par mois jusqu'à la remise du grain ensaché, fit le père.

— C'est bien ce que je pensais. Alors ouvrez des comptes ailleurs, je ne sais pas, dans une banque européenne sans guichet, il en existe maintenant en France. Il suffit d'un coup de fil.

— Ça me plaît pas, moi, les banques sans guichet où tu ne peux parler à personne, rétorqua Danou.

— C'est mieux que la prison où, là non plus, tu ne peux parler à personne d'autre qu'au gardien, fit Grégoire.

— Là, tu exagères ! lança le père Bataille. Ne dramatisons pas, mes enfants.

Cette fois, tout semblait dit et bien dit. La tension avait décru. Ils étaient heureux de se retrouver malgré tout. À minuit passé, chacun se sentit un petit creux au ventre. Danou se leva pour aller chercher le pâté aux pommes de terre qu'ils avaient à peine entamé au dîner. Il le mit à réchauffer au four, sortit le fromage de sa cloche grillagée, puis quelques pêches bien mûres.

— De quoi se faire un encas ! fit Lucien en se frottant les mains.

Bien sûr, ils ouvrirent une bonne bouteille d'un vin du Languedoc dont ils firent claquer chaque lampée sur leur langue. Le vin était frais, boisé à souhait, ni trop ni trop peu.

— Il n'y a que ça de vrai, le jus de vigne ! confessa Danou.

Tous hochèrent la tête.

— Tu es avec nous jusqu'à quand ? demanda le père Bataille en se découpant une bonne tranche de pâté de pommes de terre.

— Deux jours. On m'attend jeudi à Milan.

— Bien, fit le vieux. On ira demain à la salle de traite.

Tu verras que notre système marche comme sur des roulettes ; c'est quelque chose à regarder, je t'assure.

— Je te crois, répondit Grégoire. C'est une grande fierté pour moi de mesurer combien vous vous êtes remis en question pour ne pas rester comme tant de gens avec les vieilles lunes. Même si sur les OGM, vous avez été imprudents… Passons : tchin !

Ils entrechoquèrent leurs verres.

— J'espère que je vais bien dormir, fit Grégoire. Avec ce décalage horaire, je ne sais plus où j'en suis. Je ne me souviens plus de quand j'ai dormi dans un lit la dernière fois ! L'avion, ce n'est pas pareil. J'ai l'impression de m'être levé il y a longtemps dans ma chambre de New York et que depuis, je suis une toupie qui tourne sans cesse !

— Bois encore un peu, lui conseilla son père. Avec un petit coup dans le nez, tu vas dormir comme un sonneur. On va arrêter la pendule, comme ça tu n'entendras pas le défilé des heures.

Ils cassèrent copieusement la croûte pendant ce dîner improvisé. Tout ce qu'ils avaient sur le cœur, ils se l'étaient dit. Ils formaient une vraie famille prête à se serrer les coudes pour affronter ce qui viendrait demain, avec l'espoir que les coups durs étaient derrière. Hélas, ils péchaient par un optimisme déraisonnable.

Dans les quarante-huit heures qui suivirent, Grégoire récupéra de son périple américain. Il constata combien l'exploitation laitière moderne était rentable, efficace, aussi fiable qu'une voiture de luxe. Le jeune homme pensa que, dès son arrivée à Milan, il chercherait à entrer en contact avec Jenkins. Ce dernier avait négligé de se manifester dans les semaines précédentes. Pendant son séjour aux États-Unis, Greg avait même tenté de le voir. Il n'avait jamais réussi à lui parler en direct. Maintenant, il comprenait mieux pourquoi.

Avant de quitter l'exploitation, il songea à rendre visite à Laetitia. Il renonça après avoir longuement hésité. Aller à sa rencontre aurait pu apparaître comme un aveu de faiblesse ou une démarche inquiète. Il se dit qu'il valait mieux l'ignorer, ne pas se manifester après la lettre ambiguë qu'elle lui avait envoyée. Était-ce pour l'alerter afin de lui rendre service, ou pour laisser planer une sourde menace ?

Connaissant Laetitia, Grégoire pensait qu'elle n'était pas animée de mauvaises intentions. Peut-être souhaitait-elle renouer avec lui de manière plus intime, et profitait-elle de cette affaire pour retendre des liens devenus très lâches. Dans ce dernier cas aussi, Grégoire préférait se tenir à distance. Certes, il se sentait chaque jour plus épris d'Ornella, mais Laetitia avait toujours exercé sur lui une fascination, une attraction physique et affective telles qu'il se méfiait de ses propres élans. Ce n'était pas le moment pour lui d'entrer dans une affaire compliquée où son cœur balancerait entre deux femmes.

Il quitta la Creuse sans avoir rendu visite à Laetitia et, quand il arriva une fin de matinée à Milan, c'est avec soulagement qu'il s'abandonna dans les bras d'Ornella qui le guettait pleine d'impatience à l'aéroport, avec en prime quelques mots d'amour.

43

Grégoire avait quitté l'ébriété creusoise pour l'excitation milanaise. Don Melchiorre se laissa facilement convaincre par le jeune Français que cette affaire sucrière, la Gill & Duffus de New York, représentait un investissement judicieux pour l'ensemble du groupe. Grégoire trouva même que son beau-père potentiel s'était un peu trop facilement rangé à son avis, sans poser les questions habituelles de rentabilité, comme s'il avait renoncé désormais à exercer un contrôle vétilleux et systématique sur les acquisitions qui venaient en principe renforcer sa position de leader européen et bientôt mondial dans le secteur agroalimentaire.

Ce matin-là, comme don Melchiorre avait filé à Milan sans prévenir personne, Grégoire tomba nez à nez avec Aldo Lermini. Les deux hommes s'étaient jusqu'ici soigneusement évités, sentant l'un et l'autre qu'ils devaient cohabiter à distance dans l'orbite du patriarche. Grégoire était entré dans le bureau de don Melchiorre pour y récupérer quelques papiers qu'il savait laissés là à son attention. Et il eut la désagréable surprise de trouver ces documents dans les mains de Lermini. Il s'agissait de plusieurs études sur l'industrie sucrière américaine que Grégoire avait rapportées des États-Unis et que le patron du groupe Verdi avait annotées pour que le jeune homme puisse connaître ses appréciations.

— Il me semble que ce sont les documents que je

venais chercher, fit Greg sans saluer Lermini autrement que d'un rapide hochement de tête.

— Je vous les rends dans cinq minutes, fit Lermini sans lever les yeux. Don Melchiorre m'a demandé mon avis et si vous voulez bien attendre un peu, je serai ainsi en mesure de le lui donner. Quoi qu'il en soit, ajouta le banquier non sans perfidie, j'ai l'impression que la branche sucrière ne laisse guère d'opportunités pour nos ambitions.

Grégoire fut aussitôt irrité par cette manière de procéder. L'expression « nos ambitions » le hérissa d'autant plus que c'était lui qui s'était rendu sur le terrain afin d'apprécier avec précision les potentiels américains dans ce domaine, et la solidité des filiales européennes de Gill & Duffus.

— Qu'est-ce qui vous permet d'affirmer cela ? demanda sèchement Grégoire, qui s'impatientait déjà de n'avoir pas les documents entre les mains.

— Cela saute aux yeux, répondit Lermini, sans toujours lever les siens en direction de Greg. Le sucre, c'est à la base un produit agricole très réglementé, totalement administré. Dans ces conditions, je vois mal comment nous pourrions pousser nos marges et réaliser des bénéfices importants.

— Vous vous trompez, rétorqua Grégoire. Certes, le marché est administré avec des quotas dont les prix sont garantis dans l'Union européenne. Ce qui signifie que nous sommes dans un domaine de cours réguliers, sans surprise, sans mauvaise surprise. Et puis il y a l'audace.

— L'audace ? demanda Lermini en écarquillant ses grands yeux marron et globuleux qui lui donnaient une expression plutôt bovine.

— Si nous achetons Gill, monsieur Lermini, nous ne mettons pas seulement la main sur des plantations de canne et des champs de betteraves, sans parler d'usines ultramodernes. Nous contrôlerons aussi un négociant en denrées sucrières bénéficiant d'une relation privilégiée avec Cuba, ce qui est extrêmement rare, surtout pour un courtier américain.

— D'accord, admit Lermini. Et que voulez-vous faire de cette relation privilégiée, comme vous dites, au moment où le dollar ne vaut quasiment plus rien face à l'euro qui s'impose comme la monnaie de référence de demain, la monnaie refuge, celle avec laquelle les banques centrales constituent de plus en plus leurs réserves ?

— Je crois qu'il serait irréaliste d'enterrer trop vite le billet vert, et de prendre vos envies pour la réalité. Je prétends moi qu'un opérateur comme Gill & Duffus peut être une tête de pont idéale sur le continent américain pour les produits du groupe Verdi, qu'ils soient ou non fabriqués à base de sucre.

Lermini soupira, puis il tendit à Greg le tas de feuillets que le jeune homme était spécialement venu chercher.

— Sachez-le, je ne veux pas vous prendre en traître, mais je dissuaderai don Melchiorre d'aller dans votre sens. Ce serait, je crois, suicidaire pour notre groupe, enfin, je veux dire, pour Verdi.

— J'avais compris, fit Greg en arrachant les documents des mains de Lermini. Mais alors, quelles sont les grandes lignes de votre stratégie ?

— Ça, mon petit ami, répondit l'Italien avec un mépris affiché, ce n'est pas votre affaire mais celle de don Melchiorre. Si je ne m'abuse, vous n'êtes pas exactement un employé de la maison, et vous avez mis le pied dans la place avec l'arme de la séduction.

Le sang de Grégoire ne fit qu'un tour. Il se précipita fou de rage en direction de Lermini, qui semblait attendre ce moment : en découdre avec ce blanc-bec de Français. N'avait-il pas gagné l'estime de don Melchiorre, mais aussi le cœur de la belle Ornella que lui-même convoitait depuis si longtemps ? Lermini en concevait une jalousie silencieuse mais féroce, et il entendait bien éliminer à la manière des Florentins cet intrus gênant pour ses plans, qu'ils fussent professionnels ou affectifs.

Son plan avait jusqu'ici assez bien fonctionné pour, le jour venu, compromettre Grégoire. Ainsi, c'est Aldo Lermini qui avait suggéré à Carlo Mendes de convaincre don Melchiorre à propos des sociétés-écrans créées en Andorre au nom de Grégoire Bataille. Si les choses venaient à tourner mal, et forcément cela viendrait tôt ou tard, il serait facile de désigner Grégoire Bataille comme étant l'instigateur des faux en tous genres et des malversations, vu que les sociétés les plus rentables étaient gérées en son nom sur un compte off shore…

Pour assurer ses arrières et faire tomber ce dérangeant rival, Lermini avait eu la perversité de faire figurer le nom de Grégoire Bataille dans les sociétés acquises de manière occulte par don Melchiorre et qui dégageaient une rentabilité époustouflante. Autrement dit, Greg serait accusé de fraude aux bénéfices, une condamnation dont il ne se relèverait pas de sitôt, s'il s'en relevait un jour.

Le jeune homme renonça de justesse à en venir aux mains. Il quitta le bureau furibard et partit étudier les documents sur un banc ombragé du jardin d'été. Il faisait encore bon, le soleil n'avait pas atteint son zénith. Greg ne décolérait pas ; une rage froide et contenue qui ne demandait qu'une étincelle pour exploser. Jusqu'ici, et bien à tort, il ne s'était guère méfié de cet histrion de Lermini. S'il avait deviné que le banquier en pinçait pour Ornella, il avait pris ce béguin pour un épanchement ridicule et surtout promis à l'insuccès. Du coup, il lui semblait que toutes les initiatives de Lermini pouvaient être frappées du même ridicule. Il se trompait, et il venait de réaliser son erreur en pénétrant dans le bureau de don Melchiorre. Si le patriarche donnait l'impression d'écouter Grégoire, de se fier à ses conseils comme à son jugement, il s'en remettait désormais plus ouvertement encore à Lermini pour l'épauler dans la gestion de ses affaires, dans un esprit bien compris de « finance imaginative » et de créativité, autant de concepts flous et fumeux qui auraient pu se résumer en un mot : fraude.

Grégoire n'arrivait pas à se concentrer sur ces documents, et les annotations de don Melchiorre lui apparurent banales et sans grand intérêt. Il verrait bien si, de vive voix, le patriarche lui accorderait sa confiance dans l'acquisition de Gill & Duffus. Il en ferait une sorte de test pour mesurer son influence réelle comparée à celle, malsaine, de Lermini.

Grégoire en était là de ses sombres pensées lorsque Ornella apparut dans le jardin d'été, vêtue d'une robe de toile presque transparente qui laissait entrevoir la finesse de son corps. Elle vint directement s'asseoir sur le jeune homme qu'elle enveloppa dans ses bras en l'embrassant. Il voulut lui parler de ses doutes mais une telle langueur l'envahit en sentant sur lui cette créature de rêve qu'il renonça à toute autre chose qu'à l'embrasser à son tour.

— Si on allait se balader ? suggéra Ornella.

— Si tu veux, répondit Grégoire. Ça va me changer les idées.

— Tu en as besoin à ce point ? fit-elle surprise.

— C'est que… j'ai vu Aldo Lermini tout à l'heure dans le bureau de ton père.

Ornella fit une grimace d'actrice comme si elle avait avalé un flacon entier d'huile de foie de morue.

— Je n'aime pas ce type-là ! s'écria-t-elle. Il est gras et adipeux, il essaie toujours de me toucher avec ses sales mains toutes petites et toutes grasses elles aussi. Je ne sais pas pourquoi mon père s'est entiché de ce bonhomme. Sans doute lui est-il très précieux dans ses affaires, je ne vois que cette explication car, au fond de lui, je sais qu'il le méprise.

— Je ne suis pas si sûr qu'il le méprise, répondit Greg. Je crois même le contraire. Quelque chose m'intrigue à ce sujet.

— Quoi ? demanda vivement Ornella, qui ne minaudait plus.

Grégoire regarda autour d'eux. Le majordome rangeait des plats dans un vieux vaisselier.

— Sortons, je te dirai plus loin, quand nous serons dans la campagne.

— C'est ça, sourit Ornella, quand tu m'auras culbutée au pied d'un arbre.

— C'est une idée, je n'y avais pas pensé, rétorqua le jeune homme en retrouvant son sourire.

Ils partirent par les chemins qui menaient aux grands champs de tournesols, ceux qu'affectionnait tout particulièrement don Melchiorre puisqu'il y voyait une allégorie naturelle et géante de l'œuvre de Van Gogh. Parvenus en pleine campagne, Grégoire reprit le fil de sa conversation.

— Je ne sais pas si je devrais te dire ça, souffla-t-il, car je ne veux pas t'inquiéter pour rien. Mais je me méfie de Lermini. Non pas que je sois jaloux.

— Tu devrais ! coupa Ornella en riant.

— En fait, il me semble qu'il entraîne ton père dans des univers et des directions qui ne sont pas les meilleurs.

— Qu'est-ce qui te fait penser une chose pareille ? demanda Ornella soudain très attentive. S'il avait bien observé la jeune femme, Greg aurait même vu une lueur froide et terriblement inquiétante traverser son regard.

— Je n'ai pas de preuves précises, répondit Greg. C'est seulement une impression. Ce Lermini me paraît prêt à tuer père et mère pour réussir en affaires. Et je crains qu'il utilise ton père comme instrument d'une mégalomanie qui puise ses ressorts dans une forme d'illégalité contrôlée mais dangereuse à terme.

— Rien que ça ! s'exclama la jeune femme sur un ton légèrement outré. Est-ce à dire que tu considères mon père comme un escroc à la tête d'un réseau de malfaiteurs ? fit Ornella.

— Non, répondit Greg d'une voix apaisante. Je ne dis rien de tout cela. Je suis inquiet sans connaître la source exacte de mon inquiétude. En vérité, il me semble que ton père me dissimule des choses importantes, des décisions qu'il prend sans me tenir au courant, non pas pour me mettre hors du coup, mais pour ne pas susciter ma désapprobation.

— Lui en as-tu parlé de vive voix ? demanda Ornella.

— Non, je n'ai pas osé. Je le ferai peut-être aujourd'hui. Ce Lermini est un mauvais génie. Il tente de discréditer mes choix aux yeux de ton père, ça, j'en suis quasiment certain.

— Alors dans ce cas, tu dois réagir. Mais avec Lermini, je te conseille d'avoir des éléments concrets à lui opposer, car c'est tout sauf un romantique. Pour lui, 1 + 1 = 2 et on ne sort pas de ça.

— Sans doute. Mais je ne peux pas m'empêcher de croire qu'il a une drôle de façon de compter.

Ils s'enfoncèrent dans une clairière. Ornella était lasse de parler de sujets qui, visiblement, lui déplaisaient. Elle entraîna Grégoire dans un coin d'herbes hautes et là, ils s'aimèrent comme deux adolescents, avec pour seuls témoins de très hauts nuages d'altitude.

44

Angelo Tosi était un des magistrats en vue du parquet milanais. À quarante-six ans, il avait désormais assez d'expérience pour humer les dossiers mal ficelés, les embrouilles de politiciens et les combines des hommes d'affaires. Originaire des Pouilles, issu d'une famille de hobereaux qui, pour n'avoir jamais connu le luxe, n'avaient pas non plus goûté à la pauvreté, Tosi était un homme qui savait se contenter de ce qu'il avait. L'argent lui semblait d'instinct suspect, la richesse toujours un peu louche, forcément acquise, pensait-il, au détriment des moins riches.

En tant qu'instructeur du pôle financier, après avoir connu une certaine gloire dans les affaires de Mani Pulite, Angelo Tosi s'imposait comme une figure du tout-Milan. Son nom s'était même propagé dans le reste de la péninsule, car ses incursions à Rome et Turin pour élucider certaines affaires de malversations entre les démocrates-chrétiens et certains membres de la mafia avaient un temps défrayé la chronique.

Dans la vie, Angelo Tosi avait tout d'un homme heureux. Marié depuis quinze ans à la belle Stefania Granelli, une ancienne danseuse étoile qui, l'âge venant, s'était reconvertie en animant l'école de danse de la Scala, il avait deux enfants de huit et douze ans à qui il consacrait l'essentiel de son temps libre. Mais ses heures de loisir étaient comptées depuis qu'il se sentait investi d'une mission fondamentale et contraignante : débarrasser ce pays de tous les parasites qui travaillaient à la perte de l'Italie. Et à ses yeux, les patrons qui confondaient l'économie avec le casino devaient payer vite et cher, pour que la vertu et le désintéressement redeviennent des valeurs sacrées, sinon consacrées, de cette puissance industrielle que se devait de rester la péninsule.

L'accession au pouvoir de Silvio Berlusconi n'avait pas affaibli l'ardeur d'Angelo Tosi. Il savait de quelles infractions au droit pouvait se rendre coupable le nouveau président du Conseil, et il ne désespérait pas de pouvoir un jour ébranler sa toute-puissance par des révélations fracassantes et peut-être fatales. En attendant, telle une araignée tissant sa toile, il accumulait des indices, effectuait des recoupements, tentait de regarder le monde économique non pas avec une loupe, mais avec un microscope, certain de déceler dans les tissus les plus intimes du monde des affaires des accrocs répréhensibles. Il y avait du chercheur et de l'entomologiste chez ce magistrat, doué d'une réelle perspicacité et d'une patience à toute épreuve.

Ce matin-là, l'attention d'Angelo Tosi fut attirée par une grande enveloppe de couleur vert pâle, dont l'adresse inscrite à la main provenait d'un établissement bancaire étranger. Le courrier lui était adressé en propre, avec son nom correctement orthographié, précédé d'un « Monsieur » plutôt que du terme « Dottore » auquel il avait fini par s'habituer.

Il parcourait la presse du matin qui, ce lundi-là, évoquait surtout les exploits footballistiques de l'équipe romaine de La Lazio. Angelo Tosi n'était pas un supporter forcené, surtout de l'équipe romaine. Cependant, il ne lui déplaisait pas, les lendemains de match, de lire les commentaires de la presse. Et, par déformation professionnelle, à moins que ce ne fût par vice, il relevait même les noms des joueurs qui avaient écopé d'un carton jaune ou d'un carton rouge. De ceux aussi qui avaient, le cas échéant, été expulsés. Tosi constituait un monument de droit à lui tout seul. Les tricheurs étaient marqués à ses yeux au fer rouge, et les fiches qu'il constituait lui servaient des années plus tard. C'est ainsi qu'un jeune chef d'entreprise qu'il avait contribué à pincer dans un procès de fausses factures ne lui était pas inconnu puisque, six ans plus tôt, ce patron pratiquait le football en professionnel et s'était illustré par plusieurs agressions. Angelo Tosi avait des théories très personnelles sur la prédisposition aux crimes ou aux délits. Il considérait qu'un tricheur sur un stade pouvait très bien se révéler plus tard tricheur dans la vie. Sans doute n'avait-il pas tort, et le cas de cet ancien footballeur pris en flagrant délit avec des faux en écriture le confortait dans son opinion.

De ses mains blanches et parfaitement manucurées, le magistrat saisit l'enveloppe verte qui portait l'en-tête d'une agence du Crédit agricole.

— On m'écrit de France, songea-t-il avec ravissement, heureux que sa notoriété ait franchi la barrière des Alpes.

Il décacheta l'enveloppe avec son coupe-papier et sortit une feuille manuscrite à laquelle était jointe une photographie numérique représentant un camion-citerne. Angelo Tosi avait l'habitude des lettres anonymes. Il n'en raffolait guère, même si plusieurs d'entre elles l'avaient mené dans le passé sur les traces de véritables escrocs. À ses yeux, les gens qui ne signaient pas leurs courriers avaient eux-mêmes des choses à se reprocher, et il se montrait toujours hésitant et circonspect avant d'exploiter cette matière. Cependant, son sens du devoir et du droit l'emportait toujours, et il se mettait comme un chien de chasse à renifler ces odeurs nauséabondes, dans l'espoir de coincer un malfaiteur de plus, un de ces cols blancs qui pourrissaient le climat italien.

Dans ce cas précis, la lettre expédiée de Guéret était parfaitement signée par une certaine Laetitia Laminière, directrice adjointe et responsable des investissements dans un Crédit agricole. À vrai dire, Angelo Tosi aurait été curieux de savoir comment cette femme – une jeune femme ? – avait pu avoir vent de son existence, connaître son nom et son adresse, et savoir qu'il lisait parfaitement le français.

Son instinct de chasseur prit le pas sur le reste. Dans sa missive, Laetitia Laminière s'étonnait des allées et venues de camions du groupe laitier Verdi à travers la campagne creusoise. Il lui semblait que ces bahuts sillonnant les routes de sa région pour charger le lait de certaines fermes, en particulier celle de Marcel Bataille et de ses fils, étaient comme une erreur dans le décor. Quel intérêt un groupe italien pouvait-il avoir à collecter du lait si loin de ses bases géographiques et industrielles ?

En réalité, la jeune femme avait été très blessée de voir que Grégoire n'avait pas donné suite à sa lettre. Ni appel, ni courrier, rien que le silence qu'elle avait jugé comme du mépris à son égard. Certes, elle ne savait pas elle-même ce qu'elle attendait de sa relation avec son ancien fiancé. Mais cette indifférence qui succédait à tant de complicité, non, elle ne pouvait guère la supporter. Ainsi, sans grande fierté, elle s'était changée en une sorte de traîtresse et d'espionne, photographiant avec son petit appareil numérique un des nombreux camions de Verdi en route vers la ferme des Bataille et insinuant que les comptes bancaires de plusieurs membres de cette famille apparaissaient anormalement crédités de sommes importantes depuis plusieurs mois. Elle donnait ensuite quelques détails de mouvements de trésorerie, sans préciser qu'à première vue, cet argent n'avait pas d'origines clairement identifiées. Autrement dit, il pouvait être imputable au groupe italien comme à tout autre donneur d'ordres anonyme.

Angelo Tosi lut la lettre à deux reprises pour s'imprégner de chaque détail. Puis il regarda très attentivement la photo montrant un semi-remorque de trente tonnes manœuvrant à l'entrée d'une ferme. Des dossiers de délation, le magistrat en avait ouvert un certain nombre en six années d'activité intense au parquet de Milan. La corruption constituait son gagne-pain et surtout son obsession de tous les instants. Jusqu'alors, il ne s'était guère intéressé à l'univers de l'agroalimentaire, préférant déployer son énergie et sa sagacité dans d'autres directions : les entreprises automobiles, le luxe et le prêt-à-porter, cette dernière activité figurant désormais comme une marque de reconnaissance de la vie économique milanaise.

Angelo Tosi ne savait pas grand-chose du groupe Verdi. Il ne demandait qu'à apprendre. Et même si Laetitia Laminière faisait fausse route en imputant à l'industriel italien les sommes importantes versées sur les comptes des Bataille – la jeune femme ignorait encore tout du pacte conclu avec Bill Jenkins sur les OGM –, elle offrait au magistrat italien un fil à tirer. Tosi était en réalité friand de ce genre d'affaires. Cela commençait par presque rien mais le résultat pouvait être spectaculaire. Combien de scandales qui avaient secoué l'Italie depuis la Seconde Guerre mondiale avaient débuté par quelques signalements à première vue sans grande importance ?

Ce matin de fin d'été, Tosi travaillait seul dans son bureau. Son assistante, Sophia, n'était pas arrivée, ni son jeune collaborateur Felice qu'il chargeait volontiers de recherches subalternes mais indispensables pour établir la réalité *a priori* d'une affaire. C'est pourquoi Angelo Tosi décida d'enquêter lui-même sur le groupe Verdi en lançant quelques moteurs de recherche sur Internet.

Une fois encore, le magistrat put mesurer combien le Web ressemblait à une véritable toile d'araignée saisissant dans ses fils invisibles tout ce qui pouvait, de près ou de loin, concerner un homme ou une entreprise.

En tapant simplement Verdi, comme il s'y attendait, Angelo Tosi tomba essentiellement sur des pages et des pages présentant la vie et l'œuvre du célèbre musicien. Certains sites proposaient même des extraits de musique et des liens hypertextes avec des adresses permettant de se procurer disques, livres et DVD sur le maestro. Le magistrat trouva judicieuse l'idée de baptiser sa société du nom d'une célébrité. Cela noyait le poisson, dans la mesure ou les recherches sur ladite société étaient forcément dissimulées par les références presque infinies au célèbre musicien milanais.

Quand il tapa « gruppo Verdi », Tosi eut la surprise de découvrir un nombre restreint de sites en Italie mais surtout de nombreuses occurrences concernant certaines sociétés étrangères, en Argentine, en Australie, aux États-Unis et en France.

À première vue, rien d'anormal n'apparaissait. Le magistrat allait abandonner la recherche pour plonger sur des dossiers plus brûlants quand une mention sur le Web attira son attention. Il s'agissait d'un extrait d'un journal espagnol consacré à la thalassothérapie. Apparemment, le nom de gruppo Verdi y était cité. D'un coup de souris, l'enquêteur se retrouva sur le site d'un centre paradisiaque situé en Andorre, réputé pour son luxe, pour la diversité de ses prestations soignées, et aussi pour la discrétion de l'endroit. Le comble, s'agissant de discrétion, était que l'établissement concerné faisait sa publicité en mentionnant le nom de quelques *happy few* venus trouver là repos et dynamisme. Ainsi apprenait-on que le chanteur Julio Iglesias avait séjourné une dizaine de jours dans ces lieux avant une éprouvante tournée mondiale pour la promotion de son dernier disque.

De même, plusieurs champions du Real de Madrid avaient séjourné là « au vert », choisissant de se retirer dans la principauté pour en goûter le charme naturel et encore sauvage. Quelques photographies convenablement scannées venaient à l'appui de ces informations. Et c'est sous cette rubrique très « people » que figurait contre toute attente, vu sa discrétion maladive, don Melchiorre, présenté sans plus de détails comme le patron du célèbre gruppo Verdi.

Angelo Tosi savait qu'en général, les personnalités riches et célèbres qui venaient goûter les eaux andorranes faisaient rarement le déplacement sans un arrêt obligé dans un établissement de crédit garanti plus confidentiel que ce centre très chic de thalassothérapie... Le *vulgum pecus* se précipitait en Andorre pour acheter en détaxé des cartouches de cigarettes ou des alcools forts. Les riches, eux, négligeaient ces gains à la petite semaine pour parler placements discrets, lingots d'or et couvertures destinées à des affaires ayant vocation à rester dans l'ombre.

C'est pourquoi, de la même manière qu'il notait les joueurs de foot auteurs de fautes en matchs officiels, Tosi relevait les noms de personnalités connues pour leurs allers-retours soi-disant touristiques dans les paradis fiscaux. Sa liste paraissait considérable. Dans le seul personnel politique italien, il ne comptait pas moins de trois cents élus ou responsables habitués aux fastes andorrans. Et loin de se recruter parmi les familiers du pouvoir de droite, certains appartenaient aux formations du centre et de la gauche. Un certain émoi avait surgi quand l'Italie avait renâclé à verser sa contribution de 100 millions d'euros à l'ONUSIDA, le fonds des Nations unies pour la lutte contre le sida dans les pays pauvres. Cette somme était en effet à rapprocher de celle de 500 millions d'euros qu'un certain nombre de membres du pouvoir italien possédaient dans différents paradis fiscaux, sur des comptes secrets.

Ainsi donc, don Melchiorre, patron du fameux groupe Verdi, en croquait sûrement...

Angelo Tosi réfléchit un instant puis se leva en direction du grand placard où dormaient – façon de parler –

ses dossiers d'investigation. Il venait de se souvenir que le vieux patriarche du groupe Verdi avait participé au financement des travaux de la Scala où travaillait son épouse la belle Stephania Granelli. Et que, à l'époque, dans un dîner, ce patron jusqu'ici très discret avait fait des déclarations inhabituelles sur sa vocation à nourrir le monde comme les musiciens nourrissaient l'âme des hommes. Était-ce parce qu'il se trouvait dans le cadre envoûtant de la Scala ? Toujours est-il que ce paysan un peu rustre élevé au rang de patron avait parlé avec un lyrisme mémorable. Comme les travaux de rénovation de la Scala avaient été très onéreux et avaient impliqué divers courants politiques, le magistrat avait ouvert ce qu'il appelait un dossier de précaution, de manière à être bien documenté si, par hasard, éclatait un beau jour un scandale lié à cette opération.

Il compulsa rapidement les documents impeccablement rangés à l'intérieur d'une chemise. Angelo Tosi se posait en partisan de l'ordre du classement qui, à ses yeux, constituait la base des méthodes d'investigation. C'est ainsi que toutes les pièces de son dossier apparaissaient rangées de manière chronologique, avec des entrées par lieux et par noms propres. Il n'eut donc aucun mal à retrouver la coupure de presse qui mentionnait l'envolée de don Melchiorre.

Tout cela remontait à un an à peine. Sur la photo, des hommes en habit de soirée entouraient le Premier ministre, Silvio Berlusconi, venu officiellement inaugurer le début des grands travaux de rénovation. Sur la droite du cliché, mais au premier plan, surgissait la silhouette hiératique de don Melchiorre, avec ses longs cheveux blancs et soyeux impeccablement brossés dans un mouvement très ample. Il ressemblait davantage à un chef d'orchestre ou à un compositeur prodige venu hanter les lieux avec ses chefs-d'œuvre qu'à un homme d'affaires.

La mémoire du magistrat n'était pas défaillante. Le texte qui accompagnait cette photo, un long article d'une page dans le grand quotidien milanais, faisait bien sûr la part belle à Silvio Berlusconi. Une partie non négligeable du commentaire de cette soirée était consacrée au mécène don Melchiorre. Sa passion pour l'art – et en particulier pour l'œuvre de Verdi – avait été la motivation première pour subventionner de façon si généreuse les travaux, là où l'État n'avait déboursé que des sommes symboliques.

« Si j'avais pu, confiait le patriarche au journaliste, je serais devenu Manzoni et je me serais attelé ma vie entière à la rédaction d'un chef-d'œuvre aussi fort et ambitieux que *Les Fiancés*. Hélas, je crois que mon talent de plume ne me sert qu'à signer des papiers remplis de chiffres. Si j'avais eu ce talent, je serais devenu musicien et mes partitions voyageraient à travers le monde comme de grands oiseaux ivres de grands horizons dégagés. Comme je ne suis que ce que je suis, mon ambition se résume à propager le nom de Verdi sur tout ce qui fait nos bienfaits quotidiens, le lait du matin, les céréales des enfants, les eaux minérales et, pourquoi pas, demain tout ce qui nourrit les hommes jour après jour ».

Au détour de cette déclaration un rien emphatique, don Melchiorre n'avait pas fait moins que d'énoncer son programme d'action. Et les acquisitions officielles relevées par Angelo Tosi sur le Net prouvaient que le bonhomme avait de la suite dans les idées, et les moyens de ses ambitions. En relisant une fois encore la lettre de Laetitia, puis en imprimant le document de l'institut de thalassothérapie d'Andorre, le magistrat en vint à la conclusion que ce capitaine de l'industrie agroalimentaire en Italie avait soudain fait preuve d'un appétit démesuré. Il ne faisait même plus aucun doute à ses yeux que ces sociétés argentines, américaines ou australiennes n'étaient que la part visible d'un iceberg aux proportions considérables.

Angelo Tosi scruta la photo sur laquelle don Melchiorre offrait sa face reconnaissable entre mille. Légèrement en arrière, et légèrement de profil, se tenait un autre personnage que le magistrat ne fut qu'à demi surpris de trouver là, un homme habitué à l'ombre qui surgissait parfois dans la lumière, avec cet air légèrement offusqué de qui a été pris contre sa volonté. C'était bien Aldo Lermini, Aldo le fils de famille connu pour ses frasques dans les boîtes de nuit milanaises et aussi pour sa propension à naviguer dans les eaux troubles de la finance interlope sans jamais, à ce jour, avoir été pincé.

— Ça alors ! ne put s'empêcher de s'écrier à haute voix Angelo Tosi.

Ainsi, dans ce dossier qui ne dormait que d'un œil – et il se félicita une fois de plus d'avoir autant de méthode –, se trouvait peut-être la solution d'une énigme encore informulée, qu'il pouvait énoncer de la sorte : comment don Melchiorre, paisible industriel italien mélomane, avait-il pu essaimer dans le monde entier dans la plus grande discrétion, pour créer un groupe dont le marché financier français s'était emparé au point d'en faire un des chouchous du marché obligataire ?

Car, en surfant sur le Net, le magistrat avait repéré l'étude en ligne rédigée d'une main de maître par Grégoire Bataille. Le document en soi se révéla très intéressant, bien documenté, en un mot attirant et séduisant pour un investisseur. Tosi réagit d'abord au nom du signataire de ce petit chef-d'œuvre en son genre : Grégoire Bataille. Évidemment, sa mémoire ordonnée reprit la lettre de Laetitia et relut à loisir le nom de la ferme où s'approvisionnaient les camions du groupe Verdi : la ferme Bataille.

Le magistrat sentit qu'il tenait là plus qu'un fil, peut-être les pièces maîtresses d'un puzzle construit autour de la personnalité de don Melchiorre. Il inspira profondément l'air et sortit son calepin de notes pour y inscrire des noms et des flèches. Une fois dessiné son petit schéma, il se demanda comment il pouvait avancer davantage, confirmer des intuitions, vérifier des bribes de certitudes. Sa correspondante française avait laissé une adresse e-mail et un numéro de téléphone portable. Tenté de la contacter, il hésita. Qui était exactement cette banquière ? Quel intérêt personnel avait-elle à signaler à un magistrat aussi pointu que lui une affaire qui, vue de Creuse en tout cas, ne semblait pas revêtir une importance si capitale ?

Angelo Tosi s'abstint donc de joindre Laetitia, au moins dans l'immédiat. Comme son assistante venait d'arriver, il lui demanda une tasse de café très chaud et sans sucre, et le dossier de la banque Lermini. Il songea à sonder le cœur et les reins de cette petite banque familiale qui avait senti pousser ses ailes en empruntant – c'était le terme – des sentiers parallèles. Il n'aurait pas été surpris d'y croiser don Melchiorre, le bon, généreux, mélomane et fou don Melchiorre.

45

Aldo Lermini reçut le même jour quelques nouvelles alarmantes en provenance d'Andorre. Carlo Mendes, dans un langage codé, lui demandait de le rappeler sur une ligne confidentielle que les connections off shore mettaient à l'abri de tous les systèmes d'écoute. Il téléphona aussitôt au numéro indiqué après avoir composé un code spécial fait à partir d'un mélange de chiffres et de lettres. Au bout de quelques secondes, une voix se fit entendre. C'était bien son correspondant espagnol.

— Que se passe-t-il ? demanda le banquier.

— Vous allez trop vite et vous voyez trop gros, répondit Carlo Mendes. J'ai du mal à suivre avec toutes ces sociétés que ton boss acquiert à tour de bras. J'ai tout de même besoin de certaines garanties dans les facturations, et il faut prouver un minimum de surface financière.

— D'abord, rétorqua Lermini sur un ton légèrement blessé, ce n'est pas mon boss. Je te rappelle que je suis le patron de ma propre affaire et que j'agis aux côtés du patron de Verdi comme simple conseiller.

— Calme-toi, Aldo, lui opposa Carlo Mendes. Je considère que, dans cette affaire, tu es devenu aveugle à ton tour. Je sais bien que chaque transaction est pour toi l'occasion de toucher une commission substantielle, mais tu risques de devenir un pousse-au-crime avec tes inventions. Dans ce genre de dossier, il faut agir avec discernement et parcimonie, ne pas vouloir tout engloutir d'un coup. Sinon, même si nous agissons avec discrétion, les autorités des marchés vont finir par repérer que le groupe Verdi est derrière tout ça. Rien que les acquisitions faites en propre par don Melchiorre dépassent déjà le milliard d'euros. Et si on ajoute les transactions disons, occultes, la facture est dix fois plus importante. Or, si je ne m'abuse, ses fonds propres sont loin d'atteindre pareilles sommes !

— Exact, admit Lermini. Mais ne crois pas que je sois derrière à le chauffer sans arrêt. C'est lui qui est seul maître de sa stratégie d'achats, et je ne suis même pas certain que le mec de sa fille, le Français Grégoire Bataille, soit au courant de toutes ses initiatives.

— D'après les informations qui me reviennent de Paris et de Londres, le marché obligataire commence à se poser des questions.

— Quel genre de questions ? demanda Lermini.

— Il apparaît officiellement que le groupe Verdi est candidat au rachat des eaux de Perrier. C'est un sacré morceau. Or, si j'exclus les opérations occultes, Verdi s'est déjà fortement endetté à hauteur de ses fonds propres ou quasi. Concrètement, si les porteurs d'obligations demandent demain à être remboursés, tout le système saute. Tu me suis ?

— Pourquoi veux-tu que la confiance mise dans le groupe Verdi se fissure tout à coup au point de voir les petits porteurs paniquer et demander leur fric ? L'image de don Melchiorre est intacte, très bonne même pour dire les choses telles qu'elles sont.

— On est au-delà de la cavalerie habituelle, répliqua Carlo Mendes. Voilà ce qui m'inquiète.

— Alors je vais te rassurer, fit Aldo Lermini. Je vais t'adresser un document officiel visé par la Bank of America donnant un état daté de la situation financière de Verdi. Tu verras que le compte courant, en liquidités disponibles, est créditeur de 3 milliards d'euros.

— Comment est-ce possible ?

— Un jeu d'écritures, répondit simplement le banquier italien. Nous avons évalué globalement les actifs du groupe et les avons convertis en liquidités.

— C'est bien ce que je pensais, soupira Mendes. Un jeu d'écritures ! Mais l'argent, le vrai, celui qui est vraiment sur le compte, ne me dis pas que c'est cette somme-là !

— Bien sûr que non. Mais à ce stade, ce sont les apparences qui comptent. Dans six mois, pas mal des sociétés rachetées auront été restructurées. Elles gagneront de l'argent et la situation réelle du groupe se rapprochera de cette situation comptable fausse qui est une sorte d'anticipation.

— En attendant..., commença Carlo Mendes un rien désabusé.

— En attendant, reprit au vol Lermini, je vais te faire passer cet état des liquidités visé par une grande banque américaine au-dessus de tout soupçon.

— Par les temps qui courent, personne n'est au-dessus de tout soupçon, et tu le sais bien, dit sur un ton fataliste le financier espagnol. En tout cas, il faudrait envoyer des signes rassurants au marché, inspirer à la presse et aux médias télévisés des portraits de don Melchiorre, des enquêtes superficielles visant à rassurer le public, à le familiariser avec ce personnage. Sinon, je crains qu'à la première rumeur négative, les porteurs d'obligations ne commencent à vendre, et ce serait catastrophique pour l'ensemble du groupe, y compris pour nous qui avons initié la finance créatrice et inventive, comme tu l'appelles.

— Je vais réfléchir à tout cela et je te rappelle rapidement, conclut Aldo Lermini. Je te joins par ce canal ?

— Si tu me rappelles aujourd'hui, oui. Sinon, c'est moi qui te contacterai pour te donner un nouveau code. Il change chaque jour.

— Comment fais-tu ?

— Ce sont des faisceaux hertziens reliés à différents émetteurs, une fois les Bahamas, une autre fois les

Caraïbes. Des centres délocalisés, impossibles à détecter.

— Quand je me reconvertirai dans l'espionnage, je saurai qui contacter ! fit Aldo en rigolant.

— Si tu as mon numéro, finit par s'esclaffer Carlo Mendes.

En raccrochant, le banquier italien savait ce qu'il lui restait à faire. Il appela le château de Bertozzo. Le majordome l'informa que le patron était sorti pour une petite heure.

— Dites-lui que je passerai au domaine avant l'heure du déjeuner, demanda Lermini.

Le banquier consulta sa montre et prit la clé du coffre où il entreposait de l'argent liquide et quelques papiers confidentiels. Il fit jouer le mécanisme de la serrure et composa le code à trois chiffres de la combinaison. La porte blindée céda sans résistance après le dernier déclic. Lermini vérifia que nul ne pouvait le voir. À la différence des établissements modernes transparents où les vitres ont remplacé les bons vieux murs de plâtre frais, les locaux de la banque Lermini paraissaient tout ce qu'il y a de classique, dans la tradition bourgeoise du XIXe siècle, avec des murs épais et couverts de tentures, des portes doublées et damasquinées. Un secret ne risquait pas de s'évaporer au premier courant d'air !

Lermini attrapa une grande enveloppe blanche d'où il tira quelques feuilles tout aussi blanches à en-tête de la Bank of America. Et, surprise, en saisissant une autre enveloppe de même format, il en sortit quelques feuilles immaculées portant l'en-tête de la firme Bellec Investissement. De la même manière qu'Angelo Tosi était un obsédé du vrai, Aldo Lermini était un obsédé du faux. Il collectionnait les faux tableaux, les fausses montres et les faux-semblants de toutes sortes. Et il avait réussi à se procurer les modèles de signatures de personnalités clés du monde de la finance rassemblées dans une boîte de tampons encrés, régulièrement humidifiés, qui lui permettaient de reproduire des griffes avec une diabolique précision.

C'est ainsi qu'au fil de ses rencontres avec les uns et les autres, il avait collecté les « autographes » de don Melchiorre et de Grégoire Bataille, du patron de la Bank of America et de quelques huiles du monde politico-financier, tant italien qu'américain.

Le banquier s'épongea le front car, comme chaque fois qu'il observait ces butins d'un genre particulier, il suait beaucoup à leur seule vue. Puis il s'installa tranquillement à son bureau et commença son travail minutieux de faussaire. Plusieurs documents furent confectionnés dans un temps record, et dûment signés par des hommes qui, au même instant, ne pouvaient imaginer la portée des actes revêtus de leur signature, au moins de ce qui ressemblait à s'y méprendre à leur paraphe personnel.

« On verra bien si je suis amené à m'en servir », songea Lermini à propos d'un faux engageant don Melchiorre et Greg Bataille.

Il établit un bilan comptable falsifié au nom de la Bank of America qu'il habilla de tous les tampons et de toutes les signatures officiels garantissant la conformité du document aux normes en vigueur. Puis il scanna cette page et la fit passer par e-mail à Carlo Mendes pour tenter de le rassurer.

En allumant la radio, le banquier entendit qu'une grève générale se préparait dans tout le pays pour protester contre la gestion Berlusconi qui avait vidé les caisses de l'État et atteint gravement l'image de l'Italie dans le monde entier. C'est cette dernière formule qui fit froid dans le dos de Lermini : « l'image de l'Italie ». Comme tous les citoyens de la péninsule, l'homme d'affaires patriote rêvait de grandeur pour cette nation souvent méprisée par ses pairs européens. Le côté ritals et pastas, voilà ce qu'il détestait. Il voulait montrer qu'un Italien savait être raffiné, avoir de la classe. Rome en témoignait, et aussi Milan. Sa réussite personnelle, à ses propres yeux, prouvait le génie italien, celui des stratèges et des intrigants, des Florentins et des Borgia, maniant aussi bien le verbe – et le chiffre – que le poignard ou le poison.

Aldo Lermini pensait à tout cela quand il prit tranquillement la route vers Bertozzo, sa serviette de cuir contenant ses précieux documents posée tout près de lui, sur le siège avant du passager. Chemin faisant, dans la traversée paisible des champs moissonnés ou en voie de l'être, il songea à ce qu'il allait dire à don Melchiorre. Sans doute fallait-il marquer une pause dans les acquisitions. Sans doute aussi, mais ce serait dur de lui faire avaler pareil discours, fallait-il déjà songer à vendre certaines affaires et profiter de la plus-value qu'elles avaient occasionnée. Se comporter en spéculateur là où le patriarche se vivait en bâtisseur. Rien ne semblait encore gagné car il savait le patron du groupe Verdi suffisamment illuminé pour refuser d'infléchir sa grande ambition. Lermini avait aussi quelques arguments de poids qu'il comptait bien utiliser.

Don Melchiorre n'était pas encore arrivé au château quand le banquier sonna à la grille. Il fut introduit dès son arrivée dans le bureau du patriarche et, sans attendre, il se servit un verre d'alcool avant d'aller prendre un cigare dans la cave personnelle du maître des lieux. Ces méthodes avaient toujours pour effet de contrarier don Melchiorre. Lermini les pratiquait exprès, pour bien signifier au vieillard qu'au fond, le rapport de forces entre eux tournait en sa faveur. Que sa vision des finances mondiales, qu'il n'hésitait pas à qualifier lui-même de géniale, devait imposer le respect même à des hommes riches et puissants de la trempe du patron lombard.

Enfin don Melchiorre arriva. Il portait un costume clair et une chemisette qui le rajeunissaient de dix ans au moins.

— Ah ! vous êtes là ? s'étonna le patriarche. Quel bon vent vous a poussé jusqu'ici, Lermini ?

— Pas exactement le vent, répondit doucereux le banquier. Ou alors, celui d'un début de panique…

— Que voulez-vous dire ? J'ai horreur des insinuations et des mauvaises plaisanteries.

— Je ne plaisante pas, répondit avec une certaine sécheresse Aldo Lermini, tout en soufflant la fumée de son cigare en direction de don Melchiorre.

— Je vous écoute.

Lermini entama un long laïus sur la gestion du risque, sur le rythme à respecter quand on acquiert de nombreuses affaires à travers le monde en recourant au marché international des obligations.

— Vous m'avez bien dit que notre situation comptable était parfaite et que les agences de notation continuaient de nous attribuer un triple A, je me trompe ?

— Pas exactement, répondit Lermini. Il faut savoir que ce qui est vrai un jour ne l'est pas forcément le lendemain.

— Vous voulez m'apprendre la vie ? grinça don Melchiorre en écoutant le banquier tourner autour du pot et proférer des banalités presque aussi grosses que lui.

— Alors allons-y franco, décréta Lermini. Je dois vous dire qu'à l'heure qu'il est, si vous ne renoncez pas à certaines acquisitions que vous projetiez dans les prochaines semaines, le groupe sera positivement en cessation de paiement.

— Que me chantez-vous là, Lermini ? C'est vous-même qui m'avez communiqué les comptes certifiés par plusieurs établissements bancaires, à commencer par le vôtre et la Bank of America. Des centaines de millions d'euros ne peuvent pas fondre en quelques jours comme neige au soleil !

— Pourtant si, monsieur, et je suis au regret de vous dire que vous avez épuisé pour l'instant vos capacités de crédit auprès du marché. Sauf à vous lancer dans une campagne de publicité certes onéreuse sur le court terme mais qui aurait comme avantage de vous relancer auprès des investisseurs.

— Une campagne de publicité ? Dans quel but ?

— Tout simplement pour vous présenter au public, pour rentrer dans les salons des gens à l'heure du déjeuner et du dîner, afin de leur dire : « Mangez tranquilles, buvez tranquilles, Verdi s'occupe de fournir à votre corps, à votre palais, à votre estomac, tout ce dont ils ont besoin pour s'épanouir. »

— Les gens vont rigoler et ils auront raison.

— Pas du tout. Si nous doublons cette campagne grand public par une campagne auprès d'investisseurs institutionnels, je vous garantis que nous lèverons des sommes considérables qui vous aideront à poursuivre dans votre projet. Sinon…

— Sinon ?

Lermini leva les yeux au ciel en haussant les épaules.

— Sinon vous resterez un groupe de taille très moyenne. Vous aurez déployé beaucoup d'énergie pour risquer de vous faire absorber par un bien plus gros que vous, un Nestlé ou un Unilever, ou un General Food, pourquoi pas. Vous aurez tiré les marrons du feu pour qu'un autre puisse les manger. Et je trouve que ce serait dommage.

— C'est même inimaginable ! tempêta don Melchiorre. Et cette double campagne de publicité, qui la prendrait en main ?

— Ma banque dispose d'une filiale publicitaire très performante, susurra Lermini d'une voix très radoucie. Nous avons déjà sous-traité ce marché-là pour le compte de Fiat et de Ferrari, et aussi pour certaines grandes marques de mode, Prada pour ne pas la nommer, Gucci aussi.

— Je vois, fit don Melchiorre en se laissant choir dans son fauteuil, las soudain. Malgré son habit léger et clair, il avait regagné les dix ans qui semblaient l'avoir quitté. Il faut que je réfléchisse. Cela va me coûter combien ?

— Rien à côté des gains envisageables, répondit Lermini. Si vous lancez des obligations, je veux dire une nouvelle tranche pour toute l'Europe et l'Amérique du Nord, après une campagne ciblée sur vous et vos produits, je vous garantis le jackpot.

— Vous disiez ça aussi il y a deux mois.

— C'est vrai. Cependant, regardez vous-même la vraie liste des possessions du groupe Verdi. Avouez qu'on a déblayé du terrain, pas vrai ?

— Avec les filiales andorranes, je ne dis pas. Il faudra bien un jour que je consolide toutes ces sociétés dans mon bilan, surtout celles qui rapportent, sinon, où se trouveront mes recettes ?

— Chaque chose en son temps, essaya de temporiser Lermini. D'abord, jouez l'image. Nous verrons après.

Don Melchiorre se leva, fit deux ou trois fois le tour de son bureau d'un pas rapide, puis décrocha son téléphone.

— Ornella ? Dis-moi, ma chérie, où est Grégoire ? Parti ? Où ça ? Ah ! À Milan. Et il en a pour longtemps ? Tu as raison, je vais essayer sur son portable. Je t'embrasse, ma chérie.

Le patriarche composa un nouveau numéro de téléphone sous le regard sans expression de Lermini. Il tomba directement sur la boîte vocale et laissa un message laconique afin qu'il le rappelle aussitôt que possible. C'était urgent.

Le banquier se retira sans plus attendre. Il avait provoqué un trouble chez don Melchiorre. C'était tout ce qu'il recherchait pour le moment. Vendre ses services publicitaires pour récolter davantage encore de commissions dans l'écoulement des obligations. Le reste lui importait peu. Il n'avait plus l'ambition de rentrer dans cette famille, conscient de déplaire fortement à la belle Ornella. Il aurait les moyens d'avoir barre sur eux, ces fiers bouseux devenus milliardaires presque malgré eux.

Don Melchiorre demeura seul dans son bureau, à respirer l'odeur de cigare qu'avait laissée Lermini après son départ. Le vieillard ouvrit grandes les fenêtres pour chasser l'impression désagréable que le financier rôdait toujours ici, bien qu'il soit sorti. Il trouvait que Lermini prenait possession à sa manière des destinées du groupe, et cela ne plaisait pas du tout à don Melchiorre. Pourtant les deux hommes étaient liés, au-delà sans doute de ce qu'il aurait personnellement souhaité. Mais voilà : ils avaient conclu des contrats ensemble, des rémunérations à la commission, des intéressements divers, si bien que, même si l'affect ne comptait pour rien dans leurs rapports, leurs destins apparaissaient inextricablement unis.

Comme il avait déjà eu l'occasion de le dire à Lermini, la publicité n'appartenait pas à l'univers de don Melchiorre. Et cette manière qu'avait eue le banquier de ne pas lui répondre sur le coût d'une telle opération l'exaspérait profondément. Pour le patriarche, un prix était un prix. Se voyait-il, lui, ne pas dire à ses clients potentiels combien il allait facturer ses services ou ses produits ?

Il rappela sur le portable de Grégoire. Celui-ci restait injoignable. Il s'abstint de laisser un nouveau message. Le jeune homme finirait bien par lui téléphoner. Don Melchiorre se serait bien ouvert de ses préoccupations auprès d'Ornella, mais depuis qu'elle vivait son idylle avec Greg, sa fille avait changé. Elle se montrait moins disponible pour lui, du moins le ressentait-il ainsi. C'était le cours naturel des choses, mais cet état de fait le contrariait quelque peu, bien qu'il éprouvât pour le jeune Français un sentiment quasiment paternel.

Pour la première fois depuis bien longtemps, le vieil homme se sentit bien seul. Même son fidèle chauffeur Giuseppe Alboni ne pouvait pas grand-chose pour lui. S'il avait appris qu'il l'avait nommé à son insu P-DG d'une trentaine de filiales ! Et que son nom servait de prête-nom pour les opérations financières occultes du groupe Verdi en Andorre ! Au fond, don Melchiorre ne se sentait pas très fier de ses agissements, dans la mesure où, si cela venait à tourner mal, son vieil ami, presque un frère, serait injustement inquiété, risquerait peut-être la prison…

Le patriarche remâchait toutes ces pensées sombres en attendant que son téléphone sonne. Il resta silencieux jusqu'à l'heure du repas. Il fit savoir qu'il déjeunerait d'un plateau dans son bureau. Le majordome, respectant ses désirs, lui porta une cuisse de poulet froid accompagnée d'une jardinière de légumes et quelques fruits. Ornella vint l'embrasser mais il ne chercha pas à la retenir, préférant une nouvelle fois se lancer dans l'examen minutieux de ses comptes, sans savoir que déjà Lermini les faussait à tour de bras.

Vers 13 heures, enfin, Grégoire appela.

— Vous vouliez me parler ? fit-il d'une voix dégagée.

— Oui, viens me voir, ce sera plus commode. J'ai des choses à te montrer en même temps.

— J'arrive. Je serai là dans moins d'une demi-heure.

— Parfait. Je t'attends pour le café dans mon bureau.

— Rien de grave ? demanda le jeune homme d'une voix un peu inquiète.

— Je ne sais pas. Viens.

Comme convenu, Greg se présenta au bureau moins d'une demi-heure plus tard. Don Melchiorre avait établi une liste manuscrite dont la longueur était impressionnante.

— Qu'est-ce que c'est que tout ça ? interrogea Greg en jetant un œil sur ce document étrange, presque interminable, une liste de noms les uns à la suite des autres.

— Ce sont les possessions du groupe Verdi à travers le monde.

— Vous plaisantez ?

— J'en ai l'air ?

Grégoire se pencha et lut plus attentivement. Près de trois cents noms y figuraient, des noms argentins et chiliens, australiens et américains, français et britanniques, quelques-uns allemands, norvégiens, espagnols…

— C'est de la folie ! murmura Grégoire.

— Oui, répondit don Melchiorre, c'est bien ce que je pensais. Tu comprends, je rêvais de constituer une firme mondiale, un conglomérat d'un autre genre, un conglomérat familial, en quelque sorte.

— Comment avez-vous pu financer tous ces projets si vite, et avec quel argent ? interrogea le jeune homme soudain inquiet.

— Par la finance créatrice, lâcha don Melchiorre en grommelant.

— Je vois, fit Grégoire. Pourquoi tant de précipitation, tant de risques ?

Don Melchiorre resta silencieux quelques secondes. Puis il décida de se confier au jeune Français.

— J'ai fini par comprendre, après de longues années d'exercice on ne peut plus légal de mon métier d'entrepreneur, qu'on ne pouvait tout le temps rester passif face à la voracité de l'État qui vous prend votre substance vive. J'ai créé des richesses, mon petit, depuis que je suis en âge de travailler, c'est-à-dire depuis mes quinze ans. L'essentiel de cette richesse, ce sont des fonctionnaires incapables et des menteurs et des parasites comme la plupart des membres de la classe politique qui l'ont dévoré sans vergogne. Alors, j'en ai eu assez. Tu m'as donné d'excellents conseils d'achats et j'ai un peu accéléré la cadence pour que le meilleur de ce qui était sur le marché ne m'échappe pas. Pour cela, j'ai recouru aux services de ce fourbe de Lermini. Oh ! Ce n'est pas que je lui fasse une confiance absolue. Je sais qu'il doit s'enrichir indûment sur mon dos en plaçant les obligations du groupe Verdi que j'ai fait émettre à un rythme et dans un volume probablement excessifs. Cela m'est égal. Aussi gourmand soit-il, il ne mangera pas autant que l'appareil d'État est capable de se goinfrer. Et dans ces conditions, je préfère un Lermini qu'un État vorace et sans visage. Lermini au moins, je peux lui cracher au visage si je veux, je peux l'humilier et le rouler dans son sale fric comme un chiot qu'on roule dans sa merde pour lui apprendre, tu comprends, Greg ?

— Oui, fit Grégoire en hochant la tête.

— Bien. Il fallait des canaux, disons spéciaux, pour que je parvienne à mon but. Malheureusement, je crains que cela ne soit bientôt la fin.

— Pourquoi dites-vous cela, don Melchiorre ? fit Grégoire sans cacher sa véritable inquiétude. Pensez-vous avoir fait des choses irréversibles ?

L'homme secoua la tête de droite et de gauche.

— Je crains que Lermini ne me tienne avec des documents que j'ai dû signer pour des acquisitions occultes que j'ai réalisées en Andorre.

— En Andorre ?

Tout à coup, le visage de Grégoire s'éclaira d'une drôle de manière, comme s'il avait soudain réalisé ce qui était arrivé.

— Vous voulez dire que nous ne sommes pas allés là-bas dans le seul but d'une villégiature, pour l'agrément et le plaisir d'être ensemble ?

— Pas seulement, en effet. Pendant que vous faisiez plus que flirter, Ornella et toi, et je dis cela sans l'ombre d'un reproche car ce « rapprochement » ne me procure que joie et satisfaction, pendant ce temps donc, j'ai noué des liens étroits avec un intermédiaire que m'avait conseillé Lermini.

— Son nom ? fit Greg d'une voix raffermie.

— Je te le dirai. Laisse-moi poursuivre. Nous avons arrêté le principe d'un conglomérat de l'ombre, une sorte de double de Verdi, mais dans l'ombre, invisible, comme la partie immergée d'un iceberg, qui ne serait pas en butte à la pression fiscale et administrative, histoire de se sentir libre une bonne fois…

— Je vois. Et ensuite ?

— Ensuite, j'ai pu faire l'acquisition de la plupart des compagnies que tu m'avais indiquées. Il est arrivé que Lermini grince. Toutefois, je lui demandais de suivre avec les émissions obligataires et, comme il est payé à la commission sur les titres Verdi placés dans le public, il a bien fallu qu'il s'exécute sans trop broncher. L'intérêt de l'affaire, c'est que le marché ne savait pas que j'achetais autant. Pour une firme passant officiellement sous ma coupe, trois ou quatre étaient raflées par des sociétés-écrans n'ayant *a priori* rien à voir avec Verdi. C'est à ce moment que la structure andorrane s'est mise à fonctionner à plein.

— Pourquoi ne m'avez-vous rien dit avant ? s'informa Grégoire avec la sensation désagréable d'avoir été quelque peu abusé, lui qui s'était engagé si confiant auprès du patriarche.

— Je voulais te laisser à l'écart de mes chemins de traverse, avoua non sans duplicité don Melchiorre.

Il n'eut pas le cran d'avouer au jeune homme que sa signature était reproduite à merveille dans certains documents des comptes andorrans, documents qui finiraient bien un jour ou l'autre par tomber dans l'escarcelle d'un homme aussi minutieux et opiniâtre que le juge Angelo Tosi.

Grégoire était abasourdi. Lui qui avait nourri pour don Melchiorre une telle admiration, qui avait placé en cet homme sa confiance comme auprès de nul autre auparavant, voilà qu'il se retrouvait abusé par une sorte de faussaire victime de ses caprices enfantins et mégalomaniaques.

— Il faudrait pouvoir tout effacer, murmura le jeune Français.

— Que veux-tu dire ? demanda le patriarche en ouvrant plus grands les yeux, comme si Grégoire avait prononcé des paroles magiques susceptibles de lui sauver la mise.

— Ce qui est clair, continua ce dernier, c'est que vous vous êtes mis dans une situation de dépendance extraordinaire. Aldo Lermini a désormais barre sur vous, et votre contact andorran aussi. J'imagine qu'il existe dans leurs deux établissements des traces réelles qui remontent jusqu'à vous, même si vous vous êtes protégé par des prête-noms. Et d'ailleurs, qui sont ces hommes de paille qui sont censés vous protéger ?

Don Melchiorre baissa les yeux.

— Je me sens tout à coup misérable, fit-il d'une voix étranglée.

Entendant cette réponse inattendue, Grégoire plissa le front. Un noir pressentiment le traversa.

— Que voulez-vous dire au juste ?

— Je veux dire que j'ai utilisé…

C'était trop dur, trop impossible à avouer d'un coup, comme ça.

— Tu sais, se reprit don Melchiorre, comme s'il avait puisé dans ses réserves d'orgueil un ultime argument de défense, je suis prêt à assumer toutes mes responsabilités, pleines et entières, si d'aventure tout cela tournait mal. Pour l'instant, il n'est pas question de remuer le couteau dans la plaie en pointant mes erreurs. Qui n'en fait pas ? Tu ne te trompes jamais, toi, Grégoire ? Allons ! Un grand projet, une ambition comme la mienne, ne va pas sans casse annexe.

— Une casse annexe ? Si vous êtes au bord de la banqueroute, cela n'a rien d'annexe. C'est votre domaine en propre qui risque de s'effondrer, y compris ce château de Bertozzo jusqu'à ses dernières pierres, croyez-moi.

— Je ne sais pas si je dois te croire, justement.

— Comme vous voulez, don Melchiorre.

Et le jeune homme tourna les talons en faisant mine de s'éloigner d'un pas très décidé.

— Attends, Grégoire, le pria le patriarche d'une voix qu'il ne connaissait pas, presque suppliante, légèrement cassée ou voilée, comme si un sanglot insoupçonné avait traversé la gorge du patron de Verdi.

— J'attends.

— Si je te disais exactement ce que j'ai fait, les documents que j'ai signés en mon nom ou, ce qui est sans doute pire, au nom de personnes de mon entourage que j'ai mêlées sans qu'elles le sachent à mes opérations, tu penses que tu pourrais m'aider ?

— Tout dépend. Il faudrait jouer cartes sur table avec moi, don Melchiorre. Ne rien me cacher de ce que vous avez fait, et quand, et où, et sous quelles signatures.

— Oui, je crois que de toute manière, je n'ai pas le choix. Et puis, c'est peut-être déjà trop tard.

— Trop tard ?

— Je me méfie de Lermini. Les rats de son espèce quittent toujours le bateau quand ils sentent le roussi. Et j'ai idée qu'il n'est pas loin de me planter un couteau dans le dos.

— Dans ces conditions, si une course contre la montre est lancée, il est vraiment temps pour vous de m'affranchir. Même si cela vous coûte.

Don Melchiorre hocha la tête comme un homme résigné et vaincu.

— D'accord, répondit-il. Commençons par Andorre. Mais surtout, ne m'interromps pas. Je ne suis pas certain que j'aurai la force de reprendre.

L'entretien fut long et douloureux, tant pour le patriarche que pour Grégoire. Au bout d'une heure, le jeune homme savait ce qu'il lui restait à faire. Il fut touché par le tutoiement soudain de don Melchiorre.

46

En ce début d'automne, la campagne creusoise se couvrit prématurément de voiles de givre, et ce froid inopiné fut comme l'annonce des mauvais jours qui se préparaient. La première semaine d'octobre, les éleveurs fédérés par Marcel Bataille pour livrer leur marchandise au groupe Verdi attendirent en vain les gros camions jaune et blanc frappés du sigle devenu fameux dans toute la région depuis l'été, un bidon de lait tenu par un enfant, dans une imagerie rassurante et remplie de réminiscences campagnardes, du temps où lait et industrie appartenaient à deux mondes séparés.

Ce matin-là, un lundi, Marcel Bataille reçut d'Italie un curieux message laconique, de la part d'un interlocuteur qu'il ne put identifier précisément. Il lui fut annoncé que les camions ne viendraient pas le lendemain ni de toute la semaine. La reprise des enlèvements reprendrait probablement la semaine suivante, mais rien n'était sûr. Cela dépendait de décisions qui dépassaient visiblement l'homme qui avait ainsi donné l'alerte.

Ce fut le premier coup de tonnerre d'une affaire qui allait en connaître pas mal, jusqu'à la curée. Pour Marcel Bataille, cette nouvelle était dramatique. Le stockage du lait ne posait guère problème. La plupart des exploitations possédaient du matériel réfrigéré qui permettait de conserver la marchandise jusqu'à trois semaines sans qu'aucune déperdition ne soit à craindre. Ce qui préoccupait davantage Marcel Bataille, c'était le regard de ses partenaires éleveurs qu'il avait entraînés dans cette aventure italienne. Certes, ils n'avaient pas eu à se plaindre jusqu'ici : on chargeait le lait régulièrement à des prix fixés au-dessus de la moyenne, au point que tous se demandaient comment l'industriel pouvait s'y retrouver question coûts de revient. Mais, après tout, c'était son affaire et chacun se déclarait heureux de pouvoir « faire son beurre », comme on disait dans la région.

D'après ce qu'il comprenait, le groupe Verdi traversait une mauvaise passe financière et ne semblait pas en mesure d'assurer le paiement du mois écoulé, ni celui du mois à venir. Dès lors, ce manquement risquait de plonger la profession dans de sérieuses difficultés, d'autant que le père Bataille avait entraîné avec lui la grande majorité des éleveurs creusois qui se comptaient par centaines. Très vite, il apparut que « l'ardoise » atteignait le million d'euros.

À la demande du groupement, une réunion d'urgence fut organisée dans la salle polyvalente d'Ajain, en présence de tous les éleveurs inquiets de se trouver ainsi brutalement lâchés par leur généreux commanditaire italien. Avant que ne se tienne ce comice de la colère, Marcel Bataille tenta d'entrer en relation avec son fils, mais il tombait toujours sur un répondeur anonyme qui lui répétait les chiffres du numéro composé et l'invitait à laisser un message sur la boîte vocale.

Moins d'une heure avant la réunion, le père Bataille réussit enfin à parler à Grégoire.

— Que se passe-t-il donc ? demanda-t-il à brûle-pourpoint. Les échéances ne sont plus honorées et un gars que je ne connaissais pas m'a annoncé la fin des haricots, se plaignit le vieil homme rongé d'angoisse.

— Je sais, p'pa, je l'ai appris pas plus tard qu'aujourd'hui. Je crois que nous avons tous été roulés dans la farine par des financiers véreux qui ne pensaient qu'à s'en mettre plein les poches.

— Je ne comprends pas, Grégoire. Ton don Melchiorre qu'on voit dans les pubs à la télé, il est plein aux as, n'est-ce pas ? Alors, ne me dis pas que de régler nos factures est au-dessus de ses moyens, vu qu'il postule, d'après ce que j'ai entendu dire, à la reprise de groupes agroalimentaires mondiaux !

— Je sais que c'est difficile à concevoir, répondit Greg, mais tout cela est de l'esbroufe. De la théorie, des affabulations de journalistes qui ne font pas leur boulot. S'ils le faisaient correctement, ils auraient vu que le groupe Verdi s'est lancé dans une inquiétante cavalerie et que ses opérations démesurées sur le marché ne correspondent en rien à ses facultés de paiement.

— Alors, concrètement ? demanda avec gravité Marcel Bataille.

— Concrètement, le groupe sera d'ici peu en cessation de paiement, à moins qu'il ne cède en urgence certaines de ses filiales. En réalité, je crains que tout ne soit gelé un petit moment.

— Qu'appelles-tu un petit moment ? Parce que les gars, ici, tous ceux que j'ai débauchés de la coopérative pour aller chez l'Italien, ils vont tout casser chez nous si on ne trouve pas une solution très rapide. Tu les connais. Il arrive un moment où discuter ne sert plus à rien, il faut agir, c'est-à-dire payer !

Grégoire réfléchissait en même temps que la voix paniquée de son père lui parvenait. Le jeune homme se sentait très mal. N'était-ce pas lui qui, sans se méfier, avait engagé les siens à adopter cette stratégie d'écoulement du lait ? Bien sûr, il ne pouvait pas deviner que Verdi allait montrer de tels signes de craquement.

— Quand débute ta réunion ? demanda Greg.

— Dans une heure.

— Alors je t'appellerai là-bas et vous me brancherez sur un micro. Je parlerai aux gars, ne t'en fais pas.

Grégoire raccrocha. Il lui restait moins d'une heure pour tenter d'éteindre ce foyer d'incendie-là. Il fallait parer au plus pressé. Le jeune homme demanda à Giuseppe s'il pouvait le conduire aux bureaux d'Aldo Lermini. Giuseppe n'avait qu'un maître et un seul, en la personne de don Melchiorre. Ce dernier donna son assentiment d'une paupière lourde et d'un geste résigné, sans même demander à Greg quelles étaient exactement ses intentions.

Les deux hommes partirent donc dans la belle Maserati qui ne semblait plus exprimer, dans son ronronnement de félin, qu'une grandeur passée, menacée de disparition corps et biens si nul n'intervenait pour enrayer le processus d'implosion en cours.

Au lieu de monter à l'arrière, comme l'y avait habitué le patriarche, Grégoire choisit de s'installer à côté de Giuseppe Alboni. Le fidèle de don Melchiorre, loin de voir là une prise de pouvoir, considéra ce geste comme une marque d'attention et de proximité. S'il s'était douté qu'au même instant, le magistrat instructeur Angelo Tosi découvrait son nom à la tête de nombreuses filiales occultes et étrangères du groupe Verdi, sans doute n'aurait-il pas pris l'air si humble.

L'auto démarra en souplesse. Greg incita le chauffeur à ne pas traîner.

— Combien de temps mettez-vous d'habitude pour aller à la banque Lermini ?

— Une petite demi-heure, répondit le vieux serviteur.

— Il faudrait mettre moitié moins, Giuseppe, ça vous paraît possible ?

— Tout est possible, avec cette voiture, fit le chauffeur d'un sourire entendu.

Et le ronronnement se changea en grondement pendant que l'aiguille du compteur de vitesse effectuait une spectaculaire ascension.

Les deux hommes restèrent silencieux tout au long du

trajet. Sur les murs de la ville, à l'entrée de Milan, des affiches immenses annonçaient pour le lendemain une grève générale qui menaçait encore de paralyser l'Italie entière. Greg songea qu'il n'y avait pas une minute à perdre, surtout si les terminaux des agences bancaires étaient sur le point d'être déconnectés, comme l'avaient menacé certains syndicalistes italiens voulant s'en prendre au capitalisme d'argent et d'affaires incarné par Silvio Berlusconi.

En quinze minutes et des poussières, ils arrivèrent sans encombre devant les bureaux du siège de la banque familiale Lermini. Il s'agissait d'un vieil immeuble dont le hall en marbre cerclé de colonnades formait en son sommet une véritable coupole digne du Quai Conti. Au milieu trônait une vasque irriguée en permanence par un fin jet d'eau qui rafraîchissait l'atmosphère. Grégoire se fit annoncer à l'accueil et on le pria de s'asseoir un moment. L'hôtesse lui demanda s'il avait rendez-vous. Il répondit qu'on l'attendait sans aucun doute et que de toute manière, à l'énoncé de son nom, Aldo Lermini ne pourrait faire autrement que de le recevoir toutes affaires cessantes. L'hôtesse jugea le jeune homme bien présomptueux et voulut savoir à quel titre il effectuait cette démarche. Quand il évoqua don Melchiorre et le groupe Verdi, les questions cessèrent et la jeune femme composa sans tarder un numéro sur le cadran de son téléphone.

Il ne fallut pas beaucoup de temps avant qu'un ascenseur privé situé derrière une colonnade ne s'ouvre, laissant paraître Aldo Lermini en personne. Greg fut surpris mais s'arrangea pour le cacher. Il suivit le banquier sans un mot, l'air fermé, énigmatique, presque menaçant. Si bien que le trajet jusqu'au sixième étage, celui de la direction, parut interminable aux deux hommes.

— Vous n'étiez jamais venu ici ? fit Lermini, qui

connaissait très bien la réponse, sans imaginer qu'elle serait aussi cinglante.

— Je n'ai jamais été convié, lança Grégoire les mâchoires serrées et le regard ailleurs. Je pense que don Melchiorre, en revanche…

— Laissons un moment ce vieux grigou, voulez-vous, dit Lermini en posant sa main sur l'épaule de Greg, un geste qu'il détestait, surtout venu de lui.

Greg se dégagea prestement.

— Vous ne m'aimez pas beaucoup, je me trompe ? demanda Lermini.

— Avouez que vous n'avez pas fait grand-chose qui vous aurait valu de ma part un certain témoignage d'estime, voire d'amitié.

— Bien répondu, admit le banquier. Maintenant, dites-moi ce qui vous chiffonne.

— Un million d'euros.

— Comment ?

— Vous avez parfaitement entendu. Il me faut un million d'euros tout de suite, de manière à honorer la créance du groupe Verdi envers le groupement des laitiers de Creuse.

Lermini réfléchit.

— Vous y allez fort ! Vous savez, ce n'est pas vraiment le moment. Nos comptes sont actuellement entre les mains d'un cabinet d'audit qui évalue la dette et cherche les moyens de la restructurer, comme on dit. Si j'émets une créance pour cette somme, cela sera du plus mauvais effet auprès de ceux de nos partenaires qui nous font confiance.

— Ça risque de ne plus faire beaucoup de monde si vous ne vous grouillez pas pour payer en France, Lermini. Je connais le mouvement des éleveurs. Ce sont des gens d'un abord très froid, au sang chaud pour peu qu'on les embrouille. Ils n'hésiteront pas à venir jusqu'ici pour casser votre hall magnifique, ou y déverser des saloperies dont vous sentirez l'odeur pendant des mois, voire des années.

— Vous croyez vraiment ce que vous dites ?

— Non seulement j'y crois, mais j'en suis persuadé. Ces hommes sont sur le point de devenir de vrais desperados si rien n'est fait pour eux.

— Alors que proposez-vous ?

— Pas mille solutions. Une seule : payer.

— Décidément, souffla Lermini, c'est devenu une habitude…

— C'est une obligation si vous ne voulez pas que je dénonce vos combines.

Cette fois, Lermini eut un sourire teinté de mépris et de lassitude. Puis, de façon surprenante, totalement inattendue, il se mit à rire aux éclats.

— Mes combines ! Mon pauvre ami, si quelqu'un est un jour poursuivi dans cette affaire pour des combines, ce sera vous bien plus sûrement que moi !

— Que voulez-vous dire ? réagit Grégoire sur le ton de l'indignation.

— Doucement, doucement ! Je vois qu'il vous en faut bien peu pour monter au plafond. Je vous conseille de garder votre calme, vous allez en avoir besoin.

— Vous avez abusé de la confiance de don Melchiorre et de notre bonne foi à tous, Lermini.

— Peut-être, mais les apparences sont contre vous en premier lieu, rétorqua le banquier. Ce n'est pas moi qui ai construit un dossier dithyrambique à propos du groupe Verdi. Ce n'est pas moi qui ai incité le marché financier français à acheter à tour de bras des obligations Verdi. Accessoirement, ce n'est pas moi qui ai séduit la fille du patron, et croyez bien que par certains aspects – il fit un signe vulgaire avec les mains, dessinant dans l'air une croupe et une poitrine de femme – je le regrette.

— Je ne sais pas ce qui me retient de vous envoyer mon poing dans la figure, grommela Grégoire.

— La peur, sans doute, fit imprudemment Lermini.

Ce fut le mot de trop pour le jeune Français qui envoya le banquier au tapis d'une gifle si forte qu'elle lui éclata l'oreille comme une marque au fer rouge.

— Vous êtes fou ! s'écria Lermini. Je vous ferai enfermer, vous allez voir. Je suis connu et estimé à Milan. Votre geste va vous coûter cher.

— Raison de plus pour ne pas vous lâcher comme ça. Maintenant vous allez m'écouter avec l'oreille qui ne siffle pas, sauf si vous préférez une baffe de ce côté-là aussi.

Voyant Grégoire armer son bras, Lermini renonça.

— OK. Disons que ça me gêne un peu que tout cela s'ébruite à Milan. Seulement un peu, ne croyez pas que je suis à votre merci. Qu'attendez-vous de moi ?

Greg esquissa un sourire, le premier de cette sale journée.

— Vous allez virer fissa deux millions d'euros sur le compte du groupement d'éleveurs creusois.

— L'arriéré est seulement d'un million.

— Exact. Mais un million pour rembourser et un autre de provision pour la suite. Il faut bien les laisser se retourner. Sinon…

— Oui, je sais, vous me l'avez déjà dit, ils viendront tout casser. Et s'ils sont aussi brutes que vous, ça promet.

— Alors ?

Lermini s'assit à son bureau et décrocha son téléphone.

— Pas de blague, hein, souffla Greg.

L'autre haussa les épaules.

— Peut-on encore faire une opération sur l'étranger, demanda le banquier à une voix de femme. Oui, sur la France. Bien, j'attends.

Au bout de quelques minutes, la voix de femme se fit de nouveau entendre dans le combiné. C'était d'accord.

— Alors notez : un virement flash de 2 millions d'euros sur le compte COGIVEB 4298 C40. Sur le Crédit agricole de Guéret, parfaitement.

— Dites-lui que vous voulez voir la transaction à l'écran, sur votre ordinateur, glissa Grégoire.

Lermini s'exécuta. Quelques secondes plus tard, le mouvement de fonds fut dûment constaté par Grégoire sur le logiciel du banquier.

— Je vous avertis, déclara ce dernier, maintenant que ces sommes sont versées, nous n'avons plus un sou vaillant au nom de Verdi.

— Au nom de Verdi peut-être, mais je ne suis pas totalement idiot. Vous avez, en bon maquilleur de comptes, activé des sociétés en cascade, qui ramassent chacune leur quota de bénéfices à chaque revente réelle ou fictive d'actifs industriels. Je me trompe ?

— Continuez, cela devient intéressant.

— Vos sociétés-écrans ont des noms, des domiciles, des numéros d'immatriculation dans quelques paradis fiscaux. Et rien ne dit que cette opération de pompage des fonds du groupe Verdi n'aboutit pas dans vos propres poches et dans celles de complices, évidemment pas dans celles de don Melchiorre.

— Si vous saviez tout ça, pourquoi avoir attendu maintenant pour vous manifester, déclara Lermini d'un air sincèrement étonné.

— Je ne savais pas. Je n'en savais rien du tout. J'étais en plein bleu…

— Dans le rose plutôt, fit le banquier, allusion à l'idylle du jeune homme avec Ornella. En tout cas, vous nous avez rendu un fier service en faisant de Verdi une valeur sûre du marché européen. Nous avons pu placer pour des milliards d'euros d'obligations, des sommes qui, bien sûr, ne seront pas remboursées. Je n'insiste pas, vous seriez capable de m'en envoyer une autre sur l'oreille. Je me dois tout de même de vous mettre au parfum d'une chose qui va sans doute vous déplaire. Je préfère que vous ne passiez pas cette porte dans l'autre sens en ne sachant pas une certaine vérité.

Grégoire plissa le front une nouvelle fois, comme s'il s'était préparé à prendre un coup de massue sur la tête.

— Je vous écoute, fit-il d'une voix blanche.

— Oh, c'est trois fois rien. Sachez tout de même, pour en finir avec la commedia dell'arte, qu'Ornella et moi sommes cinquante cinquante dans cette affaire. Elle ne m'aime pas, c'est un fait. Mais elle aime l'argent que je lui fais gagner. Elle en avait tellement assez de demeurer sous la coupe de son vieillard de père qu'elle n'a pas su résister à toutes mes sirènes. Au début, sachez qu'elle vous a séduit sur commande. Ensuite, votre charme a agi.

— Sur commande ?

Grégoire parut effondré.

— Je sais, poursuivit Lermini en savourant son triomphe, ce n'est jamais agréable d'apprendre qu'une histoire d'amour repose d'abord sur une sordide motivation financière. Peut-être pourrez-vous surmonter cela et repartir sur des bases solides, après.

— Ornella connaissait toutes les combines avec vous et ceux d'Andorre ?

— Évidemment, répondit avec calme le banquier. Elle était là pour vous endormir, façon de parler. Avouez que vous avez passé du bon temps dans son lit pendant que je perdais la santé et le sommeil dans des montages d'une complexité inouïe dont je m'enorgueillis d'avoir trouvé la solution. À présent, je dois vous dire autre chose.

— Quoi encore ?

— Vous pouvez parfaitement me dénoncer à toutes les autorités financières de la planète. Sachez qu'en faisant cela, on risque de remonter à la belle Ornella et aussi de trouver des documents portant votre paraphe.

— Ça, c'est impossible, je n'ai rien signé, jamais.

— Vous, non, mais nous avons eu les moyens d'imiter votre signature à merveille, et vous voilà par notre grâce patron de très belles affaires immatriculées en Andorre. Je suis certain que ces avoirs, témoignant d'un goût réel de votre part pour les sociétés prometteuses, intéresseraient beaucoup un juge zélé épris de propreté.

Grégoire se tut.

— J'ai bien voulu avoir pitié de vos éleveurs de lait puisque je sais que votre famille est dans ce coup-là. J'estime que j'ai payé mon dû. Maintenant, allez-vous-en et que je ne vous revoie plus rôder dans mon établissement. Je n'accueille ici que les amis ou les clients avec qui je fais des affaires. Vous n'entrez dans aucune de ces catégories.

Le jeune homme descendit l'escalier comme un automate et se retrouva dans la rue. La Maserati de don Melchiorre l'attendait le long du trottoir de la place voisine. Giuseppe lui fit un discret appel de phares mais Greg lui adressa un signe pour dire qu'il marchait un peu. Le vieux chauffeur poursuivit tranquillement la lecture du journal des sports.

Comment Ornella avait-elle pu le tromper de la sorte, lui jouer la comédie ? Et don Melchiorre ? S'il avait été doublé par sa propre fille et par Lermini, il avait lui aussi caché beaucoup de choses à Grégoire, à commencer par ses liens avec des affairistes andorrans. Finalement, le seul qui avait été de bonne foi dans cette histoire, c'était lui, ce pauvre de lui qui avait épluché consciencieusement les dossiers de rachat, qui avait établi des notes de synthèse, réalisé des études positives au vu de chiffres qui, il s'en persuadait maintenant, étaient des faux.

Grégoire essaya de récapituler dans son esprit tout ce qui avait pu se passer depuis sa rencontre en apparence fortuite avec don Melchiorre à la Casa Manzoni. Mais était-ce si fortuit ? N'avait-il pas été suivi et percé dans ses intentions ? N'était-il pas devenu le jeu d'une machination destinée à accélérer le recours au marché financier européen pour le groupe Verdi ? Dès lors que l'ambition de don Melchiorre visait à constituer un véritable conglomérat, les analyses de ce jeune champion de la finance valaient de l'or.

Et comme dans les affaires d'espionnage, comme dans les *James Bond* dont il raffolait dans sa jeunesse, le héros – lui en l'occurrence – avait été séduit par une belle et vénéneuse jeune femme dont le corps semblait aussi vénal que l'âme. Greg en aurait pleuré, là, seul au milieu d'une foule pressée dans cette artère commerçante de Milan. Il aurait voulu se confier à Ornella mais c'était précisément contre elle qu'il devait maintenant se prémunir. Il sentit les forces lui manquer. Il n'avait pas non plus envie de retourner à la voiture. Rien ne lui garantissait que Giuseppe ne l'espionnait pas pour le compte de don Melchiorre, voire de sa fille, ou de Lermini. Si ce dernier avait donné comme consigne au chauffeur d'éliminer son passager ?

Mille scénarios tournaient dans la tête de Grégoire, tous plus noirs les uns que les autres. Avisant un taxi stationné, il sauta à l'arrière et se fit conduire à la poste centrale pour téléphoner. Jusqu'à la fin de la course, il se retourna souvent pour voir si la Maserati ne l'avait pas suivi. Tout semblait normal.

47

Par chance, Grégoire parvint facilement à joindre la France. Son père lui avait donné le numéro de téléphone de la salle polyvalente où les éleveurs devaient tenir au complet une réunion qui s'annonçait très chaude. Il rassembla ses forces et tenta de poser calmement sa voix pour apaiser cette assemblée qu'il devinait dans un brouhaha indescriptible, et dont il ne pouvait évidemment distinguer aucun visage.

Auparavant, il avait pris soin d'entrer en contact avec l'agence du Crédit agricole qui gérait le compte du groupement. Il avait demandé Laetitia. On l'avait mis aussitôt en rapport avec elle. Il avait presque tremblé en entendant sa voix si familière, si douce et rassurante à la fois. Il s'en était voulu tout à coup de n'avoir pas répondu à son courrier, mais il ignorait qu'elle avait alerté le magistrat Angelo Tosi. La jeune femme lui confirma que deux millions d'euros avaient bel et bien été transférés sur le compte du groupement. C'était tout ce qui lui importait à cet instant. Le cœur plus léger, bien que terriblement meurtri, il s'adressa aux éleveurs.

— Messieurs, mes amis, commença Greg, installé dans une cabine individuelle qui le protégeait des curieux, je vais vous annoncer une nouvelle que vous attendez tous. J'ai personnellement veillé ce matin à ce que les sommes qui vous sont collectivement dues, à savoir un million d'euros, soient versées sur votre compte bancaire collectif. Mon père vous dira tout à l'heure comment les fonds arriveront par ricochet sur vos comptes personnels. Sachez aussi que j'ai obtenu du groupe Verdi une avance équivalente à la même somme en provision, dès lors que votre acheteur semble rencontrer des difficultés financières dont je ne peux encore mesurer la gravité. Cela vous laisse en tout état de cause un mois pour trouver un nouvel acheteur, dans l'hypothèse où surviendrait une rupture de contrat passé avec la société italienne.

Contrairement à ce qu'il redoutait, son annonce fut accueillie dans le calme. Marcel Bataille remercia son fils à distance et reprit la parole pour se féliciter d'un tel dénouement. Laetitia fit à ce moment son entrée dans la salle polyvalente et vint aussitôt au micro confirmer les propos de Greg, qu'elle salua avec une voix vibrante et pleine de sentiment, c'est du moins ce que ressentit le jeune homme, dans la solitude de sa cabine milanaise.

Sitôt le téléphone raccroché, Greg reprit un taxi et fila en direction de Bertozzo. Il espérait bien avoir une discussion franche avec Ornella. Quand il parut dans l'enceinte de la propriété, il tomba sur le majordome qui l'informa de ce que Mlle Ornella avait filé une heure plus tôt prendre son avion. Un avion pour où ? Le domestique n'en avait pas la moindre idée. Il répondit que ce n'était pas à lui que la jeune femme faisait ses confidences. Il observa simplement qu'elle avait emporté deux lourdes valises, ce qui laissait penser à un départ pour un bon bout de temps.

Grégoire fonça vers le bureau de don Melchiorre qui ne s'attendait pas à le voir rentrer de si bonne heure.

— Où est Ornella ? fit le jeune homme hors de lui. Et quand va-t-on cesser de me mentir dans cette maison ?

Visiblement, don Melchiorre avait repris du poil de la bête depuis qu'ils s'étaient séparés en milieu de matinée.

— Pas tant d'agitation, mon petit ami…

— Je ne suis pas votre petit ami. Je ne suis plus l'ami de personne, et surtout pas de vous et de votre fille.

— Je savais que tu apprendrais des choses qui te déplairaient en allant chez Lermini, lâcha le patriarche comme à regret. Je ne vais pas te faire un dessin. C'est vrai que nous avons cherché à t'utiliser. Tu tombais à pic, comme un envoyé de la Providence.

— Et vous n'avez pas hésité à mettre votre fille dans mon lit.

— Oh ! fit le vieil homme en levant les deux mains, elle s'y est glissée de plein gré, et sans regret, crois-en ma parole, protesta don Melchiorre. Assez parlementé. S'il y a encore quelque chose à faire pour éviter un gros scandale, c'est de tout effacer des transactions andorranes. Tu régleras tes comptes avec Ornella plus tard, au calme.

— Je ne suis pas certain que le calme revienne jamais nous visiter, laissa tomber Greg. Mais soit, parlez-moi d'Andorre.

— Mon contact s'appelle Mendes. Il est malin. J'ai son adresse et ses téléphones. À toi de jouer, d'endormir sa vigilance. Tu peux lui dire que tu vas lui apporter des documents destinés à conforter notre position. Il comprendra. Ce sont évidemment des faux que j'ai préparés. Si tu t'introduis chez lui à temps, il faudra bien sûr visiter ses ordinateurs, ses fichiers, et détruire quelques documents de papier.

— Rien que ça ! s'écria Grégoire. Vous me prenez pour qui ? Je ne marche pas dans la combine. Vous m'avez tenu hors du coup de vos magouilles et ce serait maintenant à moi de tout réparer comme si de rien n'était ? Je ne suis pas magicien.

— C'est que, *a priori*, déclara don Melchiorre en relevant la tête, je ne serai pas inquiété le moins du monde. Celui qui risque gros, c'est toi.

— Pourquoi ?

— Parce que tu es censé avoir signé les documents les plus faux, avec Giuseppe Alboni, mon vieux chauffeur.

À vous deux, sans le savoir, vous êtes à la tête d'un empire agroalimentaire.

— L'empire du faux, oui ! fit Greg hors de lui.

— Je ne te le fais pas dire.

Le jeune homme prit le papier que lui tendait don Melchiorre, et les billets d'avion pour Andorre. Il déchiffra les coordonnées de Mendes.

— Tu as une chambre réservée à l'hôtel Excelsior d'Andorre, déclara le patriarche. Et ne séduis pas une fille en route. Avec un peu de chance, tu trouveras Ornella dans ta chambre. Elle est partie avant toi pour chauffer la place.

Grégoire tressaillit. Mais au fond, cette révélation le soulagea. Il songea qu'il avait très envie de tenir la jeune femme contre lui pour s'assurer qu'elle ne lui avait pas menti sur toute la ligne.

Trois heures plus tard, le jeune homme atterrit avec armes et bagages dans la vieille Andorre. Il retrouva ces paysages avec un pincement au cœur, se souvenant qu'ici, il avait cru être heureux pour la première fois de sa vie, sous la protection qu'il croyait bienveillante de don Melchiorre et dans la chaleur aimante, passionnée même, d'Ornella. En ce temps-là, pas si lointain, il n'avait aucun doute sur la nature des sentiments que lui portait la fille cadette du patriarche. Il avait fallu déchanter, entendre les paroles affreuses du banquier Lermini, et tâcher de ne pas tomber de trop haut. Serrer les dents, on avait l'habitude, chez les Bataille.

Avant de rejoindre l'hôtel où l'attendait probablement Ornella, à moins qu'elle ne fût sortie pour une de ces balades ravageuses dans la ville où elle dévalisait tous les beaux magasins d'habits et de parfums, Grégoire s'installa tranquillement dans un square ombragé. Là, il tira de sa mallette les documents falsifiés préparés par don Melchiorre. Il n'était pas certain de pouvoir dérober à Mendes les pièces compromettantes que le patriarche l'avait imploré de récupérer. Il savait que, pour réussir pareille prouesse, il devrait avoir accès au coffre-fort du financier espagnol et, le cas échéant, à son disque dur dans lequel se trouvait la nomenclature des sociétés-écrans avec leur décodage nominatif qui remontait directement à don Melchiorre. Pour ce faire, Greg disposait d'un micro-ordinateur ultra performant à haute résolution et d'un logiciel pirate porteur d'un virus extrêmement virulent, à condition de connaître le code d'accès du PC où il devait accomplir ses ravages. D'après le plan du patron de Verdi, il appartenait à Ornella de dérober ce code en photographiant Mendes au moment où il mettait en route son ordinateur. Il suffirait qu'elle sorte son téléphone portable équipé d'un système de zoom pour prendre des clichés numériques et, en principe, le tour était joué. Cette mission, le patriarche l'avait confiée à sa fille, en espérant qu'elle saurait s'en acquitter.

Quant aux faux documents qui devaient calmer les inquiétudes de Mendes sur la situation comptable de Verdi, ils parurent à Grégoire très convaincants, au point même que, s'il n'avait été enfin mis au courant de la supercherie, il aurait continué de croire à la solvabilité du groupe italien.

Relativement rassuré, Grégoire gagna son hôtel. Comme il s'y attendait, Ornella n'était pas rentrée, mais elle avait laissé un message à l'attention du jeune homme. Il sentit son cœur battre malgré lui quand il avisa l'enveloppe portant son prénom posée sur l'oreiller, à droite du grand lit, son côté quand ils avaient dormi ensemble pour la première fois. Il se dépêcha de sortir la lettre et de la déplier. Elle tenait en fait en quelques mots : « Je reviens vite et je serai à toi. » Il n'aimait pas ce futur, comme s'il confirmait que jusqu'ici, elle n'avait pas été à lui. Mais tout cela semblait écrit avec tant de sincérité qu'il oublia sa mauvaise humeur et se mit à attendre. Comme elle n'arrivait pas, il se fit couler un bain et commanda au room service un jus de fruits frais.

Il était en peignoir quand Ornella entra dans la chambre. Le jour baissait. Ils se retrouvèrent sans un mot, émus au-delà de ce qu'ils auraient imaginé, l'un et l'autre. La jeune femme accourut vers lui et se serra contre sa poitrine. Ce furent des retrouvailles comme il en avait rêvé, sans un mot, seulement entrecoupées de soupirs et de gémissements, de caresses et de larmes silencieuses. Grégoire, au milieu de la nuit, le visage perdu dans les cheveux longs et doux d'Ornella, lui demanda si elle l'aimait. Elle ne répondit pas mais elle le serra si fort, avec tant de passion et de vigueur, qu'il n'en douta pas. Ils se trouvaient de nouveau ensemble, unis pour lutter contre le pire, eux qui s'étaient donné le meilleur. Quand le jour se leva, ils avaient établi la marche à suivre. Avec l'espoir de sortir du cauchemar où tous risquaient de plonger.

48

Lorsque Grégoire se présenta chez Mendes, ce dernier ne parut pas surpris le moins du monde de le voir arriver. Il l'accueillit même en lui confiant que don Melchiorre l'avait prévenu de sa visite. Le jeune homme bouillonna intérieurement. Pour un effet de surprise, c'était réussi !

Mendes le reçut avec un grand calme et une courtoisie de grand d'Espagne. Il lui fit les honneurs de son salon avec sa vue imprenable sur la vallée. Puis il entra dans le vif du sujet.

— Je suis heureux que vous ayez convaincu votre patron d'une remise à plat de ses investissements andorrans, commença Mendes.

— Don Melchiorre n'est pas mon patron, corrigea Greg. Mettons que je travaille pour lui à titre de conseiller.

— Bien, fit Mendes. Quoi qu'il en soit, je m'étais ouvert de mes inquiétudes auprès d'Aldo Lermini et je crois que vous êtes en mesure de m'apporter des documents garantissant la véritable position financière du groupe Verdi.

— Exact, répondit Greg, sans rebondir immédiatement sur les propos de son interlocuteur.

Il y eut comme un silence entre les deux hommes. Greg eut le sentiment d'avoir pris place à une table de poker et de devoir jouer à un jeu tronqué, sans être convaincu d'avoir entre les mains les bonnes cartes. Sans doute savait-il des choses que Mendes ne savait pas. Mais l'inverse était vrai aussi. Peut-être plus vrai encore.

— Si on jouait cartes sur table ? lança Greg.

— Que voulez-vous dire ? demanda Mendes en fronçant les sourcils.

— Je voudrais sortir du coup.

— Sortir ?

— Vous savez très bien à quoi je fais allusion. Je ne suis pas dupe de certaines choses, en particulier de la manière dont mon nom et ma signature, des faux évidemment, mais fort bien imités, ont été utilisés.

Mendes eut un sourire contraint.

— Continuez, lança-t-il d'une voix assourdie.

— Je n'ai pas grand-chose à ajouter. Il me faut les documents portant mon nom afin de les détruire et de transférer les actifs sur un autre homme de paille, sur vous si vous vous en sentez les épaules. Sinon, je ne vous donnerai pas les documents qui vous sont destinés certifiant de manière irréfutable la bonne santé financière de ce cher groupe Verdi.

— Je vois. Mais supposons que j'accepte, qui me garantit que vous n'allez pas sortir d'ici et téléphoner au premier juge venu pour dénoncer nos pratiques de finance inventive ?

Greg réfléchit un instant.

— Vous avez ma parole.

L'autre éclata de rire.

— Votre parole ? Mais qu'est-ce que c'est, une parole, dans ce monde de bandits où même les actes signés sont des faux en écritures ! Dites-moi plutôt quelle est la stratégie de don Melchiorre pour les semaines qui viennent. Il veut tout bazarder, c'est ça ; il a peur d'être allé trop loin, il a la trouille, le vieux ? Bien fait pour lui. Ce n'est pas raisonnable de jouer les caïds et les goinfres, passé un certain âge. La sagesse, voilà ce qui lui manque, à don Melchiorre.

— Il ne m'appartient pas de vous dire ce que j'ignore, rétorqua Greg. Je sais seulement que le groupe possède des actifs solides qui peuvent garantir la dette obligataire à hauteur, soyons réaliste, de la moitié des encours, ce qui n'est pas si mal. Mais pour éviter une revente massive des obligations émises sur le marché au nom de Verdi, il convient d'éteindre le premier incendie déclaré, c'est-à-dire de produire des pièces convaincantes.

— Et fausses…, coupa Mendes.

— Pas plus que tous les actes que vous avez produits ces derniers temps, riposta Greg.

— Bien, admit le financier andorran. Je comprends votre souci personnel de ne pas être mêlé à ces affaires complexes. Il est trop tard. Je pourrais vous rayer d'un trait de plume ou par un simple clic de souris sur mon ordinateur. Quand bien même je procéderais à cette manipulation, vous resteriez dans les historiques des fichiers comme le signataire de protocoles d'accord vous engageant en votre nom personnel dans des sociétés dont vous n'avez même pas idée de l'existence… Je suis navré de vous asséner cette vérité au milieu de tout cet océan de mensonges, mais je crains que pour vous il ne soit trop tard.

— Sauf à démontrer ma bonne foi et à dire que j'ai été abusé !

— Qui vous croira ? On vous a vu avec don Melchiorre et dans les meilleurs termes avec sa fille. Certains journaux people vous ont même présenté comme l'héritier, celui qui pourrait faire un beau mariage… Non, ne vous racontez pas d'histoires, mon vieux, vous êtes mouillé jusqu'au cou et votre intérêt est que tout cela reste entre nous.

— Est-ce que je peux au moins avoir copie des documents qui me concernent ? Ce serait le minimum, il me semble. Que je sache, le cas échéant, me défendre et prendre des dispositions personnelles.

— Don Melchiorre ne m'a donné aucune instruction en ce sens.

— Je vous rappelle que j'ai des documents pour vous, et qu'à l'heure qu'il est, je suis seul juge de l'usage à en faire.

— Ne le prenez pas comme ça. Très bien, vous allez voir. Donnez-moi une minute.

Mendes se leva. C'était le moment que Greg attendait, tout en désespérant un peu qu'il se produise. Mendes disparut dans les étages de sa maison pour gagner la pièce où étaient entreposés son coffre et ses ordinateurs. Pendant ce bref laps de temps, Greg débrancha la ligne de téléphone qu'il avait repérée contre le mur, juste le temps d'introduire une puce minuscule dans l'encoche plastifiée. Puis il rebrancha la ligne comme si de rien n'était.

D'après un technicien de ses amis, un informaticien hors pair, ce subterfuge était une invention terrible. Dès que Mendes connecterait son ordinateur sur le réseau téléphonique, un virus très résistant s'introduirait instantanément dans le disque dur de l'ordinateur et rendrait définitivement inutilisables tous les fichiers. Le technicien avait indiqué à Greg le procédé à suivre, « un jeu d'enfant », lui avait-il dit. Et c'était vrai que cette puce fatale n'avait *a priori* rien d'offensif, ressemblant à ces petites piles rondes et extra-plates de la taille d'une lentille de contact. Le dispositif avait cependant une particularité : avant de détruire les données contenues dans l'ordinateur visé, l'ensemble rejoignait intact un serveur extérieur. Greg avait pris soin de programmer le transfert sur son propre ordinateur, de manière à avoir la preuve des innombrables trafics et malversations de Mendes.

Lorsque Mendes redescendit, il tenait dans sa main une chemise bleue que gonflaient pas mal de papiers. Greg eut un mouvement de surprise en voyant l'épaisseur des documents. Mendes se rassit à son bureau et ouvrit la chemise.

— Ce sont évidemment des doubles, commença-t-il.

— Mais dans combien de sociétés mon nom a-t-il été utilisé ? blêmit Greg.

— En réalité pas tant que ça, fit Mendes en souriant. Disons une petite trentaine. Moins qu'un certain Giuseppe Alboni…

— Le chauffeur de don Melchiorre, soupira Greg.

— L'important était de trouver des noms de confiance, ironisa Mendes.

Greg se mit à lire les documents que lui avait confiés le financier espagnol. Ce fut soudain comme s'il avait été plongé dans un Monopoly géant ou, mieux, comme s'il était devenu d'un coup de baguette magique une sorte d'empire à lui tout seul. Greg Bataille se retrouvait ainsi officiellement propriétaire des minoteries de Buenos Aires, des chargeurs de la Pampa, de la sucrière des Caraïbes, et de bien d'autres sociétés encore. Il feuilleta l'ensemble de ses « possessions » sans aucun commentaire, puis regarda en direction de Mendes.

— Tout est là ?

— Ça ne vous suffit pas ? répondit son hôte.

— Ce n'est pas ce que je voulais dire... Bien, je sais ce qu'il me reste à faire.

— En effet, il vous reste à me donner en échange les pièces me permettant de rassurer un certain nombre d'investisseurs sur la santé financière du groupe Verdi, affirma Mendes.

— Vous avez raison, admit Greg. Le temps de passer à l'hôtel et de revenir.

— Je vous accompagne, cela vous évitera de faire le chemin en sens inverse, dit-il, prudent.

Les deux hommes quittèrent la propriété de l'Espagnol et roulèrent jusqu'à Andorre-la-Vieille. Mendes attendit dans le hall de l'hôtel pendant que Greg filait dans sa chambre à la recherche des documents que lui avait confiés don Melchiorre. Il les rassembla dans sa serviette de cuir puis redescendit sans tarder. À l'abri des regards, il remit son dû à Mendes qui vérifia le contenu avec l'œil aguerri de qui sait compter vite et bien.

— Tout me semble en ordre, conclut l'Espagnol. Bonne chance à vous, fit-il en tendant une main ferme à Greg.

— À vous aussi, répondit le jeune Français, qui le regarda s'éloigner avec un réel soulagement.

Greg essaya d'imaginer ce qui allait se passer. Mendes rentrerait chez lui sans tarder. Il consulterait les documents avant de les scanner. Puis il les introduirait dans son logiciel avant de les envoyer par e-mail à ses partenaires financiers afin de les rassurer sur la bonne marche des opérations.

Lorsque Ornella rentra dans la chambre, Greg la prévint qu'il n'y avait pas de temps à perdre. Elle boucla sa valise, et lui remplit son sac de voyage des quelques effets qu'il avait emportés avec lui. Un taxi les emmena à l'aéroport et, deux heures plus tard, ils atterrissaient à Milan. Pendant le vol, Greg se montra un peu distant, hésitant à serrer la main que la jeune femme posait contre sa poitrine. Il éprouvait une véritable confusion. Oui, il aimait Ornella. Mais jusqu'à quel point ? Pourrait-il éprouver des sentiments sincères fondés sur la confiance, en sachant que les élans de la belle pour lui avaient d'abord été dictés par l'intérêt ? Il décida de ne pas trancher cette question et finit par ramener vers lui la main d'Ornella qui lui sourit d'un sourire à damner les anges.

Un autre taxi conduisit le couple jusqu'au château de Bertozzo.

— Alors ? fit don Melchiorre en les accueillant sur le seuil.

Sans répondre, Greg partit brancher son ordinateur et il se connecta. Les bip-bip perlés se succédèrent pendant quelques secondes avant que le contact soit établi. Et là, dans ses fichiers personnels, le jeune homme constata qu'un document très lourd était arrivé. Il ouvrit en hâte et un large sourire se dessina sur son visage : à cet instant précis, les données de Mendes n'existaient plus nulle part. Sauf ici, dans son propre ordinateur. Il soupira d'aise et don Melchiorre partit déboucher une bouteille de chianti. Ils n'étaient pourtant pas au bout de leurs peines.

49

Angelo Tosi n'avait pas perdu de temps. Quand il débarqua au château de Bertozzo flanqué d'une escouade de *carabinieri*, il avait reconstitué l'essentiel des tours de passe-passe du groupe Verdi. Depuis l'avant-veille au soir, dans le plus grand secret, il avait fait interpeller Aldo Lermini et l'avait longuement interrogé, avec ses méthodes très méticuleuses qui faisaient pour certains sa réputation de magistrat à la limite du sadisme. Lui considérait simplement qu'il avait de la conscience professionnelle, dans un climat propice au laxisme général. En réalité, le juge avait pris de vitesse Grégoire quant à l'identification des réseaux andorrans et au placement inconsidéré d'obligations du groupe Verdi auprès du public. D'après ses calculs, le groupe de don Melchiorre avait levé la bagatelle de 15 milliards d'euros, avec des fonds propres réduits quasiment à néant ; une somme d'une centaine de milliards d'anciens francs que les créanciers du groupe, des particuliers pour la plupart, avaient engloutie dans ce trou sans fond.

Poussé dans ses retranchements, Aldo Lermini avait fini par craquer. Quarante-huit heures d'interrogatoires poussés, sans avocat, avaient suffi pour qu'il avoue l'essentiel des malversations tout en chargeant don Melchiorre qu'il accusa de mégalomanie et de quasi-démence sénile. Il ne fit aucun cadeau non plus à Greg qu'il présenta comme le véritable pousse-au-crime, inventant au passage que le financier français avait déjà mis la main –

dans tous les sens du terme – sur la fille du patriarche, et qu'il espérait bien pousser don Melchiorre dans la tombe pour précipiter les événements et s'arroger la fortune familiale. Le schéma était simpliste, la ficelle un peu grosse, mais Angelo Tosi ne détestait pas qu'on lui présente un scénario tout fait dans lequel il pourrait puiser maints motifs d'accusation et de compléments d'enquête.

Quand il se présenta à la porte du château, le juge sortit de sa poche un peigne de corne et disciplina autant que possible sa longue mèche qui lui donnait l'allure d'un collégien attardé. Sitôt entré, il demanda sans autre préliminaire le bureau de don Melchiorre. Ce dernier assista impuissant à la scène, en compagnie de Greg et d'Ornella. Tout fut saisi en un temps record par les *carabinieri* manifestement rompus à ces grandes manœuvres éclair.

— Si vous voulez bien me suivre, fit ensuite Angelo Tosi en se contentant de donner sa carte à don Melchiorre. Puis, s'adressant à Greg et à la jeune femme, il laissa tomber un « vous aussi » sans appel.

La brigade financière de Milan était installée dans un bâtiment assez moderne en béton, de ce style mussolinien qui avait surtout enlaidi les abords de Rome mais qui perdurait çà et là dans le nord de la péninsule. Ils pénétrèrent dans une antichambre sans fenêtre, éclairée par une vilaine lumière de néons. Le juge les fit attendre un moment sous la surveillance de deux policiers, puis il fit appeler don Melchiorre. Pendant ce temps, Grégoire tenta de rassembler ses esprits. Comment Angelo Tosi avait-il pu remonter si vite le fil ? Forcément, il avait bénéficié d'informations. Il ignorait qu'Aldo Lermini avait livré une confession circonstanciée. Il ignorait surtout que c'était à Lala, à la belle Laetitia, son amour de jeunesse, qu'il devait d'avoir été dans la ligne de mire de ce magistrat incorruptible.

Pourtant, Greg n'avait aucunement le sentiment d'être un délinquant, encore moins un voleur ou un falsificateur.

Dans son esprit, il était bien sûr difficile de faire la part du feu entre les manipulations imputables à don Melchiorre et celles des financiers véreux qui l'avaient accompagné dans ses projets de développement. Greg ne pouvait ôter de son esprit, et de son souvenir, les premiers temps passés avec le patriarche. Sa passion si sincère pour l'œuvre du romancier Manzoni autant que pour ses champs de soja, son ambition de pérenniser son groupe agroalimentaire dans cet élan à la fois naïf et, sans doute, démesurément ambitieux de nourrir le monde.

Le jeune homme tenta de recouvrer son calme et ses esprits. Ornella était assise à trois mètres de lui, sur la banquette qui lui faisait face, et la lumière triste qui tombait des néons lui donnait une mine de papier mâché. Greg essaya de se concentrer sur son système de défense. Après tout, il était de bonne foi. Ses études financières reposaient sur les éléments économiques et comptables que don Melchiorre avait bien voulu lui soumettre. Il ne serait pas le premier à avoir été abusé, bien d'autres financiers de haut vol avaient ainsi été trompés, dans les affaires Enron ou Parmalat. Que pouvait-il faire devant des documents si bien imités que jamais il n'aurait pu deviner leur véritable nature ? Ce qui l'ennuyait davantage, c'étaient les documents signés de son nom dans des rachats de sociétés à travers le monde. Quel type d'expertise faudrait-il mettre en œuvre pour prouver au magistrat que sa signature avait été imitée, à la perfection certes, mais imitée tout de même ? Et surtout, ce qui le contrariait le plus, c'était l'origine du délit : si sa signature pouvait figurer sur des faux, cela signifiait que don Melchiorre et peut-être Ornella avaient pu s'arranger pour la fournir aux faussaires professionnels…

Greg en était là de ses réflexions quand la porte du juge Angelo Tosi s'ouvrit. On le pria d'entrer.

50

Ce qui restera désormais comme l'affaire Verdi, ou l'affaire don Melchiorre, trouva un épilogue pour le moins dramatique. Après plusieurs semaines d'interrogatoires, de confrontations, d'épluchages minutieux de tous les documents écrits, d'examen des disques durs d'ordinateurs, le magistrat parvint à cette conclusion somme toute assez simple et prévisible : il n'y avait dans ce dossier que des coupables. L'innocence semblait introuvable, même chez le jeune financier français qui s'était montré très léger en prenant la responsabilité d'orienter le marché vers des options pour le moins dangereuses, indignes de l'expertise d'un professionnel de la finance. Il avait agi en véritable amateur, et c'est cet amateurisme qui fut sanctionné d'une peine de prison de deux ans ferme.

Malgré son âge avancé, malgré son prestige, malgré la reconnaissance que sa bonne foi avait pu en certaines occasions être abusée, don Melchiorre fut condamné à la plus lourde peine : cinq ans d'emprisonnement, sans compter une amende astronomique qui l'obligea à vendre tous ses biens, jusqu'à son château de Bertozzo. Une sentence déchirante qu'il écouta comme paralysé, le jour du procès, comme déjà définitivement absent. Quant à Ornella, elle fut reconnue coupable de complicité passive mais elle resta libre.

Sur le banc des accusés, Aldo Lermini faisait grise mine. Sa collaboration avec la justice, espérait-il, devait le préserver de la prison. Il avait cru obtenir cette clémence du juge Tosi. Mais la parole d'un juge pouvait être aussi contestable que la parole d'un voyou en col blanc. Et quand il sut ce qu'il voulait savoir, le magistrat oublia qu'il avait fait une quelconque promesse à cet escroc de banquier… Il fut donc condamné à cinq ans de prison ferme, autant que don Melchiorre, et il accueillit la sentence avec des cris terribles qui firent trembler l'assistance, comme si une injustice avait été commise à son égard.

Seul Mendes échappa provisoirement à une peine, ayant réussi à fuir vers une destination inconnue avant que les financiers d'Interpol, mandatés par le juge Alboni, ne viennent à son domicile andorran pour le cueillir. L'oiseau s'était envolé.

L'affaire connut des rebondissements imprévus en France. Menant leur enquête à la ferme Bataille, les policiers trouvèrent des documents signés de la firme Mosampino. C'est ainsi que fut démantelée la production illégale d'OGM conduite par le père Bataille et ses fils. On remonta à Bill Jenkins et à ses amitiés avec Grégoire Bataille. Ce dernier vit ainsi sa peine aggravée en Italie pour mise en relation d'individus pour activités prohibées. Le jeune homme accueillit cette nouvelle avec un certain fatalisme, cherchant toujours comment tout cela avait bien pu lui tomber sur la tête et ne trouvant guère de réponse à cette question.

Un événement pourtant vint donner de l'espoir au jeune homme. Quelques semaines après son incarcération, Ornella lui rendit visite et lui annonça une nouvelle : elle attendait un enfant de lui. Elle ne savait pas s'il s'agissait d'un garçon ou d'une fille, mais elle déclara qu'en tout état de cause, ce petit serait élevé dans le respect des règles, dans le mépris de la richesse et des choses matérielles. Cette perspective bouleversa tant Grégoire qu'il demanda rapidement à voir son avocat pour qu'il se batte de nouveau à ses côtés. Cet enfant, c'était la promesse d'une autre vie. Alors, il faudrait l'aider à sortir le plus vite possible de ce monde carcéral dans lequel il estimait ne rien avoir à faire.

Ce fut plus compliqué que prévu, mais l'avocat réussit à monter un dossier plaidant en faveur de la perpétuelle bonne foi de Grégoire. Sa peine fut réduite puis commuée en liberté provisoire. Si bien que, lorsque son enfant naquit, un petit garçon qu'ils prénommèrent Alexandre, il était à la maternité pour l'entendre pousser son premier cri. Don Melchiorre, lui, n'eut pas ce privilège, et malgré les efforts de ses avocats, il lui fut signifié qu'il purgerait sa peine jusqu'à son terme.

Grégoire ne savait pas très bien, une fois redevenu libre, ce qu'il ferait de sa nouvelle vie, maintenant qu'il était père de famille. Il serait volontiers revenu vivre en France, mais la présence de don Melchiorre au centre pénitentiaire de Milan interdisait à Ornella de s'éloigner. Ils louèrent donc un appartement dans la vieille ville, et Greg réussit à trouver un emploi à la Caza Manzoni, un emploi de gestionnaire des activités de cette modeste mais prestigieuse institution. Ornella tenta d'adoucir la peine de son père. Ses autres sœurs ne vinrent jamais lui rendre visite à la prison, submergées qu'elles étaient par la honte et le dégoût.

Un matin, on trouva le banquier Aldo Lermini pendu à la fenêtre de sa cellule. Ni don Melchiorre, qui apprit très vite la nouvelle, ni Grégoire n'en furent affectés. Il leur sembla au contraire que cette mort, même atroce, allégeait le fardeau de leur mémoire et de leur peine. Ils considérèrent même, là où ils se trouvaient, que justice était faite.

Du même auteur :

Money, Denoël, 1980
Cash !, Denoël, 1981 (Prix du Livre de l'été 1981)
Fortune, Denoël, 1982
Le Roi vert, Éditions n° 1/Stock, 1983
Popov, Éditions n° 1/Olivier Orban, 1984
Cimballi, Duel à Dallas, Éditions n° 1, 1984
Hannah, Éditions n° 1/Stock, 1985
L'Impératrice, Éditions n° 1/Stock, 1986
La Femme pressée, Éditions n° 1/Stock, 1987
Kate, Éditions n° 1/Stock, 1988
Les Routes de Pékin, Éditions n° 1/Stock, 1989
Cartel, Éditions n° 1/Stock, 1990.
Tantzor, Éditions n° 1/Stock, 1991
Les Riches, Olivier Orban, 1991
Berlin, Éditions n° 1, 1992
L'Enfant des Sept Mers, Stock, 1993
Soleils rouges, Stock, 1994
Tête de diable, Stock, 1995
Les Maîtres de la vie, Stock, 1995
Le Complot des Anges, Stock, 1996
Le Mercenaire du Diable, Stock, 1997
La Confession de Dina Winter, Stock, 1997
La Femme d'affaires, Stock, 1998
Dans le cercle sacré, Stock, 1999
Oriane ou la cinquième couleur, Stock, 2000
La Vengeance d'Esther, Stock, 2001
Le Président, Stock, 2002
L'Ange de Bagdad, Éditions n° 1, 2004

Les Grandes Sagas de femmes (Hannah, L'Impératrice), Éditions n° 1, 1999
Les Prédateurs de la finance (Le Roi vert, Cartel), Éditions n° 1, 1999
Les Grands Romans exotiques (La Femme pressée, Kate), Éditions n° 1, 1999
Les Grandes Sagas historiques (Tantzor, Berlin), Éditions n° 1, 1999
Les Grands Thrillers (Popov, Duel à Dallas), Éditions n° 1, 2002

Composition réalisée par Chesteroc Ltd.

Achevé d'imprimer en mai 2006 à Barcelone – Espagne par
LIBERDUPLEX
N° d'éditeur : 70296
Dépôt légal – 1re publication – mai 2006
LIBRAIRIE GÉNÉRALE FRANÇAISE – 31, rue de Fleurus – 75278 Paris Cedex 06

31/0893/3